中國語言文字研究輯刊

八 編

許 錟 輝 主編

第 16 冊

江西客贛語的特殊音韻現象與結構的演變

彭 心 怡 著

花木蘭文化出版社

國家圖書館出版品預行編目資料

江西客贛語的特殊音韻現象與結構的演變／彭心怡 著 -- 初版
-- 新北市：花木蘭文化出版社，2015〔民 104〕

目 4+338 面；21×29.7 公分

（中國語言文字研究輯刊 八編；第 16 冊）

ISBN 978-986-322-987-2（精裝）

1. 贛語　2. 客語　3. 聲韻學

802.08　　　　　　　　　　　　　　　　103026720

中國語言文字研究輯刊
八　編　　第十六冊　　　　　ISBN：978-986-322-987-2

江西客贛語的特殊音韻現象與結構的演變

作　　者　彭心怡
主　　編　許錟輝
總 編 輯　杜潔祥
副總編輯　楊嘉樂
編　　輯　許郁翎
出　　版　花木蘭文化出版社
社　　長　高小娟
聯絡地址　235 新北市中和區中安街七二號十三樓
　　　　　電話：02-2923-1455 ／傳真：02-2923-1452
網　　址　http://www.huamulan.tw 信箱 hml810518@gmail.com
印　　刷　普羅文化出版廣告事業
初　　版　2015 年 3 月
定　　價　八編 17 冊（精裝）　台幣 42,000 元　　　版權所有‧請勿翻印

江西客贛語的特殊音韻現象與結構的演變

彭心怡　著

作者簡介：

　　彭心怡，中興大學中文博士，就讀東海中文時，被聲韻課堂的音標符號吸引，從此，便走上了方言研究的道路。研究漢語方言，不只是爲了探求古音的印痕；尋找新的語音音變，某個部分，我也在索求自己的根。

　　一百七十多年前，因著貧窘，我的祖先由廣東揭西渡海來台，在那之前，他們的駐地是江西宜春。自研究漢語方言來，廣東與江西的語言，總讓我關注。因我時常在想，若有一天，我能與我的先祖，我身體裡的血脈對話，我會跟他們說些什麼？他們的言語裡，又存在著多少的滄桑與歷史？而我，將窮其一生去追索這個問題的答案。

提要：

　　本書研究的內容主要鎖定贛語的中心區域－江西省。以江西爲研究範圍，討論贛、客語的音變類型與特殊音韻現象。因聲母、韻母、韻尾與聲調可將內容分爲三大部分。

　　一、聲母

　　（一）今濁聲母爲後起濁化

　　江西贛語與官話型一樣，都是先經歷「全濁聲母清化」，然後再發生「全濁上聲歸去聲」。另，湖口、星子等地的贛語所見的古全濁聲母與古次清聲母讀爲濁音，是先經歷過中古「全濁聲母清化」後，再發生「次清化濁」的「規律逆轉」。

　　（二）拉鍊式音變

　　南方漢語方言常見的聲母的拉鍊式音變有三種型態。型態一：幫、端濁化，型態二：兩套平行演變的拉鍊音變，型態三：只有送氣音音類進行拉鍊式音變。江西客贛語屬於型態三。

　　（三）影、疑、云以母所搭配的ŋ-聲母

　　鼻音ŋ-聲母的搭配原則：ŋ-聲母與非高的a、o、e元音搭配良好，而與高的i、u、y元音搭配關係差。

　　（四）日母字的音讀

　　摒除複雜的止開三日母字後，江西客贛語的日母字有讀爲零聲母ø-的大趨勢。至於止開三日母字在江西客贛語約有十類的音讀形式，第一類到第七類的音讀是捲舌元音ɚ的不同變體，其餘的三類則是原來日母鼻音聲母的保留。

　　二、韻母

　　江西客贛語的元音結構有一個前化、高化的推鍊（push chain）規律，而這項元音前化、高化的推鍊規律也常見於其他的漢語方言。

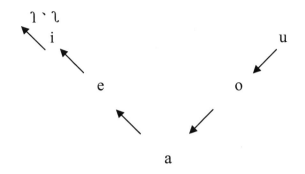

三、韻尾與聲調

　　江西客贛語裡的三個特殊現象：（1）不連續調型（2）韻尾-p、-t、-n 前新生一個 i 元音以及（3）邊音-l 韻尾，本書認為這些都是重音在江西客贛語裡的不同表現。

目 次

第壹章　前　言

　　Crowley（1992，P55～57）在討論世界語言常出現的語音音變時，最後提到有一種語音音變為「異常音變」（abnormal sound changes）。例如法語 cent 這個字的發音是[sã]，而初期的形式竟然是[km̥tom]。到底我們該用怎樣的音變類型來理解這樣的語音變化？Crowley 表示這種看似無法理解的語音類型，實際上是經歷過多次的語音變化，才會造成如此不可理解的語音結果。但研究語言之初並不是很清楚所有的音變中間過程，才會把 [km̥tom] 變為 [sã] 的過程理解為「異常音變」，變化的過程如下（Crowley：1992，P55～57）：

km̥tom	→	kemtom

（音節性和輔音拆解，變成兩個獨立的音）

kemtom	→	kentom

（[m]與[t]的發音位置發生逆同化）

kentom	→	kent

（字尾不重讀音節的消失）

kent	→	cent

（[k]在前元音之前硬顎化成[c]）

cent	→	sent

（塞音弱化成擦音）

sent	→	sen

（字尾輔音消失）

sen	→	sẽ
	（元音與鼻音融合，變成鼻化元音）	
sẽ	→	sã

（元音下降）

自從羅常培《臨川音系》（1958）發表以來，客語與贛語的分合問題就一直為研究客贛語關係的學者們所諍訟。不過江西客語與贛語有一些特殊的音變現象，如：知三章組讀為 k 系聲母、拉鍊式聲母音變、次清化濁、送氣分調、古影母字今讀為 ŋ-聲母、不連續調型、韻尾前增生 i 元音、邊音韻尾-l……等的一些語音過程及原因還不廣為學界所熟知。這也就表示，江西客語與贛語許多「異常音變」的中間過程還未釐清。前人研究客贛語的問題，多著重在其兩者關係的分合，所憑藉的語音條件為較顯著的語音差異，如：全濁聲母一律變次清、效攝是否有所分別、梗攝字在客贛語裡都具有文白異讀……等。這些顯著的分判條件對客贛語的關係分合有大方向的指導作用，但對我們去瞭解江西客語與江西贛語更細部的語音變化，甚至是「異常音變」的中間過程則較缺乏解釋力，這也是為什麼筆者撰寫此論文，期能以整體語音系統的角度，來探討江西贛語與客語較為細部的語音變化與「異常音變」。

一、研究動機

丁邦新〈漢語方言區分的條件〉（1998）裡以「普遍」的條件「全濁聲母清化平仄皆送氣」將客語與贛語分為同一類；以客家話保存三類入聲韻-p、-t、-k尾，贛語未保存，而將客語與贛語方言分開。又以客語的「獨特」條件－「次濁上歸陰平」，而將客語與贛語分開。至於古舌根音聲母在前高元音前的演變，客語無顎化音變而贛語具備，以及古調類的分合等音韻條件，丁邦新歸為「補充」條件，只能說明平面性的方言語音不同（丁邦新：1998，P171～172）。

不過，在筆者所研究的江西客語與贛語中，丁邦新（1988）所提能分別客語與贛語的平面性語音「補充」條件－「古舌根音聲母在前高元音前的演變，客語無顎化音變而贛語具備」並不成立。因為在江西客贛語裡，江西客語的見組字雖有零散讀為未顎化的 k 系聲母字，但大部分的見組字在前高元音前，則與江西贛語一樣，都是讀為顎化的舌面音 tɕ系聲母，江西客語與贛語在這項「補充」的平面性語音條件之前，並沒有截然而分的鑑別度。在江西的客語也多不

保存三類入聲韻尾-p、-t、-k。這也意謂著，在「同個區域」下的不同方言，彼此可能會因為「區域感染」的緣故，而使得彼此的語音分界變得更加模糊。

因此同個區域中，兩類方言的基本音系比較，以及出現於該區域的「異常音變」（abnormal sound changes）探討，就成了瞭解該區域出現方言以及該區域方言與方言間的認知基礎或方言間親疏、借用關係討論的核心。

本文的研究對象是江西省客語與贛語的音韻系統與相關的語音音變。選擇江西客語與贛語為研究對象，源自於筆者想更進一步瞭解客語的心願。身為客家人，做母語的研究是筆者心底的願望。不過，過去研究客語的學者多把目光集中在客語分佈較為廣泛且集中的廣東省。且一提及客語，我們又不能忘記那個與它爭論不休，究竟該合抑或該分的兄弟語言——贛語。

本論文以贛語的方言核心點－江西省為出發點，討論在同一區域（江西省）的客語與贛語彼此的音系格局差異，以及共同或個別呈現的「異常音變」究竟由來為何，而這樣的「異常音變」是否有區域擴散的表現。在同一區域下，不同方言間的區隔音韻特點是否還依舊明確？以期能更加全面地認識客語的全貌，以及更加地瞭解與客語最親密的兄弟語言－贛語的種種語音特點。

二、研究方法

（一）比較法

西方印歐語系歷史語言學的研究，是依著比較法（camparative method）而來的。比較法的研究步驟有三：

Three main steps in the process of reconstruction by means of the Camparative Method:

Stage 1: setting up the correspondences

Stage 2: establishing the proto-phonemes

Stage 3: assigning phonetic values to the proto-phonemes

（Anthony Fox：1995，P60）

西方的比較法傳進中國後，開展了漢語歷史語言學的研究，但第一個步驟

（比較不同方言，根據語音對應規律建立同源詞與同源關係）與第二個步驟（根據語音演變的規律確定古代音類的形式、類型）卻被省略了。

> 不過在漢語中，確定同源關係這一步卻並不太困難，因爲漢字是語素音節文字，漢字本身就把語義相關的問題基本解決了，即不同方言中相同的漢字通常就是同源字……，至於第二步，由於漢語有豐富的韻書，這些韻書本身的年代往往就顯示了音類的年代，音類年代先後的問題也沒有提到日程上來。所以當西方19世紀歷史比較語言學的方法引入中國時，前兩個步驟被超越了，直接進入了第三個步驟，即古音的構擬。（陳保亞：1999，P180）

第一個步驟（比較不同方言，根據語音對應規律建立同源詞與同源關係）被省略是因爲漢字的書寫系統容易使我們確認同源字。至於第二個步驟（根據語音演變的規律確定古代音類的形式、類型）被省略，則是因爲漢民族有豐富的文獻資料，也就是中古音切韻系的韻書。韻書音類的擬測可以取代比較法的第二個步驟。在中古音的擬測研究上，瑞典的高本漢（Karlgren）是首度運用西方比較法取得漢語歷史語言學豐碩成果的第一人。高本漢依據文獻（《康熙字典》）、譯音及三十三個漢語方言，建構出《切韻》中古音擬音系統。雖然研究過程中，高本漢也運用了部分的方言材料，但高本漢承繼了西方語言學索緒爾（Saussure：1967）的同質（homogeneous）語言系統論傳統，因此堅持《切韻》是一源的（長安方言），除閩語外，認爲今日的漢語方言都是直承《切韻》而來的子孫語言。

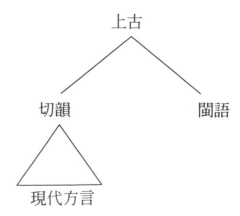

高本漢認爲《切韻》爲一時一地的長安方言之說，在民國初年曾引起過一場論戰，中國的學者們很快的就從《切韻》韻數的複雜，以及《切韻·序》「因

論南北是非，古今通塞」（汪壽明：2003，P13）的內證駁倒了這位來自瑞典的漢學家。這場論戰就今日看來，誰駁倒了誰並不是我們關心的重點，因為即使是反對高本漢的那些學者們，在中古音的研究方法上依舊是沿襲高本漢的中古音擬音架構。高本漢雖然認為《切韻》為長安方言，但在擬測這個一源的方言時，也運用了許多方言、譯音及文獻的材料，所以高本漢在擬測的過程上本就是「因論南北是非，古今通塞」的，高本漢當時為中國學者所爭議的的作法，是把這些依據古今、南北的擬測歸為同一源。雖然當時的中國語言學家強力反對高本漢中古音系來自長安方言這個說法，但對高本漢的中古音基礎架構卻是完全地接受的。

　　高本漢既然在擬測中古音的作法上是「因論南北是非，古今通塞」，但為何結論時又說代表《切韻》的音系不是「因論南北是非，古今通塞」，而卻是一源的？這是由於高本漢深厚的西方語言學方法論的訓練背景，不得不讓高本漢做出《切韻》音系為長安方言的假設。

> I have already discussed the idea of languages being genetically related in families, all of which are descended from a single ancestor, which we call the protolanguage. This model of language evolution looks like this:

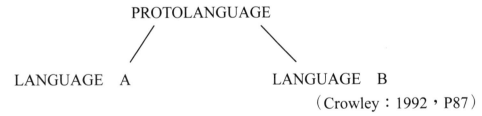

（Crowley：1992，P87）

　　從施萊哈爾（Augustschleicher，1863）應用達爾文的演化理論進入語言學而發展出譜系樹（family tree）理論後，西方語言學的語言分化的基礎型態就如上圖。由「單一的原始語」分化為 A、B 的子孫語。高本漢會堅持《切韻》音系出於一源，為長安一地語言的說法，就是因為在他腦海裡，存有一個根深蒂固如上圖的西方印歐語分化模式（model）。高本漢的作法可稱為同質（homogeneous）的語言系統論（陳保亞：1999）。

　　高本漢的部分結論雖不為中國學者所接受，但高本漢的中古音擬音系統因為解釋效力高，在中國「聲韻學」仍停留在《詩經》、《切韻》韻部、韻數歸納整理的階段，高本漢的漢語中古音說法以所向披靡的姿態橫掃整個中國。

　　高本漢同質語言系統論的說法，引進之初雖曾有中國學者提出反對，但反對的並不是高的基本理論架構，也就是同質語言系統論本身。一直到了七〇年代才有中國學者從理論的本質上來反對高，相對於高本漢，可稱為異質（heterogeneous）語言系統論（陳保亞：1999）。異質語言系統論的開展則以張琨為首：

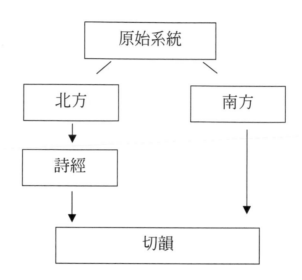

從切韻的寬廣的基礎上頭，我們卻能夠投射出原始系統，應用不同音變（主要是幾種元音合併的類型，來解釋切韻的分別，以及涵括在詩經跟現代漢語方言的分別（張琨：1987，P23）。

	《切韻》同質論	《切韻》異質論
理論假定	《切韻》是一時一地的音系。假定《切韻》是從《詩經》發展下來的，現代方言又是從《切韻》發展下來的。	《切韻》是包含南北方言的綜合音系
代表學者	高本漢的《中國音韻學研究》（1915～1926）	張琨

　　張琨認為中古音《切韻》所投射出來的「原始系統」既包含北方、南方漢語，也超越所謂「上古音」的音系系統。中古音是魏晉時候的語音，《詩經》是周秦時候的語音，中古音超越上古音的說法看似無法理解，但其實這正是比較法的精髓所在。

　　為文獻或語言時代所惑，西方早有教訓。一般認為梵語（sanskrit）所代表的年代是較早的，也因為這個「較早、較原始」的觀點困惑著西方學者，使得

他們無法解釋梵語三元音的系統如何演變成希臘語與拉丁語的五元音系統。顎化定律（The Law of Palatals）發現後，我們才能確定號稱「古老」的梵語，它的元音系統實際上是比希臘、拉丁語還先進的。希臘語和拉丁語所代表的五元音系統經過顎化規律後，才會變成梵語所代表的三元音系統，變化的過程如下：

Proto-Indo-Iranian	Palatalization before /i/ and /e/	/e/ and /o/ become /a/	Sanskrit
*-ki-	*-ci-	—	-ci-
*-ke-	*-ce-	*-ca-	-ca-
*-ka- >	— >	— >	-ka-
*-ko-	—	*-ka	-ka-
*-ku-	—	—	-ku-

The Law of Palatals

The moral clear: comparative evidence alone must determine the original form of the proto-language, not assumptions about historical or cultural precedence. Nor can we assume that more ancient languages are in some sense 'simpler' or more 'perfect' than later ones.

（Anthony Fox：1995，P29）

梵語三元音的教訓告誡我們，原始語形式的決定，不是根據文化或是歷史上的優勢，而必須依據比較法，由比較法出發，以音變的邏輯性來決定何種語音形式是較早的原始語。依據所觀察到的音類事實以及音變邏輯來解釋語料、判斷語料所反映的音類先後次序，這是西方語言學能發展眾多可驗證的音變規律的核心方法。因此，依照梵語三元音的教訓，鑑於《切韻》韻類的複雜度超越了《詩經》這項事實來看，張琨的假設是有理據性的。

也就是本於異質語言系統論的精神，張光宇〈漢語語音史中的雙線發展〉（2004）才能依據北京、江蘇、山東等方言的音讀擬構出深攝合口三等，以及依據閩南、客家的音讀擬構出殷韻合口的一讀。「深攝合口三等」、「殷韻合口」的擬構都超越了目前所知的《切韻》音系。高本漢的同質語言系統論，也就是認為今日漢語方言（除閩語）都來自《切韻》音系的發展的說法，受到了嚴峻的挑戰。不過，局限於當時的時代環境與學術背景，高本漢的成就還是空前的。

隨著漢語方言學的研究日益茁壯，方言的現象不斷地逸出了從高本漢一脈

以來的《切韻》中古音系間架，也讓我們重新檢討「高本漢中古音的擬構系統」。前文提到比較法進入中國後，第二個被省略的步驟（根據語音演變的規律確定古代音類的形式、類型）被中古的韻書、文獻所替代了，既然高本漢的中古音系統只反映部分的事實，那麼我們就應該根據其他的證據把高本漢的中古音系統補足，或者是說把「原始漢語」的原貌架構得更為完整，因為說「中古」也只是局限在某個歷史上的年代，這是違背比較法精神的。比較法只追問音變的邏輯過程，研究的核心在於原始語的重構，而非原始語等同哪一個歷史截面的語言。至於這個其他的證據就是漢語方言－漢語原始語的直系血親。西方比較法的應用、原始語的重構，本就可以不依據文獻，而從後代親族語言的語言事實出發。鑑於此，我們就該更重視漢語方言在解釋原始漢語的能力。

> Even if we have no written records of the protolanguage, it is often possible to reconstructsome of the aspects of the original language from the reflexes in the daughter languages by using the comparative method.
>
> （Crowley：1992，P87～88）

中古韻書的成書目的為科舉考試，故有其「標準語」的色彩，方言反映而韻書沒有著錄的語言現象很可能表示的是「非標準語」的語言現象，不代表方言反映的語言事實未曾在漢語語言史中發生過，甚至方言所表露的語言事實能夠超越我們所熟知的《切韻》音類，進而解釋《切韻》。

不過上文所謂的《切韻》的音類，我們指的是「高本漢所架構出來《切韻》中古音系間架」，而非真正《切韻》的音類的實質。高本漢所擬構出來的中古音系間架是根據《切韻指掌圖》的等、韻、攝地位所投射出來的一種音系系統。《切韻》本身只有注明「韻」的順序與分別，如一東、二冬、三江……等韻，而本無開合、等第、攝的種種區別。

高本漢的中古音架構，使用了高麗譯音以及三十三個中國漢語方言材料來填滿《切韻》所分出來的各個音類。雖然用了這麼多的材料，高本漢還是無法完全填滿《切韻》所分出的各種音類。這是他依據比較法操作後所碰到的局限。在沒有材料的情況下，高本漢只好利用文獻（即韻圖）來決定《切韻》，所以高本漢的結論是間接性、推論性的（circumstantial）。比較法是一個實是求是的科學方法，依據的是實際方言材料所顯示出來的證據，若是沒有

相當的語音材料，就不妄做論斷，而所得的結論是可信而直接的。然而，高本漢因為無法完全以高麗譯音與三十三個漢語方言材料來縮合《切韻》各個音類，只好援用韻圖的材料來為《切韻》的各個韻別作區分。這也是比較法本身的缺陷，因為高本漢無法只依據高麗譯音與三十三個中國漢語方言材料來獲得他對《切韻》各個音類所要的答案，所以他只好多所仰賴文獻（即韻圖）來決定《切韻》。

我們知道《切韻》的內容主要是兩百〇六韻。編排的方式是「依聲分卷，卷內分韻」，至於《切韻》一書內，同音字群則共同擁有一個反切，這就是《切韻》所有的意涵。也就是說，《切韻》一書所能透露出來的就只有：聲調調類（tone）、韻類（rhyme 不包括介音）以及兩字拼一字之音的反切記錄。例如麻韻在韻圖中，有開口一等、合口二等以及開口三等的分別，一般擬音做 *a、*wa 與 *ja。但《切韻》書中的麻韻，並沒有這些開合口、等第的音韻地位。如果只根據《切韻》的話，這些 w、j 是無法擬構出來的。正由於《切韻》一書內的資訊不足，所以高本漢只能依據另外三種材料來瞭解《切韻》。

最令人匪夷所思的地方在於，高本漢以九到十世紀的韻圖結構（開合、等第、攝）去規範七世紀的《切韻》。但《切韻》與韻圖是不同時代、不同地點的語言產物，把不同時代、不同語言背景的語言產物揉合在一起，形成了高本漢古音重建的重要基礎。儘管《切韻》與韻圖都有一定標準語的色彩，但以韻圖來理解《切韻》還是會比我們今日以國語來理解《切韻》來得更接近《切韻》原貌。

我們若從漢語方言的語音事實出發，可以擬構出殷韻合口一讀的讀音，以及深攝合口三等的讀法，那就表示這是經由子孫語言所投射出來的原始音韻系統，也是《切韻》的另一個面貌。我們可以從韻圖的角度來理解《切韻》；同理而言，我們也可以從現代方言的角度去理解《切韻》。

因此張琨論及的「《切韻》所投射出來的原始系統」（1987：P23），也就是指我們應該如實的理解《切韻》。高本漢的中古音架構，是一種以韻圖為基礎來理解的角度；而現代漢語方言所顯露出來的語音事實（如：殷韻合口、深攝合口三等）則是另一個理解《切韻》的窗口。

本論文將秉著比較法的精神，由方言的語音事實出發，若江西客贛語裡有超越高本漢中古音系統的語言事實，我們不會強以高本漢的中古音系統為出發

點，而將以異質語言系統論的角度看待。

（二）方言地理類型學

漢語語言學的早期研究偏向文獻上的探討，缺乏方法論的應用，西方歷史比較法進入中國後，以全勝之姿引發漢語語言學研究的大變革，漢語音韻的研究才真正脫離過去只為解經的工具性目的。不過，西方歷史比較法偏向縱向的歷史音變，忽略橫向的方言接觸，這點在西方早有批評，還因此發展出如施密特（J. Schmidt）的波浪理論（wave model）與齊列龍（J. Gilliéron）的「每一個詞都有它自己的歷史」等（徐通鏘：1991）。

在中國第一個重視方言地理類型學，且取得重大成就的學者是日籍的橋本萬太郎（Hashimoto），他的《語言地理類型學》（Hashimoto：1977）不但說明了漢語方言在地理類型上的南北不同，更重要的是他揭示了東西方語言類型的不同。西方印歐語是「牧畜民型」；漢語則是「農耕民型」。

> 印歐語自遠古以來各自獨立發展，而分布到了廣大地區；北自仰見極光的俄羅斯及斯堪的維亞半島（斯拉夫語、日爾曼語）南到熱帶印度次大陸（梵語）；東起中亞沙漠地帶（吐火羅語），西達靠近冰島的愛爾蘭（凱爾特語）。是什麼原因造成這樣大規模的區域遷移呢？我們當然得傾聽歷史學家、社會學家、經濟學家、人類學家、地理學家的意見。歷史久遠的采集經濟時代且不去說它。主要原因應該說是有史以來說這些話的人以畜牧為主要生產方式。在乾燥地帶放牧，必須有大片草地才能展開，不像東方靠耕種小塊土地就能生活。所以，我們把這樣情況下得到發展的語言，暫名為「牧畜民型」語言（Hashimoto：1977，P12～13）。

> 亞洲大陸，尤其是東亞大陸，語言的發展非常不同。東亞文明的策源地是在黃河流域，還是在最近著手發掘的東南亞，這個問題且擱置一邊。總之以某個文明發源地為中心（我們暫且認為以黃河流域為中心）非常緩慢地同化周圍的少數民族該是沒有疑問的。語言也通過同一方式發展起來。那麼，其原始語言該是什麼模樣呢？好像大家都知道，其實是不大清楚的。比如如果從正面提出問題，問漢民族是什麼，那是不容易簡單回答的。大致清楚的是，公元前十一

世紀光景，從西北方來到「中原」的周族，以某種方式起著形成漢
民族的決定作用。而後經過數百年，同化了東「齊」、東南「吳」、
南「越」、西南「楚」這些「蠻」族，──融成所謂「漢」族。至於
漢語，又在與北方阿爾泰語，尤其是統稱「北狄」的語言接觸過程
中，發生相當激烈的變動，不過那是後話。總之，我們在這裡把這
種緩慢地同化周圍語言而發展的方式，稱為「農耕民型」（Hashimoto：
1977，P14～15）。

　　橋本萬太郎（Hashimoto：1977）指出了東西方漢語發展型態的不同，這也
意味著西方的語言學研究方法不見得全然適用東方漢語的研究。

（三）疊置式音變揭示漢語方言往同質語言系統發展的傾向

　　橋本萬太郎所敲響的警鐘與後來 1986 年由徐通鏘與王洪君所提出的「疊
置式音變」，其內在的精神是相通的。

> 我們根據音系中疊置式的變異，把壓成扁平狀的共時音系拉開成由
> 不同音系疊置著的歷時音系，這猶如一個折疊式的旅行杯，語言系
> 統的同質說只把它看成為一個壓成扁平狀的平面結構（如圖一），看
> 不到由虛線表示的歷史沉積；而我們把折疊的平面結構拉開來，如
> 果暫時不管各平面結構之間的細密的層次劃分，那麼音系的結構就
> 成為如圖二所示的狀態。

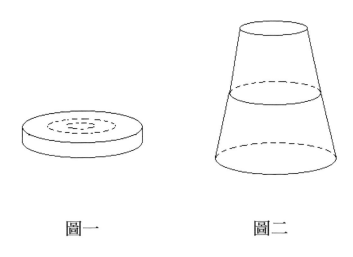

圖一　　　　　　　　圖二

（徐通鏘：2004，P82～83）

疊置式音變的概念，最先的來由是文白異讀，這是在疊置式音變理論提出

來之前，許多漢語方言研究者都有的認識，可是疊置式音變清楚地說明同一語言裡的不同音系如何有序地演變，通常的方向是白讀往文讀方向演進。

疊置式音變也說明了漢語方言接觸的最典型方式，並不是像西方「牧蓄民型」的連續性空間的波浪式（當然漢語也有波浪式的接觸方式），而是在同一空間裡的「農耕民型」的疊置。白讀以有序的方式往文讀靠近，這也表示了漢語各方言的發展有傾向往優勢語言的走向。前文提到各漢語方言裡有可能因為音韻事實的發現，而擬構出超出熟知的《切韻》音系的中古音架構（即高本漢的中古音架構），這是異質（heterogeneous）語言系統論的精神。但疊置式音變又說明了漢語方言在異質性的環境下，有走向變為文讀的趨勢，也就是走向同質語言系統發展的傾向。這兩者的變化是二而一，同時存在於同一漢語方言裡的。

下文我們在討論江西客贛語時，也可以看到這樣的情況，既有異質（heterogeneous）的表現，如深攝合口、殷韻合口的存留；也有因為音系疊置，而白讀傾向變為文讀的同質（homogeneous）表現，如梗攝開口三四等的白讀音往文讀音方向的演進。

（四）音系結構的系統性－組合、聚合關係的應用

我們要確定江西客贛語哪些音韻成分是異質的表現，即逸出所熟知的中古音架構的音韻層次；哪些是因為疊置關係而趨向文讀的表現前，不得不先回答到底哪些音讀才是江西客贛語本身的底層音韻層次這個問題。

要確定這一點，必須應用音系結構的系統性概念。音系結構有其系統性，其概念源出於瑞士的德・索緒爾（de Saussure）的二軸論——毗鄰軸（syntagmatic axis）、聯想軸（associative axis）。前者在系統裡的組合可稱為組合關係（rapports syntagmatiques）；後者為聚合關係（rapports associatifs）（Saussure：1985）。聚合關係若要具體落實在音系中，我們可以以北京話的/p/音位為例來說明。

北京話的/p/音位同時處於兩個聚合群中：按部位，它是「唇音」這一聚合群/pp'm/的成員；按發音方法，它是「－送氣」〔註1〕（不送氣）塞音聚合群/ptk/的成員：

〔註 1〕徐通鏘這裡所謂的"－送氣"，前面的「－」符號代表「負號」，"－送氣"則是「不送氣」的意思。

	P	T	k
P'		○	○
m		○	○

（徐通鏘：1997，P175）

　　我們將利用索緒爾的聚合關係，來確定哪些音位是江西客贛語音系系統中本有的，哪些又是移借的。

　　下文我們在探討哪些元音是江西客贛語本有的「基底」元音層時，還會應用音系結構的系統性概念。比如我們確定 e 元音是江西客贛語的基底元音形式，便是依據 e 元音普遍出現的語音環境。這個 e 類元音出現的語音環境，包含在零韻尾前（-ø）、i 元音之前（-i）、u 元音之前（-u），以及三類鼻音韻尾（-m、-n、-ŋ）之前（入聲韻附在相配的鼻韻尾下討論）。所以確定 e 類元音是否為此音系「基底」的元音，我們可以從與 e 類元音相連一起出現的韻母環境來確定。由連續出現的音素來確定某一特定音素在音系裡的地位，是索緒爾組合關係的應用。

　　一等 e 類元音出現的語音環境：

-u
-m
-n
-ŋ
-ø（附論-i）

三、文獻回顧

　　第一個揭露客語與贛語有密切關係的是羅常培的《臨川音系》（1958）。

> 我覺得它有幾點頗和客家話的系統相近。例如：『全濁』一律變『次清』，曉匣兩紐的合口變[f]，保存閉口的[-m][-p]韻尾，蟹山兩攝殘餘古一二等分立的痕跡，魚虞兩韻的精紐和見系變[-i]，以及侯韻讀作[-ɛːu]，梗攝的話音讀作[aŋ]或[iaŋ]之類臨川音都和可以代表客家的梅縣相同（羅常培：1958，P2）。

　　就今日來看，除第一項語音特點外，其餘的語音特點，我們都可以在南方

漢語裡見到，而「全濁一律變次清」這項語音特點，也是至今討論客贛語合併最常被提出的語音條件。

侯韻讀爲 eu 的語音特點，在廣東粵語裡也有表現。廣東粵語的侯韻讀爲eu，如：台山、東莞、新會、合浦以及開平一部份的侯韻字；而大部分的廣東粵語侯韻讀爲eu，則是 eu 韻母高化的變體，詳見「莊組韻母的特殊性與一等 e 類元音韻母系列」一節的討論。

（一）全濁一律變次清

這樣看來，除了羅常培提的第一個語音特點「全濁一律變次清」外，客贛語在「音韻」上沒有其他可以劃爲同一群的「絕對」共同特徵，且「全濁一律變次清」這項語音特徵也不完全只見於客、贛語中。早在唐五代西北方音裡的一種方言就可以見到此項語音特點（羅常培：1933），「十二世紀末的西北方言，今天關中地區，山西，以及河南西北角的陝縣、靈寶，江蘇省運河以東的泰州、鹽城、如皋，安徽的績溪嶺北，四川的犍爲、樂山，甚至說粵語的一種方言，都有相同的演變」（何大安：1988，P100）。這項「全濁一律變次清」的語音特點也被魯國堯用來支持他的「南朝通語說」（魯國堯：2003）。由「全濁一律變次清」分佈由北至南連成一片的分佈範圍，以及唐五代就見於記錄這點看來，這項音變現象不但在原始漢語發生的早，且由北、南皆見的分佈範圍，也大致符合客語由北遷南的移民史。

（二）次濁上歸陰平

項夢冰、曹暉（2005）用計量的方式爲贛語濁上歸陰平的方言點做分類，發現雖然大部分贛語有與客語相同的「全濁上歸陰平」的聲調特點，但在「次濁上歸陰平」的部分，卻是客語普遍有而贛語少有。不過，我們依據王福堂（1999）的意見，認爲濁上歸陰平的音變核心在全濁上字而不是次濁類字，因此這只能當作是客贛語區分的小分支條件，基於客、贛語都有「全濁上歸陰平」的特點，客贛語在濁上歸陰平的聲調特點上，其關聯性還是很密切的。且贛語的次濁上聲字與陰上一同歸爲上聲的字多，這是官話型的表現（何大安：1994），這也是受了文教影響下的產物，相對來說，江西贛語次濁上聲字與客語一樣歸爲陰平的字數少，也就表示客、贛語相同的底層部分被文讀侵蝕的狀況相當嚴重。

（三）一、二等的區別

何大安認爲客贛語在一二等對比上是相互排斥的，贛語是效攝沒有一二等元音的區別，而客語則是咸攝沒有一二等區別（何大安：1988，P101）。不過就江西這個區域的客語與贛語來看，無論客語或贛語的效攝，都有一等往二等合併的趨勢，也就是說，江西的客語與以梅縣爲代表的廣東客語不同，一等韻母 ou 已經大量合流至二等 au 韻母。

就江西贛語而言，江西贛語在咸攝的確保有較好的一二等 o：a 元音對比，也就是一等元音仍保持 o 元音，還未合流至二等 a 類元音。不過實際的情況還可以分爲三種。第一種只見於江西奉新的贛語，一等的 o 元音眞正出現在雙唇鼻韻尾-m 之前，且不局限在牙喉音聲母之後及入聲韻字。第二種則是一等的 o 元音出現在雙唇鼻韻尾-m 之前，但這個 om 韻母只出現在牙喉音聲母之後，見於江西贛語的東鄉、臨川、南豐、黎川以及江西客語的寧都、石城。第三種情況是保留一等 o 元音，但這個一等 o 元音只保留在舌尖鼻韻尾-n 之前，方言點可見於江西贛語的湖口、星子、永修、修水、高安、上高及江西客語的澡溪。至於詳細的討論則見於「一二等對比」一節。

因此在討論客、贛語在效攝、咸攝上的區別時，本文希望能以江西爲一個區域的限制，來看看語言間的接觸，是不是會對江西的客語有顯著的影響，進而有不同於梅縣客語的發展。

（四）魚虞有別

「『魚虞分韻』魚韻和虞韻有分立的痕跡，這是江西境內贛方言普遍的特點，但是隨著地域的推移，從北至南逐漸增多。」（孫宜志、陳昌儀、徐陽春：2001）。魚虞分韻，且魚韻有別的現象，不只見於江西贛語，在其他的漢語方言也可見此一音韻行爲的表現，這是吳語音韻特徵的擴散（張光宇：1991）。這也提醒我們在討論江西贛語的音韻狀況時，也要多注意鄰近方言的音韻表現。

（五）其他客贛語相關的討論

Jerry Norman（1988）主張客、贛語分立，但所舉的例子多爲詞彙性的。因爲本論文不涉及客、贛語詞彙的討論，所以我們不擬討論 Jerry Norman 對客、贛語分立的觀點。

本論文的目的並不在爲客贛語的分立或合併做出結論性的判斷，因爲要做

出完整的分判，必須在音韻、詞彙與語法三方面都做過一詳細的比較，才能有較爲確信的結果，而這並不是筆者目前能力所能及的。筆者只想先從同區域（江西）兩大方言（客語、贛語）先做音韻格局的比較，以提供未來再進一步研究客贛方言關係時的資糧。

江西贛語的研究比較起其他漢語方言來說是比較晚的，除了上文提到的羅常培的《臨川音系》（1958）外，較爲全面的語言調查還有陳昌儀的《贛方言概要》（1991），熊正輝的《南昌方言詞典》〔註2〕，顏森的《黎川方言研究》〔註3〕，和魏剛強的《萍鄉方言詞典》〔註4〕。至於較大規模的客贛語調查報告則有李如龍、張雙慶的《客贛方言調查報告》（1992）以及劉綸鑫的《客贛方言比較研究》（1999）。本文的研究主要以陳昌儀的《贛方言概要》（1991）、李如龍、張雙慶的《客贛方言調查報告》（1992）以及劉綸鑫的《客贛方言比較研究》（1999）的語料調查爲材料出發，觀察江西贛語與客語的音韻格局。

四、研究目的與對象

（一）客 語

客語分佈廣闊，1987年的《中國語言地圖集》分爲九大片，其中四片在廣東省（粵中片、惠州片、粵北片、粵西片），一片在廣東省及台灣（粵台片），一片在福建（汀州片），一片在江西（寧龍片），兩片跨江西、福建兩省（于桂片、銅鼓片）（侯精一：2002）。謝留文、黃雪貞（2007）在1987年《中國語言地圖集》的研究基礎上，進一步爲客語重新分片，共分出八片，分別爲粵台片（包括梅惠小片、龍華小片）、海陸片、粵北片、粵西片、汀州片、寧龍片、于信片、銅桂片。相較於1987年的《中國語言地圖集》，謝留文、黃雪貞的更動爲：1. 取消粵中片，將原粵台片和粵中片方言統一設爲粵台片；2. 取消惠州片，而把惠州市區方言歸爲粵台片梅惠小片；3. 將江西和湖南的客家話根據語言特點進行重新劃分，仍分爲三片，但是各片包括的縣市與原來有所差異。如果要完全瞭解客語各片的音系結構，還非筆者現在能力所能及。因此筆者只選定一

〔註2〕熊正輝：《南昌方言詞典》（江蘇：江蘇教育出版社，1994年）。

〔註3〕顏森：《黎川方言詞典》（江蘇：江蘇教育出版社，1995年）。

〔註4〕魏剛強：《萍鄉方言詞典》（江蘇：江蘇教育出版社，1998年）。

個特定區域的客語為研究的範圍。

又鑑於客、贛語之間的關係，究竟是同系異派還是同系同派，從羅常培的《臨川音系》（1958）發表後，總為歷來學者（羅常培、趙元任、李方桂、董同龢、袁家驊、詹伯慧、丁邦新、李榮、Jerry Norman……）所爭論，所以筆者認為要徹底瞭解客語之前，還得從客語這個在漢語方言裡與他最親的兄弟「贛語」研究起。不過，本論文的重點並不在分判客、贛語的分合關係，因為要分判客、贛語的關係除了音韻系統的研究之外，還必須搭配客、贛語的詞彙與句法系統，才能有較客觀、較全盤的答案，而本文的研究重點只在客、贛語彼此的音韻系統比較，所以本文最後的研究結果並不會觸及到客、贛語分判的問題。

（二）贛　語

1987 年的《中國語言地圖集》將贛語分為九片，分佈在江西、湖南、福建、安徽等省。

贛語區又分為南昌靖安、宜春瀏陽、吉安茶陵、撫州廣昌、鷹潭弋陽、大冶通城、耒陽資興、洞口綏寧、懷寧岳西等 9 個片。

南昌靖安片主要分佈在贛江下游以及鄱陽湖的北部和西北部地區，包括江西省會南昌市和湖南省的平江縣等 16 個市縣。

宜春瀏陽片主要分佈在贛西偏北和湘東一帶，包括江西省宜春市和湖南瀏陽縣等 11 個市縣。

吉安茶陵片主要分佈在贛江中游和湘東一帶，包括江西省的吉安市和湖南省的茶陵縣等 18 個市縣。

撫州廣昌片主要分佈在撫河流域和福建西北部，包括江西省撫州地區的大部分市縣和福建省西北部的建寧縣等 15 個市縣。

鷹潭弋陽片主要分佈在鄱陽湖的東北部和贛東北地區，包括鷹潭市和弋陽縣等 12 個市縣。

大冶通城片主要分佈在湖北省的東南部和湖南省的東北部，包括湖北省的大冶縣和湖南省的臨湘縣等 12 個市縣。

耒陽資興片分佈在湖南省東南部，包括耒陽和資興等 5 個市縣。

洞口綏寧片分佈在湖南省的西部，包括洞口等 3 個市縣。

懷寧岳西片主要分佈在安徽省的西南部，包括懷寧和岳西等 9 個市縣。

（侯精一：2002，P142～143）

謝留文（2006）依據顏森、陳昌儀、劉綸鑫等人對江西贛語的分立意見，重新對贛語做分片的劃分。各片包括的市縣地點如下：

㈠昌都片共十一個市縣　南昌市　南昌　新建　永修　德安　星子都昌　湖口　安義　武寧　修水

原昌靖片包括十六個市縣，現將其中的奉新、靖安、高安、銅鼓四個市縣劃歸宜瀏片，這四個市縣在語音特點上與宜春地區周圍方言相近。平江劃歸大通片。……因為靖安已經劃出去，所以本方言片名改名為昌都片。

㈡宜瀏片共十五個市縣　宜春市　宜春　分宜　宜豐　上高　新幹新餘市　奉新　樟樹　靖安　高安　銅鼓　豐城　萬載　瀏陽

㈢吉茶片共十九個市縣　吉安市　吉安　吉水　峽江　泰和　永豐安福　蓮花　萍鄉市　上栗　蘆溪　永新　井岡山　萬安　遂川　攸縣　茶陵　炎陵　醴陵

萍鄉市　上栗　蘆溪《中國語言地圖集》劃歸宜瀏片，顏森改劃為吉茶片，本文也規入吉茶片。原寧岡縣現已劃歸井岡山市。《中國語言地圖集》醴陵歸宜瀏片，現根據其語言特點，劃歸吉茶片。

㈣撫廣片十四個市縣　撫州市　崇仁　宜黃　樂安　南城　黎川資溪　金溪　東鄉　進賢　南豐　廣昌　建寧　泰寧

㈤鷹弋片十二個市縣　鷹潭市　貴溪　餘江　萬年　樂平　景德鎮市　餘幹　鄱陽　彭澤　橫峰　弋陽　鉛山

㈥大通片十三市縣　大冶　咸寧市　嘉魚　赤壁（原蒲圻市）　崇陽通城　通山　陽新　監利　平江　臨湘　岳陽　華容

㈦耒資片五個縣　耒陽　常寧　安仁　永興　資興

㈧洞綏片三個縣　洞口　綏寧　隆回

㈨懷岳片九個市縣　懷寧　岳西　潛山　太湖　望江　宿松　東至
　石台　池州市

（謝留文：2006，P266～267）

　　儘管贛語分佈的省分不限於江西，但鑑於湖南、福建、安徽等地的贛語都
是由江西贛語遷徙過去的關係。因此，要瞭解贛語，江西的贛語成了核心的關
鍵。

　　本論文選定江西的客語與贛語，除了要透過對贛語的認識來與客語比較之
外，所選定的客語與贛語都在同一個區域，也使得本文比較的客語與贛語有共
同的地理基礎。

（三）對粵、閩語的認識

　　在正式研究客語之前，筆者曾因南方漢語方言（閩、粵、客語）之間的
錯綜複雜關係，遲遲不敢正式踏入客語的研究之中，怕由於筆者對南方漢語
方言的不夠瞭解而做出歪曲客語本來面貌的結論。筆者的碩士論文《廣東袁
屋圍粵語調查研究》（2005）雖是東莞袁屋圍村的粵語調查報告，但在探討袁
屋圍粵語音韻系統時，筆者使用了《廣東的方言》（李新魁：1991）、《廣州方
言研究》（李新魁、黃家教、施其生、麥耘、陳定方：1992）、《珠江三角洲方
言詞匯對照》（詹伯慧、張日昇：1988）、《粵北十縣市粵方言調查報告》（詹
伯慧、張日昇：1994）、《粵西十縣市粵方言調查報告》（詹伯慧、張日昇：1994）、
《廣東粵方言概要》（詹伯慧：2002）、《東莞方言說略》（陳曉錦：1991）……
等的語料來做為與袁屋圍粵語比較的基礎，也因此對廣東粵語的語音形貌已
有概略的掌握。

　　筆者認為要對客語有深層的認識，必須先從認識它的鄰居開始。閩語、粵
語都是我們在撰寫本論文之前應先有概略認識的漢語方言，也才能使得我們在
描述客語的音韻特徵或是音變過程時，能夠更進一步的知道這項音韻特徵是否
只存留在南方漢語裡，或是只存留在江西客語或贛語中，抑或受到北方漢語的
影響更多？因此，下文在論述各個江西客贛語的音韻行為時，將會徵引部分的

粵、閩語的語料以及其他的漢語方言（吳語、江淮官話、平話、北京話……等）以做爲說明江西客贛語音韻特徵、行爲的旁證。

五、採用的語料與方言點

　　本論文所採用的江西客贛語語料以劉綸鑫的《客贛方言比較研究》（1999）爲主，部分兼採李如龍、張雙慶的《客贛方言調查報告》（1992）、陳昌儀的《贛方言概要》（1991）。主要討論的江西客贛方言點有 35 個，贛語方言點佔 23 個；客語則有 12 個。以下文中各節若有引用到江西客語與贛語的音韻資料時，將不再一一註明其語料出處。這 35 個點的順序及所屬各片的情形如下：

贛方言	南昌片	湖口	星子	永修	修水	南昌	
	波陽片	波陽	樂平	橫峰			
	宜春片	高安	奉新	上高	萬載	新余	
	臨川片	東鄉	臨川	南豐	宜黃	黎川	
	吉安片	萍鄉	蓮花	吉安	永豐	泰和	
客家方言	本地話	上猶	（社溪）	南康	安遠	于都	
	客籍話	龍南	全南	定南	銅鼓	澡溪	井岡山
	寧石話	寧都	石城				

　　這 35 個江西客贛方言點的聲韻調系統如下，我們先列各方言點的聲母系統與韻母系統，最後再將聲調系統合併列於本節末尾。

湖口縣雙鐘鎮

聲母

p	b	m	f	t	d	n	l	ts
dz	s	tʂ	dʐ	ʂ	ʐ	tɕ	dʑ	ȵ
ɕ	k	g	ŋ	h	∅			

韻母

ɿ	ʅ	i	u	y	ɚ	o	io	uo
a	ia	ua	ɛ	iɛ	uɛ	yɛ	ai	uai
ei	uei	au	iau	ɛu	iɛu	iu	on	an
uan	iɛn	yɛn	ne	in	un	yn	ɔŋ	iɔŋ
uɔŋ	aŋ	iaŋ	oŋ	ioŋ	m̍	n̍	ŋ̍	

星子縣

聲母

p	b	m	f	t	d	n	l	ts	dz
s	z	tʂ	dʐ̩	ʂ	z̩	tɕ	dʑ	ȵ	ɕ
k	g	ŋ	h	∅					

韻母

ɿ	ʅ	i	ʮi	ui	ɜ	e	iɛ	uɛ
ɔ	iɔ	uɔ	ɛu	iu	ʮiɛ	a	ia	ua
ai	uai	au	ieu	ʮia	ɜn	iɛn	ʮiɛn	an
uan	ən	in	un	ʮin	ɔn	uɔn	əŋ	iŋ
uəŋ	ɔŋ	iɔŋ	uɔŋ	aŋ	iaŋ	uaŋ	ŋ̍	n̍
m̍								

修水（義寧鎮）

聲母

p	b	m	f	v	t	d	l	n
ȵ	ts	dz	s	tɕ	dʑ	ɕ	k	g
ŋ	h	∅						

韻母

ɿ	i	u	ɛ	iɛ	uɛ	ei	ui	o
uo	a	ia	ua	ai	uai	au	iau	iu
an	uan	on	uon	en	ien	uen	ən	in
un	uin	ɔŋ	iɔŋ	uɔŋ	aŋ	iaŋ	uaŋ	əŋ
iŋ	al	ɔl	el	uel	əl	iel	it	uit
ɿt	aʔ	iaʔ	oʔ	ioʔ	eʔ	uʔ	iuʔ	m̍
ŋ̍	n̍							

永修縣江益鄉

聲母

p	bh	m	f	v	t	dh	l	ts
dzh	s	tʂ	dʐh	ʂ	tɕ	dʑh	ȵ	ɕ
k	gh	ŋ̍	∅					

韻母

ɿ	ʅ	i	u	ɛ	iɛ	o	uo
a	ia	ua	ɛu	əu	iu	au	iɛu
ai	uai	ui	an	uan	on	uon	ɛn
iɛn	uɛn	en	in	un	uin	ɔŋ	iɔŋ
uɔŋ	aŋ	iaŋ	uaŋ	əŋ	iəŋ	uəŋ	m̩
n̩	ŋ̩	ɿʔ	iʔ	uʔ	uiʔ	æʔ	ɛʔ
iɛʔ	uɛʔ	oʔ	ioʔ	uoʔ	ɔʔ	aʔ	iaʔ
uaʔ	iuʔ						

南昌縣（塔城鄉）

聲母

p	ph	m	ɸ	t	th	l	ts
tsh	s	tɕ	tɕh	ȵ	ɕ	k	kh
ŋ	h	∅					

韻母

ɿ	i	u	o	uo	ɛ	iɛ	uɛ
ɨi	ei	ui	a	ia	ua	ai	uai
au	ɛu	iɛu	iu	ən	iən	uən	yən
an	uan	ɛn	iɛn	ɨn	in	un	ɔŋ
iɔŋ	uɔŋ	aŋ	iaŋ	uaŋ	əŋ	iuŋ	uŋ
m̩	n̩	ŋ̩	at	uat	ət	uət	ɛʔ
iɛt	uɛt	ɨt	it	ut	aʔ	iaʔ	uaʔ
ɔʔ	iɔʔ	uɔʔ	iuʔ	uʔ			

奉新縣（馮川鎮）

聲母

p	ph	m	t	th	l	ts	s	tɕ
tɕh	ȵ	k	kh	ŋ	h	∅		

韻母

ə	i	u	o	uo	ɛ	iɛ	uɛ
ɛi	ui	a	ua	ai	uai	ɒu	ʌu
iʌu	iu	əm	im	ɛm	iɛm	om	am

uam	ən	in	un	ɛn	iɛn	uɛn	on
an	uan	ɔŋ	iɔŋ	uɔŋ	oŋ	ioŋ	aŋ
iaŋ	uaŋ	m̩	n̩	ŋ̍	əp	ip	op
ap	iɛp	ot	uot	at	uat	ət	it
uət	oʔ	ioʔ	uoʔ	ɛʔ	uɛʔ	əʔ	aʔ
iaʔ	iuʔ	uʔ					

高安縣

聲母

p	ph	m	f	t	th	l	ts	tsh	
s	tɕ	tɕh	ɕ	k	kh	ŋ	h	∅	

韻母

∅	i	u	ɛ	iɛ	oi	a	ia
ua	ai	uai	ou	au	iau	ɛu	iɛu
iu	o	io	uo	on	ion	an	uan
ɛn	iɛn	uɛn	øn	in	uøn	ɔŋ	iɔŋ
uɔŋ	aŋ	iaŋ	uaŋ	iuŋ	uŋ	øl	il
uøl	ɛl	iɛl	uɛl	al	ual	ol	iol
oʔ	ioʔ	aʔ	iaʔ	uʔ	iuʔ	ŋ̍	

上高縣敖陽鎮

聲母

p	ph	m	f	v	t	th	l	ts	tsh
s	tɕ	tɕh	ȵ	ɕ	k	kh	ŋ	h	∅

韻母

ə	i	u	o	io	ɚ	ɛ	iɛ
a	ia	oi	ai	au	ɛu	iɛu	iu
iu	o	io	uo	on	ion	an	uan
an	ian	ɛn	iɛn	ɔn	iɔn	ən	in
əŋ	iəŋ	m̩	n̩	ŋ̍	at	ot	ɛt
ət	it	iɛt	aʔ	iaʔ	oʔ	ioʔ	ɛʔ
uʔ	iuʔ						

萬載縣康樂鎮

聲母

p	ph	m	f	t	th	l	ts	tsh	s
tɕ	tɕh	ȵ	ɕ	k	kh	ŋ	h	∅	

韻母

ʮ	i	u	e	ie	ue	ěi	uěi
ui	o	io	uo	oi	uoi	a	ia
ua	i̥	uai	au	eu	ieu	ɿu	iu
on	uon	an	uan	en	ien	uen	uien
m̩	in	un	uɯ	ɔŋ	iɔŋ	uɔŋ	aŋ
iaŋ	uaŋ	iuŋ	uŋ	aiʔ	uaiʔ	auʔ	iauʔ
oiʔ	uoiʔ	eʔ	ieʔ	ueʔ	uieʔ	eiʔ	ueiʔ
əuʔ	ʮʔ	iʔ	uɯʔ	oʔ	ioʔ	uoʔ	aʔ
iaʔ	uaʔ	iuʔ	uʔ	n̩			

新余市渝水區

聲母

p	ph	m	f	t	th	l	ts	tsh
s	tɕ	tɕh	ȵ	ɕ	k	kh	ŋ	h
∅								

韻母

ʮ	i	u	ə̂i	uə̂i	ɵ	o	io
uo	ɛ	iɛ	a	ia	ua	ɿu	iu
ɛu	iɛu	au	oi	uoi	ai	uai	ən
in	un	iun	ɛn	iɛn	an	uan	on
ion	uon	ɔŋ	iɔŋ	uɔŋ	ŋ̍	iuŋ	uŋ
aŋ	uaŋ	ʮʔ	uʔ	əʔ	iuəʔ	uəʔ	iaŋ
oʔ	ioʔ	uoʔ	ʌʔ	iuʌʔ	uʌʔ	ɿuʔ	iuʔ
aiʔ	iaiʔ	uaiʔ	aʔ	iaʔ	ɛʔ	iɛʔ	

樂平縣

聲母

p	ph	m	f	v	t	th	n	l
ts	tsh	s	tɕ	tɕh	ȵ	ɕ	k	kh
ŋ	h	∅						

韻母

ɿ	i	u	ʉ	ɛ	iɛ	ui	o
uo	a	ia	ua	ɛi	uɛi	ɤ	ai
uai	au	ieu	eu	iu	an	uan	ɛn
iɛn	uɛn	yɛn	ən	in	un	ɔŋ	iɔŋ
uɔŋ	aŋ	iaŋ	uaŋ	oŋ	ioŋ	uoŋ	ŋ̍
aʔ	iaʔ	uaʔ	ɛʔ	iɛʔ	uɛʔ	yɛʔ	əʔ
iʔ	uəʔ	uʔ	iuʔ	ɔʔ	iɔʔ	uɔʔ	

波陽縣（鄱陽鎮）

聲母

p	ph	m	f	t	th	n	l	ts	tsh
s	tɕ	tɕh	ȵ	ɕ	k	kh	ŋ	h	∅

韻母

ɿ	i	u	ʉ	ɚ	e	ie	ue
з	iз	uз	ʉз	o	uo	ɔ	iɔ
uɔ	ʉɔ	a	ɛi	uɛi	ʉɛi	ou	iəu
ai	uai	au	iau	ən	in	uən	ʉn
ẽn	iẽn	ʉẽn	iẽn	ʉẽn	õn	uõn	ʉõn
añ	uãn	ʉan	əŋ	uõŋ	ʉõŋ		

橫峰縣

聲母

p	ph	m	f	t	th	n	l	ts	tsh
s	tɕ	tɕh	ȵ	ɕ	k	kh	ŋ	h	∅

韻母

ɿ	i	u	y	ɤ	ɛ	iɛ	yɛ
ei	uei	ɔ	iɔ	uɔ	a	ua	ai
uai	au	iau	iu	ən	in	un	yn
iɛn	yɛn	an	ian	uan	ɔŋ	oŋ	ioŋ
aʔ	iaʔ	uaʔ	ɛʔ	iɛʔ	uɛʔ	yɛʔ	ɔʔ
uɔʔ	iʔ	uʔ	yʔ	ŋ̍			

東鄉縣

聲母

p	ph	m	f	t	th	n	l	ts	tsh
s	tɕ	tɕh	n̠	ɕ	k	kh	ŋ	h	∅

韻母

ɿ	i	u	ɛ	iɛ	ui	o	io
uo	a	ia	ua	ai	uai	au	iɛu
ɛu	iu	oi	uoi	om	uom	am	iɛm
im	on	ion	uon	an	uan	ɛn	iɛn
ən	in	un	ɔŋ	iɔŋ	uɔŋ	aŋ	iaŋ
uaŋ	iuŋ	uŋ	m̩	n̩	ŋ̩	ap	iɛp
op	əp	ip	ait	uait	oit	uoit	ɛt
iɛt	uɛt	ət	it	uɛt	ɛʔ	uɛʔ	oʔ
ioʔ	uoʔ	aʔ	iaʔ	iuʔ	uʔ		

臨川縣上頓渡鎮

聲母

p	ph	m	f	t	th	l	ts	tsh	s
tɕ	tɕh	n̠	ɕ	k	kh	ŋ	h	∅	

韻母

ɿ	i	u	θ	ɛ	iɛ	ui	o
io	uo	a	ia	ua	oi	uoi	ai
uai	au	iɛu	ɛu	iu	om	am	ɛm
iɛm	im	m̩	in	uɪn	iuɪn	ɛn	iɛn
on	uon	ion	an	uan	ɛŋ	ɔŋ	iɔŋ
uɔŋ	aŋ	iaŋ	uaŋ	iuŋ	uŋ	m̩	ŋ̩
op	ap	iɛp	ɪp	ip	at	uat	oit
uoit	ioit	ɛt	iɛt	ɪt	it	uɪt	iuɪt
ok	iok	uok	ɛk	ak	iak	iuk	uk

黎川縣日峰鎮

聲母

p	ph	m	f	v	t	th	n	l	ts
tsh	s	tɕ	tɕh	ɕ	k	kh	ŋ	h	∅

韻母

ɿ	i	u	y	ɵ	ɛ	iɛ	uɛ
o	io	uo	a	ia	ua	oi	uoi
ɛi	ui	ai	uai	au	iau	ou	ɛu
iəu	am	iam	om	ɛm	im	an	uan
on	uon	ɛn	iɛn	uɛn	ən	in	un
yn	aŋ	iaŋ	uaŋ	ɔŋ	iɔŋ	uɔŋ	ɛŋ
iŋ	iuŋ	uŋ	m̩	ŋ̩	ap	iap	op
ɛp	ip	aiʔ	uaiʔ	oiʔ	uoiʔ	ɛʔ	iɛʔ
uɔiʔ	iʔ	yʔ	aʔ	iaʔ	uaʔ	ɔʔ	iɔʔ
uoʔ	iuʔ	uʔ					

南豐縣琴城鎮

聲母

p	ph	m	f	v	t	tʰ	n	l
ts	tsh	s	tɕ	tɕh	ȵ	ɕ	k	kh
ŋ	h	∅						

韻母

ə	i	u	y	o	io	uo	ɛ
iɛ	ɛi	ui	yi	oi	iɛu	iu	a
ia	ua	ya	ai	uai	au	iau	am
iam	iɛm	om	im	an	uan	iɛn	yɛn
on	uon	in	un	uin	yn	iɛŋ	iŋ
ɔŋ	iɔŋ	uɔŋ	aŋ	iaŋ	uaŋ	yaŋ	iun
uŋ	m̩	ŋ̩	ap	iap	ip	op	al
ual	ɛl	iɛl	yɛl	ol	uol	ul	it
uit	yt	ɛk	iɛk	uɛk	yɛk	ək	ik
ok	iok	uok	ak	iak	uak	uk	yk

宜黃縣鳳凰鎮

聲母

p	ph	m	f	t	th	l	ts	tsh	s
tɕ	tɕh	ȵ	ɕ	k	kh	ŋ	h	∅	

韻母

ι	i	u	ε	iε	ei	uei	o
io	uo	a	ia	ua	ai	uai	au
iau	ou	eu	iu	εn	iεn	uεn	on
uon	an	uan	ən	in	un	uin	ɔŋ
iɔŋ	uɔŋ	aŋ	iaŋ	uaŋ	oŋ	ion	m̩
ŋ̍	at	uat	εt	iεt	uεt	ət	it
uit	oit	uoit	εʔ	uεʔ	oʔ	ioʔ	uoʔ
aʔ	iaʔ	iuʔ	uʔ				

蓮花縣琴亭鎮

聲母

p	ph	m	t	th	n	l	ts	tsh
s	tɕ	tɕh	ɕ	k	kh	h	∅	

韻母

ι	i	u	y	ui	iu	œ	uœ
o	io	uo	yo	ɜ	e	ie	ue
ye	a	ia	ua	ya	ao	iao	ai
uai	ẽ	iẽ	uẽ	yẽ	ɔ̃	iɔ̃	uɔ̃
ã	iã	uã	yã	əŋ	ĩ	uŋ	yŋ
ŋ̍							

萍鄉市

聲母

p	ph	m	f	t	th	l	ts	tsh
s	tʂ	tʂh	ʂ	tɕ	tɕh	ȵ	ɕ	k
kh	ŋ	h	∅					

韻母

ι	ʅ	i	u	ɥ	ɜ	iɜ	uɜ
ɥɜ	œ	uœ	ɔ	iɔ	uɔ	a	ia
ua	ai	uai	ui	au	iau	iu	ɛ̃
iɛ̃	uɛ̃	ɥɛ̃	ɔ̃	iɔ̃	uɔ̃	ã	iã
uã	əŋ	iŋ	uəŋ	ɥŋ	m̩	ŋ̍	

吉安市河西片（市區）

聲母

p	ph	m	f	t	th	l	ts	tsh	s
tɕ	tɕh	ȵ	ɕ	k	kh	ŋ	h	∅	

韻母

ɿ	i	u	y	ɵ	o	io	ɛ
iɛ	uɛ	yɛ	ei	uei	ɔi	ɛu	iu
a	ia	ua	ai	uai	au	iau	ən
in	uən	yn	on	uon	yon	an	iɛn
uan	ɔŋ	ioŋ	uoŋ	aŋ	iaŋ	uaŋ	uŋ
yŋ	ŋ̩						

吉安市河東片

聲母

p	ph	m	f	t	th	n	l	ts	tsh
s	tɕ	tɕh	ȵ	ɕ	k	kh	ŋ	h	∅

韻母

ɿ	i	u	y	ɵ	o	io	ei
ui	oi	uoi	ɛ	iɛ	uɛ	yɛ	iɛu
iu	a	ia	ua	ai	uai	au	iau
en	in	un	yn	on	uon	an	iɛn
uan	yɛn	ɔŋ	ioŋ	aŋ	iaŋ	uaŋ	əŋ
ieŋ	m̩	ŋ̩					

永豐縣恩江鎮

聲母

p	ph	m	f	v	t	th	l	ts
tsh	s	tɕ	tɕh	ȵ	ɕ	k	kh	ŋ
h	∅	kv	khv					

韻母

ɿ	i	u	ʉ	o	io	ɤ	iɤ
ɵ	ɛ	iɛ	uɛ	ai	uai	oæ	au
iau	a	ia	ua	iɑ	ĩ	iĩ	uĩ

yĩ	ã	uã	oã	yoã	ɛ̃	iɛ̃	ɔŋ
iɔŋ	uoŋ	aŋ	iaŋ	uaŋ	əŋ	iŋ	uŋ
m̩	ŋ̍	æʔ	ɛʔ	iɛʔ	ueʔ	yɛʔ	oæʔ
yoæʔ	ɤʔ	iʔ	uɯʔ	oʔ	ioʔ	aʔ	iaʔ
ɤʔ	iɤʔ						

泰和縣

聲母

p	ph	m	f	t	th	l	ts	tsh	s
tɕ	tɕh	ȵ	ɕ	k	kh	ŋ	h	∅	

韻母

ɿ	i	u	y	ə	e	ie	ue
ye	ɤ	iɤ	uɤ	o	io	uo	a
ia	ua	ei	ui	ɔi	æ	uæ	ɔ
iɔ	əu	iu	ĩ	uĩ	yĩ	ẽ	iẽ
uẽ	yẽ	ã	uã	ɔ̃	iɔ̃	uɔ̃	an
uan	ɛn	iɛn	yɛn	aŋ	iaŋ	uaŋ	əŋ
yŋ	ŋ̍						

寧都縣城關鎮

聲母

p	ph	m	f	v	t	th	n	l	ts
tsh	s	tɕ	tɕh	ɕ	k	kh	ŋ	h	∅

韻母

ə	i	u	iu	ɛi	iɛ	ui	o
ɔo	ɛu	iəu	au	iau	a	ia	əm
im	oɔm	am	iam	ən	in	un	oɔŋ
ioɛn	an	ap	iap	oɛp	əp	ip	ait
uŋ	iuŋ	ət	it	uit	ək	ok	iok
iɛt	oɛt	uk	iuk	n̩	ŋ̍		
ak	iak						

石城縣琴江鎮

聲母

p	ph	m	f	v	t	th	n	l	ts
tsh	s	tɕ	tɕh	ɕ	k	kh	ŋ	h	∅

韻母

ɿ	ei	i	u	iu	ə	o	io
ie	ui	ɔi	əu	iəu	a	ia	ai
au	iau	əm	iəm	om	am	iam	an
ien	on	ion	uon	ən	in	əŋ	ɔŋ
iɔŋ	aŋ	iaŋ	uŋ	iuŋ	əp	iəp	ɔip
aip	iap	ait	iet	ɔit	ət	it	uit
ək	ok	iok	ak	iak	uk	iuk	
m̩（n̩、ŋ̍）							

定南縣歷市鎮

聲母

p	ph	m	f	v	t	th	n	l	ts
tsh	s	tɕ	tɕh	ɕ	k	kh	ŋ	h	∅

韻母

ɿ	i	u	ə	e	ei	ie	ui
iui	ɛi	əu	iu	o	io	ɔi	iɔi
ɛu	iɛu	a	ia	ai	au	iau	an
ian	ɛn	iɛn	əŋ	in	uən	oin	ioin
ɔŋ	iɔŋ	aŋ	iaŋ	ɯŋ	iɯŋ	ət	it
uət	ɛt	ait	iait	oit	iɛt	ioit	ak
iak	ok	iok	ɯk	iɯk	m̩（ŋ̍）		

銅鼓縣豐田鄉

聲母

p	ph	m	f	v	t	th	n	l
ts	tsh	s	tʂ	tʂh	ʂ	tɕ	tɕh	ɕ
k	kh	ŋ	h	∅				

韻母

ɿ	ʅ	i	u	ə	ui	e	ɛu
iu	ɔ	ɔi	iɔ	a	ia	ua	ai
uai	au	iau	ən	in	un	ɛn	iɛn
ɔn	iɔn	an	uan	ɔŋ	iɔŋ	aŋ	iaŋ
uaŋ	əŋ	iəŋ	ʅt	it	uit	ət	ait
iɛt	uait	ɔit	ɛk	uɛk	ɔk	iɔk	iak
uk	iuk	m̩					

修水縣黃沙橋

聲母

p	ph	m	f	v	t	th	n	l
ts	tsh	s	tʂ	tʂh	ʂ	ɕ	k	kh
ŋ	h	∅						

韻母

ɿ	ʅ	i	u	ə	ɛ	ue	ɛu
iu	o	io	a	ia	ua	ai	uai
ɔi	ui	au	in	un	ɛn	iɛn	uɛn
ɔn	iɔn	an	uan	ɔŋ	iɔŋ	aŋ	iaŋ
uaŋ	əŋ	iəŋ	ʅt	ət	it	uil	ail
iɛt	uail	ɔil	ɛk	uɛk	ok	iok	uk
iuk	ak	iak	m̩				

萬載縣高村鄉

聲母

p	ph	m	f	v	t	th	l	ȵ
ts	tsh	s	tʂ	tʂh	ʂ	k	kh	ŋ
h	∅	kv	khv					

韻母

ɿ	ʅ	i	u	ɛ	ɛi	iɛ	ə
ɔ	iɔ	ɔi	iu	a	ia	ua	ai
uai	au	iau	ɛu	iu	an	uan	ɛn
iɛn	ən	in	un	ɔn	iɔn	aŋ	iaŋ
uaŋ	ɔŋ	iɔŋ	əŋ	iəŋ	ait	uait	ʅt

it	ət	uit	ɔit	ɛk	uɛk	iɛt	ɔk
iɔk	ak	iak	uk	iuk	m̩		

奉新縣澡溪鄉

聲母

p	ph	m	f	v	t	th	n	l
ts	tsh	s	tɕ	tɕh	ɕ	k	kh	ŋ
h	∅							

韻母

ə	i	u	ui	ɛi	iɛ	ɔ	iɔ
ɛu	iu	ai	uai	a	ia	ua	iɔ
au	iau	ən	in	un	ɛn	iɛn	ɔn
iɔn	an	uan	ɔŋ	iɔŋ	aŋ	iaŋ	uaŋ
əŋ	iəŋ	ət	it	uit	ɔit	ait	iɛt
uait	ɛk	uɛk	ɔk	iɔk	uk	iuk	ak
iak	m̩						

井岡山黃坳

聲母

p	ph	m	f	v	t	th	n	l	ts
tsh	s	tɕ	tɕh	ɕ	k	kh	ŋ	h	∅

韻母

ɿ	i	u	ui	ɛi	ɔ	iɔ	oi
ai	uai	au	iau	ɛu	ieu	ɛn	iɛn
ən	in	un	iun	an	ian	uan	ɔn
iɔn	ɔŋ	iɔŋ	uŋ	aŋ	iaŋ	uaŋ	iuŋ
ɿt	it	uit	ɛt	iɛt	ɔit	ait	iait
uait	ak	iak	ɔk	iɔk	uk	iuk	m̩

全南縣城廂鎮

聲母

p	ph	m	f	v	t	th	n	l	ts
tsh	s	tɕ	tɕh	ɕ	k	kh	ŋ	h	∅

韻母

ɿ	i	u	ɛi	uɛi	o	io	a
ia	au	iau	ɔi	uɔi	ai	ui	iui
ɛu	iu	ɜ	in	iun	un	ɔn	iɔn
an	ian	ɛn	iɛn	iuɛn	ɤn	iɤn	aŋ
iaŋ	ɤŋ	iɤŋ	æʔ	iɛʔ	ɛʔ	iʔ	oʔ
ioʔ	aʔ	iaʔ	ɤʔ	iɤʔ	ɔiʔ	uiʔ	iuɔiʔ
iuiʔ	ŋ̍						

上猶縣營前鎮

聲母

p	ph	m	f	v	t	th	n	l
ts	tsh	s	tɕ	tɕh	ç	k	kh	ŋ
h	kv	khv	ŋv	∅				

韻母

ɿ	i	u	e	iui	ui	o	io
oi	ioi	a	ia	iai	au	iau	ɛu
iu	ən	in	un	iun	ɛn	iɛn	an
ian	ɔn	iuɔn	ɔŋ	iɔŋ	aŋ	iaŋ	uŋ
iuŋ	aiʔ	iaiʔ	ɤʔ	oʔ	ioʔ	oiʔ	uiʔ
iuiʔ	ɛʔ	iɛʔ	aʔ	iaʔ	iʔ	uʔ	iuʔ
m̍	ŋ̍						

龍南縣龍南鎮

聲母

p	ph	m	f	v	t	th	n	l	ts
tsh	s	tɕ	tɕh	ç	k	kh	ŋ	h	∅

韻母

ɿ	i	ui	u	ɯ	iɯ	ɛ	iɛ
a	ia	ɔi	ɚ	ai	au	iau	ɛu
iɛu	əu	iəu	an	iɛn	ɔin	ian	iuɔin
ən	in	un	ɔŋ	iɔŋ	aŋ	iaŋ	ɤŋ
iɤŋ	æʔ	ɛʔ	oiʔ	iɛʔ	iʔ	əʔ	iuɔiʔ
oʔ	ioʔ	aʔ	iaʔ	ɤʔ	iɤʔ	ŋ̍	

泰和縣上圯鄉

聲母

p	ph	m	f	v	t	th	n	l	ts
tsh	s	tɕ	tɕh	ɕ	k	kh	ŋ	h	∅

韻母

ɿ	i	u	e	ui	ie	o	io	oi
eu	iu	oɔ	ioɛ	a	ia	ua	ɔ	iɔ
æ	uæ	ã	iã	uã	ɔ̃	iɔ̃	ɛ̃	iɛ̃
ɛ̃	ĩ	ɨ̃	uĩ	əŋ	iuŋ	aʔ	iaʔ	uaʔ
oɛʔ	ɿʔ	oʔ	ioʔ	ɛʔ	iʔ	uiʔ	uʔ	iuʔ
ŋ̍								

于都縣貢江鎮

聲母

p	ph	m	f	v	t	th	n	l
ts	tsh	s	tʃ	tʃh	ʃ	tɕ	tɕh	ȵ
ɕ	k	kh	ŋ	h	∅			

韻母

ɿ	ʅ	i	u	y	e	ie	ui	yu
ɚ	ɤ	iɤ	oɛ	yɛ	eu	ieu	iu	æ
uæ	ɔ	iɔ	a	ia	ua	ẽ	iẽ	uẽ
yẽ	ɔ̃	iɔ̃	ã	iã	uã	ĩ	əŋ	iəŋ
ŋ̍	eʔ	ieʔ	ɛʔ	iɛʔ	ɤʔ	iɤʔ	aʔ	iaʔ
uʔ	iuʔ	yɛʔ						

南康縣蓉江鎮

聲母

p	ph	m	f	v	t	th	n	l	ts
tsh	s	tɕ	tɕh	ɕ	k	kh	ŋ	h	∅

韻母

ɿ	i	u	y	ə	e	ue	ɜ	iu
o	io	iɛ	yɛ	əu	ɔ	iɔ	æ	uæ
a	ia	ua	ya	ẽ	iẽ	uẽ	yẽ	oɔ̃
ɔ̃	iɔ̃	əŋ	iŋ	yŋ	ã	iã	uã	ŋ̍

上猶縣東山鎮

聲母

p	ph	m	f	v	t	th	n	l	ts
tsh	s	tɕ	tɕh	ɕ	k	kh	ŋ	h	∅

韻母

ɿ	i	u	y	e	ie	ue	ye	ɔɛ
o	io	æ	uæ	ɔ	iɔ	eo	iu	a
ia	ua	õẽ	ẽ	iẽ	uẽ	yẽ	ã	iã
əŋ	iŋ	ŋ̍						

安遠縣欣山鎮

聲母

p	ph	m	f	v	t	th	n	l	ts
tsh	s	tɕ	tɕh	ɕ	k	kh	ŋ	h	∅

韻母

ɿ	i	æ	uæ	u	ʉ	e	ie	ue
oe	ioe	a	ia	ua	ɜ	iɜ	uɜ	ɔ
iɔ	ɷ	iɷ	əŋ	iŋ	uŋ	ɔŋ	iɔŋ	ã
iã	ɷ̃	iɷ̃	m̍	ŋ̍	n̍	ɚ		

安遠縣龍布鄉

聲母

p	ph	m	f	v	t	th	n	l
ts	tsh	s	tɕ	tɕh	ɕ	k	kh	ŋ
h	∅	j						

韻母

ɿ	i	u	y	e	ie	ue	ə	ue
o	io	æ	uæ	ɔ	iɔ	a	ia	ua
ya	əŋ	iŋ	uŋ	ɔŋ	iɔŋ	aŋ	iaŋ	n̍
ŋ̍	ɜʔ	iɜʔ	yɜʔ	uɜʔ				

　　江西客贛語的聲調系統如下表，湖口至泰和為贛語點；上猶至石城則為客語點。下表以數字 123…表示《客贛方言比較研究》裡所使用該方言的調類，

同一方格中的第二行則爲該調類的調值。另外有些方言點在同一調類之下有兩種調值，分別以①、②標誌，前者代表不送氣；後者則代表送氣分調後的調值。

湖口	1陰平 42	2陽平 11	3上 24	4陰去 ①35	5陰去 ②213	6陽去 13				
星子	1陰平 33	2陽平 24	3上 31	4陰去 ①55	5陰去 ②214	6陽去 11	7入 35			
永修	1陰平 ①35	2陰平 ②24	3陽平 33	4上 21	5陰去 ①55	6陰去 ②445	7陽去 212	8陰入 ①5	9陰入 ②45	10陽入 3
修水	陰平 ①34	2陰平 ②23	3陽平 13	4上 21	5陰去 ①55	6陰去 ②45	7陽去 22	8陰入 42	9陽入 32	
南昌	1陰平 44	2陽平 ①35	3陽平 ②24	4上 213	5去 11	6陰入 4	7陽入 1			
波陽	1陰平 11	2陽平 24	3上 42	4去 35	5入 44					
樂平	1陰平 11	2陽平 35	3上 213	4陰去 24	5陽去 33	6入 2				
橫峰	1陰平 44	2陽平 33	3上 314	4陰去 35	5陽去 213	6入聲 5				
高安	1陰平 24	2陽平 13	3上 31	4陰去 55	5陽去 22	6陰入 4	7陽入 1			
奉新	1陰平 53	2陽平 24	3上 35	4陰去 44	5陽去 11	6陰去 5	7陽入 2			
上高	1陰平 42	2陽平 24	3上 213	4去 53	5入 5					
萬載	1陰平 31	2陽平 44	3上 213	4去 53	5陰入 3	6陽入 5				
新余	1陰平 ①45	2陰平 ②34	3陽平 42	4上 213	5去 12	6入聲 ①5	7入聲 ②34			
東鄉	1陰平 33	2陽平 24	3上 353	4陰去 42	5陽去 212	6陰入 2	7陽入 4			
臨川	1陰平 22	2陽平 24	3上 35	4去 42	5陽去 11	6陰入 2	7陽入 5			
南峰	1陰平 23	2陽平 ①45	3陽平 ②34	4上 11	5去 213	6入① 12	7入聲 ②5			
宜黃	1陰平 11	2陽平 53	3上 232	4陰去 42	5陽去 24	6陰入 2	7陽入 4			
黎川	1陰平 22	2陽平 35	3上 44	4陰去 53	5陽去 13	6陰入 3	7陽入 5			
萍鄉	1陰平 13	2陽平 44	3上 35	4去 11						

蓮花	1 陰平 44	2 陽平 13	3 陰上 53	4 陽上 35	5 去 22					
吉安	1 陰平 334	2 陽平 11	3 上 53	4 去 214						
永豐	1 陰平 24	2 陽平 11	3 上 42	4 去 55	5 陰入 2	6 陽入 4				
泰和	1 陰平 44	2 陽平 24	3 上 42	4 去 22						
上猶	1 陰平 24	2 陽平 213	3 上 31	4 去 53	5 陰入 2	6 陽入 5				
南康	1 陰平 44	2 陽平 11	3 上 21	4 去 53	5 陰入 24	6 陽入 55				
安遠	1 陰平 35	2 陽平 24	3 上 31	4 陰去 53	5 陽去 55					
于都	1 陰平 31	2 陽平 44	3 上 35	4 陰去 323	5 陽去 42	6 入 54				
龍南	1 陰平 24	2 陽平 312	3 上 53	4 陰去 44	5 陽去 22	6 陰入 5	7 陽入 23			
全南	1 陰平 24	2 陽平 11	3 上 42	4 陰去 44	5 陽去 22	6 陰入 3	7 陽入 5			
定南	1 陰平 35	2 陽平 213	3 上 31	4 陰去 53	5 陽去 33	6 陰入 2	7 陽入 5			
銅鼓	1 陰平 24	2 陽平 13	3 上 21	4 去 53	5 陰入 2	6 陽入 5				
澡溪	1 陰平 24	2 陽平 13	3 上 21	4 去 53	5 陰入 2	6 陽入 5				
井岡山	1 陰平 24	2 陽平 11	3 上 21	4 去 53	5 陰入 2	6 陽入 5				
寧都	1 陰平 42	2 陽平 13	3 上 214	4 陰去 31	5 陽去 44	6 陰入 3	7 陽入 5			
石城	1 陰平 53	2 陽平 24	3 上 31	4 去 32	5 入 4					

江西客贛語的特殊音韻現象與結構的演變

第貳章 聲母的演變

　　江西客贛語在聲母的部分，最爲人熟知的就是中古全濁聲母變爲今日送氣清聲母的聲母演變特點。不過以下聲母各節的討論，我們不打算以一一羅列的方式來說明江西客贛語的聲母狀況，而是以問題意識的提出來綰合各節。至於較爲大家所熟知且較無爭議的「全濁聲母變爲次清聲母」、「來母 l-在細音前塞化爲舌尖 t-聲母」、「部分古輕唇字仍保留重唇」、「曉匣合口字讀爲輕唇音 f-」等的聲母特點則不會在文中討論。以下討論的聲母問題包括「江西客贛語濁聲母演變的相關規律」、「江西客贛語聲母的拉鍊音變」、「影、疑、云以母的 ŋ-聲母」、「日母字與泥母字的演變」。

第一節　江西客贛語濁聲母演變的相關規律

一、江西贛語的「次清化濁」爲「規律逆轉」

　　江西贛語南昌片的湖口、星子、永修、修水等方言點，有所謂「次清化濁」的語音現象，何大安稱之爲「規律逆轉」（rule reversion）（何大安，1988）。也就是說，中古歸納爲次清類的聲母，這些贛語的方言點都轉變讀爲濁聲母（濁化後的濁聲母包含送氣類型與不送氣類型），這種「次清化濁」的音變現象，主要發生塞音與塞擦音上，而不涉及擦音類的字，即中古歸爲「滂、透、清、徹、

昌、初、書、生、溪」聲母的字，其中「書、生」聲母化濁的現象，限於古「書、生」母今仍讀塞擦音的字。這些中古歸爲「次清類」的字，究竟是①這些贛語方言點相對於其他漢語方言讀爲送氣清音的字，本來就讀爲濁音，②還是這些次清聲母曾經歷中古全濁聲母的清化的音變後，再由送氣清音再經歷化濁的音變的過程，而演變成今日讀爲濁音的面貌？這個問題江敏華（2003）已經論述過，由這些古次清聲母類的字，今日雖讀爲濁聲母，但聲調仍爲陰調的情形看來，江西贛語古次清類字今讀爲濁音只能是②的情況。本文無意再重複「次清化濁」是贛語創新的音變，而是將用「次清化濁」爲後來創新演變的概念，進一步討論這些贛語古全濁聲母類的字今讀爲濁音的現象。

	南昌	星子	湖口	永修	平江	新建
顛	tien1	tien1	tien1	tien1A	tien1	tien1
天	t'ien1	dien1	dien1	d'ien1B	d'ien1	t'ien1
田	t'ien2	dien2	dien2	d'ien2	d'ien2	t'ien2
井	tɕian3	tsian3	tɕian3	tɕian3	tsian3	tɕ'ian3A
請	tɕ'ian3	dzian3	dʑian3	dʑ'ian3	dz'ian3	tɕ'ian3B
靜	tɕ'ian6	dzin6	dʑin6	dʑ'in6	dz'in6	tɕ'in6
菊	tɕiuk7	tɕiu5A	tɕy5A	tɕiuʔ7A	kiuʔ7	tɕiuʔ7
曲	tɕ'iuk7	dʑiu5B	dʑy5B	dʑ'iuʔ7B	g'iuʔ7	tɕ'iuʔ7
局	tɕ'iuk8	dʑiu8	dʑy8	dʑ'iuʔ8	g'iuʔ8	tɕ'iuʔ8

（江敏華：2003，P63）

二、江西贛語古「次清」、「全濁」聲母的今讀類型

　　江西贛語古全濁類的聲母，今日讀爲濁音。這些古全濁聲母的字，今讀爲濁音的現象，發生在塞音、塞擦音的音類上，而不涉及擦音類的古全濁字，也就是古爲「並、定、澄、從、邪、崇、船、群」聲母的字，其中邪母發生讀爲濁音的現象，則限於塞擦音類的字。這裡令人不禁想問的是，究竟江西贛語古全濁類的聲母今讀爲濁音，究竟是①江西贛語，也經歷大部分漢語方言所共同的中古「全濁聲母清化」音變後，清化的全濁聲母類的字，再進一步與古次清聲母類的字一起濁化，還是②保持中古全濁的念法？因爲這些古全濁聲母類的字在江西贛語裡讀爲陽調，一時間不易說明，今日讀爲濁音的現象是創新抑或

保守。

　　江西北部出現的這些古全濁聲母類字今讀爲濁音，究竟是①古全濁聲母清化後，再與其他送氣聲母一起變爲濁音，②抑或是這些古全濁聲母類的字並未清化，只是江西贛語的古次清聲母類字經歷了「次清化濁」的規律逆轉後，而與這些古全濁聲母類字併爲一類？何大安（1988）與江敏華（2003）都認爲①、②兩類的分別看法，其實不是那麼地重要，重要的是這些贛語方言點顯示出了古「次清」、「全濁」聲母同歸爲一類的音韻事實，這種歸納的類型意義與周遭的客贛語是一樣的，只不過周遭的客贛語是古「次清」、「全濁」聲母同讀爲送氣清聲母，而這些江西北部的贛語則是一同讀了「送氣濁母」或「不送氣濁母」。我們肯定這種音類類型的分類意義，但還是不禁想問江西北部出現的這些古全濁聲母類字今讀爲濁音的語音現象，究竟是創新音變，還是中古以來的保守現象。

三、擦音的不對稱性與來母的系統空缺性

（一）擦音在對比序列之外──贛語的濁擦音有「全濁上歸去聲」的痕跡

　　發生「次清化濁」的南昌片贛語在擦音的部分，我們可以觀察到有古「全濁上聲歸去聲」的現象。下表的例字，選的都是古全濁聲母類的字，因爲這些方言點都有捲舌音化的現象，在擦音方面，爲集中論述的主題，我們只選擇沒有牽涉捲舌音化的匣母字做代表。從下表我們可以發現這幾個發生「次清化濁」的贛語方言點，在塞音、塞擦音與擦音的部分，都有發生古「古全濁上歸去」的語音音變。

	浩（匣）	部（並）	待（定）	在（從）
湖口	hau6	bu6	dai6	dzai6
星子	hau6	bu6	dai6	dzai6
永修	g'au7	b'u7	d'ai7	dz'ai7
修水	hau7	bu7	de7	dzei7

說明：湖口、星子的 6 調與永修、修水的 7 調都是陽去調。

　　這些發生「次清化濁」的贛語方言點的古全濁塞音、古全濁塞擦音聲母今讀濁音，但古全濁擦音聲母今日並不讀爲濁音。其中頗令人注意的一點是，無

論是古全濁塞音、古全濁塞擦音及古全濁擦音都經歷古「全濁上聲歸去聲」的音變規律。試比較：

{
　1.古全濁塞音、古全濁塞擦音、古全濁擦音：都經歷「古全濁上聲歸去聲」
　2.古全濁塞音、古全濁塞擦音：今讀爲濁音
}

因爲古全濁塞音、古全濁塞擦音今讀爲濁音的出現範圍較爲局限，讓我們不禁懷疑這個古全濁塞音、古全濁塞擦音今讀爲濁音的現象是後起的，所以發生的範圍僅限於塞音、塞擦音，而不涉及擦音。且就整體的江西贛語來看，發現古全濁聲母今讀爲濁音的方言點也是偏少。就語言系統內部來說，古全濁聲母今讀爲濁音的現象不擴及擦音，有所局限性；就地理分佈來看，這些古全濁聲母今讀爲濁音的方言點也不那麼普遍。不過無論擦音在江西贛語裡讀的是清擦音或濁擦音，都可以表示擦音是先走一步抑或停留在較舊的音讀，而未與該系統的塞音、塞擦音齊步同走。我們只能依據擦音的讀音狀況，懷疑這些贛語方言點的古全濁塞音、古全濁塞擦音今讀爲濁音爲後起的現象，卻不能完全以擦音的讀音狀況來證明。

（二）來母與「全濁聲母」沒有必然的關連性

江西贛語裡的來母字有不少方言點讀爲 d-聲母的現象。不過一般來說，來母在音系結構裡屬於沒有對比序列的地位，與擦音的地位相仿，往往有自己的演變狀況。所以儘管有些贛語方言點發生了 l>d 的濁塞化現象，也不能證明這些贛語方言點的古全濁聲母今讀爲濁音爲後起的現象，甚至「次清化濁」的後起規律也不見得會影響來母字的讀音。例如江西南昌片的永修方言，雖然也進行了「次清化濁」的規律逆轉，但永修的來母依舊讀爲 l 邊音，並沒有濁塞化的現象發生。

四、次濁上聲歸併的兩種類型

何大安（1994）歸納現代漢語方言次濁上聲歸併的類型，發現這項從唐代中期以後的語音規律遍及整個漢語方言，但細分又可分作兩種類型，一爲官話型；一爲吳語型。

> 官話型的濁上和吳語型的濁上歸去可以看作「濁上歸去」的兩種極
> 端的類型。前者不包括次濁上聲字，次濁上聲字歸陰上；後者則包

括次濁上聲字，次濁上聲字隨陽上同入陽去。另一些次濁上聲字兼
入陰上、陽上（陽去）的方言，則介於兩者之間，表現出過渡的色
彩。我認為，這種類型上的不同，其實便是南北方言結構差異的反
映（何大安：1994，P282）。

（一）官話型

官話型的特色在於次濁上聲字歸陰上，下表取自何大安〈「濁上歸去」與現
代方言〉（1994）。表中的 A、B、C、D 表示今調的平、上、去、入；1、2 表
示陰調和陽調。

官話方言聲調比較表

次方言	方言點	平			上			去			入		
		清	次濁	濁	清	次濁	濁	次濁	濁	清	清	次濁	濁
北京官話	北京	A1	A2		B				C		A1,B A2,C	C	A2
北方官話	濟南	A1	A2		B				C		A1	C	A2
膠遼官話	青島	A1	A2		B				C		B	C	A2
中原官話	洛陽	A1	A2		B				C		A1		A2
蘭銀官話	蘭州	A1	A2		B				C		C		A2
西南官話	成都	A1	A2		B				C		A2		
江淮官話	揚州	A1	A2		B				C		D		
晉語	大同	A1	A2		B				C		D		

（何大安：1994，P268）

（二）吳語型

吳語型的特色是次濁上聲的字跟全濁上歸入去聲。

吳語方言聲調的比較表

方言點	平			上			去			入		
	清	次濁	濁	清	次濁	濁	次濁	濁	清	清	次濁	濁
溫州	A1	A2		B1	B2		C2		C1	D1		D2
江陰	A1	A2		B			C2		C1	D1		D2
寶山 霜草墩	A1	A2		B			C2			C1	D1	D2
太平仙源	A1	A2		B1	A1 B2	B2	C2		C1	C2		B1

（何大安：1994，P273）

（三）贛語屬於官話型

贛語的次濁上聲跟陰上一起歸為上聲，屬於官話型。

贛語方言聲調比較表

方言點	平 清	平 次濁	平 濁	上 清	上 次濁	上 濁	去 次濁	去 濁	去 清	去 次清	入 清	入 次清	入 次濁	入 濁
通城	A1	A2	A2	B	B	B	C2	C2	C1	C1	D	D	D	D
修水	A1	A2	A2	B	B	B	C2	C2	C2	次C1	D	D	D	D
清江	A1	A2	A2	B	B	B	C	C	C	C	D	D	D	D
萬安	A1	A2	A2	B	A1	C	C	A2	A2	A2	D	D	D	C
南城	A1	A2	A2	B	B	B	A1 / C2	C2	C1	C1	D	D	D	D
弋陽	A1	A2	A2	B	B	B	C2 / A1	C2	C1	C1	D1	D1	D1 / D2	D2
都昌	A1	A2	A2	B	B	A1	C2	A1	C1	C2	D1	次D1	D1 / D2	D2
豐城	A1	A2	A2	B	B	C	A1	C	C	C	D1	D1	D1 / D2	D2
蓮花	A1	A2	A2	B1	B1 / B2	B2	C	C	C	C	A1	A1	A1 / A2	A2 / C
南豐	A1	A2	次A2 / A2	B1	B1 / A1	C / A1	C	C	C	C	D甲 / D乙	D甲 / D乙	D甲 / D乙	D甲 / D乙

（何大安：1994，P270）

五、「全濁聲母清化」與「全濁上聲歸去聲」的順序

（一）官話型——先「全濁聲母清化」再「全濁上聲歸去聲」

1. 全濁聲母清化先於全濁上聲歸去

贛語的次濁上聲既然跟陰上一起歸為上聲，表示贛語在次濁上這部份的聲調歸併部分遵循的是官話型的演變，而不是吳語型的演變規則。官話型的規則是「全濁上聲歸去聲」發生在「全濁聲母清化」規則之後。因為贛語古次濁上聲歸併的型態相似於官話型，我們因此推斷贛語古「全濁上聲歸去聲」的演變也是同於官話型的古「全濁上聲歸去聲」演變，先經歷了「全濁聲母清化」然

後再發生「全濁上聲歸去聲」。因為陰陽兩種聲調的區別，是以聲母清濁為條件的，所以當中古官話型聲母清濁的對立消失後，其原本聲母對立的格局便由聲母轉嫁到聲調的分別上。

因為官話型的全濁聲母的演變途徑是先發生「全濁聲母清化」，再發生「全濁上聲歸去聲」。所以古全濁上聲若能歸為去聲，就表示其上聲的調類已因全濁聲母的清化，而分為兩類，一為陰上；一為陽上，陽上與去聲合在一起。

若依照這個邏輯推演，我們必然又要追問一個問題，那麼去聲呢？是不是也在這個古全濁聲母清化的啟動下，分為陰陽兩種調值？這是很有可能的，至於現在漢語方言不乏去聲只有一類的方言，可能就是早期「四聲八調」，或者我們循著李榮（1956）「四聲三調」的思路走下去，即入聲沒有獨立調值，這裡我們就應該使用「四聲六調」的詞語，今日去聲只有一類的漢語方言，即是早期「四聲六調」進一步的合併陰去與陽去的結果。在這裡，我們似乎又會陷入去聲是否曾分裂為兩類的爭論上，但我們可以先不必陷入這個論題的泥淖中。

2. 湖口等方言點具有陰去、陽去兩種調值

為什麼我們說可以不用陷入古去聲是否分為兩類的泥淖中，因為這幾個發生「次清化濁」的江西南昌片的贛語，即湖口、星子、永修、修水等方言點的去聲，都有分為兩種調值的趨向，即陰去調與陽去調。也就是說，這些贛語方言在全濁上聲歸入去聲這個音變發生時，全濁上聲自動歸入陽去調，首先該浮在腦中的問題意識應是，那為什麼全濁上聲不會亂跑歸入陰去調呢？或者我們更該想到的是，現在看到贛語的這些方言點，古全濁上聲讀為今日的陽去調，表示當時全濁上聲併入去聲時，去聲當時的情況也是分為兩類，不然全濁上聲在併入去聲調時，有可能併入陰去調，又或者陰去、陽去互見，怎麼會這麼整齊地知道要跑到陽去調呢？只有這些贛語方言點，在發生全濁上聲併入去聲這項音變時，去聲也是分為兩類才可能，那麼到底去聲以什麼條件可以分為兩種調值呢？聲母的清濁應是合理的答案。

這幾個贛語方言點，當發生全濁上聲歸去聲音變時，去聲已因聲母清濁的分別而分為兩種調值，陰去與陽去。因為官話型的全濁聲母已經先清化了，以致去聲字的部分也因全濁聲母清化的音變，因而使得清濁聲母的對立消失，繼而出現陰去、陽去兩種調值。

當時的全濁上聲若能循線且安分地併入陽去調，顯然陽去調與全濁上聲字有共同的前提背景，也就是他們前身都是濁聲母，因清濁聲母的對立消失，兩者則因濁音的影響，而使得調值的接近而合併。也或者可以這樣說，因為全濁聲母的清化，而啓動了全濁上聲歸去聲這樣的調值分化與合併。

（二）吳語型——先「全濁上聲歸去聲」再「全濁聲母清化」

1. 四聲八調的格局

大部分的現代吳語還保留著中古四個聲調（平、上、去、入）的分別，平、上、去、入各個調類之間又因聲母清濁的分別再細分為八種調值。下面是吳語區四個方言點的聲調情況。

	陰平	陽平	陰上	陽上	陰去	陽去	陰入	陽入
松江	52	31	44	22	335	113	5	23
紹興	52	31	334	113	33	22	5	23
常熟	52	233	44	31	324	213	5	23
無錫	544	14	323	33	34	213	5	23

（錢乃榮：1992，P20）

我們知道清聲母會使後接的元音基頻升高；而濁聲母會使後接的元音基頻降低。松江與紹興同調類的陰、陽調型都相同，只差別在陰調（清聲母）的調型稍高於陽調類（濁聲母）的調型。若不考慮清、濁聲母所造成的基頻上的差異，那麼我們可以說松江與紹興只有四個「音位性」的聲調，但有八個「音素性」的調值。至於常熟與無錫在同調類的陰、陽調下的調型就對應得不是這麼好，顯示常熟與無錫從原本「四聲八調」的格局裡，經過比松江、紹興還劇烈的聲調演變。

2.「全濁上聲歸去聲」大致完成，但仍保留全濁聲母

在吳語區，大部分的方言點都完成了「全濁上聲歸去聲」的演變（錢乃榮：1992），如下表所示。部分方言點如宜興、溧陽雖然還維持著陰、陽上的區別，但我們也可以觀察到宜興、溧陽正有由全濁上聲歸併到陽去的聲調演變（24＞31）（錢乃榮：1992，P20～27）。

吳語方言聲調的比較表

方言點	平			上			去			入		
	清	次濁	濁	清	次濁	濁	次濁	濁	清	清	次濁	濁
溫州	A1	A2		B1	B2		C2		C1	D1	D2	
江陰	A1	A2		B		C2			C1	D1	D2	
寶山 霜草墩	A1	A2		B	C2				C1	D1	D2	
太平仙源	A1	A2		B1	A1 B2	B2	C2		C1	C2	B1	

（何大安：1994，P273）

　　中古的全濁聲母並、奉、定、從、邪、澄、崇、船、禪、群、匣在今日的吳語區大致還能保留全濁聲母的念法，邊緣區的吳語則多有清化的現象產生（錢乃榮：1992），這也表示了全濁聲母清化在吳語區是較晚發生的。

　　這樣的情況也顯示了在吳語區是先發生「全濁上聲歸去聲」的規則，再發生「全濁聲母清化」的規則。依據松江與紹興的聲調情況，我們知道吳語的清濁聲母影響後接的元音進而產生聲調上的差異，但造成「四聲八調」的格局後，吳語區的全濁聲母並不像官話型的全濁聲母一樣，造成聲調差異後，就清化而功成身退，而仍維持著濁聲母的發音。

六、「送氣分調」先於「次清化濁」

　　江西贛語南昌片部分方言點，發生「送氣分調」的音變情形，而這些發生「送氣分調」的南昌片贛語裡，也有些方言點（湖口、星子、都昌、修水、德安、永修）同時也發生了「次清化濁」的現象。後文聲調的部分我們將會證明在這些同時發生「送氣分調」、「次清化濁」的南昌片贛語裡，「送氣分調」的音變現象是早於「次清化濁」的。「送氣分調」的前提是中古全濁聲母清化，這也證明了江西客贛語裡標誌爲「中古全濁聲母」的字，早已經經歷過全濁聲母清化的音變。中古的全濁聲母清化後，這些中古原隸屬「全濁」，今爲送氣清音但聲調爲陽調的字再經歷「次清化濁」而讀爲濁音，且搭配爲陽調。

七、附論：官話入聲韻尾的消失在全濁聲母清化後

　　在討論到官話系統的「全濁聲母清化」時，還有一個問題意識是隱含在背

後的，那就是以官話的系統來說，全濁聲母的清化在先，而繼之以入聲韻尾的消失。

就北京話而言，古入聲的調類依清、次濁、全濁的聲母分別分為三大類，而併入其他舒聲調類中。這裡我們把焦點放在全濁入聲這一類上，古全濁入聲調類的字，今日大部分讀為陽平調，而這些陽平調的字，就聲母而言，又都是不送氣的清塞音、塞擦音。也就是說，官話系統的全濁聲母清化規律：清化後平聲送氣，仄聲不送氣，入聲是遵循了仄聲不送氣的規則。也許看到這裡大家不禁會問，入聲本來就是仄聲類，在古全濁入聲類，看到都是不送氣的塞音與塞擦音並不意外。但這更顯示了一點，為什麼古入聲全濁調類的字，會遵循官話全濁聲母清化仄聲的規律走，那是因為古全濁聲母清化規律在先，繼之為入聲韻尾消失，入聲調類的歸併等一連串變化。所以就官話而言，入聲尾的消失此一音變，出現在古全濁聲母清化之後。

第二節　江西客贛語聲母的拉鍊式音變

一、南方漢語聲母的拉鍊式音變

南方的漢語方言，普遍可見一拉鍊式的音變現象（ts' → t' → h），這種拉鍊式的音變現象，也廣泛地見於江西的客贛語中。在我們討論江西客贛語這種拉鍊音變緣由之前，我們必須先對其他南方方言，有類似拉鍊音變的其他方言有所瞭解，才能較完整地去解釋江西客贛語聲母的拉鍊式音變。雖然本節最後所要論述的重點在江西客贛語，但若不先對這整個南方區域的拉鍊式音變有大致上的瞭解，而直接論述江西客贛語聲母的拉鍊式音變的語音現象，恐有見樹不見林的遺憾。於是本節的安排，是先以其他南方漢語方言聲母拉鍊式的音變為例子，個別說明之後，然後再回頭論述江西客贛語聲母拉鍊式音變的成因。

在這些廣袤的南方漢語方言林中，有些方言涉及了 ts → t → ʔ 與 ts' → t' → h 兩種平行的拉鍊演變，但也有方言只進行了 ts' → t' → h 送氣音類的變化，而不涉及 ts → t → ʔ 不送氣音類的演變。以上這些拉鍊音變，若是涉及兩種平行音變的方言點，所發生的中古聲類大致涉及幫、端、定、透、精、清、從母；而只有送氣類聲母進行拉鍊音變的方言點，所涉及的中古聲類大致包

括透、定、精、從母。

（一）粵語一：台山、開平

廣東珠江三角洲粵語四邑片中的台山、開平在過去的紀錄中，精組爲 t、t'、ɬ，知照組爲 tʃ、tʃ'、ʃ，端及定母去入兩調的字讀爲喉塞音[ʔ]，透母及定母平上兩調的字讀爲[h]（袁家驊：2001，P201）。在今日四邑片的紀錄中，精組仍爲 t、t'、ɬ，知照組爲 ts、ts'、s，端及定母去、入及部分上聲調的字讀成零聲母，透母及定母平聲及部分上聲的字讀爲[h]（詹伯慧：2002）。在這兩份的記音對照中，我們可以看到知照組有經歷過前化的過程（tʃ、tʃ'、ʃ → ts、ts'、s）。除了知照組由偏向捲舌的 tʃ 組，前化變爲不捲舌的 ts 組之外，我們還能觀察到台山、開平的端系後化，變爲喉塞聲母[ʔ]及送氣聲母[h]，再進一步則有完全消失的軌跡，而精組字則正是爲彌補這樣的空缺，由 ts、ts'變爲 t、t'，其過程可表示爲：

$$ts \longrightarrow t \longrightarrow ʔ \longrightarrow \emptyset$$

（精、從）　（端、定的去入調及部分上聲調）

$$ts' \longrightarrow t' \longrightarrow h$$

（清、從）　（透、定的平聲及部分上聲調）

（二）粵語二：連山

粵北的連山精清心（邪）聲母也念爲 t、t'、ɬ，事實上它也經過一類似的拉鍊音變過程，連山的古「幫、端」母讀爲濁聲母的 b、d。

| 幫： | 跛 ᵇbø | 輩bui˥ | 奔 ₋buɐn | 壁ᵇbek |
| 端： | 朵 ᵈdø | 對 dui˥ | 敦 ₋duɐn | 滴 ᵈdek |

（詹伯慧：1994）

由漢語方言大部分幫、端母的讀法，以及這些字陰調的表現，我們可以知道連山的幫、端母進行了清音濁化的過程，並有成對的（非孤立地）濁音出現，而精母爲補足端系的空缺，由 ts 變爲 t，至於清母則可視爲精母塞化後帶動的成對塞化現象。連山的拉鍊音變如下：

ts ——→ t ——→ d（陰調）
（精、從） （端、定）

tsʻ ——→ tʻ
（清、從） （透、定）

（三）閩語一：建陽、邵武

	酒	青	早	坐	床	謝
廈門	꜂tsiu	꜀tsʻĩ	꜂tsa	tse꜅	꜁tsʻŋ̍	tsia꜅
福州	꜂tsieu	꜀tsʻaŋ	꜂tsa	sœy꜅	꜁tsʻouŋ	sia꜅
建甌	꜂tsiu	꜀tsʻaŋ	꜂tsau	tso꜅	tsʻɔŋ꜄	tsia꜅
建陽	꜂tsiu	꜀tʻaŋ	꜂lau	tsue꜅	꜁tʻɔŋ	lia꜅
邵武	꜂tsou	꜀tʻaŋ	꜂tʻau	꜂tʻoi	tʻɔŋ꜆	tʻia꜅
	ts	tsʻ	-ts	dz	dzʻ	-dz

（王福堂：1999，P81）

閩語中的建陽、邵武都有精、清、從、崇、邪字讀爲 tʻ的情形，這是因爲他們受鄰近贛語 tʻ → h 音變的感染，使得精、莊組字由 tsʻ → tʻ，來彌補透、定、徹、澄母變爲 h 留下來的空缺。以建陽話爲例，h 聲母大致出於透定徹澄母，如：他 ꜀ha、替 hai꜅、桃 ꜁hau、頭 ꜁həu、撐 haŋ꜅、趁 hɔiŋ꜄、澄 ꜁haiŋ、蟲 ꜁hoŋ。（王福堂：1999，P95）其拉鍊音變表示如下：

tsʻ ——→ tʻ ——→ h

（四）閩語二：海南島

海南島的海口方言（閩南語的一支），也進行了相似的拉鍊音變，古「精、從、莊、崇、章、船、禪」母，在閩南方言讀爲 ts 聲母的，在海口方言分讀爲 ts、t，前者出現在前元音（i、e、ɛ）前；後者的條件則是後元音（a、o、u）。古聲母「端、定、知、澄」在閩南方言讀 t 的，在海口方言讀 d 聲母；古聲母「精、從、心、邪、初、崇、昌、審、禪」在閩南方言讀 tsʻ，在海口方言讀 s；

古聲母「心、邪、生、審、禪」在閩南方言讀 s，在海口方言則讀 t。

海口方言的拉鍊音變：

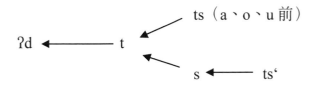

（張光宇：1990，P43）

　　海南島海口方言的拉鍊音變，稍不同於上文所提到的閩語或粵語。雖然它也有 t → d〔註1〕的拉鍊音變，但海口方言去補足 t 空缺的卻是 ts 與 s。這一部份，則相當迥異於前文所描述的其他拉鍊式音變的南方漢語方言。這也印證語言飛地－海南島，受當地土語影響，遠離本土大陸而易有其特殊音變的飛地型語言的特殊性。

（五）容縣客語

　　北京大學的徐通鏘，為解釋漢語方言普遍所見的文白異讀，以及廣泛的語言接觸現象，而提出了「疊置音變」的概念。

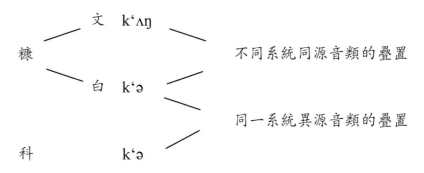

　　「糠」的白讀形式如何演變決定於它與之疊置的果攝字的演變，而它在系統中能否存在則決定於它和文讀形式的競爭，一般的情況都是文勝白敗，白讀形式最後只能殘存於一些地名和人名的姓氏中，甚至可以在系統中消失得無影無蹤，不留痕跡。我們了解了文白異讀的這種疊置的結構，就可以清楚地了解現實方言中「陰陽對轉」的性質：「同一系統異源音類的疊置」就是陽聲韻已經完成了向陰聲

〔註1〕ʔd的喉塞音ʔ，我們可以徑直地認為等於d，因為在一個音節的起始段，我們預備要發出一個音時，喉頭會自然地先下降做準備，若下降地明顯，則很容易會造成一個喉塞音起始的聽感。

韻的轉化，這是通過「語音規律無例外」的連續式音變實現的，而「不同系統同源音類的疊置」就是陰聲韻轉化爲陽聲韻，通過以「競爭」爲特點的疊置式音變實現。（徐通鏘：1997，P213）

我們有了「疊置式音變」的概念後，再去分析容縣客語的聲母替換情形，便更能清楚地理解這種聲母替換的語音演變，自有其方言接觸的背景。

因爲漢語方言之間的接觸非常地頻繁，上文我們提到的拉鍊式音變因擴及力量太強，甚至是沒有發生過拉鍊式音變的語言，也有可能因爲周遭語言已經發生這樣的拉鍊音變，而產生聲母的替換，使得 ts 系的聲母也念爲 t 系。例如容縣客語，一個位在玉林市平話中的客語方言島，其中玉林平話精、清聲母已進行了上文所述的拉鍊式音變，而容縣客語也在玉林平話的強勢影響下，產生了以下很有趣的替換聲母現象。

請[tʻeŋ]（玉林平話）＋ [tsʻiaŋ]（梅縣客語）→ [tʻiaŋ]（容縣客語）

酒[tʻou]（玉林平話）＋ [tsiu]（梅縣客語）→ [tiu]（容縣客語）

玉林平話（李連進：2000），梅縣客語（溫昌衍：2006），容縣客語（陳曉錦：1999，P209）。

我們把容縣客語的「請」、「酒」兩字，以疊置式音變關係來描述的話，則如下所示。

不同系統同源音類的疊置

聲母（文）　　韻母（白）

請　tʻiaŋ

不同系統同源音類的疊置

聲母（文）　　韻母（白）

酒　tiu

（六）玉林平話

　　玉林平話精系字讀為 t，語音演變型態和連山粵語相同，但在說明上，還得繞一個圈子，才能解釋得清楚。我們光從現在的玉林平話語音資料（李連進：2000），無法得知玉林平話精系字讀為 t 的來由。但由過去的紀錄（楊煥典、梁振仕：1985）、（梁振仕：1984），我們發現過去玉林市容縣的幫、端聲母讀為濁聲母的 b、d，且為陰調（碑 biˇ、臂 biˇ、擔 damˇ、膽 dam˧）；精、清、心聲母則與現代讀音一致，讀為 t、t‘、ɬ。那麼玉林平話精系字讀為 t 的背後語音條件，不就昭然若揭了嗎！玉林平話經歷與連山相似的拉鍊式音變，精母為填補端母的空缺而變為 t，精清聲母成對地變為 t、t‘是語音裡的系統的平衡機制所致，正如幫、端母的一起濁化情況一樣。以端母為首的拉鍊音變完成後，又因為幫、端母讀為濁聲母的情形，與周遭方言大相逕庭，於是幫、端母再一次由濁音變為清音的 p、t，卻因為清化前後的聲調都為陰調，表面似乎看不出變化，才導致我們後來無法判斷精、清聲母讀為 t、t‘的原委。其變化可圖示於下：

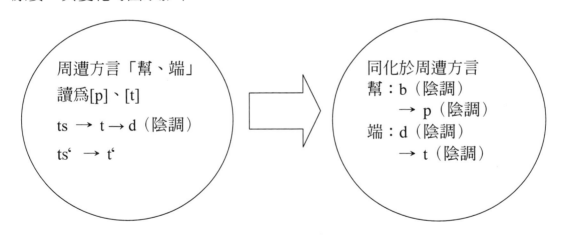

二、精、清聲母演變的遲速

　　我們還可以從玉林鄰近有相同拉鍊式音變的平話中發現，精清聲母在演變為 t、t‘的速度上是有所差別的。玉林平話精清聲母演變為 t、t‘的過程，是由幫端母的濁化開端，再由端母引領精清母字變為 t、t‘。就邏輯過程而言，遞補端母空缺的精母變為 t 的速度應比清母變為 t‘的演變來得快。但玉林平話完成此一 ts、ts‘ → t、t‘的音變再向外擴散時，我們卻可以發現精、清聲母讀為 t、t‘的速度卻是送氣的清母比精母快。以下語料取自《平話音韻研究》（李

連進：2000）。

清	參	千	慘	錯	侵	醋	砌	次	切
玉林	t'ɔn	t'in	t'ɔm	t'ɔk	t'ɐm	t'u	t'ai	t'i	t'it
藤縣	t'am	t'in	t'am	t'ɔ	t'ɐm	t'u	t'ɐi	t'i	t'it
容縣	ts'am	ts'en	t'am	t'ɔ	t'im	t'u	t'aːi	t'i	t'it
平樂	ts'æ	tɕ'iẽ	ts'æ	ts'ɔ	tɕ'iẽ	t'u	t'e	t'i	t'it

精	借	再	嘴	左	姐	租	酒	津
玉林	tɐ	tœi	tøi	tɔ	tɐ	tu	tɔu	tɐn
藤縣	tɐ	tœ	toi	tɔ	tɐ	tu	tɐu	tɐn
容縣	tsia	tsɔi	tsui	tɔ	ti	tu	tiu	tin
平樂	tɕiɐ	tsœ	tsœ	tsɔː	tɕi	tsu	tsaːo	tɐi

註：其中「借」、「再」在容縣客語中還有 ta、tɔi 的念法。

　　由以上兩圖，我們可以窺知精、清聲母在這四種語言的參差演變情形，容縣客語與平樂平話都在往精、清母讀為 t、t' 的情形靠攏。在精母字方面，能夠找到四種方言都變為 t 聲母的，只有「津」字，更可以顯示精、清母變為 t、t' 聲母的演變上是有遲速不同的，清組的送氣字演變得比精組的不送氣字來的快。

三、南方漢語拉鍊式音變的三種型態

（一）型態一：幫、端濁化

　　許多學者在論述廣東粵語 ts' → t' → h 的拉鍊式音變現象時，時常會提到這是壯侗語遺留的底層，就演變的指引方向來說是對的。

> 早期壯侗語清的 p t 聲母影響到漢語方言中清的幫端母（濁的並定母不受影響），然後漢語方言的幫端母在與壯侗語接觸的過程中因持續接受影響而變化為ʔb ʔd，或者進一步失落喉塞和吸氣成分而成為普通的 b d。（王福堂：2006，P122）

　　壯侗語裡廣泛地擁有ʔb與ʔd 的聲母，正因為這個普遍可見的ʔb與ʔd 聲母，才使得漢語方言的雙唇清塞音 p 與舌尖清塞音 t，起了仿效作用，濁化為相對的濁塞音 b 與 d，進而引發一連串的拉鍊式音變，如玉林平話與連山粵語

的 ts → t → d（陰調）與 ts' → t' 都可以屬於這一個類型，而海口方言雖有較不同於其他拉鍊音變的演變圖示，但在 ts → t → d 的演變上，也相同於玉林平話與連山粵語。

在「型態一」的拉鍊式音變裡，端母的濁化是引發拉鍊式音變的重要起始點，但幫母的濁化，除了與端母形成一個相對立的濁音外，其本身並沒有再引發其他相關聲母連串音變的能力。

（二）型態二：兩套平行演變的拉鍊音變

以粵語四邑片台山、開平的兩套平行的拉鍊音變：ts → t → ʔ 與 ts' → t' → h 為代表。台山、開平兩套平行的拉鍊式音變，不管是不送氣 ts 或送氣的 ts' 都平行對稱地遞補了塞音 t、t' 的位置，台山、開平的音變類型，可以看做一個因內部壓力，進而形成兩套整齊拉鍊式音變的原型。

1. 壯侗語ʔb 與ʔd 聲母指引方向的力量

玉林平話與連山粵語裡，若我們把關注焦點放在 ts → t 與 ts' → t' 的演變上的話，那麼我們也可以說，玉林平話與連山粵語的拉鍊式音變，在遞補舌尖清不送氣與清送氣塞音的演變上，也是兩套平行的拉鍊式音變。既然是如此的話，為何玉林平話與連山粵語，我們把它當作「型態一」，而台山、開平把它當作「型態二」？那是因為在台山、開平裡，我們缺乏幫、端母的濁化力量牽引，其拉鍊式音變，純粹是內部的壓力演變，看不出有直接性的壯侗語影響的痕跡。儘管如此，我想曾經在南方區廣泛居住的壯侗語族，其ʔb與ʔd 聲母的普遍存在，依舊給予了漢語一個深遠的演變指引方向，不然我們無由解釋這樣的拉鍊式音變，為何常見於南方而少見於北方。由壯侗語ʔb與ʔd 的聲母所引發的南方漢語拉鍊式音變的「型態一」，揭示了一個容易發生的語音型態，那就是清不送氣與送氣舌尖前塞擦音，容易塞化為相近部位的不送氣與送氣的舌尖清塞音，即 ts → t 與 ts' → t' 的音變形式。若我們認為壯侗語ʔb與ʔd 聲母的普遍存在，曾深刻地影響漢語的聲母型態的話，那麼我們就可以認可「型態二」的台山、開平雖有其內部的語音壓力演變，但在外部上，則被「型態二」這類由壯侗語引發的拉鍊式音變所感染，普遍地存在 ts → t 與 ts' → t' 的音變模式。

壯侗語族的ʔb、ʔd 聲母與b、d 聲母在一般的壯侗語裡，並沒有音位上的

區別性,但在莫語(刑凱:1999,P14)、水語(張均如:1980)及毛難語(梁敏:1980)裡還保持著ʔb、ʔd 聲母與b、d 聲母在音位上的對立。且李方桂在原始傣語的擬構中,也是分立ʔb、ʔd 聲母與b、d 聲母的(李方桂:1977,P255)。

2. 清母字演變快於精母字的啟示

從玉林鄰近方言發生此一拉鍊音變的例字看來,即使 ts → t 與 tsʻ → tʻ的音變形式是一套成對的平行演變,但在實際的例字上,進行 tsʻ → tʻ音變的例字較多,這也意味著,送氣舌尖前清塞音母字的塞化速度,快於不送氣的舌尖前清塞音。我們認為這種清不送氣與送氣的舌尖前塞擦音,其塞化的相關音變,從建陽、邵武的閩語與下文我們要討論的江西客贛語看來,可以只發生在送氣音一類,也就是只進行 tsʻ → tʻ的塞化音變。但基於南方方言,廣泛地存在著型態一與型態二的拉鍊式音變,我們認為型態三的拉鍊式音變,雖然不是型態一的後續發展,卻是受到型態一觸發,以及型態二的區域感染下,才獨獨只在送氣聲母下進行的另一種的拉鍊式音變類型。

(三)型態三:只有送氣音音類進行拉鍊式音變

除了上文閩語的建陽、邵武有進行了 tsʻ → tʻ → h 拉鍊式音變外,江西客贛語裡也發生了這一串送氣音類的拉鍊式音變。不過在我們討論江西客贛語的送氣類聲母的拉鍊式音變之前,必須先釐清本節所要討論中古聲母範圍,包含有清、從、初、崇聲母由 tsʻ → tʻ的音變過程,以及中古透、定聲母由 tʻ → h 的音變過程,至於江西客贛語還有另一種由清不送氣與送氣的捲舌音,塞化為清不送氣與送氣舌尖塞音的音變:tʂ → t;tʂʻ → tʻ,則在後文另外討論。

四、江西客贛語聲母為型態三的拉鍊式音變

江西客贛語的拉鍊式音變只發生在送氣聲母這一類,中古透、定聲母由 tʻ → h;而接著為了要填補送氣舌尖清塞音 tʻ 的位置,中古的清、從、初、崇聲母又由 tsʻ → tʻ。前後兩類例字並不會相混,所以可以確定的是,這是一拉鍊式的音變現象。就 tsʻ → tʻ → h 看來,後者為了遞補前者的位置,且前後項的中古音類並不相混,就表面看來似乎是拉鍊式的音變,但從上文的討論我們可以看出,這整個東南半壁的漢語方言,還普遍存在著一種舌尖前清送氣與不送氣塞擦音 ts → t,tsʻ → tʻ塞化的趨勢。因此我們也可以指出,表

面上看來江西客贛語發生的 ts' → t' → h 音變是拉鍊式音變，但在區域感染的作用下，也內隱著清舌尖前塞擦音趨向塞化的「推鍊」力量。

（一）「一套音位；兩套音值」是決定塞化與否的關鍵

江西客贛語的 ts' → t' → h 拉鍊式音變，在各方言點，除了有例字多寡的差異之外，這項拉鍊式的音變是一個「非條件式的音變」（unconditional sound change）。唯一需要加以說明的，則在於清送氣舌尖前音往前塞化那部份。

首先，我們先看清送氣舌尖前音變為清喉擦音 t' → h 的部分。江西客贛語與大部分的漢語方言一樣，經歷了「全濁聲母清化」的過程，至於方言本身的發展規則是：中古全濁聲母清化後變為清送氣的塞音、塞擦音。故這裡變為清喉擦音 h 的中古聲類雖然有兩項－透母與定母，但他們在江西客贛語的出發點，都是清送氣舌尖前音 t'。中古透、定聲母出現的中古韻類為一等與四等，檢視這些發生 t' → h 音變的方言點，可以看到各個韻攝一等與四等的韻類，其透母與定母都有變為清喉擦音 h 的音韻行為，並沒有其韻類的限制，所以江西客贛語 t' → h 的音變是一種非條件音變。江敏華（2003，P96）提到 t' → h 的音變在贛語撫廣片的黎川、南豐、宜黃出現的語音環境最廣，且這一帶也是 ts' → t'音變最為集中的地區，所以江敏華推測這些地區，應是拉鍊式音變 ts' → t' → h 的音變起點，就波浪理論的擴散行為看來也是於理有據，這也對我們去觀測江西客贛語裡的 ts' → t' → h 拉鍊式音變的起源方言點非常有助益。

至於為了遞補清送氣舌尖塞音 t'位置，而產生的 ts' → t'音變，其音變的主要因素，除了前文我們提到因區域感染的「推鍊」力量外，其主因則是音系內部的結構調整。既然清送氣舌尖前音變為清喉擦音 t' → h 的音變，是無條件的語音音變，可以預期的是接續的 ts' → t'音變，也應該是「無條件」音變。但審視出現 ts' → t'音變的方言點，在奉新、南豐、宜黃、黎川等地的贛語，卻在 i 元音與舌尖元音前，多不會變為清送氣舌尖塞音 t'。

	斜	秋	袖	簽	侵	千	盡	槍	情	松～樹
奉新	tɕ'iɛ	tɕ'iu	tɕ'iu	tɕ'iɛm	tɕ'im	tɕ'iɛn	tɕ'in	tɕ'iɔŋ	tɕ'in	tɕ'ioŋ
南豐	tɕ'ia	tɕ'iu	ɕiu	tɕ'iam	tɕ'im	tɕ'in	tɕ'in	tɕ'iɔŋ	tɕ'iŋ	tɕ'iuŋ
宜黃	tɕ'ia	tɕ'iu	tɕ'iu	tɕ'ɛm	tɕ'in	tɕ'iɛn	tɕ'in	tɕ'iɔŋ	tɕ'in	tɕ'ioŋ
黎川	—	—	ɕiəu	tɕ'iam	tɕ'im	tɕ'iɛn	tɕ'in	—	—	—

1. i 元音前－兩條音變規律的相互拉扯

就表面看起來，好像是 ts' → t' 音變在 i 元音前有所限制。但江西客贛語的清送氣舌尖前塞擦音 ts'，在實際念讀時，就有兩種音值的細微差異。雖然觀看整體音系時，只有一個音位/ts'/，但在 i 元音前的[ts']，受到後面 i 元音的影響，有舌面顎化（palatalized）的傾向，其實際音值偏向舌面音的[tɕ']。因為前、高的 i 元音若是擺在介音的位置，其摩擦性質高，就會具備[j]的顎音（palatal）性質，而與也是屬於顎音（palatal）部位的舌面音[tɕ']音值相近。這些贛語方言點（奉新、南豐、宜黃、黎川）在 i 介音前的音值因讀為舌面性質的[tɕ']，而 i 介音與舌面音的[tɕ']結合時，具有一種音值上的穩定感，所以不走向塞化音變的規則，而在 i 元音前的 ts' 的字也有塞化的趨勢，其緣由則是顎化的程度沒有很足夠，在 i 元音前的舌面音[tɕ']讀音並沒有這麼明顯，其發音部位應為較為偏前的齒齦顎音（alveolar- palatal）。

$$
\text{ts'} \rightarrow \text{t'} \begin{cases} /\_\_其他韻母前 \\ /\_\_ \text{i 元音前，①塞化規律} \Longleftrightarrow ②顎化規律 \\ ①②規律的相互拉扯，多數情況是②勝而①敗 \end{cases}
$$

在江西客贛語裡，[ts'][tɕ']雖是兩套音值，但因為出現環境互補的關係，可以歸為一套同音位/ts'/（allophone），後又因塞化規律的影響，使得原本的音值差異突顯，原本一套的音位，分裂為兩套音位/t'/與/tɕ'/，而相類似的音變，我們也可以在英語裡看到。

2. 相類似的英文音位分立例子

英文的輔音 n、ŋ 原本屬於同一個音位/n/，舌根部位的鼻音[ŋ]是/n/音位在舌根塞音前的音位變體。

Originally, in English, there was no velar nasal phoneme /ŋ/, though this sound did occur as an allophone of the phoneme /n/ before velar sounds. This can be represented by the allophonic statement below:

$$
/n/ \begin{cases} [ŋ] \text{ before velars} \\ \\ [n] \text{ elsewhere} \end{cases}
$$

Earlier English   Modern English

* /sɪn/：[sɪn] → /sɪn/：[sɪn] 'sin'

* / sɪng/：[sɪŋg] → / sɪŋ/：[sɪŋ] 'sing'

（Crowley：1992，P79）

[n]與[ŋ]在英語裡也是一套同位音；兩套音值的關係，但當其互補的環境改變了後，[n]與[ŋ]遂變爲不同的兩套音位了。

（三）初組字的塞化現象與清組相同

在江西客贛語裡，除了發生 ts' → t'的塞化音變之外，在中古知三章組的例字上，也有變爲舌尖塞音的情形（tʂ → t 與 tʂ' → t'）。那麼問題來了，我們怎麼知道在中古初、崇聲母所見的舌尖塞音是屬於哪一方面的塞化現象呢？

江西客贛語的精莊知章聲母，粗略地分有兩種型態，而這項聲母的特點，也與大部分的客語相同，分爲所謂的寧化型（精莊知章聲母合成一套）與長汀型（精莊知二一套；知三章一套）（江敏華：2003）。至於寧化型的一套聲母，又是長汀型的進一步合併而來。以上談論的 ts' → t'塞化音變，除了在中古聲母清、從聲母可以看見之外，在初、崇所見的塞化現象，基於①江西客贛型精莊知章聲母分合的趨勢，可以判定是由寧化型的型態塞化而來，也就是說，這些在中古初、崇聲母所見的舌尖塞化的起點是舌尖前清送氣塞擦音，與清、從聲母的塞化現象一路，進行了 ts' → t'的塞化音變。另外一個判定這些初、崇是與清、從聲母一起演變的理由，在於這些中古莊組聲母裡，a可見的舌尖塞化音，只見於初、崇聲母而不見於莊母，可見得這樣的舌尖塞化音變，只發生在送氣聲母一類，也正符合上文提到型態三的拉鍊式音變，其起點爲清送氣塞擦音 ts'，而這也與我們接下來要討論的知三章組字的舌尖塞化現象不同，因爲知三章組字的舌尖塞化，是同時發生在送氣類聲母與不送氣類聲母上的，因此我們可以判定在江西客贛語所見的初、崇聲母讀爲清舌尖送氣塞音的現象，是由 ts' → t'演變而來。

（四）tʂ → t 與 tʂ' → t'

在江西客贛語裡，與上文提到的拉鍊式音變有密切關係的，還有知三章組讀爲舌尖塞音 t、t'的情況。知三章組字塞化成舌尖音的方言點，可見於修水、高安、奉新、上高、萬載、新余、東鄉、臨川、南豐、宜黃、黎川、永豐、泰和、澡溪等地。我們從下圖的等語線的分佈可以看得出來，這項音變

的地理分佈範圍，比起上文討論的 ts' → t' 與 t' → h 都來得要大的多，也是我們這一節討論江西贛語聲母拉鍊式音變裡，地理分佈最廣的一項，其包含的範圍幾乎橫跨整個江西中部，如下圖所示，上部中間凹陷的部分則是贛江流域沿岸，也就是交通比較頻繁的地區，現今雖不見 tʂ → t 與 tʂ' → t' 的音變類型，但可想見的是，過去也曾有知三章系的語言層次，今日不見則是被新近的語言層次（tʂ或 tʃ的念法）所取代。「河流流經之地，交通發達，語言易受影響，上述缺口中的清江古稱『八省通衢』，南來北往，人口匯集，流動頻繁，知章讀舌尖塞音的現象被其他形式取代是極為可能的」（江敏華：2003，P94）。

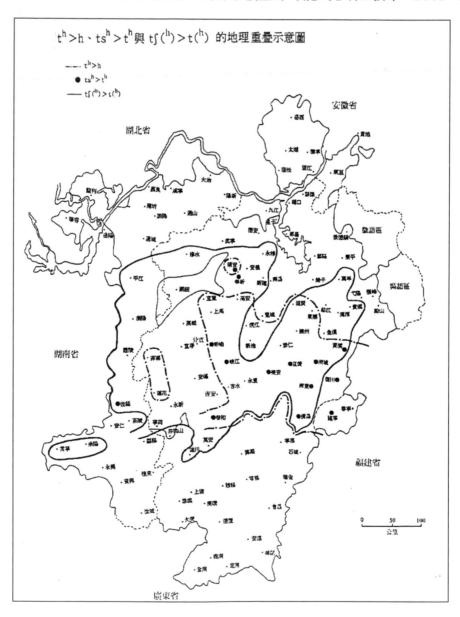

$t^h > h$、$ts^h > t^h$ 與 $tʃ^{(h)} > t^{(h)}$ 的地理重疊示意圖

此圖引自（江敏華，2003，P93）

在我們討論江西客贛語知三章組讀爲舌尖塞音的具體情況之前，我們先要確定這項音變的起點爲何？在舉出證明理由之前，我們先把本文認爲的合理答案披露出來－江西客贛語進行舌尖塞化的知三章組字，其音變的起點爲清送氣與不送氣的舌尖後音（捲舌音）tʂ 與 tʂʻ。

至於有一部份知三章組的字，塞化的起點爲舌面音塞擦的 tɕ、tɕʻ，這部份的字，我們則留到討論完 tʂ → t 與 tʂʻ → tʻ 的音變類型後，再另文討論。

（五）知三章組字塞化的環境爲洪音，表示曾有捲舌的過程

除少部分知三章組字仍含有 i 的韻母，我們將另文討論外，大部分在江西客贛語裡讀爲舌尖清塞音 t、tʻ 的知三章組字，其後接的韻母都是洪音的環境，其聲母除了讀爲舌尖清塞音 t、tʻ 之外，其餘大致可以分爲兩套，一爲清舌尖前塞擦音的 ts、tsʻ；一爲偏向捲舌或捲舌的 tʃ、tʃʻ 與 tʂ、tʂʻ。顯而易見的，在都不含有 i 介音的前提下，後者是以 i 介音爲條件，已經完成捲舌化的知三章組聲母；而前者則是捲舌聲母經歷過「去捲舌化」的結果。

（六）章、昌聲母塞化速度不對稱

前文我們在討論玉林平話時，曾提到在玉林平話裡，精組聲母發生 ts、tsʻ → t、tʻ 的塞化音變中，清母塞化的例字的比精母字多，表示送氣類的清母字在塞化的過程裡，速度快於不送氣類的精母字。

在江西的高安、泰和裡，我們也可以看到類似的音變情況，送氣類的昌母字，其塞化的速度比不送氣類的章母字快。在東鄉，我們還可以發現送氣類的昌母或澄、禪母，其演變得更爲劇烈，甚至進一步弱化成喉擦音 h，如：尺（昌）haʔ⁶、成（禪）haŋ²、車（昌）ha¹、扯（昌）ha³、傳（澄三）hon²、穿（昌）hon¹。這也印證我們前文提到這一類的聲母的拉鍊式音變，不論是弱化成擦音 ʔ、h，抑或塞化成舌尖塞音 t、tʻ 的過程裡，送氣類的聲母都有快於不送氣類聲母的趨勢。

由下表昌、章組聲母的對比，我們可以發現在泰和贛語裡，章系聲母發生了 tʂ → t 與 tʂʻ → tʻ 的音變，但因爲送氣聲母，在進行塞化音變時速度較快，以致於在「假開三」韻裡，昌組的字已經塞化爲舌尖送氣清塞音 tʻ，而章組並沒有，反由捲舌的 tʂ 去捲舌化變爲 ts。我們由泰和的「遮、蔗」不含 i 介音，可以推估他們曾有捲舌的階段。

送氣類的昌組走向塞化

泰和	假開三		曾開三
昌組	車 tʻa	扯 tʻa	
章組	遮 tsa	蔗 tsa	証 tsẽ
			食 se

不送氣的章組因先去捲舌化，故未走上塞化的音變之路

　　下表爲江西高安（贛）、泰和（贛）、萍鄉（贛）、于都（客）章、昌聲母在「假開三」韻的對比，韻母的起點皆爲「假開三」，故可擬爲*ia。高安的「扯」字韻母爲ɛ，可以視爲原來有i介音，而受i介音同化而將元音拉高後的表現。藉由高安、泰和的對比，我們可以認爲，高安、泰和昌母在進行舌尖音塞化時，其變化的起點本身就不含i介音。至於高安的「蔗」與泰和的「遮、蔗」的清舌尖前不送氣塞擦音的讀法，則是捲舌音進一步去捲舌化的結果。這一點，在增加萍鄉與于都的對比之後，可以看得更爲明顯。

（假開三）	遮（章）	蔗（章）	車（昌）	扯（昌）
高安	ta	tsa	tʻa	tʻɛ
泰和	tsa	tsa	tʻa	tʻa
萍鄉	tʂa	tʂa	tʂʻa	tʂʻa
于都	tʃa	tʃa	tʃʻa	tʃʻa

（七）知三章組字的塞化並未改變精莊知二與知三章對立的格局

　　上一段的文章，我們認爲高安、泰和的 tsa，是捲舌聲母進一步去捲舌化的結果。那麼問題來了，我們又是怎麼知道高安、泰和的昌母字，不是直接由舌尖前塞擦音 tsʻa 舌尖塞化而來？幫助我們判別的標準在於－知三章組聲母的舌尖塞化現象是發生在送氣與不送氣類兩類聲母的，而江西客贛語清、從、初、崇聲母由 tsʻ → tʻ 塞化的音變，則只發生在送氣類聲母。若是假設知三章聲母的塞化現象經歷過 ts → t 與 tsʻ → tʻ 的過程的話，那麼也就是說，知三章聲母在塞化之前，已與精莊等聲母合流爲清舌尖前送氣與不送氣的塞擦音 ts、tsʻ 了，那麼在進行舌尖塞化後，照理我們也可以在讀爲不送氣的清舌尖

塞音 t 裡，看到有精、莊聲母的字。但事實上並沒有，所以我們可以斷定，江西客贛語知三章組的舌尖塞化現象，與上文我們提到的清、從、初、崇聲母，讀為清送氣舌尖塞音 t' 的音變，並不是同一語言層的音變現象。

前文我們提到江西客贛語裡，除了知三章組讀為舌尖清塞音 t、t'的音讀之外，其餘知三章組聲母大致可以分為兩套讀音，一為清舌尖前塞擦音的 ts、ts'；一為偏向捲舌或捲舌的 tʃ、tʃ'與 tʂ、tʂ'。既然知三章組 t、t'聲母的塞化的起點不來自清舌尖前塞擦音的 ts、ts'，那麼我們可以合理地推敲，其舌尖塞化的起點為偏向捲舌或捲舌的 tʃ、tʃ'與 tʂ、tʂ'。

（八）止攝開口三等聲母的字最先去捲舌化

江西客贛語知三章組進行了 tʂ → t 與 tʂ' → t'的舌尖塞化音變，除了各方言點有字數多寡的差異性之外，發生舌尖塞化的江西客贛方言點裡，在各個三等韻裡都可以找到知三章組讀為 t、t' 的例字，看不出有韻母上的分別條件，於是可以判定江西客贛語裡，知三章聲母的舌尖塞化音變，也是一種拉鍊式的非條件音變。

止攝	智	支	紙	齒
高安	tø	tø	tø	t'ø
上高	tə	tə	tə	t'ə
澡溪	tsɿ	tə	tə	t'ə
東鄉	tsɿ	tsɿ	tɛ	t'ɛ
萬載	tsɿ	tsɿ	tsɿ	ts'ɿ
南豐	tsə	tsə	tsə	ts'ə
宜黃	tsɿ	tsɿ	tsɿ	
萍鄉	tʂʅ	tʂʅ	tʂʅ	tʂ'ʅ
于都	tʃʮ	tʃʮ	tʃʮ	tʃ'ʮ

檢視江西客贛語知三章組讀為舌尖塞音的方言點，在止攝開口三等這一個韻母裡，缺席的情況最為嚴重，上表的高安、上高、澡溪、東鄉、萬載、南豐、宜黃是江西客贛語裡，知三章組有進行舌尖塞化音變 tʂ → t 與 tʂ' → t'的方言點，至於萍鄉與于都，則是沒有進行知三章組舌尖塞化的其他方言點，在上表中一併附上，以作為參照之用。從上表我們可以看到在止攝開口三等字裡，不少方言點的知三章組聲母，都讀為舌尖前清塞擦音 ts 與 ts'，可見得這些方言點

的止攝知三章組字，並沒有經歷其他方言點舌尖塞化音變 tʂ → t 與 tʂʻ → tʻ的過程，就直接去捲舌化變爲 ts 與 tsʻ。江西客贛語裡，知三章組字舌尖塞音的讀法，在止攝開口三等裡最爲受限制，也顯示止攝開口三等字的聲母是最先去捲舌化的。

（九）阻塞部分時長增長，增加塞化的可能性

前文提到這一連串在江西客贛語裡 tʂ → t 與 tʂʻ → tʻ的音變，因爲找不到韻母的分化條件，我們認爲這是一種無條件的音變現象。但現在我們要來探究，究竟爲何捲舌音的 tʂ、tʂʻ 會塞化爲舌尖塞音的 t 與 tʻ？就音標符號本身看來，捲舌音的 tʂ、tʂʻ 即含有 t、tʻ的語音質素，彼此本來就有相互變化的可能。就發音部位來說，捲舌音（retroflex），又名舌尖後音，其發音方式是以舌葉的底部去接觸硬顎（palatal）的前部，硬顎部位在往前一點，就是舌尖（alveolar），換句話說，捲舌音阻塞的部位與舌尖音 t、tʻ相當地接近，若是在發捲舌音時，前半部的塞音部分，發的時長（duration）長一些，導致後半部氣流的摩擦現象不明顯，即捲舌擦音ʂ、ʂʻ性質無法辨認，那麼在聽感上就會接近舌尖塞音 t、tʻ。

（十）江西贛語裡由 tɕ、tɕʻ塞化來的 t、tʻ

由舌面塞擦音 tɕ、tɕʻ變來的舌尖塞音 t、tʻ，大多只見於江西的贛語。透過上文的論述，我們認爲塞化的起點爲 tʃ、tʃʻ或 tʂ、tʂʻ。但江西贛語裡，還有一部份知三章組的聲母字，也讀爲舌尖塞音 t 與 tʻ，其塞化的起始點並不是 tʃ、tʃʻ或 tʂ、tʂʻ，而是舌面塞擦音的 tɕ、tɕʻ。

上文我們討論過在江西客贛語裡，知三章組聲母字塞化爲舌尖塞音的起點，爲偏向捲舌或捲舌的 tʃ、tʃʻ與 tʂ、tʂʻ。所以知三章組，出現舌尖塞音的語音環境理應不包含細音 i 的條件。因爲知三章組原本的三等 i 介音，已經在捲舌化音變裡消耗殆盡了。於是秉著這樣的原則，我們來檢視江西贛語裡，知三章組讀爲舌尖塞音，卻又含有 i 介音的字，發現這些知三章組讀爲舌尖塞音且含有 i 介音，有兩種情況，①一種爲上古音端知不分現象的遺留；②一種則音變的起始點爲舌面塞擦音的 tɕ、tɕʻ。第一種的例字不多，而且在南方的漢語方言，普遍都還可以找到相同的情況，且①的情況緣於上古音端知不分，所以只會在知組三等找到含有細音 i 的舌尖塞音 t、tʻ，而不見於章組

聲母。例如蓮花的「豬 tiu、長生~tiɔ̃、帳 tiɔ̃、著穿~tio」，新余跟臨川的「知 ti」，以及泰和的「長生~tiɔ̃、帳 tiɔ̃、著穿~tio」。

接下來我們來討論第二種情況，亦即由舌面塞擦音轉變而來的舌尖塞音。基於以下兩點原因，我們認爲這些讀爲舌尖塞音的知三章組字，是由舌面塞擦音演變而來。

原因一：這些讀爲舌尖塞音的知三章組的例字，在相鄰的語言裡，有平行讀爲舌面塞擦音加上 i 介音的讀法。

原因二：細音 i 的發音部位偏高，以致口腔開口度小、氣流通道狹窄，可使得語音有偏向塞化的可能（這點會在後文做一詳細解說）。

「原因一」裡的相鄰方言，我們列表如下，音讀下加上陰影的是知三章組聲母讀爲舌尖塞音的例字，其他則是相鄰讀爲舌面塞擦音 tɕ、tɕʻ 的例子。

	畫	抽	周	臭	沉	針	汁	鎮	陳
上高	tiu	tʻiu	tiu	tʻiu					
新余	tɿu	tʻɿu	tɿu	tʻɿu	tʻɿu	tɿu		tɿn	tʻɿn
東鄉	tiu	tʻiu	tiu	tʻiu	tʻim	tim			
臨川	tiu	tʻiu	tiu	tʻiu	tʻim	tim	tip	tin	tʻin
南豐	tɕiu	tɕʻiu	tɕiu	tɕʻiu	tɕʻim	tɕim	tɕip	tɕin	tɕʻin
宜黃	tɕiu	tɕʻiu	tɕiu	tɕʻiu	tɕʻin	tɕin	tɕit	tɕin	tɕʻin
黎川	tɕiəu	tɕʻiəu	tɕiəu	tɕʻiəu	tɕʻim	tɕim	tɕip	tɕin	tɕʻin
永豐					tʻɿ̃	fɿ			
泰和					tʻɿ̃	fɿ			

	真	質	蒸	拯	証	織	秤	直
新余	tɿn		tɿn	tɿn	tɿn			
東鄉			tin	tin	tin	tit	tʻin	tʻit
臨川	tin	tit	tɿn	tɿn	tɿn	tɿt	tʻɿn	tʻɿt
南豐	tɕin	tɕit	tɕiŋ	tɕiŋ	tɕiŋ	tɕik	tɕʻiŋ	tɕʻik
宜黃	tɕin	tɕit	tɕin	tɕin	tɕin	tɕit	tɕʻin	tɕʻit
黎川	tɕin	tɕiʔ	tɕiŋ	tɕiŋ	tɕim	tɕiʔ	tɕʻiŋ	tɕʻiʔ

（十一）細音 i 的前、高性質有助於塞化音變的產生

前文我們曾提到，在奉新、南豐、宜黃、黎川等地的贛語在進行 tsʻ → tʻ 的

塞化音變時，因為在 i 介音前的/ts'/的音值為[tɕ']，而舌面顎音（palatal）的[tɕ']聲母與具備硬顎摩擦性質的 i[j]相近，兩相結合時具有一種音值上的穩定感，所以奉新、南豐、宜黃、黎川等地的贛語在 ts' [tɕ'] → t'的塞化過程中，在 i 介音前的塞化音變總是局限性較大。

但是上高、新余、東鄉、臨川、永豐、泰和所顯露的語音事實卻不是這麼一回事，舌面顎音性質的聲母 tɕ、tɕ'因為後接了前、高的 i 介音，由舌面顎音（palatal）的部位被往前拉，而塞化為舌尖（alveolar）部位的 t、t'。為什麼同樣是都是舌面的顎音聲母，後接了 i 介音，在奉新、南豐、宜黃、黎川有阻礙塞化而趨向顎化的表現；但在上高、新余、東鄉、臨川、永豐、泰和的贛語點卻有偏向塞化的表現。本文沒有很好的解釋，但我們認為 i 介音本身的性質就有兩種，一種是偏向輔音的顎音性；一種是偏向舌尖元音的前、高性。奉新、南豐、宜黃、黎川的 i 介音偏向輔音的顎音性；而上高、新余、東鄉、臨川、永豐、泰和的 i 介音則表現為前、高的元音性質。

上高、新余、東鄉、臨川、永豐、泰和的贛語，這些由舌面塞擦音 tɕ、tɕ'塞化為舌尖塞音 t、t'的知三章組字，最大的特點就是還保留著介音 i。這個介音的 i，因為含有發音部位高[＋high]的因素，所以是促進塞化音變發生的最佳觸媒。

過去提到中古的禪母字，習慣的說法是：禪母仄聲不分化（一律是ʂ）；只有平聲分化（tʂ'、ʂ）。但這種歸納式說法，並未明確指出平聲分化的語音條件究竟為何。陳保亞〈論禪船崇母的分化規律〉（1990）根據《中原音韻》反切的異同來考慮最小的音變條件，發現「當禪母平聲字有韻尾，並且韻尾是-u、-ŋ、-i、-n 時，禪母平聲字的聲母今讀 tʂ'，否則讀ʂ…從聚合關係看，-n、-ŋ、-i、-u 都具有發音部位「高」這一語音特徵，我們正好可以從這種「結構」關係中概況出一條規律，即禪母平聲字在韻尾具有「高」這一特徵下讀塞擦音聲母 tʂ'，否則讀ʂ。」（陳保亞：1990，P7）。

我們把陳保亞的話，禪母平聲字兩種讀法 tʂ'、ʂ出現的語音環境，換成以下的語音公式描寫。

$$\text{平聲的禪母}*ʂ \begin{cases} \text{tʂ'-}/\underline{\quad} \text{ -n、-ŋ、-i、-u} \\ \text{韻尾具有 [＋high]} \\ \text{ʂ-}/\underline{\quad} \text{ 其他} \end{cases}$$

　　這裡我們把禪母的基本音（basicphone）設為擦音ʂ，因為它出現的環境是較廣泛而不受限制的，既可以在仄聲部分出現，還可以出現在平聲，而平聲限制在非以-n、-ŋ、-i、-u為韻尾的環境之內，再來擦音ʂ也符合它中古「禪」母的地位。我們知道，發音部位的高低與口腔開口度，呈現一個反比關係，也就是口腔開口度愈大；發音部位愈低，反之，口腔開口度愈小；發音部位愈高。因為韻尾的發音部位具備高[＋high]的質素，口腔在發聲母ʂ時，已經預期要把最後的舌位抬到最高（regressive assimilation 後向同化），因此縮小了口腔的通道，使得氣流呼出更為集中，由此也增加了氣流呼出的力道強度（強化 fortition）。因此由沒有阻塞且力道強度較弱的擦音ʂ，塞擦化為送氣的 tʂʻ。至於沒有塞擦化為不送氣的 tʂ，那是因為在音感上，送氣的塞擦音，其伴隨的送氣特徵與擦音氣流呼出的氣流機制相近。

　　那麼為何這樣的塞擦化現象，只發生在平聲而非仄聲呢？如果我們對平聲的理解是相對於仄聲（不平）而來，那麼平聲一般具備有時長（duration）較長，且較為舒緩的口氣。舉例來說，雖然國語第三聲的曲折調，時長比平聲調還長，但因曲折調型的緣故，其口氣並不舒緩。於是，我們可以推斷禪母塞擦化的語音環境，必須是時長較長，且口氣較為舒緩的平聲字，至於平聲的環境，這裡有兩個推斷的可能，一是平聲舒緩的語氣，更有餘裕的時間去形成狹小的氣流通道，並讓通道狹小的發音口型，能夠有較長的時間一直保持在狹小的形狀。另外一個推斷雖然無法證實，但我們不妨大膽地猜測，《中原音韻》裡的平聲調有可能是高平調或具備高調的性質，因為高調能讓韻母的元音性質，在聽感上有「更高」的特質，其韻尾預期高化的特徵有可能會更加地顯得突出。

　　至於塞擦化結果為什麼是選擇舌尖後音的 tʂʻ呢？送氣特質[h]與舌尖後擦音的ʂ已經是基本音＊ʂ本身的特質，那麼我們要解決的就是，為什麼塞擦化的結果，在聲母前半部的部分會選擇舌尖塞音 t 來塞化，而不是唇音的塞音 p 或舌根音的塞音 k？合理的推測是，氣流因口腔預期地先變狹小，其成阻的阻塞部分是氣流要逸出口部時才形成，與舌尖後音部位最相近的塞音是舌尖塞音 t。所以整個塞擦化為舌尖後音 tʂʻ的過程，在前半部的運動，應是先在舌尖的發音部位（alveolar）部分，產生一個舌尖塞音 t，而後半部的運動才是把自身的捲舌擦音性質發出。

五、其他漢語方言因為高部位發音而塞化的例子

在其他的漢語方言裡，我們也可以見到因為後接前高部位的 i 介音而變為塞化聲母的例子，例如以下的晉語。

> 定、透母字，今韻母是齊齒呼的，今聲母在五台片的五台、神池、寧武、朔縣四處和雲中片的山陰一處讀[tɕ']。例如：五台「條定＝橋 ₌tɕ'iō 鐵透＝切 ₌tɕ'iɔʔ」。清從溪群四母字，今韻母是齊齒呼的，五台區的應縣今聲母讀[t']。例如：欺溪＝梯[₌t'i]。（侯精一：1999，P83）

依據上文侯精一的描述，第一部份的五台片發生了 t' → tɕ' ／＿i 的顎化音變（palatalisation），起變的原因在於 i[j]介音的顎音性質（palatal）。而後一段的描述可以看到五台片的應縣還發生了 tɕ' → t' ／＿i 或者是 ts' → t' ／＿i 的塞化音變。五台片應縣所發生的塞化音變與我們在江西上高、新余、東鄉、臨川、永豐、泰和贛語裡，看到知三章組由舌面送氣與不送氣塞擦音 tɕ、tɕ'塞化為舌尖塞音 t、t'聲母，且含有 i 介音的情形相同，都是因為舌面塞擦音聲母後接了高[＋high]部位的元音、介音，而使得口部在發音時，就預期性地縮小通道，進而使得氣流集中，呼出力道增強，因而引發接下來的塞化音變。

六、江西贛語的知三章系聲母讀為 k 類舌根音的情形

江西贛語的知三章組聲母，除了發生前述的拉鍊變化之外，在樂平與永豐的贛語方言點，還發生了知三章聲母讀為 k 系聲母的情形。

	煮	廚	柱	轉~身	傳宣~	穿	准	春	出
	遇合三			山合三			臻開三		
橫峰	tɕy	tɕ'y	tɕ'y	tɕyɛn	tɕ'yɛn	tɕ'yɛn	tsun	ts'un	ts'uʔ
樂平	kʉ	k'ʉ	k'ʉ	kｉen	k'ｉen	k'ｉen	kən	k'ən	k'əʔ
永豐	kʉ	k'ʉ	k'ʉ						

（一）發音部位由前往後拉，導因於部位偏後的後元音[u]

促成這些江西贛語知三章母，從捲舌音 tʂ、tʂ'轉念為舌根音 k、k'的演變動力，在於這個後部的[u]元音。樂平、永豐在「煮、廚、柱」與「轉、穿」起變的因素，在於其後部發音的合口介音[u]。知三章母變為舌根音 k、k'後，

介音[u]或以圓唇元音u的形式存在，或者功成身退、不見痕跡。就樂平、永豐的情況看來，主要元音的[u]傾向保留，而介音位置的[u]偏向消失。這些讀為舌根 k 系聲母的韻字，原來擁有合口介音[u]的形式，還可以由鄰近方言得到驗證，如橫峰在遇合三、山合三的[y]介音。至於樂平舌根聲母起變的動力也是介音[u]，我們從橫峰的比較，就可看出樂平轉念為舌根音 k、k' 的這些中古隸屬為「臻開三」的字，原本具有合口介音[u]成分。tʂ、tʂ' 由發音部位較前的硬顎（palatal）被後高元音[u]往後拉，變為舌根音（velar）k、k'。就舌體移動的動程看來，其理至明。

　　樂平的知三章組聲母曾有大規模捲舌的過程，後又有大規模的去捲舌化過程，今日樂平的知三章組聲母多為去捲舌的舌尖前音 ts 聲母，而不接 i 介音，部分後接了合口 u 元音或者是合口介音的知三章組聲母，則有演變為 k 類聲母的表現。至於樂平在「轉~身、傳宣~、穿」的舌根音 k、k' 聲母之後，接了一個 i 介音，應是來自前部元音 ɛ 的影響。

（二）其他漢語方言的例子

　　陝西關中地區的蒲城興鎮荊姚富平美原薛鎮，原有的捲舌聲母也有變為 k、k' 聲母的表現（張維佳：2005），k、k' 聲母後接的元音為ɑ、o、ɯ、ə。ɯ、ɑ、o 等元音，顯示其變為舌根音 k、k' 的音變條件為[＋後元音]，央元音ə則是捲舌聲母變為 k、k' 聲母後再央化的結果。

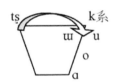

tʂ、tʂ' → k、k' ／＿ [＋後部元音]

　　知章聲母讀為舌根音 k、k' 的情形，還可以見於閩西的客語。

	鼠	蛀	春	煮	磚	豬	除	槌
萬安	ꜛk'yi		꜖k'yẽ	ꜛkyi	꜖kyeŋ	꜖kyi	ꜗkyi	ꜗk'yi
雙車	ꜛk'yi	kyi꜔	꜖k'ɛn	ꜛkyi	꜖kuĩ	꜖kyi	ꜗkyi	ꜗk'yi
大池	ꜛk'u	ku꜔	꜖k'eŋ	ꜛku	꜖kian	꜖ku	ꜗku	ꜗku
四堡		kɯ꜔	꜖k'uɤŋ	ꜛkɯ	꜖kuæŋ	꜖kɯ	ꜗkɯ	ꜗk'ɯi
姑田	ꜛk'y	k'y꜔	꜖k'uŋ	ꜛky	꜖kye	꜖ky	ꜗk'y	ꜗk'y

（張光宇：1996，P233）

七、附論：雅瑤粵語完全丟失唇塞音聲母的背後成因

在廣東粵語裡，有個迥異的語音現象，那就是雅瑤粵語在聲母系統中，不存在任何形式的雙唇塞音聲母。

> 開平、鶴山（雅瑤）等地古幫母字和並母仄聲字有念爲唇齒濁擦音 v 的現象，如開平、鶴山（雅瑤）「壩」都念 ₌va，「暴」開平念 ͨvɔ、鶴山（雅瑤）念 vau˧。鶴山（雅瑤）聲母中已沒有雙唇塞音，這是很特別的（詹伯慧：1991，P105）。

雅瑤粵語丟失唇塞音聲母的情況較開平更爲極端，唇塞音 p、p' 的聲母完全丟失，變爲一個完全沒有唇塞音聲母的語言。相比之下，開平仍有少部分的 p 聲母保留，至於送氣的 p' 聲母也存留不少。本文將以筆者 2010 年 8 月在廣東雅瑤的田調語料爲基礎，討論雅瑤粵語丟失唇塞音聲母的動機與過程。

一、雅瑤粵語聲母的殊異性

（一）雅瑤粵語的聲、韻、調簡表

以下列出雅瑤粵語的聲母、韻母、聲調等概況。

1. 聲 母

包括零聲母，雅瑤粵語聲母共十七個。

ø v h f t t' ts ts' s ɬ k k' m n ŋ l j

2. 韻 母

雅瑤粵語共 69 個，包含一個成音節的 m̩，如以下表一所列。

（表一）雅瑤粵語的韻母概況

a	ai	au	am	ap	an	at	aŋ	ak
i			im	ip	in	it	iŋ	ik
ia		iau	iam	iap	ian	iat	iaŋ	iak
iɔ							iɔŋ	iɔk
u	ui			up	un	ut	uŋ	uk
	uai					uet		
ɛ	ei		em	ep	en	et	eŋ	ek
ie								
ə					ən	ət	əŋ	ək

ei						
ɔ	ɔi		ɔn	ɔt	ɔŋ	ɔk
εu						
y	ye		yn	yt	yuŋ	
ø	øy		øn	øt	øŋ	øk
m̩						

3. 聲　調

雅瑤粵語共八個，如表二所列。

（表二）雅瑤粵語的聲調概況

陰平	陽平	陰上	陽上	去聲	上陰入	下陰入	陽入
33	12	55	21	32	55	33	22

去聲字多有讀為陰平 33 調的現象。

（二）世界其他語言的情況

Ian Maddieson（1984）所整理的 317 語言裡，只有阿留申語（Aleut）〔註2〕、胡帕語（Hupa）〔註3〕沒有唇塞音。阿留申語沒有唇塞音，但有舌尖、舌根部位塞音，胡帕語則連舌根塞音都沒有。

在 Ian Maddieson 研究的 317 種語言中，舌根塞音 k 的出現，以舌尖塞音 t 為前提。有舌根塞音 k 出現的語言，就有雙唇塞音 p。其中，有 24 種語言有 k 無 p，但這 24 種語言裡，仍有濁的唇塞音 b。

（i）/k/ does not occur without /*t/.（One exception in UPSID, Hawaiian, 424.）

（ii）/p/ does not occur without /k/.（Four exceptions in UPSID, Kirghiz, 062, with /p, "t", q）, Beembe, 123, Tzeltal, 712, and Zuni, 748. These last two languages have an aspirated velar plosive /kʰ/ beside unaspirated /p/ and /t/. There are 24 languages with /k/ but no /p/：18 of these have /b, d, g /（Ian Maddieson：1984，P13）.

〔註2〕阿留申語屬愛斯基摩－阿留申語系，分佈在阿拉斯加的阿留申群島上。

〔註3〕胡帕語屬於阿撒巴斯卡（Athabaskan）語系，分佈在北美加州催尼特山谷（trinity valley），是一種近瀕死的語言，在 2000 年的調查中，只有 64 人還會說這種語言。

由上面的描述，我們可以得知，世界上的語言大多有唇塞音，或以清唇音；或以濁唇音形式存在。舌根塞音 k 的存在，則蘊含著雙唇塞音 p 的出現。反過來思考，當我們看到雙唇塞音 p 消失時，也該回頭檢視同一個語言裡，是否還存在著相對的舌根塞音 k。在雅瑤粵語裡，雖然雙唇塞音 p 聲母已經消失殆盡，但舌根塞音 k 依然存在。雅瑤粵語倒是在送氣塞音類上，可以同時見到舌根、舌尖、雙唇部位的送氣塞音都有擦化的音變。雅瑤粵語的送氣 p'聲母，因擦化而不再存在，但舌根與舌尖的送氣塞音 k'、t'聲母都還存在著。前者擦化的音變發生最早，在中古全濁聲母清化前就發生；後者雖擦化，卻因為相關的拉鍊式音變，由*ts'聲母遞補原來的聲母位置，已經與中古的*t'聲母內涵大相徑庭。

雅瑤粵語裡，雖不存在著任何唇塞音形式的聲母，但在韻尾的部分，仍存留著雙唇塞音的 p 韻尾，在 Ian Maddieson 的分類裡，仍屬存有雙唇塞音的語言類型，儘管如此，雅瑤粵語在漢語方言的聲母類型上，依然有其獨特之處。

二、三套送氣與不送氣塞音的語音性質

（一）p、t、k 出現的效力

漢語裡的舌尖塞音，也可以歸為舌冠音（coronal）。「有不少音系學家通過各方面的研究指出舌冠音是世界語言中最常見的音類，並且認為舌冠的發音部位是無標記的……由此看來，在爆發音中最常使用的部位可以說是舌頭的前部，這應該與舌頭前部在發音器官中最為靈活這一特點有關」（冉啓斌：2008，P71～72）。

綜合冉啓斌與 Ian Maddieson 所歸納的 317 種語言後，我們可以知道在清塞音中，舌尖部位是最常見的，而舌根塞音 k 的出現，則蘊含著雙唇塞音 p。不過這三個部位的塞音，是各語言幾乎都具備的塞音部位，即使這語言裡沒有清雙唇塞音 p，也會有濁或送氣的雙唇部位塞音，真正完全沒有任何形式雙唇部位塞音的語言，記錄在 Ian Maddieson 書裡的，就只有阿留申語與胡帕語。

（二）ph、th、kh 的 VOT 長度與送氣程度的差異

「不送氣清塞音的 VOT 值為零（或略大於零）」（劉江濤：2011，P335），也就是說幾乎在阻礙消除（除阻）的同時，後接的響音（比如母音）即開始發

音。但送氣的清塞音，其 VOT 的長度則有差異性。西方 Klatt、Lisker and Abramson、Zlatin……等人的語音理論裡，早已主張應該爲英文的送氣清塞音，做送氣程度的分類。依照 John Laver 的描述，唇塞音的嗓音起始阻塞時間 VOT（**voice onset time**）最短，舌尖音次之，舌根部位最久。這項語音描述與舌體位置的高低有關係，如果舌體接觸位置愈高，則嗓音阻塞時間最長。

> It is evident that aspiration is sometimes part of a yet more widely relevant language-characterizing process. For instance, Klatt（1975），Lisker and Abramson（1964）and Zlatin（1974）all show that the aspirated voiceless stops of English are organized in a hierarchy of voice-onset delay not only between themselves on the basis of place of articulation （which had been shown by Peterson and Lehiste（1960）and by Fischer-Jørgensen（1964）），but also relative to the fully or partially devoiced utterance-initial voiced stops that are characteristic of many accents of English in corresponding context. Within the 'voiced' and 'voiceless' sub-series, labials show the shortest voice-onset delays, than alveolars, with velars showing the longest……. The explanation offered for this is that the high tongue-body position for close vocoids offers greater resistance to the outflow of air from the vocal tract, thus delaying to a greater extent the onset of a transglottal airflow of sufficient volume for voiced vibration of the vocal folds（John, Laver：1994，P352～353）.

在 Klatt（1975）Lisker、Abramson（1964）與 Zlatin（1974）的實驗中，舌根音的嗓音起始時間都是最長的。VOT 時間最長的舌根送氣塞音 kh，舌體接觸的位置近於軟顎，相對於雙唇、舌尖的送氣清塞音 ph、th 來說，非常地高，也使得我們在發 kh 時，口腔內有更大的空間，其 VOT 的數值 [註4]（kh：117，單位：毫秒）都高於相對的送氣塞音 ph（105，單位：毫秒）、th（82.5，單位：毫秒）（鄭鮮日，李英浩：2007），也就是說，kh 的送氣程度是明顯高過同爲送氣塞音 ph 與 th 的。

〔註4〕鄭鮮日與李英浩的 VOT 值取自 Nathan1987 年的測量數據。

（三）方言的啟示

1. 廣東粵語舌根送氣塞音 k‘聲母弱化為擦音

（1）廣見於廣東且時代較早的送氣塞音擦化

廣東粵語的古溪母字讀爲擦音的 h-、f-聲母，是一種爲人熟知的廣東粵語現象。伍巍（1999，P45～53）認爲廣東粵語的溪母會產生擦化音變，導因於其「送氣」成分。

伍巍認爲廣東粵語的古溪母 k‘，因爲送氣效果的加強，而著重其摩擦效力，進而弱化爲擦音 h（其中 h 又會進一步變爲 f），甚至還會進一步弱化爲只有些微摩擦效果的 j 韻頭，亦即零聲母ø-的形式。其音變過程可表示爲:k‘ → h → ø（j）。

溪母由 k‘送氣化變爲 h，且在開口韻前念爲 h，合口韻前爲 f。h 變 f 主要是因爲後接了具圓唇效果的 u 母音，使得唇部的摩擦力加強，由喉部的 h 變爲唇部 f 的強化結果，如表三所列。

（表三）廣東粵語溪母字讀為 h、f 聲母的字例（伍巍：1999，P47）

	廣州	中山	臺山	開平	鶴山	陽山	連縣
苦	fu³⁵	hu²¹³	fu⁵⁵	fu⁵⁵	fu⁵⁵	fu⁵⁵	k‘u⁵⁵
孔	hoŋ³⁵	k‘oŋ²¹³	k‘øŋ⁵⁵	k‘oŋ⁵⁵	hoŋ~k‘oŋ⁵⁵	k‘oŋ⁵⁵	k‘ɔŋ⁵⁵
丘	jiɐu⁵⁵	jiɐu⁵⁵	hiu³³	hɛu³³	jiɔu³³	jiɐu~hɐu⁵²	k‘ɐu⁵³
欽	jiɐm⁵⁵	k‘ɐm⁵⁵	him³³	hɛm³³	jim³³	k‘ɐm⁵²	k‘ɐn⁵³

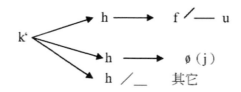

廣東溪母字的送氣擦化現象，還有個特點，就是 k‘＞h/f 只在溪母，而不包括群母，這顯然是濁音清化前的演變（萬波：2007，P23）。我們複查《廣東粵方言概要》（詹伯慧：2002）的十一個粵方言點（廣州、順德、中山、東莞、斗門、臺山、開平、韶關、信宜、雲浮、廉江），再加上筆者這次調查的四邑片雅瑤粵語。這些溪母字，仍保持舌根送氣塞音 k‘ 音讀的字，都有其字詞的固定性，如表四所列，更顯示其溪母字的送氣擦化音變發生的時間，早

于中古全濁聲母清化之前。這項溪母字的送氣擦化音變，也遍及廣東各地，且此項音變停止後，沒有再繼續擴大的趨勢。

（表四）廣東粵語古溪母字讀為 k' 的例字

古　溪　母　今　讀　為 k'	
平	誇、區、溪、窺、羌、傾
上	叩、企
去	慨、靠、困、抗、曠、擴
入	卻、確、曲

（2）廣東粵語的溪母送氣成分為「強烈送氣成分」

廣東粵語中，可以廣見這個溪母擦化的語音現象，其理由是基於舌根送氣塞音的氣流強度較大，所以有較容易擦化的語音性質。前文提及，舌根清塞音 k'，相對於雙唇與舌尖的 p'、t' 來說，有較長的 VOT 值，舌體接觸點近於軟顎，位置較高，使得口腔有較大的空間，可蓄積較多的氣流，因此較容易走上擦化的道路。

我們也可以從方言比較中看到，廣東粵語普遍存在溪母擦化的表現，而其他方言卻沒有這麼大規模的溪母擦化現象，也表示著廣東粵語的送氣舌根塞音的送氣程度，比起其他漢語方言來是較為強烈的，所以站在方言溪母字擦化的領先行列上。不過廣東粵語，進行的這個舌根送氣塞音擦化的音變，只在中古全濁聲母清化前是音變的領頭羊。中古之前，此項音變在廣東粵語中，大規模、普遍且有一致性；中古之後，就停滯了。要不然我們應該可以在現代不同的廣東粵語方言點裡，看到溪母字群還有參差不齊地讀為送氣舌根塞音 k' 聲母的現象。

據報導，韓語裡有分兩級的送氣音，一級為適中的送氣音；一級為強烈的送氣音，彼此有音位上的分別意義。若以韓語的標準來看，或許我們可以姑且稱廣東粵語，古溪母送氣舌根塞音的送氣成分，就是所謂的「強烈送氣成分」。

Unaspirated versus moderately and strongly aspirated stops in Korean.

[pul] 'horn'　[pʰul] 'fire'　[phul] 'grass'（John, Laver：1994，P353）.

三、雅瑤粵語唇塞音之外的其他聲母

（一）雅瑤的端、精系聲母

廣東四邑片的粵語普遍發生了端系聲母擦化、零聲母化的音變（A、A1），和精組聲母接著遞補的音變現象（B、B1）；A 早於 B，A1 早於 B1。需要補充的是，送氣類的 A 音變發生，會促發同為送氣類的 B 音變；同樣的，A 音變也會促發音類遞補的 A1 音變，但並不意味著 A1 音變早於 B 音變，A1 與 B 兩項音變可在同時發生。

A： $t' > h$　　A1： $t > ? > \emptyset$

B： $ts' > t'$　　B1： $ts > t$

雅瑤粵語屬四邑片，也發生了以上的音變，但稍有不同的是，雅瑤粵語變為零聲母 $\emptyset$- 的古定母，都是古上去入聲，變為擦音 h 的，都是古定母平聲字。而遞補變為舌尖塞音 t 的古從母字，都是古上去入聲，變為送氣舌尖塞音 t' 的古從母字都是平聲字。也就是說，這兩項在雅瑤粵語發生的兩套平行式拉鍊音變，都是發生在「中古全濁上聲歸去聲」，與「中古全濁聲母清化後，平聲送氣、仄聲不送氣」音變之後。至於後兩項中古的音變，前者發生較早，後者則較晚。

雅瑤粵語定、從等全濁聲母的清化規律走了與粵語文讀層相同的演變。楊秀芳曾提到廣東粵語上聲讀送氣音的，幾乎都是白話音，聲調表現為陽上調；讀不送氣音的都是陽去調，屬文讀層（楊秀芳：1989，P59～61）。粵語全濁聲母清化的規律本是平上送氣、去入不送氣，晚近受文讀音影響，漸漸成為平聲送氣、仄聲不送氣的官話類型。

1. 一套拉鍊式音變與兩套平行式拉鍊音變

閩語的建陽、邵武也有類似的拉鍊式音變，但只發生在送氣音類上。建陽、邵武的精、清、從、崇、邪字有讀為 t' 的情形。這是因為他們受鄰近贛語 t' → h 音變的感染，使得精、莊組字由 ts' → t'，來彌補透、定、徹、澄母變為 h 所留下來的空缺。以建陽話為例，h 聲母大致出於透定徹澄母，如：「他 ₌ha、替 hai⁼、桃 ₌hau、頭 ₌hau、撐 haŋ⁼、趁 hoiŋ⁼、澄 ₌haiŋ、蟲 ₌hoŋ」（王福堂：1999，P95）。其音變過程可以表示為：A：$t' > h$ 與 B：$ts' > t'$，A 早於 B。

　　建陽、邵武閩語，發生此項拉鍊音變的主因，在於送氣音感的加強，因為 t'送氣感加強，擦化為 h，舌尖前的 ts' 進一步塞化，遞補變走的 t'聲母。

　　在南方漢語方言裡，可以見到只有送氣一類的拉鍊音變，也可以見到兩套相平行的拉鍊式音變。可以這樣說，只有送氣一類的拉鍊音變的變化，起因於送氣擦化的加強。至於有兩套平行式拉鍊音變的方言，有可能導因於送氣擦化的加強與阻塞音（包含塞音、塞擦音）的對稱格局系統；也或者導因於塞音類的 t 弱化，帶動送氣類塞音聲母跟著擦化，兩項音變相輔相成，難以遽論先後。

四、雅瑤粵語送氣與不送氣唇塞音聲母的音變現象

（一）雅瑤「送氣唇塞音」的擦化音變

　　雅瑤粵語的送氣擦化現象，不只發生在舌根、舌尖前、舌尖部位，在唇音部位也有相同的表現。古滂母與並母平、上聲字，因送氣感加強，而阻塞效用減弱，變為送氣擦音 h，如表五的例字。

$$\text{p' （滂、並平、上聲）} > h$$

（表五）古滂母與並母平、上聲在雅瑤粵語讀為 h 聲母的例字

滂母	拋	批	飄	被～子	普	騙	判	怕	潑	拍	劈
h-	hɛ²¹	hɔ³³	hie³³	hai²¹	hau⁵⁵	hin³³	hɔn³³	ha³³	hɔt⁵⁵	hiak³³	hik⁵⁵
並母	爬	牌	盤	盆	萍	抱	蚌	倍	叛	刨	
h-	ha¹²	hɔ¹²	hɔn¹²	hun¹²	hiŋ¹²	hɛ²¹	hiɔŋ²¹	hə²¹	hɔn³²	hia³³	

　　雅瑤粵語大部分的古滂母與並母平、上聲字，都讀為送氣擦音 h-聲母，以下表六列出少數例外讀為唇齒擦音 v-聲母的字。因為並母也加入滂母送氣擦化的演變，而且並母發生送氣擦化的聲調，集中在古平、上聲字。我們可以確定，並母發生送氣擦化的起始點，也與滂母一樣，都是送氣清唇塞音 *p'。我們在這些外表看似例外字的表格下，列出詹伯慧（2002）十一個粵語方言點中，該字讀為送氣或不送氣的方言點字數，以供參考。這項唇塞音變為擦音的演變，發生在中古全濁聲母清化之後。中古全濁聲母清化，平、上聲變為相對送氣清音；去、入聲變為相對不送氣清音，則是粵語全濁聲母清化的自身規則。

也就是說，照中古音類與粵語本身的演變規律而言，這些字原該屬送氣一類的聲母，可大部分的粵語中，這些例字都有不送氣的表現，且不送氣的例子多於送氣的表現。以「怖」字爲例，在詹伯慧的十一個粵語方言紀錄裡，還找不到任一讀爲送氣音的方言點。也就是說，這些字在粵語裡原讀不送氣的 p，雅瑤粵語今讀爲 v 聲母的音讀，其演變前身爲不送氣的 p 聲母；而非送氣 p'聲母。

（表六）少數古滂母與並母平、上聲在雅瑤粵語不讀爲 h 聲母的例字

滂、並母	坡	怖恐～	品	拌	伴
v-	vu^{33}	vau^{32}	van^{55}	van^{21}	vɔn^{32}
送氣／不送氣方言點的字數比	4／6	0／10	2／8	1／9	6／9

唇部送氣塞音，送氣擦化爲擦音的音變現象，在開平粵語也可以見到，但開平粵語裡，還有爲數不少的例字讀爲 p'-聲母，表示送氣擦化的音變，在開平還是現在進行式。而雅瑤粵語的 p'-聲母，則是徹底地發生了送氣擦化音變，已經完全不存在 p'-聲母了。

1. 唇塞音的閉塞段最長，所以最不容易擦化

根據以下表七所顯示的普通話、蘇州話與太原話，爆發音閉塞段的時長結果統計，我們可以得到，唇塞音的閉塞段在這三個方言中，雖不是絕對地閉塞段最長，比如普通話的二字組 p，與太原話的 p'都是少數的例外，但整體而言，比較起舌尖、舌根的塞音來說，唇部的塞音 p、p'的爆發音閉塞段的時長都是較長的。正因如此，送氣塞音發生送氣擦化爲擦音的音變現象，在雙唇這個部位最爲罕見，是普遍可以預期的。因爲送氣擦化音變，不但需要送氣感加強，還要阻塞程度減弱。

前文已有提及，舌尖與唇部送氣清塞音 t'、p'的 VOT 長度，相較於舌根送氣清塞音 k'來得短。也就是說，p'送氣的氣流較小，又唇部塞音 p、p'的阻塞時長，相對於舌尖、舌根部位的塞音來說較長，因此唇部塞音，就氣流量與阻塞程度來論，都是較難走上送氣擦化音變道路的聲類。

（表七）漢語爆發音閉塞段時長按部位統計結果（冉啟斌：2008，P124）：

資　料　來　源		閉塞段時長（單位：毫秒）			說　　明
任宏謨 1981	不送氣	p	t	k	普通話二字組
		84.41	82.71	87.22	
	送　氣	p'	t'	k'	
		76.92	56.45	65.56	
	合　計	161.33	139.16	152.78	
任宏謨 1981	不送氣	p	t	k	普通話語流中
		52.98	48.10	47.71	
	送　氣	p'	t'	k'	
		53.75	27.88	37.71	
	合　計	106.73	75.98	85.42	
石鋒 1983	不送氣	p	t	k	語料爲蘇州話
		109	105	89	
	送　氣	p'	t'	k'	
		87	85	69	
	合　計	196	190	158	
梁磊 1999	不送氣	p	t	k	語料爲太原話
		69.4	66.3	57.2	
	送　氣	p'	t'	k'	
		42.4	49.3	46	
	合　計	111.8	115.6	103.2	

2. 「舌根送氣音擦化」、「舌尖送氣音擦化」與「唇部送氣音擦化」並見於廣東粵語中，但分佈廣狹有所差異

　　伍巍在解釋廣東粵語，溪母發生擦化音變時，歸因於其「送氣」成分的作用。伍巍認爲這項擦化的音變，照理也可見於舌尖送氣塞音與唇部送氣塞音上。

　　　　我們有理由懷疑廣州「溪」母字的音變是因爲清塞音送氣成分作用

　　　　的結果。如果這一推論是事實，那麼根據這一推論，同樣的音變也

　　　　應當在屬於清送氣塞音的「透」母中發生。可惜這一推論在廣州話

　　　　範圍內得不到印證，我們不得不借用與廣州話較近的「四邑」粵語

　　　　材料爲論證的根據。

　　粵語「四邑」方言「溪」母字的音變與廣州話相同：

	斗門	江門	新會	臺山	開平	恩平	鶴山
開	hui³³	hɔi²³	hui³³	huɔi³³	huɔi³³	huai³³	hyɵ³³
糠	hoŋ³³	hoŋ²³	hoŋ²³	hoŋ³³	hoŋ³³	hoŋ³³	hœŋ³³
苦	fu⁵⁵	fu⁴⁵	fu⁴⁵	fu⁵⁵	fu⁵⁵	fu⁵⁵	fu⁵⁵
邱	hɐu³³	jiou²³	hæu²³	hiu³³	hɛu³³	hei³³	jiou³³

與此同時，「四邑」方言的「透」母字因為送氣的作用，讀音亦發生同樣的變化，且規律十分整齊：

	斗門	江門	新會	臺山	開平	恩平	鶴山
泰	hai³³	hai²³	hai²³	hai³³	hai³³	hai³³	t'ɔ³³
土	hou⁵⁵	hou⁴⁵	hæu⁴⁵	hu²²	hu⁵⁵	hu⁵⁵	hau⁵⁵
梯	hɐi³³	hei²³	hæi²³	hai³³	hai³³	hai³³	hei³³
貪	ham³³	ham²³	ham²³	ham³³	ham³³	ham³³	hem³³
聽	heŋ³³	heŋ²³	heŋ²³	hiaŋ³³	heŋ³³	heŋ³³	heŋ³³
脫	hut³³	hot³³	hut³³	huɔt³³	huat³³	huat³³	hɔt³

不但「透」母字如此，雙唇清塞音送氣的「滂」母字在這一方言亦有同樣音變的例證：

	鋪	屁	泡	拍
（廣州）	p'ou⁵⁵	p'i³³	p'au³³	p'ak³
開平	hu³³	hei³³	hau³³	hak³
鶴山	hau³³	hai³³	hɛ³³	hiak³

至此，「廣州話（乃至粵語）『溪』母字的音變是因為塞音送氣成分的作用」這一推論得到了完全的證實（伍巍：1999，P47）。

伍巍認為廣東粵語溪母擦化的主要原因，在於其送氣成分。既然是送氣成分在起作用，那麼我們照理也可以在廣東粵語裡，看到「舌尖送氣音擦化」與「唇部送氣音擦化」。且伍巍舉的「舌尖送氣音擦化」與「唇部送氣音擦化」例子，皆是廣東粵語的方言點，讓我們有了一個好的比較基礎。我們可以發現，當伍巍舉到「唇部送氣音擦化」例子時，只舉了開平、鶴山，因為雙唇部位的送氣音擦化，本來就是比較困難的，所以分佈的方言點較少，在廣東粵語裡也不普遍。

（二）雅瑤不送氣唇塞音聲母丟失的過程

1. 雙唇塞音 p 的去塞化

雅瑤粵語的古幫母字與並母上、去、入聲字，今讀為唇齒濁擦音的 v 聲母，例字見於表八，表示雅瑤粵語雙唇塞音 p 的成阻成分減弱，轉為同為唇部的唇齒[v]，而變為唇齒濁擦音的 v 聲母。這些變為 v 聲母的聲母來源，也包含並母字，可見得這項去塞化的音變，發生在中古全濁上聲歸去聲，與全濁聲母清化之後。其音變過程如下：

$$p（幫並上、去、入聲）> v\text{-}$$

（表八）雅瑤粵語古幫、並母上、去、入聲字，今讀為唇齒濁擦音 v 聲母的例字

幫母	巴	杯	補	比	保	扮	變	鬢	柄	筆	碧
音讀	va^{33}	və^{33}	vɔ^{55}	vai^{55}	vɛ^{55}	van^{32}	vin^{33}	vin^{32}	viŋ^{33}	vat^{55}	vit^{55}
並母	部	鮑姓	步	敗	暴	辨	病	拔	薄	別離～	白
音讀	vau^{21}	vɛ^{21}	vau^{32}	vɔ^{33}	vau^{32}	vin^{21}	viŋ^{32}	vət^{22}	vɔk^{22}	vit^{22}	viak^{22}

大部分的古幫母與並母上、去、入聲字，都讀為 v- 聲母，以下表九為幫、並母少數字讀清擦音 h- 的例字。以廣東十一個粵語方言點（詹伯慧：2002）來看，這幾個字多有讀為 p' 聲母的例子，以下列出這幾個例外字在其他廣東粵語讀為送氣與不送氣的字數比。我們可合理推論，雅瑤粵語這幾個字讀為擦音 h 聲母，其音變前身也是送氣的 p' 聲母，比較特別的是「雹」字，目前找不到其他廣東粵語讀為 p' 聲母的例子。

（表九）雅瑤粵語古幫、並母上、去、入聲字，少數讀為 h 聲母的例字：

幫、並母	豹	蝙	棚	片	叛	辟	雹
聲母為 h-	hɛ^{32}	hin^{55}	hiaŋ^{33}	hin^{33}	hɔn^{32}	hek^{55}	hau^{33}
送氣／不送氣方言點的字數比	5／5	6／4	10／0	13／0	2／8	11／0	0／11

2. 詔安客語唇擦音的塞化與雅瑤粵語的幫母唇齒化，為對反的音變現象

詔安客語的 v 聲母，有著與雅瑤粵語截然迥異的發展過程，詔安客語的擦音 v- 聲母，發生強化作用，反而塞化為雙唇濁塞音 b- 聲母。

以下是詔安客語把 v-聲母加強阻塞作用後，轉化爲塞音 b-聲母的例子。

四縣話的 v-聲母，詔安話多變成 b-聲母，例如：

— 國語「陰天」、「蒼蠅」、「紅糖」，客話說「烏陰天」、「烏蠅」、「烏糖」，「烏」字四縣話說《vu²⁴》、詔安話說《bu¹¹》。

水果「蓮霧」，「霧」字四縣話說《vu⁵⁵》、詔安話說《bu¹¹》。

— 國語「鍋巴」，詔安話說「鑊皮」，「鑊皮」的「鑊」，四縣話說《vok⁵》、詔安話說《bo¹¹》。

— 國語「房子」，詔安話說「屋下」，「屋下」的「屋」，四縣話說《vuk²》、詔安話說《bu⁵⁵》。

— 國語「鋼筆」，詔安話說「萬年筆」，「萬年筆」的「萬」，四縣話說《van⁵⁵》、詔安話說《ban¹¹》。

— 國語「哭」，詔安話說「喔」，「喔」字，四縣話說《vo²⁴》、詔安話說《bo⁵³》。

— 國語「跳舞」一詞的「舞」字，四縣話說《vu³¹》、詔安話說《bu³¹》。

— 國語「醜」，詔安話說「歪」，「歪」字，四縣話說《vai²⁴》、詔安話說《bai¹¹》（羅肇錦：2000，P60～61）。

3. 四邑片粵語易發生兩套平行式的聲母音變

雅瑤粵語兩套相對唇塞音的音變，可能導因於雙唇送氣塞音 pʻ聲母，因送氣因素啓動送氣擦化的音變；抑或導因於雙唇塞音 p 聲母的成阻成分先減弱，發生去塞化音變，轉爲唇齒的 v 聲母。無論成因爲前項或後項，在漢語的聲母系統中，「送氣－不送氣」是塞音下的二級配列，當某一方啓動變化時，另一方也常會發生相應的平行演變。

前文我們曾提及，端、精系聲母的拉鍊式音變，有些方言，如四邑粵語就發生了兩套的平行式拉鍊音變（A、A1 與 B、B1），其音變過程如下（A 早於 B；A1 早於 B1）。至於別的方言，有的只在送氣類的聲母上發生拉鍊式音變（A、B，且 A 早於 B，A 可促發 A1 與 B 兩項音變，但 A1 不一定早於 B，A1、B 兩項音變可同時發生），如閩語的建陽、邵武，各方言的情況有所不一。

$$A: \quad t`>h \qquad\qquad A1: \quad t>?>\emptyset$$
$$B: \quad ts`>t` \qquad\qquad B1: \quad ts>t$$

雅瑤粵語在分片上，屬四邑粵語，本就容易發生兩套平行式的音變。因此，我們在雅瑤粵語裡，可以看到雙唇的塞音 p、p' 都啟動了相應的音變。

4. 開平粵語送氣唇塞音 p' 聲母的字彙數量，多於不送氣唇塞音 p 聲母

在開平粵語裡，保持念送氣唇塞音 p' 聲母（滂、並母）的字數較多，例字見於表十，而仍保持念不送氣唇塞音 p 聲母（幫、並母）的，卻僅剩三個字（貝 pɔi33、笨 pun21、蔔 pok55）。

前文提及，雅瑤粵語不存有任何唇塞音聲母的結果，是因為雙唇送氣塞音 p' 聲母發生送氣擦化；以及雙唇塞音 p 聲母發生去塞化音變，兩者是平行的聲母配列，一方啟動，另一方則有相應的語音變化。雅瑤粵語兩項音變都已完成，看不出這兩項音變的先後順序。開平粵語丟失唇塞音聲母的情形，則是雅瑤粵語前一階段的演變。就字數存留的多寡而言，開平粵語不送氣唇塞音 p 聲母去塞化的速度，快於送氣唇塞音 p' 聲母的擦化音變。不過這是就音變速度而言，並不表示開平、雅瑤粵語，這一連串唇塞音消失的音變，是由不送氣唇塞音 p 聲母先啟動的。

（表十）開平粵語－聲母讀為送氣唇塞音 p' 的字例（詹伯慧：2002）：

例字	婆	怕	普	菩~薩	排	派	稗	批	配	陪
音讀	p'u22	p'a33	p'u55	p'u22	p'ai22	p'ai33	p'ai21	p'ai33	p'ɔi33	p'ɔi22
例字	倍	披	皮	被~子	鄙	枇~杷	袍	跑	刨	飄
音讀	p'ɔi21	p'ei33	p'ei33	p'ei21	p'ei55	p'ei22	p'ɔ22	p'au55	p'au21	p'iu33
例字	嫖~賭	鰾	盼	攀	篇	騙欺~	便~宜	判	匹一~布	樸
音讀	p'iu22	p'iu33	p'an33	p'an33	p'in33	p'in33	p'in22	p'uan33	p'et55	p'ɔk55
例字	棒	蚌	瀑~布	僻	辟	劈	萍			
音讀	p'aŋ21	p'ɔŋ21	p'ok22	p'et55	p'et55	p'et55	p'en22			

結　語

綜上所述，雅瑤粵語送氣類塞音、塞擦音聲母，發生了一連串的擦化、弱化的音變，致使相對部位的塞音、塞擦音，因為阻塞音的對稱配列格局，也跟

著發生了平行式音變。其音變過程可表示如下：

Ⓐ溪母字的送氣擦化音變

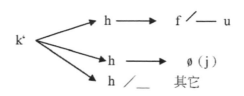

Ⓑ端、精系聲母的平行式拉鍊音變

A 早於 B；A1 早於 B1，A 可促發 A1 與 B 兩項音變。

A：	$t' > h$	A1：	$t > ? > \emptyset$
（透、定平）		（端、定上去入）	
B：	$ts' > t'$	B1：	$ts > t$
（清、從平）		（精、從上去入）	

Ⓒ幫系聲母的平行式音變

p' （滂、並平、上聲）$> h$

p （幫並上、去、入聲）$> v$

雅瑤粵語舌根送氣塞音 k' 聲母，發生了送氣擦化的現象，其所屬的古聲母與其他廣東粵語一樣，只包括溪母，表示Ⓐ舌根送氣塞音 k'聲母送氣擦化的音變，發生在中古全濁聲母清化之前。至於Ⓑ端、精組聲母的平行拉鍊式音變，由古從、定母的聲調分配，我們可以推知Ⓑ的音變現象，發生在中古全濁上聲歸去聲、全濁聲母清化之後。至於Ⓒ唇塞音的平行式音變，由古並母的聲調分配，我們也可以推估，此項唇塞音的平行式音變的發生時間，也在中古全濁聲母清化之後，且多遵循著粵語本身的全濁聲母清化規律，平、上聲變爲相對送氣清音；去、入聲變爲相對不送氣清音。那麼問題來了，究竟Ⓑ、Ⓒ兩項的音變，何者爲先、爲後？

由這兩項音變的地理分佈看來，Ⓒ唇塞音這套的平行式音變，分佈的方言點在廣東粵語裡屬少數，且局限於四邑片粵語，除了本文主要討論的四邑片雅瑤粵語外，在開平、江門荷塘（表 vieu⁵⁵、八 vet³、兵 veŋ²⁴）的四邑粵語裡（容慧華：2009，P103～105），也可見到相類似的唇塞音丟失情形。而Ⓑ的端、精

組聲母的平行式拉鍊音變，在廣東粵語中，多分佈在四邑片粵語裡，但較ⓒ來得更常見，而且Ⓑ可說是四邑片粵語的主要特點。從方言點分佈的多寡看來，唇塞音丟失的音變，因在四邑片粵語中屬少數，我們因此相信唇塞音丟失的音變，屬於較後期的新近演變。

再者，前文提及，就送氣與阻塞程度來論，唇塞音 p' 相較於舌尖與舌根的送氣塞音來說，都是較難走向擦化的送氣塞音類。也因此讓我們更相信，雅瑤粵語以及開平、江門荷塘的粵語，丟失唇塞音的音變是較晚才發生的。

至於舌根送氣塞音 k' 聲母，雖然發生了送氣擦化的音變，但沒有擴及相對的不送氣舌根塞音 k 聲母。所以我們在廣東粵語裡，雖可以普遍看到 k' 聲母送氣擦化的音變，但卻觀察不到 k 聲母相對弱化的拉鍊式音變。筆者認為主要的原因有三：1.舌根送氣塞音 k' 擦化的音變，發生在中古全濁聲母清化前，過了中古後，此項音變便已中斷，未再擴大，也未牽動相對 k 聲母進行平行式的音變。2.音系中必須存有舌根塞音的音類，而送氣的 k' 聲母已經有大量擦化現象，僅剩的 k 聲母，則須堅守「舌根」部位的最後堡壘。舌根部位的輔音，在聽音的辨異度上，有很大的辨別作用，舌根部位的輔音是世界各語言裡，非常基礎的輔音音類，也因此不容易「完全消失」。3.舌根的發音部位，因為已接近口腔後端，舌體活動的空間並不大，舌體的動作也被牽制住。一般而言，同一語言中，口腔後端出現的輔音類別並不多，若舌根的塞音 k、k'，發生大量平行式的去塞化、擦化音變，將難有其他相近於口腔後部，或舌根部位的其他輔音，可以遞補舌根塞音 k、k' 的發音位置。

廣東雅瑤粵語送氣類塞音、塞擦音聲母所發生的一連串的擦化、弱化音變，以及相對的平行式音變，依照時間發生的先後順序，排列如下：

$$Ⓐ \rightarrow Ⓑ \rightarrow Ⓒ$$

首先發生的音變為Ⓐ溪母字的送氣擦化音變，且時間在中古全濁聲母清化之前。Ⓑ端、精系聲母的平行式拉鍊音變，與Ⓒ幫系聲母的平行式音變，都發生在中古全濁聲母清化之後，而Ⓑ的音變又先於Ⓒ。

第三節　影、疑、云以母的 ŋ-聲母

一、古影、疑母在漢語方言中的一般演變趨勢

（一）影　母

音素（phone）的脫落是語音演變上常見的音變現象，常見的有字首音素的脫落（aphaeresis）；字尾音素的脫落（apocope）與字中音素的脫落（syncope）（Crowley：1992，P40）。

在中古漢語裡也有音素脫落的語音現象產生，王力（1980）提到在三十六母時代，喻三字就脫落了舊有的聲母，加入了喻四的「零聲母」行列。王力（1980）又依據元代周德清的《中原音韻》，認爲在十四世紀的時候，疑母字與影母字的上去聲也加入了「零聲母」的行列。竺家寧（1994b）更進一步補充考證，在宋代的《九經直音》裡，疑母字與影母字也脫落了舌根鼻音聲母（*ŋ-）與喉塞音聲母（*ʔ-），而加入了「零聲母」的大家族中。

今日的漢語方言延續著中古以來的影母字發展，大部分的漢語方言都丟失了中古清喉塞音*ʔ，而把影母字讀成了零聲母*ø。漢語方音字匯（2003）裡紀錄的二十個漢語方言點裡，只有官話區的濟南、西安、武漢、成都，湘語區的長沙、雙峰以及贛語區的南昌的古影母字有讀爲鼻音聲母（ŋ-、n-）的情況。漢語方音字匯（2003）收錄了一百〇六個影母字，閩語只有在建甌的影母字有零星字讀爲鼻音聲母的情況（亞 ŋaˀ、懊 ŋauˀ、奧 ŋauˀ）。官話與湘語的情形，後文將與江西贛語的情況一併討論。至於建甌閩語的古影母字只有零星字（亞 ŋaˀ、懊 ŋauˀ、奧 ŋauˀ）有鼻音聲母的表現，可視作例外或是移借，本文不擬討論閩語影母零星字讀爲鼻音聲母的情況。

（二）疑　母

疑母在中古聲母的擬音爲舌根部位的鼻輔音*ŋ-，在中古後期的階段它也加入了零聲母家族的行列中，今日的國語裡只有少數中古開口三等字的疑母字仍有鼻音聲母的痕跡，如「牛」、「擬」等字。

漢語方音字匯（2003）的疑母字音讀，大抵可以以中部方言（Jerry Norman：1988）的蘇州吳語爲界，蘇州北方的漢語方言普遍不保留舌根鼻音 ŋ-聲母，並已經脫落鼻音的聲母形式，多讀爲零聲母（*ø）。蘇州以南，包含蘇州以及

其他的中部與南方漢語的疑母字，則多保留鼻音的聲母形式。以下是漢語方言官話區仍能零散見到疑母鼻音聲母形式的方言點。

1. 濟南、西安、武漢、成都在 a、o、e 元音前保留 ŋ-

只有官話區的濟南、西安、武漢、成都還有在元音 a、o、e，以及 o 元音的變體元音ɤ之前，保留有舌根鼻音 ŋ-聲母。

2. 西安、武漢、成都的舌根鼻音 ŋ-聲母，在元音 i 前多變為舌尖鼻音 n、n̠

西安、武漢、成都在元音 i 前的疑母字多變為舌尖鼻音 n、n̠，這個舌尖鼻音 n、n̠是由舌根鼻音 ŋ-聲母轉換而來。西安、武漢、成都在元音 i 前的疑母字也多有脫落鼻音聲母變為零聲母的趨勢。

二、江西贛語影母字有由零聲母 ∅-產生一舌根 ŋ-聲母的表現

江西贛語裡的古影母字有個特殊的語音現象，那就是古影母的字會讀成一個舌根的 ŋ-聲母。在二十三個江西贛語方言點裡，包括湖口、星子、永修、修水、南昌、波陽、樂平、橫峰、高安、奉新、上高、萬載、新余、東鄉、臨川、南豐、宜黃、黎川、萍鄉、吉安、永豐、泰和，除蓮花的影母字無論在何種韻母環境之前，都保持零聲母 ∅-外，其餘的二十二個江西贛語方言點的古影母字都有讀為舌根 ŋ-聲母的現象。至於江西客語（上猶、銅鼓、澡溪、寧都）裡的影母字也有這樣的現象，但較零星且不成系統，所以我們這裡集中論題在江西贛語之上。

江西客贛語裡的影母字，大多數仍讀為為零聲母 ∅-，部分讀為 ŋ-聲母的影母字則有其固定的韻母條件，所以在討論江西客贛語的影母字之前，我們可以先假設這些影母字的起點是零聲母∅-。這樣的起點假設不但符合純粹由方言出發的起點，也符合影母字自中古以來至現代方言的普遍演變過程。

不過，值得思考的是，以元音起始的音節，常在元音之前帶有一種微弱的喉塞音ʔ，而這個微弱的喉塞音ʔ的發音部位偏於口腔的後部，在解釋零聲母∅-產生一新的舌根鼻聲母 ŋ-的音變過程上，也有過渡的效果。由帶有喉塞感的零聲母產生一個也是偏後的舌根鼻音 ŋ-，比起完全是零（zero）的零聲母產生一舌根鼻音的 ŋ-聲母來得順當。江西贛語古影母字，由零聲母 ∅-產生一舌根鼻音 ŋ-聲母的過程可以表示如下列的式子。不過為了方便起見，以下提到古影母字

在江西贛語的起點時，還是以零聲母 ∅- 表示。

$$∅- → （ʔ） ∅- → ŋ-$$

經過觀察發現，江西贛語的影母字在①a、o（ɔ）元音之前最容易產生 ŋ-聲母，在②e 元音面前也可見例字（如：恩），而在 i、u（v）、y 元音之前則不見其 ŋ-聲母的產生。

$$∅- → ŋ-／ \_\_ ①a、o（ɔ） ae$$

$$∅- → ∅-／ \_\_ i、u（v）、y$$

影母在 a、o（ɔ）元音前易產生 ŋ-聲母

	亞	哀	愛	挨	矮	襖	鴨	安	案	惡
修水	ŋa	ŋei	ŋei	ŋei	ŋai	ŋau	ŋal	ŋon	ŋon	ŋɔʔ
南昌	ŋa	ŋai	ŋai	ŋai	ŋai	ŋau	ŋat	ŋan	ŋan	ŋɔʔ
高安	ŋa	ŋai	ŋoi	ŋai	ŋai	ŋau	ŋal	ŋon	ŋon	ŋoʔ
南豐	ŋa	ŋɔi	ŋai	ŋai	ŋai	ŋau	ŋap	ŋon	ŋon	ŋok

影母在 e（ɛ）元音前產生 ŋ-聲母

臻開一	星子	永修	波陽	上高	萬載	新余	高安	樂平	湖口	橫峰	南昌	奉新
恩	ŋɛn	ŋɛn	ŋɛn	ŋɛn	ŋɛn	ŋen	ŋən	ŋen	ŋən	ŋien	ŋien	ŋin

影母在 i、u（v）、y 元音前保留零聲母 ∅-

	烏	蛙	碗	挖	彎	衣	幼	秧	約	冤
修水	u	va	uon	ual	uan	i	iu	iɔŋ	iɔʔ	ien
南昌	u	ua	uɵn	ua	uan	i	iu	iɔŋ	iɔʔ	yɵn
高安	u	ua	uɛn	ua	uan	i	iu	iɔŋ	ioʔ	ion
南豐	vu	va	von	va	van	i	iu	iɔŋ	iok	viɛn

（一）a、o 元音為產生 ŋ-聲母的第一語音環境，e 元音次之

這些古影母字產生 ŋ-聲母的現象發生在 a、o（ɔ）、e 元音之前，也就是一、二等開口韻前。其中，修水「哀、愛、挨」讀爲 ei 韻母，則是由 ai 韻母因韻尾 i 爲前部發音，進行了預期同化（regressive assimilation）而變來。上文我們把江西贛語影母產生 ŋ-聲母的語音條件分爲兩類，一爲 a、o（ɔ）元音之前；一爲 e 元音之前。我們不把 e 元音的語音環境列爲第一語音環境，

是因為元音 e 極易進行元音破裂（e＞ie、ei），若在 e 元音前產生了 i 介音，那麼 e 元音對產生 ŋ-聲母的優勢就會減弱。就如上表的橫峰、南昌、奉新，雖然在 i 元音之前的古影母字產生了 ŋ-聲母，似與上文我們描述的在 i 元音之前不會產生 ŋ-聲母的條件相觸，但其實不然，因為「恩」字的韻母原型為 en（臻開一），橫峰、南昌、奉新「恩」字韻母中的 i 元音是在影母已經產生 ŋ-聲母後才增生的。

（二）相類似的音變

另外，江西贛語還有古影母字讀為成音節鼻音的 ŋ，看似也與古影母字產生 ŋ-聲母的音變相關，但其實不然。江西贛語這些讀為成音節鼻音的 ŋ，是通攝東韻合口一等的字，會變為成音節鼻音的 ŋ，是由於舌根鼻韻尾-ŋ 與前面高元音的 u 韻母結合而成。鼻音與高元音的發音徵性相搭配（[＋鼻音]、[＋高元音]）後，容易產生成音節的鼻音。鄭曉峰〈漢語方言中的成音節鼻音〉（2001）一文中，對漢語南方方言中的成音節鼻音的地理分布做一個大體的鳥瞰，發現跨方言間都有這樣的相同現象，就是成音節鼻音與高元音的密切關係，以下是鄭曉峰文中所歸納的四個成音節鼻音的音變規律：

（1a）*ŋu ＞ ŋ

（1b）*mu ＞ m

（2a）*ŋi ＞ ŋ～hŋ

（2b）*ni＞n

	永修	修水	南昌	上高	萬載	東鄉	臨川	宜黃	永豐
翁						ŋ	ŋ		ŋ
蕹	ŋ	ŋ	ŋ	ŋ	ŋ	ŋ	ŋ	ŋ	ŋ

（三）其他漢語方言影母產生 ŋ-聲母的例子

1. 官　話

在其他漢語方言裡，古影母字也有產生 ŋ-聲母的現象，語音條件也是在 a、o（ɔ）、e 元音之前。其中，官話中不少例子是 ŋ-聲母已經前化變成了 n-聲母，因為部分官話的聲母音位裡沒有 ŋ-聲母，最典型例子如國語。所以當影母產生 ŋ-聲母時，在官話裡容易被替換成同為鼻音但部位較前的舌尖 n-聲母。

北京官話

片	點	愛影	矮影	襖影	安影	恩影
懷承	承德	nai꜔	꜀nai	꜀nau	꜀nan	꜀nən
朝峰	赤峰		꜀ŋai	꜀nau	꜀ŋan	
北疆	溫泉	nai꜔		꜀nau	꜀ŋan	꜀ŋən

（侯精一：2002，P18）

東北官話

片	小片	點	愛	矮	襖	安	恩
哈阜	長錦	長春	nai꜔	꜀nai	꜀nau	꜀nan	꜀nən
黑松	佳富	佳木斯	nai꜔	꜀nai	꜀nau	꜀nan	꜀nən

（侯精一：2002，P20）

冀魯官話

片	小片	點	愛	矮	襖	安	恩
保唐	淶阜	廣靈	nɛ꜔		꜀nɑo	꜀næ	꜀nən
	定霸	保定	nai꜔	꜀nai	꜀nau	꜀nan	꜀nən
	天津	天津	nai꜔	꜀nai	꜀nau	꜀nan	꜀nən
	薊遵	平谷	nai꜔	꜀nai	꜀nau	꜀nan	꜀nən
	灤昌	昌黎	ŋai꜔	꜀ŋai	꜀ŋau	꜀ŋan	꜀ŋən
	撫龍	盧龍	ŋai꜔	꜀ŋai	꜀ŋau	꜀ŋan	꜀ŋən
石濟	趙深	石家庄	ŋai꜔	꜀ŋai	꜀ŋau	꜀ŋan	꜀ŋən
	刑衡	巨鹿	ŋæɛ꜔	꜀ŋæɛ	꜀ŋau	꜀ŋã	꜀ŋẽ
	聊泰	濟南	ŋɛ꜔		꜀ŋɔ	꜀ŋã	꜀ŋẽ
滄惠	黃樂	鹽山	ŋɛ꜔	꜀ŋɛ	꜀ŋɔ	꜀ŋã	꜀ŋã
	陽壽	壽光	ŋɛ꜔		꜀ŋɔ	꜀ŋa	꜀ŋã
	章桓	利津	ŋɛ꜔		꜀ŋɔ	꜀ŋɑ	꜀ŋã

（侯精一：2002，P25）

蘭銀官話

片	點	愛	矮	襖	安	恩
北疆	烏魯木齊	ŋai꜔	꜀ŋai	꜀ŋau	꜀ŋan	꜀ŋən

（侯精一：2002，P30）

西南官話

片	小片	點	愛	矮	襖	安	恩
成渝		成都	ŋai꜄	꜂ŋai	꜂ŋai	꜀ŋan	꜀ŋən
灌赤	雅棉	漢源	ŋe꜄	꜂ŋe	꜂ŋau	꜀ŋan	꜀ŋən
桂柳		柳州	ŋæ꜄	꜂ŋæ	꜂ŋɔ	꜀ŋã	꜀ŋən

（侯精一：2002，P33）

其他官話方言的例子

	亞	哀	愛	挨~近	矮	襖	鴨	安	案	惡善~	恩
濟南		꜀ŋɛ	ŋɛ꜄	꜀ŋɛ 文	꜂ŋɛ 文	꜂ŋɔ		꜀ŋæ̃	ŋæ̃꜄	꜀ŋɤ	꜀ŋẽ
西安		꜀ŋæ	ŋæ꜄	꜀ŋæ	꜂ŋæ	꜂ŋau		꜀ŋæ̃	ŋæ̃꜄	꜀ŋɤ	꜀ŋẽ
武漢		꜀ŋai	ŋai꜄	꜀ŋai	꜂ŋai	꜂ŋau		꜀ŋan	ŋan꜄	꜁ŋo	꜀ŋən
成都		꜀ŋai	ŋai꜄	꜀ŋai	꜂ŋai	꜂ŋau		꜀ŋan	ŋan꜄	꜁ŋo	꜀ŋən

（漢語方音字匯：2003）

2. 湘　語

長沙、雙峰湘語的古影母字也有與上述官話、贛語相同的情形，也就是在元音 a、o、e 元音前，包括 o、e 的變體元音ɤ、ə前，產生一舌根鼻音 ŋ-聲母的情形。不過長沙只有在低元音 a 及少部分央元音ə前，有產生舌根鼻音 ŋ-聲母情形；雙峰也多是在低元音 a 之前有產生 ŋ-聲母，至於中元音 o、e 前產生 ŋ-聲母的情況還是散見。

	挨~近	矮	鴨	安	案	恩	歐姓	懊	啞	鴉
長沙	꜀ŋai	꜂ŋa	ŋa꜆ 白	꜀ŋan	ŋan꜄	꜀ŋən	꜀ŋəu	ŋan꜄		
雙峰	꜀ŋa	꜂ŋai	꜁ŋa	꜀ŋæ̃ 文	ŋæ̃꜄	꜀ŋæ̃	꜀ŋe	ŋɤ꜄	꜂ŋo	꜀ŋo 白

三、江西贛語的云、以母音讀是 ŋ-聲母不配 i、u（v）、y 元音的旁證

上文我們說過 ŋ-聲母不宜與 i、u（v）、y 元音相配，從江西客贛語的云、以母的聲韻母搭配關係上，也可以看出這個傾向。江西客贛語的云、以母都是零聲母 ø-，且韻母開頭只有 i、u（v）、y 三類，除了 u 元音有唇齒化讀爲 v-聲母的例子外，其餘的云、以母都保持零聲母 ø-的讀法，而沒有見到云、以母字由零聲母ø-產生 ŋ-聲母的例子。江西客贛語云、以母不產生 ŋ-聲母的現象，則是 ŋ-聲母不配 i、u（v）、y 元音的另一個證明。

四、江西贛語疑母的演變方向——ŋ-聲母在 a、o（ɔ）、e 元音之前保存 良好，i、u（v）、y 元音之前保留程度差

江西贛語與客語都有疑母丟失 ŋ-聲母的現象發生，經過觀察發現，疑母的 ŋ-聲母在 a、o（ɔ）、e 元音之前保存良好，在 i、u（v）、y 元音之前的保留程度差。

（一）u（v）元音之前

1. u 為介音

當 u（v）元音在韻母中為介音地位時，ŋ-聲母傾向丟失，只有在零星字上還有 ŋ-聲母與 u 介音搭配的情形，如：贛語修水的「魚 ŋui³、語 ŋui⁴、元 ŋuen³、月 ŋueʔ⁹，萬載的「魚 ŋuěi²、語 ŋuěi³、外~面 ŋuai⁴、外~公 ŋuai⁴、僞 ŋuěi⁴、魏 ŋuěi⁴、月 ŋueʔ⁶」，東鄉的「瓦 ŋua³、外~面 ŋuai⁵」；以及客語安遠的「僞 ŋue²、魏 ŋue⁵」，龍南的「僞 ŋui⁵」，全南的「僞 ŋui⁵」，定南的「僞 ŋui⁵、魏 ŋui⁵」，寧都的「僞 ŋuɛi⁵」，石城的「僞 ŋuei⁴、魏 ŋuei⁴」。

2. u 為單韻母裡的主元音

遇合一的影母字：「吳、五、午」在江西客贛語裡，有大量變為成音節鼻音 ŋ 的傾向。這是由於疑母的 ŋ-聲母與單韻母的高元音 u 結合的緣故。

其他「吳、五、午」字未變為成音節鼻音 ŋ 的方言點，多數的表現都是脫落 ŋ-聲母，聲母變為零聲母的 ø-，韻母則是單韻母的 u，部分方言點的 u 元音則唇齒化產生一個 v-聲母。ŋ-聲母與單韻母 u 難以搭配出現，江西客語的安遠（吳 ŋu²）與石城（吳 ŋu²、五 ŋu³、午 ŋu³）則出現零散 ŋ-聲母與單韻母的 u 結合的情形。

（二）i 元音之前變為 n（ȵ）聲母或丟失 ŋ-聲母

在 i 元音之前的 ŋ-聲母，在江西客贛語裡有兩種發展傾向：一為變為舌尖鼻音的 n（ȵ）聲母；一是丟失變為零聲母ø-，前者相較於後者則是多數。其中，流開一的「藕、偶」兩字以及遇合三的「魚」（韻母為 e 類元音的魚母字）字，有不少的江西客贛語都出現 ŋ-聲母搭配 i 介音的情形，這是由於韻母的元音 e 進行了元音破裂（e＞ie、ei）並產生介音 i 的緣故，這些字的 i 介音產生的時間是較晚的。

　　i 元音與 ŋ-聲母的搭配，只有在零星字上還可以見到，如：贛語奉新的「牛 ŋiʌu²」，上高的「牛 ŋiæu²」，臨川的「牛 ŋieu²」，南豐的「牛 ŋieu²」，黎川的「逆 ŋiaʔ⁶」；以及客語井岡山的「語 ŋi³、義 ŋi⁴、蟻 ŋi¹、疑 ŋi²、嚴 ŋian²、業 ŋiat⁶、孽 ŋiet⁵、蘗 ŋiet⁵、言 ŋien²、元 ŋien²、月 ŋiet⁶、迎 ŋiaŋ²、逆 ŋit⁶、玉 ŋiuk⁶、獄 ŋiuk⁶」。這些在 i 元音前還保留 ŋ-聲母的疑母字又多集中在特定字（牛），以及特定方言點上（井岡山），我們可當例外處理。

（三）江西贛語其他疑母的音變現象

　　江西贛語蓮花的疑母 ŋ-聲母完全丟失，聲母變爲零聲母 ∅-；永豐則在 i 元音之前的疑母有讀爲舌尖邊音 l-聲母的傾向。永豐 l-聲母的前身是同爲舌尖音的 n-聲母。且永豐的泥母字也全部讀爲邊音的 l-聲母，顯然永豐讀爲 l-聲母的泥母字與疑母字的起點是相同的，都是舌尖 n-聲母。永豐這些讀爲舌尖邊音 l-聲母的疑母字，是先經歷舌根鼻音 ŋ-變爲舌尖 n-聲母的音變，然後 n-聲母再變爲同部位的舌尖邊音 l-聲母，其音變過程如下：

　　永豐疑母　　　ŋ- → n-／ __i

　　　　　　　　　n- → l-

五、非高元音的共鳴腔大是突顯鼻音 ŋ-聲母的主因

　　江西贛語、官話、湘語的影、疑母的例子，共同說明了一項鼻音 ŋ-聲母的搭配原則：ŋ-聲母與 a、o、e 元音搭配良好，而與 i、u、y 元音搭配關係差。

　　　　下部的橢圓圓形表示聲帶，中間的虛線表示懸雍垂（小舌）。發口元音時懸雍垂上舉，關閉顎咽通道，氣流只通過口腔；當懸雍垂下垂，氣流同時通過口腔和鼻腔，發出鼻化元音。當懸雍垂下垂關閉口腔通道，氣流只通過鼻腔，發出鼻輔音。發鼻化元音時，在聲學理論上等於主聲道（口腔）旁通一個分支（鼻腔）。由此引入新的極與零對，將「修正」元音譜；在語圖上，500Hz 以下有一能量較大的鼻音共振峰；在 F2、F3 之間也會出現能量較小鼻音共振峰；在功率譜分析時，我們往往注意元音/a/鼻化特徵因爲這個元音的共振峰在 800Hz 以上，所以 500Hz 以下的鼻音共振峰能得到充分顯示。

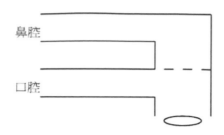

（鮑懷翹：2004，P286）

因為鼻輔音的共振峰小（500Hz 以下），若是搭配的元音的共振峰也小的話，那麼就會讓這個鼻輔音因為共振波低的關係，而在音感上有聽不清楚的感覺。就如同鮑懷翹提到：在鼻化元音功率譜的分析上，總是舉最典型的/a/元音為例，因為/a/元音的口腔開口度最大，共鳴腔也最大，才能使共振峰小的鼻輔音有比較清楚的聽感。換個生動的比喻來說，如果共振峰小的鼻輔音是海裡等待救援的小船的話，那麼開口度大的/a/元音就是高度高、強度強的大浪，可以把鼻輔音小船托高，而讓搜救的空中直昇機看到，也就是可以被人們聽見的意思。反之，開口度愈小，表示這個浪的強度、高度都小，鼻輔音小船被搜救直昇機看見的機率就變小了。元音 i、u、y 都屬於高元音，口腔的開口的通道窄小，產生共鳴的空間小，若這些高元音前面出現鼻輔音的話，在聽感上是較模糊的。

六、古影母 ŋ-聲母的產生是內部發音器官預備發音的肌肉動作

古影母字原來是零聲母 ø-，所以影母韻字的音節的起始部分是元音，當我們要發一個以元音起始的音節時，常有兩種狀況：第一種是喉頭裡的假聲帶有緊縮的動作（岩田禮：1992），這時在元音前面產生的是喉塞音 ʔ 的音感，或是略帶喉塞音的 ʔ- 聲母。

> 「喉塞音」（glottal stop）一般認為是在聲門形成閉塞的音：緊閉聲門，把聲門下的氣流閉塞住，從而停止聲帶的顫動，而聲門上面的口腔內則沒形成任何閉塞或阻礙。這種說法，要是單就聲門的狀態說是對的，但並沒有說明喉塞音的全部情況。在喉塞音的發音動作中，我們往往能發現的是聲門上面的緊縮運動（supraglottic laryngeal constriction），特別是假聲帶的內轉運動。（岩田禮：1992，P524）

第二種情況是小舌略微下垂，但未完全關閉口腔通道，有氣流略從鼻腔逸出，形成鼻輔音。這個音感不強的鼻輔音，是較靠近後部小舌動作的舌根鼻音 ŋ-。而且元音起始的這個後部的舌根鼻音 ŋ-，或是喉塞音ʔ- 聲母的產生，大約都可以解釋為發音器官為預備發音時的內部肌肉的預備動作，只不過，喉塞音的聲門緊縮動作動作，未涉及口腔，所以沒有口部元音的環境限制；而影母字的鼻音 ŋ- 聲母，因為鼻音共振峰小的緣故，只能靠非高元音的共鳴來突顯音感，所以有其元音環境出現的限制。

無論是第一種的元音起始前的喉塞音ʔ，或者是第二種的舌根鼻音 ŋ，都是偏後的內部肌肉運動，至於由第一種的喉塞音ʔ轉為第二種的舌根鼻音 ŋ，也是有可能的。

如果說喉塞音ʔ-與鼻音 ŋ-，都是發音器官在發音前的內部肌肉預備動作，那麼除了元音起始的音節外，我們也可以預想在輔音起始的音節，也應該會有相同的肌肉動作產生，但為何沒有相關的例證呢？原因很簡單，因為元音是響音，共振峰大，才能讓前面的內部肌肉動作的聲響被聽清楚；若是輔音起始的音節，就算發音器官內部肌肉有些動作，在聽感上也是聽不見的。

七、閩語古疑母的舌根鼻音 ŋ-聲母還未站在啓動丟失的起跑線上

觀察完官話、湘語、贛語中的古影母字，在非高元音 a、o（ɔ）、e 元音前產生一舌根鼻音 ŋ-聲母的情形，以及疑母在非高元音 a、o、e 元音多前保留舌根 ŋ-聲母的表現，我們可以大致得出舌根鼻輔音，在上述這些漢語方言（官話、湘語、贛語）與非高元音的搭配關係較為良好。不過，當我們的目光移到閩語區時，情況就大不相同了。

廈門、潮州、福州、建甌的閩語（漢語方音字匯：2003），在中古影母字的部份，仍保留本文影母字的起點－零聲母ø-，只有建甌閩語在零星字上有鼻音聲母的表現（亞 ŋaʔ、懊 ŋauʔ、奧 ŋauʔ），可視作例外或是移借。至於中古疑母字的部分，在各類元音前，包括高元音 i、u、y 及非高元音 a、o、e，閩語保留舌根鼻音 ŋ-聲母的情形都非常良好，閩語的中古疑母字除了保留舌根 ŋ-聲母的情形外，還有以下幾種其他情況。

（一）廈門疑母的舌根鼻音 ŋ-聲母多變為同部位的濁塞音 g-

廈門的疑母字，除多保留原來中古疑母的聲母音讀 ŋ-聲母外，這個舌根鼻音的 ŋ-聲母還多轉換成同部位的濁塞音 g-聲母，而且在廈門閩語各類元音前都可以看到這樣同部位聲母的轉換。潮州也有類似的音變現象，但比起廈門的情況來得零星。

（二）部分舌根鼻音 ŋ-聲母變為送氣清擦音 h-

廈門、潮州閩語少部分疑母字，在高元音 i 之前，有由舌根鼻音 ŋ-聲母變為送氣清擦音 h-的情形，如廈門的「蟻白 hia²」、「硯白 hĩ²」；潮州的「蟻白 ˢhia」。

前文提過，這種舌根鼻輔音與清擦音 h-相互轉換的情形（鄭曉峰：2001），是南方漢語常見的表現，也符合鄭曉峰為漢語成音節鼻音所歸納出來的第三條規律：

（2a）＊ŋi ＞ ŋ ~ hŋ

倘若下降的軟顎回升，使得鼻腔外出的氣流減弱，自口腔外流的氣流逐漸增加，就會產生口部擦音 h-。……福建沙縣青洲「你、二、義」讀 hŋ、江西泰和「魚」讀 hŋ2 都適用這條解釋（鄭曉峰：2001，P146）。

結　語

由江西贛語及官話、湘語等漢語方言的古影、疑母字表現，我們可以看清楚這個舌根鼻輔音 ŋ-的語音性質。因為鼻輔音的共振峰小（500Hz 以下），若是搭配的元音的共振峰也小的話，那麼就會讓這個鼻輔音因為共振波低的關係，而在音感上有聽不清楚的感覺。舌根鼻輔音 ŋ-易與 a、o（ɔ）、e 等元音搭配，因為這些元音都是「非高」元音，響度大，能夠突顯鼻輔音 ŋ-聲母。至於鼻輔音 ŋ-在高元音 i、u（v）、y 之前不易出現或容易脫落的表現，則是因為這些高元音的響度小，會使得鼻輔音 ŋ-聲母在聽感上有模糊的感覺。

至於閩語（廈門、潮州、福州、建甌）的舌根鼻音 ŋ-聲母，並不像官話、湘語、贛語的疑母 ŋ-聲母般不與高元音 i、u（v）、y 搭配，而是在非高（a、o、e）及高元音（i、u、y）前都可以普遍出現。這裡我們並沒有比較好的解釋，我們只能認為閩語保留舌根鼻音 ŋ-聲母的情況，比起其他漢語方言都來得好，也不會像官話、湘語、贛語一樣，容易在高元音（i、u、y）之前丟失 ŋ-聲母。

也就是說，閩語的舌根鼻音 ŋ-聲母還沒有站在啟動「丟失」的音變起跑線上。也或者有聲學專家能為閩語的舌根鼻音 ŋ-聲母做仔細的語音描述，讓我們能更進一步地瞭解，閩語的舌根鼻音 ŋ-聲母為什麼沒有走向丟失的音變道路。

第四節　日母字與泥母字在江西客贛語的音讀表現

一、日母字（不含止開三日母字）

（一）日母字出現環境與方言點

日母字的音讀形式多樣，我們先暫時不加入止攝開口三等的日母音讀，大致上可以得到下面的日母音讀表。至於止開三的日母字音讀，我們將放在本節後文再做討論。下表「其他音變」一欄是方言點自身的音變，至於「例外字」一欄則是個別字的移借，且這些例外字多有固定的字彙，我們可以歸之為「詞彙擴散」（lexical diffusion）的現象。「零聲母ø-」一欄，打勾✓符號表示日母字有讀為零聲母ø-的語音層次，打叉×則表示沒有。

	細音前	洪音前	ø-	其他音變	例　外　字
1	n-		✓	上猶 j-	
2	l-		✓		
3	n-		✓		湖口「乳、入」ʐ-
4		l-	✓		
5	n-	n-、l-	×		東鄉「任」l-、「軟」ŋ-
6	n-	n-、l-	✓		南豐「閏」l-，澡溪「任責~」l-
7	n-	l-	×		泰和「任、認」l-
8	n-	l-	✓	井岡山 ŋ-	修水「軟」ŋ-，萬載「染、軟」ŋ-，新余「任」l-

第一類：日母在洪細音之前都讀舌尖 n-聲母，除了舌尖 n-聲母的音讀外，其餘的日母字讀為零聲母。方言點見於客語的上猶、南康、安遠。其中，上猶的零聲母ø-後接的 i 介音摩擦化增強，而有把 i 介音變讀為 j-聲母的趨勢，如：染 jie³、入 jie⁴、任責~jiŋ⁴、然 jiẽ²。

第二類：無論洪細音之前的日母都讀為 l-聲母，日母字也有變為零聲母ø-的現象，方言點見於贛語的永豐。

第三類：日母在細音之前讀爲舌尖 n- 聲母，其餘爲零聲母 ø- 讀法，方言點見於贛語的湖口、波陽。湖口有兩個日母字讀爲捲舌的 z_-：乳zu³、入zɛ⁶，因爲讀爲捲舌聲母 z_- 的字數少，本文把這兩個讀爲捲舌聲母的日母字，當作外來文讀層看待。

第四類：日母在洪音之前讀爲邊音 l- 聲母，其餘讀爲零聲母 ø-，方言點見於贛語的高安。

第五類：舌尖 n- 聲母無論在洪音或細音之前都可以出現，洪音之前的日母還可以讀成邊音 l- 聲母，日母沒有零聲母 ø- 的讀法，方言點見於贛語的東鄉。東鄉有兩個字不在這個規範之內，一爲「任 lɪm⁵責～」；一爲「軟 ŋon³」。

第六類：舌尖 n- 聲母無論在洪音或細音之前都可以出現，洪音之前的日母還可以讀成邊音 l- 聲母，日母有零聲母 ø- 的讀法，方言點見於贛語的樂平、橫峰、臨川、南豐、蓮花；以及客語的于都、龍南、全南、定南、銅鼓、澡溪、寧都。南豐的「閏 lyn⁵」字在細音前讀爲 l- 聲母，可以當作例外字看待。澡溪的「任 lɪm⁴責～」也可當作例外字看待。

第七類：細音之前的日母讀爲舌尖 n- 聲母，洪音之前則是邊音 l- 聲母，日母沒有零聲母 ø- 的讀法，方言點見於贛語的星子、吉安、南昌、泰和、奉新、永修、宜黃。泰和的「任 li⁴責～、認 li⁴」在細音前出現邊音 l- 聲母的音讀。

第八類：細音之前的日母讀爲舌尖 n- 聲母，洪音之前則是邊音 l- 聲母，日母有零聲母 ø- 的讀法，方言點見於贛語的修水、黎川、萍鄉、上高、萬載、新余；以及客語的井岡山、石城。井岡山在細音前，除了舌尖 n- 聲母與零聲母 ø- 的讀法外，還有舌根 ŋ- 聲母一讀，這個舌根 ŋ- 聲母是從舌尖 n- 聲母後化而來，如：惹 ŋia¹、染 ŋian³、入 ŋit⁶、任責～ŋin⁴、熱 ŋiet⁶、忍 ŋin¹、認 ŋin⁴、日 ŋit⁵、肉 ŋiuk⁵。修水的「軟 ŋuon⁴」讀爲舌根聲母 ŋ-。萬載的「染 ŋien³、軟 ŋuen³」也讀爲舌根聲母 ŋ-。新余的「任 lɪm⁵責～」是新余在細音前唯一讀爲舌尖邊音的字。

在我們開始討論江西客贛語的日母字音讀之前，我們先來看日母在聲母系統的結構地位，以及歷史與方言上的其他表現。

（二）日母處系統結構不平衡的地位

中古日母字在各地漢語的讀音紛雜，導因於日母原來在音系裡，處於「不平衡」的結構地位，因爲沒有相對序列的音位來制衡日母字，所以日母字的演

變常有「脫序」的狀況。

> 各種語言中差不多都有 r 和 l 這兩個音位。雅科布遜（1941）認爲
> 這是兒童最後掌握的兩個音位，也是失語症者最先喪失的兩個音
> 位。和這兩個音位相當的漢語語音表現就是傳統的日母和來母，在
> 現在的普通話中就是 ʐ 和 l。它們在音系的非線性結構中都處於不平
> 衡的結構位置上，因而都具有相對的獨立性，容易產生變異。在上
> 古，根據諧聲字提供的線索，l 在結構上簡直「無法無天」，在同族
> 詞中差不多能夠和任何輔音交替。而在現代，它在不同的方言中也
> 是變化方式最多的一個音位：或與 n 自由變異，或相當自由地擴大
> 它的變異範圍、「侵」入傳統濁聲母的發音領域，或因「氣流換道」
> 而與 s 交替。這些都是因爲結構的不平衡性而使它易於變異的一些
> 具體表現。不過 l 的組合能力還比較強，這或許能牽制它的一些變
> 異範圍。ʐ音位的情況就不一樣了，它既在非線性結構中處於不平衡
> 地位上，能與之組合的韻母又很少，因爲它的結構地位就不太穩固，
> 現在在不少方言中它都處於積極的變異狀態中。

（徐通鏘，1993，P226、227）

由於沒有相對成系統的序列，如：p- 聲母與 t-、k- 聲母共同組成一個塞音
聲母的序列，日母在聲母系統的不平衡結構地位，就注定了它在方言中的讀音
必定混雜。

（三）漢音 [z]、吳音 [n] 的分別

漢音是指中國隋唐時期傳入日本的北方漢語語音；吳音則是指中國南北
朝時期傳入日本的南方漢語語音，前者代表北方的漢語；後者則表示了南方
的漢語。在漢音、吳音中，日母字的紀錄已經截然有別，北方的漢音以[z]；
南方吳音以[n]對譯日母字（王吉堯、石定果：1986）。這樣北方口音，南方鼻
音的分別也大約是現今漢語方言日母字南北的差異點所在。

（四）膠遼官話與東北官話的日母字（ʐ-、ø-）

膠遼官話的青州片的諸城、平度，登連片的榮成、煙台，以及蓋桓片的蓋
縣的日母字都有一個趨勢，就是都讀爲零聲母 ø-（侯精一：2002，P21）。

東北官話的日母字則有兩類讀法：一為捲舌的 z- 聲母；一為零聲母 ∅-。但東北官話的日母字在特定方言點裡只有一種讀法，不是捲舌 z- 聲母，就是零聲母 ∅-。哈阜片肇扶小片的哈爾濱與黑松片嫩克小片的黑河，則讀為捲舌聲母 z-聲母。吉沈片通溪小片的通化、哈阜片長錦小片的長春與黑松片佳富小片的佳木斯都讀為零聲母 ∅-。

（五）吳語日母的 z-（z-）＞l-

錢乃榮《當代吳語研究》裡，錢乃榮對照今日吳語的紀錄與趙元任 1928的《現代吳語的研究》一書，發現就在這六十年之間，在吳語的江陰、上海、松江、金華、衢州、童家橋的新派裡，都有日母字從擦音的 z- 變為邊音 l- 的音變現象，至於杭州雖然沒有變為邊音聲母，但變為介於流邊音 l- 與濁擦音 z-、z-之間的舌尖後捲舌半輔音 ʐ（錢乃榮：1992，P436）。除了錢乃榮所指的這六個吳語方言點之外，《當代吳語研究》書裡其他的吳語方言點：金壇西崗鎮、丹陽城、常州城、羅寶山羅店鎮、餘姚城、吳江黎里鎮、紹興城、靖江城、常熟、吳江盛澤鎮、嘉興城、寧波城，也都有出現日母讀為邊音 l-聲母的現象（錢乃榮：1992）。

這十八個吳語方言點的日母邊音 l-聲母有一個共同的特色，就是都不接細音韻母而只搭配洪音韻母，例外的只有丹陽城的「蕊」（lɛe^{22}／lue^{22}／lye^{22}）以及童家橋的「如」（lu^{31}／lyʮ^{113}／ʒʮ^{31}）字。前者產生 y 元音的原因是後面的 e 元音為前部音，而使得 lue^{22} 的 u 元音因為受後接的 e 元音影響，而進行了前化的預期性同化（regressive assimilation），使得圓唇的 u 變為前部但仍圓唇的 y 元音，因而讀為 lye^{22}。後者的 y 韻母則是由 u 元音變來的，因為吳語有一連串推鍊的音變過程：ai → a → o → u → əu → y → ɛ（張光宇：1991，P434～435）。

（六）日母邊音 l-聲母只接洪音隱含原有捲舌聲母的痕跡

扣除掉少數的例外字，這十八個吳語方言點的日母字只接洪音韻母的表現，再加上六個吳語方言點（江陰、上海、松江、金華、衢州、新派童家橋）顯示出日母字由 z-＞l-變化的音變歷史動態記錄，以及杭州日母字的舌尖後捲舌半輔音 ʐ的中間音讀階段，我們可以推論出這十八個吳語日母邊音 l-聲母的前身是捲舌擦音 *z-聲母。因為「捲舌化」，所以這些日母字不存在 i 介音。由

捲舌擦音 $*z_{\:}$- 聲母變爲濁擦音聲母 z- 是去捲舌化的表現。杭州的舌尖後捲舌半輔音 $_{\:}$ɹ 則一部份保留捲舌的痕跡，一部份傾向流、邊音的表現。

對於捲舌擦音 $*z_{\:}$- 變爲邊音 l- 聲母，張光宇認爲是「氣流改道」的結果，張光宇在解釋閩語來母字時曾提到：

> 從正常的發音情況説，發邊音時氣流經由舌體兩邊外出，發舌尖音時氣流集中在舌體中央外出。相對而言，前者爲「邊」音，後者爲「央」音。從 l 到 s 即爲氣流改道由邊到央的變化，中間過程有兩個可能，或者是 lh，或者是 z。據此，我們可把來母 s-聲的演變寫成下式：

$$*l \ \to \ \left\{ \begin{array}{c} lh \\[2ex] z \end{array} \right. \ \to \ s$$

（張光宇：1990，P23～24）

氣流會從「邊」到「央」，當然也會從「央」到「邊」。吳語日母字的變化可以表現如下：

$$*z_{\:} \to （z） \to \ _{\:}ɹ \to l \quad （前身爲捲舌聲母所以不接 i 細音）$$

至於吳語日母濁擦音聲母 z- 的前身，除了是捲舌的擦音聲母 $*z_{\:}$-外，若再往前推則是南方漢語方言以及「吳音」裡的舌尖鼻音 n-聲母（n->$z_{\:}$-／__i）。這部份的論述，多位學者已討論過，茲不再重複。

蘇州方言日母的文白異讀，就像是同時把演變前與演變後的歷時產物都集中在同一個方言點的例子。

	褥	忍	讓	日	人
白讀	n̠ io ʔ³	n̠ in³¹	n̠ iã³¹	n̠ iə ʔ³	n̠ in1³
文讀	zo ʔ³	zən³¹	zã³¹	zə ʔ³	zən¹³

（葉祥苓：1988，P23）

（七）n-與 l-聲母的相互變換是干擾因素

舌尖鼻音 n 與舌尖邊音 l，因爲同爲舌尖部位的緣故，在許多漢語方言裡都有互換的表現，所以舌尖鼻音的 n-聲母若變爲邊音的 l-聲母時，就會讓日母

的音讀顯得更加複雜。不過這個 n-、l- 互換的音變有個特色，就是若 n- 聲母後面的韻母原來含有 i 介音的話，並不會消耗掉 i 介音。

下文我們還會討論到江西贛語的泥母字，泥母的 n- 聲母在一二等的洪音的環境下容易變成 l- 聲母，但在三四等細音環境下的 n- 聲母卻較易固守保持 n- 聲母的讀法。泥母雖然也多是在細音前出現 n- 聲母，而在洪音前出現 l- 聲母，但這個泥母洪音前的 l- 聲母後接的韻母，是本來就沒有細音成分的韻母，所以跟日母後接洪音韻母的 l- 聲母的意義還是不一樣的。日母隸屬三等，原有介音 i，今日這個日母 l- 聲母卻搭配洪音韻母，表示其中的 i 介音是被捲舌化運動消耗掉的。

1. 永豐泥、日母 l- 聲母的前身為 n-

贛語永豐的泥、日聲母都讀為 l- 聲母，這個 l- 聲母在洪細的語音環境前都可以出現。永豐泥、日的 l- 聲母都是從舌尖鼻音的 n- 聲母變來。

換句話說，由舌尖鼻音的 n- 聲母變來的 l- 聲母，應該在洪細的語音環境中都可以出現。或者 n- 聲母容易在洪音的環境下變為 l- 聲母，但這個洪音的韻母環境是本來就不存在細音的韻母條件，如泥母在一、二等洪音條件下易變為 l- 聲母。反之，從捲舌聲母 $^*z$- 變來的 l- 聲母則只能在洪音的語音環境中出現，這個「洪音」的語音環境是後起的，原來表示三等細音的 i 在捲舌過程中被消耗掉了。

（八）江西客贛語的日母字被文讀（l-、ø-）侵入的情況嚴重

1. 邊音聲母 l-

江西客贛語的日母語音類型有個大體的搭配趨勢：細音前出現的都是舌尖鼻音 n- 聲母，洪音之前則 n- 聲母與 l- 聲母互見。除了少數方言點的日母字，l- 聲母也可以出現在細音之前外，而這些少數字的 l- 聲母前身是同為舌尖部位的 n- 聲母。其他大部分江西客贛語日母 l- 聲母只在洪音前出現的特色，則與前文吳語的日母 l- 聲母的語音型態是相同的。江西客贛語這些讀為邊音 l- 聲母的日母字，應是鄰近吳語的入侵，而非本身的音變現象。吳語日母的 l- 聲母讀法，相對於江西客贛語來說，也可以算是一種「文讀層」。

2. 零聲母 ø-

前文我們曾提過，在東北官話與膠遼官話裡的日母都有讀為零聲母 ø-

的表現，我們認爲江西客贛語讀爲零聲母ø-的日母字是官話文讀層的入侵，而非自身語音的變化。

（九）江西客贛語原有的l-、ø-聲母讓日母的文讀更容易入侵

對於江西客贛語的日母文讀層，我們有個疑問是：爲何侵入江西客贛語的日母不是讀爲捲舌聲母的ʐ-聲母（湖口日母有零星的ʐ-聲母），或是官話、吳語裡的z-聲母（吳語z-聲母也屬於文讀層）？原來l-、ø-聲母是江西客贛語裡原本就有的聲母音位，前者爲來母，後者爲云、以母。因爲 l-、ø-聲母是江西客贛語本有的聲母音位，所以更容易接受讀爲 l-、ø-聲母的日母文讀層，如此一來就不必在音位系統上多增加聲母。雖然前文我們曾提過江西客贛語裡的知三章母曾有大規模的捲舌化運動，但今日江西客贛語的知三章聲母卻是大量地走向去捲舌化的道路，所以在日母音讀方面，自然比較容易接受非捲舌類的l-、ø-聲母。

（十）細音前的n-聲母是江西客贛語日母的最後堅守堡壘

既然邊音l-聲母與零聲母ø-的日母音讀是不同文讀層的侵入，那麼在細音前的n-音讀，就是日母在江西客贛語裡最後堅守的白讀堡壘了。江西客贛語日母白讀n-聲母也呼應了過去南方吳音日母讀爲[n]聲母的表現。

二、泥母字

關於日母的音讀類型，我們還剩止開三的日母字未討論，不過在看止開三日母字之前，我們先來看一下江西客贛語的泥母字。

（一）江西客贛語的泥母音讀類型可以分爲以下六種：

	細　音　前	洪　音　前
1	n-	
2	l-	
3	n-	l-
4	n-	n-、l-
5	n-、ŋ-	n-
6	ø-	l-

第一類：這一類的泥母音讀，細部來論可以包括只有n-聲母的；也可以包括在洪音前音值爲n-，而在細音前音值爲n̠-的，因爲n-、n̠-聲母只有在音值上

有些微的差異，不構成音位上的差別，我們在這裡並不做特意的區別。方言點可見於贛語的湖口、星子、波陽、樂平、橫峰、東鄉、臨川、南豐；以及客語的上猶、南康、龍南、定南、銅鼓、澡溪、寧都、石城、安遠、于都。第一類的泥母音讀類型，也是江西客贛語裡，泥母最普遍的聲母類型。

第二類：全部讀爲舌尖邊音的 l- 聲母，只見於江西贛語的永豐。

第三類：n- 出現在細音前，l- 在洪音前出現，方言點可以見於贛語的永修、修水、南昌、奉新、上高、萬載、新余、宜黃、萍鄉、吉安、泰和。

第四類：n- 在洪音與細音之前都可以出現，l- 只在洪音前出現，方言點見於贛語的蓮花、黎川。

第五類：在細音之前，舌尖 n- 聲母有變成舌根 ŋ- 聲母傾向，方言點只見於客語的井岡山。

第六類：細音前的舌尖 n- 聲母傾向丟失，只有洪音前的邊音 l- 聲母還保留，方言點見於贛語的高安。

（二）客語維持 n-聲母，贛語 n-在洪音前易變 l-

除了贛語永豐的 l- 聲母（＜n-）可以在洪細之前都出現外，其餘的泥母字有個大體的搭配趨勢：細音前出現的都是舌尖鼻音的 n- 聲母，洪音之前則是 n- 聲母與 l- 聲母互見。乍看之下，好像跟日母的音讀類型很相似，但其實不然。上文日母 l- 聲母出現的洪音環境原來是細音（三等韻母），變爲洪音韻母是由原來的日母 *z̠- 聲母，在捲舌化的過程中消耗掉了 i 介音而來。泥母 n- 聲母在洪音之前變爲 l- 聲母，這些洪音韻母原本就是洪音的語音環境，來自中古的一二等韻。

在江西客贛語裡的泥母有個趨勢：那就是客語的泥母全部維持讀爲鼻音 n- 聲母；贛語的泥母在細音前維持鼻音 n- 聲母的讀法，而在洪音環境下 n- 聲母容易變爲邊音 l- 聲母。

三、止開三日母字的音讀類型

（一）江西客贛語止開三的日母字，可以分為以下十種音讀形式：

	音 讀 形 式
1	ɚ
2	ə

3	ø
4	ɵ
5	e、ɜ、ɛ
6	lɛ
7	lə
8	ni
9	ŋi
10	ṅ

方言點的分佈

以下列出各類止開三日母音讀類型的方言點分佈，其中有些方言點包含兩種以上的音讀類型，我們以方言點下劃橫線的方式，來表現身兼兩種音讀類型的方言點。

第一類ɚ：方言點見於贛語的湖口、波陽、上高；客語的<u>安遠</u>、<u>于都</u>、<u>龍南</u>。

第二類ə：方言點見於贛語的奉新與客語的<u>南康</u>、<u>定南</u>、<u>銅鼓</u>、<u>澡溪</u>。

第三類ø：方言點見於贛語的高安。

第四類ɵ：方言點見於贛語的南昌、新余、臨川、南豐、黎川、吉安、永豐。

第五類e、ɜ、ɛ：方言點見於贛語的星子、修水、樂平、橫峰、萬載、東鄉、宜黃、萍鄉、蓮花、泰和；以及客語的<u>上猶</u>、<u>全南</u>、<u>井岡山</u>。

第六類lɛ：方言點見於贛語的永修。

第七類lə：方言點見於客語的<u>寧都</u>、<u>石城</u>。

第八類 ni：方言點見於客語的<u>上猶</u>、<u>南康</u>、<u>于都</u>、<u>龍南</u>、<u>全南</u>、<u>定南</u>、<u>銅鼓</u>、<u>澡溪</u>、<u>寧都</u>、<u>石城</u>。

第九類ŋi：方言點見於客語的<u>井岡山</u>。

第十類ṅ：方言點見於客語的<u>安遠</u>。

（二）贛語大量讀為捲舌ㄦ韻及其相關變讀，客語則保有舊有的鼻音讀法

這些止開三的日母字就是國語裡俗稱的「ㄦ韻」，在江西贛語裡除零星字還有鼻音聲母的讀法外，大部分的贛語全部讀為捲舌ㄦ韻或是捲舌ㄦ韻的變體，

而江西客語雖兼有捲舌儿韻的讀法，但仍大量保留鼻音聲母的讀法。捲舌儿韻來自北方文讀，鼻音聲母讀法則是固有南方漢語的白讀。就這點來看，江西贛語偏北方，而客語偏南方。

（三）止開三日母字南北分組的態勢

止開三日母字不但在現在南北方言有顯著的音讀差異，在過去的南北方言也早就存在分別的現象。

	兒	爾	二	而	耳	餌
高麗譯音	i	i	i	i	i	i
日譯漢音	dʑi	dʑi	dʑi	dʑi	dʑi	dʑi
日譯吳音	ni	ni	ni	ni	ni	ni
安南譯音	ɲi	ɲi	ɲi	ɲi	ɲi	ɲi
廣州	i	i	i	i	i	i
客家	i	i	ɲi	ɲi	ɲi	ɲi
汕頭	dʑi	dʑi	dʑi	dʑi	dzᵦI	dzᵦI
福州	nie	nie	næi	næi	ŋi	ŋi
溫州〔註5〕	n̩	n̩	n̩	n̩	n̩	n̩
上海	ɲi	ɲi	ɲi	ɲi	ɲi	ɲi
北平〔註6〕	ör	ör	ör	ör	ör	ör
開封	ör	ör	ör	ör	ör	ör
懷慶	ər	ər	ər	ər	ər	ər
大同	ər	ər	ər	ər	ər	ər
太原	ar	ar	ar	ar	ar	ar
鳳台	ʐ̩	ʐ̩	ʐ̩	ʐ̩	ʐ̩	ʐ̩
蘭州	œr	œr	œr	œr	œr	œr
平涼	ör	ör	ör	ör	ör	ör
西安	ər	ər	ər	ər	ər	ər
四川	r	r	r	r	r	r
南京	ör	ör	ör	ör	ör	ör

（唐虞：1931，P457～458）

〔註5〕原表溫州日母音讀標為 n，但此處應為成音節鼻音的 n̩。

〔註6〕唐虞原表使用的 ör 符號是沿用 Bernhard Karlgren: *Etudes sur la Phonologie Chinoise* 一書的符號，替換成國際音標大約相近於 ər。

上表的上海以下的方言點我們可以劃一條線，從廣州到上海這些止開三的日母字都有讀爲鼻音的趨勢，上表的廣州止開三日母雖然讀爲零聲母 ø-，但廣州的零聲母 ø- 是脫落鼻音聲母而來的。在今日廣東粵語的中山（ŋ-）、東莞（ŋ-）、信宜（ɲ-）、廉江（ŋ-）等方言點，這些止開三日母字仍讀鼻音聲母，至於廣東的台山、開平粵語，則把舌根鼻音 ŋ- 變爲同部位的舌根濁塞音 g- 聲母（詹伯慧：2002）。

（四）ㄦ音變的過程

高本漢認爲ㄦ音的演變有七個階段：n̠ʑi > ʑi > ʑ̣ > ʐ̩ > ʐ > ˀʐ > ör（高本漢：1915～1926）。唐虞認同高本漢的擬構，因爲「從音理上講[ʐ]略開就變成 [ɻ]，[ɻ] 再略開就變成[ɚ]：這種演變總算是順裡成章的。何況[ʐ̩]音的過程在現在鳳台方音裡還可以找到活的證據呢」（唐虞：1931，P466）。但高本漢ㄦ音擬構的第一個階段 *n̠ʑi 是爲了兼顧南北方音的差異，基於南方漢語多保留舊讀的基本擬構法則，我們可以逕自把第一個階段的 *n̠ʑi 改爲南方漢語今仍保留的 *n̠i（／*ni）。由 *n̠i > ʑi 是因爲 i 元音的摩擦效果加強，使鼻音聲母走向捲舌化。至於接在捲舌聲母後面的元音，依據周殿福和吳宗濟（1963）的 X 分析是展唇的後高母音[ɯ]〔註7〕，在音感的聽覺上，舌尖發音的部分佔的又比較重，所以又常寫做[ɿ]。一旦 ʐ̩ 音節的舌尖元音的音感加強時，也就是指 ʐ̩ 整個音節傾向「元音化」時，爲了要保留原來捲舌 ʐ 聲母「捲舌」的音感，ʐ̩ 只能選擇變爲捲舌元音ɚ。且溫寶瑩研究漢語兒童或外國學習者（美國與日本）學習漢語時的語際偏誤，發現當發音動作不夠積極或肌肉緊張程度不夠時，舌尖元音都有偏向央元音變化的趨向。「兩個舌尖元音/ɿ/、/ʅ/的位置趨後趨下，都向央元音/ə/的位置靠攏」（溫寶瑩：2008，P205）。ㄦ音的整體過程可以表示如下：

$$^{*}n̠i \; > \; ʑi \; > \; ʑ̣ \; > \; ʐ̩／ʐɯ \; > \; ɚ$$

> 「元音化」（[ɯ]音感加強，但因爲要選擇保留「捲舌」聲母的音感，只能變爲捲舌元音ɚ）

〔註7〕展唇的後高母音 [ɯ] 在止攝字一章還會再做說明。

（五）江西贛語的第一類到第七類

江西贛語止開三日母字第一類到第七類的音讀，是捲舌元音ɚ的不同變體。前文我們曾提過日母沒有相配的序列音，處於聲母音位系統結構中的不平衡地位，所以音讀形式才會如此多彩多樣。

第一類的捲舌元音ɚ是起點，其他第二類到第七類的止開三日母音讀形式都是捲舌元音ɚ的變體。第二類的ə是捲舌元音ɚ的去捲舌化。溫寶瑩藉由漢語元音共振峰的比較，發現央元音ə往往不能保持口腔和舌位的穩定，在實際發音的音值上大致為[ɤ]（溫寶瑩：2008）這個[ɤ]元音若圓唇化的話，就是第三類ø與第四類的ɵ（音值介於ø與o之間），而圓唇化與捲舌化又在音感上有其相似性。因為捲舌動作伴隨著舌位的向後，而舌位越向後則共振頻率會降低；而圓唇作用，即唇形面積減小，則會使所有的共振頻率降低（鮑懷翹：2004），且捲舌化有舌體後部高起的特徵，也與圓唇的u元音有相近的音感。

至於第五類的 e、ɜ、ɛ，則是口腔和舌位常不能保持穩定的央元音ə前化的結果。第六類 lɛ 與第七類 lə的音讀，其實就是第五類的 e 類元音與第二類的央元音 ə，在元音前面帶了近於流音的捲舌濁輔音 ɻ，這個 ɻ半輔音①或者從捲舌元音 ɚ 本身的「捲舌」成分而來的，就如前面提到的吳語杭州日母的 ɻ-聲母，這個 ɻ-的半輔音進而變體為流邊音的 l-聲母，以至形成了第六類 lɛ 與第七類 lə的音讀形式。②或者舌尖元音本身若再高化即包含有邊音化的音質（朱曉農：2005，P107）。朱曉農研究漢語方言「高位頂出」的方式，發現舌尖元音若再繼續高化，則有邊音化的現象，漢語方言的例子可見於徽語績歙片。

> 舌尖音節 tsɿ再繼續高化就會變成 tɬ。爲什麼說這種音變是「繼續高化」呢？發 tsɿ時舌尖先是頂在齒齦處，然後舌尖稍稍降低，漏出中縫信道，發出擦音 s 和同部位的ɿ。而發 tɬ時，舌尖也是先頂在齒齦處，不過舌尖不再降低，而是繼續維持高部位，只是稍稍讓出兩廂，發出了邊擦音ɬ以及同部位弱擦的、成音節的近音 l。（朱曉農：2005，P107）

（六）江西客語的第八類到第十類

第八類（ni）、第九類（ŋi）與第十類（n̍）的日母字都是鼻音聲母的表現，第八類的日母音讀是最接近止開三日母音讀的原型，而第九類的舌根聲母 ŋ-是第八類舌尖 n-聲母的後化，而舌尖鼻音聲母搭配高元音，就容易傾向變為成音節鼻音，也就是第十類的音讀形式 n̍。鄭曉峰〈漢語方言中的成音節鼻音〉（2001）一文中，對漢語南方方言中的成音節鼻音的地理分布做一個大體的鳥瞰，發現跨方言間都有這樣的相同現象，就是成音節鼻音與高元音的密切關係，以下是鄭曉峰文中所歸納的四個成音節鼻音的音變規律：

（1a）*ŋu ＞ ŋ

（1b）*mu ＞ m

（2a）*ŋi ＞ ŋ ～ hŋ

（2b）*ni＞n

（七）止攝韻母位於音節末尾是舌尖元音化速度快的主因

日母除去止攝三等的韻母環境之外，其他的三等韻母裡的日母音讀都有一致的聲母表現：細音前出現的都是舌尖鼻音的 n-聲母，洪音之前則 n-聲母與 l-聲母互見。那麼是什麼讓止攝特別於其他三等的韻母呢？檢視所謂的三等韻結構，止攝最大的特點就在於它的主要元音佔住了音節末尾的位置，而非在音節之中。也就是這樣的音節位置，使得與捲舌日母 ʐ-搭配的舌尖捲舌元音/ɣ/[ɯ]，能夠較其他韻母音節在捲舌聲母後出現的舌尖捲舌元音，更突顯其舌尖捲舌元音的性質。因為舌尖捲舌元音之後，再沒有存在可以箝制其行動的音素，使得舌尖元音的「元音」效力也加強到前面的聲母上，進而與前面的捲舌聲母結合變為儿化的捲舌韻母ɚ。

$$（A）tʂ^{(ʻ)} \rightarrow ts^{(ʻ)} / \underline{\quad} i \#$$

$$（B）tʂ^{(ʻ)} \rightarrow ts^{(ʻ)} / \underline{\quad} i \begin{Bmatrix} C \\ V \end{Bmatrix} \#$$

（A）代表止攝的語音環境；（B）代表一般三等韻。〔註8〕

〔註 8〕筆者在台灣清華大學旁聽張光宇教授的課程時，張教授說過要我們注意「音節末

止攝韻母的環境也是江西客贛語知三章組的聲母，在去捲舌化的音變過程裡跑得最快的主因。這部份的論述在韻母的演變止攝字一節還有更詳細的說明。

聲母部分的總結

江西客贛語聲母部分的討論，本論文總共分了四節來說明。我們略去了許多較無爭議的聲母問題，如全濁聲母變為次清聲母、來母 l-在細音前塞化為舌尖 t-聲母、部分古輕唇字仍保持重唇的讀法……等等問題，而是把問題的討論集中在較為特殊的聲母音變過程上。

首先，我們引用的何大安（1994）的說法，因為贛語大部分的次濁上聲字歸入陰上，所以贛語的聲母是官話型的演變，而不是吳語型的演變規則。也就是說，江西贛語與官話型一樣，都是先經歷「全濁聲母清化」，然後再發生「全濁上聲歸去聲」。所以今日在江西湖口、星子等地的贛語所見的古全濁聲母與古次清聲母讀為濁音的讀法，前者為陽調類；後者為陰調類，都是先經歷過中古「全濁聲母清化」為送氣清塞音、塞擦音後，再發生「次清化濁」的「規律逆轉」（何大安：1988）後的讀音。

江西客贛語普遍可見到一拉鍊式的聲母音變，中古透、定聲母由 t' → h，為了要填補送氣舌尖清塞音 t'的位置，中古的清、從、初、崇聲母又由 ts' → t'。江西客贛語聲母的這個拉鍊式音變，只發生在送氣聲母的部分。為了要完整的瞭解江西客贛語送氣聲母拉鍊式音變的類型，我們為南方漢語發生聲母拉鍊式音變的方言分類，總共分出三大類型，分別為型態一的幫端濁化型；型態二的兩套平行演變的拉鍊音變；以及型態三的只有送氣音音類聲母進行拉鍊式音變，江西客贛語聲母的拉鍊式音變屬於型態三的演變。

從玉林平話舌尖前音聲母變為舌尖音聲母的拉鍊式音變（ts → t 與 ts' → t'）以及江西客贛語的知三章組由捲舌音塞化為舌尖塞音（tʂ → t 與 tʂ' → t'）的演變看來，送氣音類的聲母在塞化的速度上，快於不送氣的聲母。

江西客贛語的知三章組字有由捲舌聲母塞化為舌尖塞音的音變（tʂ → t 與 tʂ' → t'），少部分的知三章組塞化的起點是舌面塞擦音 tɕ、tɕ'。江西客贛語的

尾」往往也是音變的條件之一，此處音變條件的想法源自於張教授的教導，特此表示感謝。

知三章組聲母，除了有變爲舌尖塞音的表現之外，部分知三章組聲母因後接了偏後的 u 元音，還有變爲 k 系聲母的表現。

江西贛語的古影母字，今讀普遍有產生一舌根鼻音 ŋ- 聲母的表現。江西贛語古影母字最容易產生 ŋ- 聲母的環境，一爲 a、o（ɔ）元音之前；一爲 e 元音之前，後者因爲容易發生元音破裂（e＞ie、ei）進而產生前高元音 i。在江西贛語裡，高元音 i、u、y 不適合與舌根 ŋ- 聲母相配，所以我們又把 e 元音之前的語音環境列作第二容易產生 ŋ- 聲母的的語音條件。其古影母字產生舌根 ŋ- 聲母的聲母變化可以表示如下：

$$\emptyset\text{-} \to \text{ŋ-}／\_\_ \quad ①a、o（ɔ）②e$$

$$\emptyset\text{-} \to \emptyset\text{-}／\_\_ \quad i、u（v）、y$$

江西贛語古影母字在 a、o（ɔ）、e 元音前，產生舌根鼻音 ŋ- 聲母的音變，還可見於官話與湘語，且音變條件與江西贛語相同。

疑母字古讀爲舌根鼻音 *ŋ- 聲母，在今日蘇州以南（包括蘇州）的中部與南方漢語裡多有保留鼻音聲母的表現，在江西客贛語裡則多在高元音 i、u、y 前丟失舌根 ŋ- 聲母。官話區的濟南、西安、武漢、成都多丟失疑母原有的 ŋ- 聲母，但在 a、o、e 元音前保留 ŋ- 聲母的情況較爲良好。

至於閩語（廈門、潮州、福州、建甌）古疑母字的舌根鼻音 ŋ- 聲母，並不像官話、湘語、贛語的疑母 ŋ- 聲母般不與高元音 i、u（v）、y 搭配，而是在非高（a、o、e）及高元音（i、u、y）前都可以普遍出現。我們只能認爲閩語的舌根鼻音 ŋ- 聲母還沒有站在啓動「丟失」的音變起跑線上。

日母字因爲處於音系結構不平衡的地位中，所以日母字在各個漢語方言都有許多不同音讀形式。江西客贛語日母字音讀的討論，我們先摒除複雜的止開三日母字，發現江西客贛語的日母字除有讀爲零聲母 ∅- 的大趨勢外，其他的日母字大多是在細音前讀爲舌尖 n- 聲母；而在洪音前少部分保持舌尖 n- 聲母，大部分讀爲舌尖邊音 l- 聲母。

洪音前讀爲邊音 l- 的日母字是由捲舌聲母演化而來，且是鄰近強勢方言吳語移植過來的產物，其音變過程如下：

$$\text{*}ʐ\text{-} \to （z） \to ɻ \to l \quad （前身爲捲舌聲母所以不接 i 細音）$$

至於在洪音前由舌尖 n- 聲母變爲邊音 l- 的泥母字，則容易與洪音前讀爲邊

音 l- 的日母字混淆，但前者變爲邊音 l- 的環境是本屬洪音；而後者則經歷捲舌化的過程，所以兩者有本質上的不同。

　　江西客贛語止開三的日母字還有大量讀爲零聲母ø-的表現，這是官話層的侵入。

　　止開三日母字在江西客贛語約有十類的音讀形式，第一類到第七類的音讀是捲舌元音 ɚ 的不同變體，其餘的三類則是原來日母鼻音聲母的保留。

　　止開三日母字在江西客贛語裡的十類音讀形式：

	音 讀 形 式
1	ɚ
2	ə
3	ø
4	ɵ
5	e、ɜ、ɛ
6	lɛ
7	lə
8	ni
9	ŋi
10	ṅ

　　一個語言音韻系統的組成，聲母的變化不是單向性的，而是與聲調、韻母都息息相關的。例如我們在聲母的部分曾討論到，知三章組聲母有由捲舌音塞化爲舌尖塞音（tʂ → t 與 tʂʻ → tʻ）的演變，而這項知三章組語音演變在止攝開口三等缺席的情況是最嚴重的，因爲止開三的知章組捲舌聲母還沒有來得及塞化，就已經去捲舌化了。這部份的聲母變化討論，若不關聯韻母一起討論，則有兩豆塞耳，不聞雷霆之憾。部分與聲母較爲相關的韻母討論，例如知三章組聲母在止攝開口三等的演變，我們爲了不斷裂整個音變的討論，把部分韻母的討論附在聲母的章節之下，但若要完整地瞭解江西客贛語的韻母結構，則有待下一個章節「韻母的演變」的開展。

第參章　韻母的演變

　　江西客贛語韻母部分的討論，筆者希望能用一個較爲全盤性的角度來關照，也就是把討論的重點放在江西客贛語裡的基底韻母形式，以及基底的韻母音變形式。以下我們先把江西客贛語的韻母演變結論列出，江西客贛語的韻母元音有一個前化、高化的推鍊（push chain）規律，且這個推鍊（push chain）規律也見於其他的漢語方言。我們推測爲推鍊的理由在支思韻見於史料（《中原音韻》）的時間是較晚的，表示下圖左側的演變是較晚的，高化、前化的動力來自後方與內部壓力，這是一種推鍊的表現。

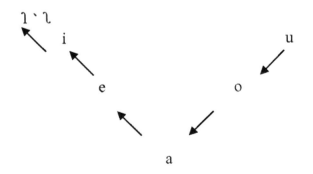

　　至於這個推鍊規律的發現，我們還必須先釐清幾個複雜的韻攝才能看清楚。所以以下的討論順序是先討論層次較爲複雜的「止攝聲母與韻母的類別」、「魚虞合流層與魚虞有別層」、「流攝的聲韻搭配關係」、「蟹攝三、四等字的原型韻母探析」等節。以上推鍊音變除 i>ʅ、ɿ的音變主要發生在止攝外，

其餘的音變（u＞o，o＞a，a＞e，e＞i）多發生在後面所列的章節「一二等對比」、「莊組韻母的特殊性與一等 e 類元音韻母」、「三四等格局的對比」、「三等的 e 類韻母」內。這也是我們決定韻母討論順序的決定條件。

以下韻母、聲調、韻尾的各節，我們爲解說舌體的運動狀態，常使用以下的舌面元音圖（梯形）來做說明，在行文時，爲方便起見，將會省略與該節音變過程不相關的舌面元音，下文各節若有以舌面元音圖（梯形）做說明時，茲不再重複說明。

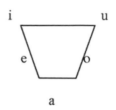

第一節　止攝聲母與韻母的類別

一、知三章組聲母捲舌聲母與去捲舌聲母兩讀並陳

江西客贛語裡，知三章聲母所接的三等韻普遍不包含細音 i，至於有少部份的知三章聲母所接的韻母含有 i 介音，我們將在後文再做另外的說明。綜觀江西客贛語知三章聲母的讀音表現，除去湖口、星子、永修、修水有次清化濁的表現（dʑ、dʑʻ），以及知三章聲母從捲舌音 tʂ、tʂʻ塞化爲舌尖塞音 t、tʻ的另外表現之外，其他知三章聲母的音讀大致可以歸納爲兩套聲母：①一爲清舌尖前塞擦音的 ts、tsʻ；②一爲偏向捲舌或捲舌的 tʃ、tʃʻ與 tʂ、tʂʻ。由不含介音 i 的特徵看來，我們可以推論出原來江西客贛語的知三章聲母，曾有大規模捲舌化的過程，今日讀爲偏向捲舌或捲舌的 tʃ、tʃʻ與 tʂ、tʂʻ的方言點是知三章聲母讀爲捲舌音的保留；今日讀爲舌尖前塞擦音 ts、tsʻ的知三章聲母，則是經歷捲舌音階段，再進一步去捲舌化後的結果。以下我們選取「假開三」這個韻攝來顯示，江西客贛語裡捲舌聲母與去捲舌聲母兩讀並陳的現象。因爲在江西客贛語裡，知組三等聲母總與章組聲母有一樣的聲母音讀表現，也就是說，知三、章母在江西客贛語裡表現的聲母型態爲同型，所以雖然我們下面選取的字爲假攝開口三等章組字，但相對知組

三等的聲母其讀音究竟為何，也可以推想得出來。以下的南昌、樂平、萍鄉為贛語點，于都、銅鼓為客語點。

假開三	遮	蔗	車	扯	蛇	射	舍	社
南昌	tsa	tsaʔ	tsʻa	tsʻa	sa	sa	sa	sa
樂平	tsa	tsa	tsʻa	tsʻa	sa	sa	sa	sa
萍鄉	tʂa	tʂa	tʂʻa	tʂʻa	ʂa	ʂa	ʂa	ʂa
于都	tʃa	tʃa	tʃʻa	tʃʻa	ʃa	ʃa	ʃa	ʃa
銅鼓	tʂa	tʂa	tʂʻa	tʂʻa	ʂa	ʂa	ʂa	ʂa

既然我們已經有了這個大前提：「知三章組在江西客贛語裡曾普遍有捲舌音階段」，以下我們將用這個已知的概念，來看止攝的精、莊、章、知聲母的讀音與韻母讀音所搭配顯示的意義。

二、南京型往武漢型邁進

張光宇（2008）在論述漢語各方言止攝字聲母讀音類型時，分出了七大類的止攝字讀音：1. 北京型 2. 南京型 3. 昌黎型（A）（B）（C）4. 武漢型 5. 晉城型 6. 即墨型 7. 廈門型。一般咸謂客語的精、莊、知、章聲母可以分為兩種類型：一為寧化型（精莊知章聲母合成一套）；一為長汀型（精莊知二一套；知三章一套）（江敏華：2003）。客語在精莊知章聲母的分類（寧化型、長汀型），也可以應用在江西客贛語精莊知章聲母的分類。就江西客贛語止攝字的音讀表現來看，可以分屬於第二類的南京型與第四類的武漢型，且有南京型往武漢型發展的趨勢。南京型相當於客語的長汀型；精、莊、知、章聲母合併為一套清舌尖前塞擦音的 ts、tsʻ的武昌型，則相當於是客語的寧化型。首先，我們先看南京型與武漢型的舉例。

（一）南京型

止攝字精莊組讀平舌，章知組讀捲舌，這是南京型的特色。

精組	資 ₌tsɿ	子 ᶜtsɿ	自 tsɿ⁼	詞 ₌tsʻɿ	此 ᶜtsʻɿ	次 tsʻɿ⁼	思 ₌sɿ	死 ᶜsɿ	四 sɿ⁼
莊組	輜 ₌tsɿ	滓 ᶜtsɿ	差 ₌tsʻɿ	廁 sɿ⁼	師 ₌sɿ	獅 ₌sɿ	柿 sɿ⁼	士 sɿ⁼	事 sɿ⁼
章組	枝 ₌tʂʅ	紙 ᶜtʂʅ	痣 tʂʅ⁼	齒 ᶜtʂʻʅ	翅 tʂʻʅ⁼	時 ₌ʂʅ	屎 ᶜʂʅ	詩 ₌ʂʅ	是 ʂʅ⁼
知組	知 ₌tʂʅ	智 tʂʅ⁼	痔 tʂʅ⁼	置 tʂʅ⁼	治 tʂʅ⁼	稚 tʂʅ⁼	池 ₌tʂʻʅ	遲 ₌tʂʻʅ	恥 ᶜtʂʻʅ

（張光宇：2008，P350）

（二）武漢型

止攝字精莊章知四組合流讀爲平舌，這是湖北武漢方言的特色。

精組	資 ⸝tsɿ	紫 ˀtsɿ	字 tsɿ˧	瓷 ⸝tsɿ	此 ˀtsʻɿ	次 tsʻɿ˧	思 ⸝sɿ	死 ˀsɿ	四 sɿ˧
莊組	廁 tsʻɿ˧	師 ⸝sɿ	獅 ⸝sɿ	駛 ˀsɿ	柿 sɿ˧	史 ˀsɿ	士 sɿ˧	事 sɿ˧	仕 sɿ˧
章組	紙 ˀtsɿ	指 ˀtsɿ	止 ˀtsɿ	齒 ˀtsʻɿ	匙 ⸝tsʻɿ	屎 ˀsɿ	是 sɿ˧	視 sɿ˧	試 sɿ˧
知組	知 ⸝tsɿ	痔 tsɿ˧	治 tsɿ˧	智 tsɿ˧	稚 tsɿ˧	池 ⸝tsʻɿ	遲 ⸝tsʻɿ	持 ⸝tsʻɿ	恥 ˀtsʻɿ

（張光宇：2008，P353）

江西客贛語的精莊知章聲母在止攝開口三等的讀音，就整體的趨勢來說，的確是由南京型的精莊組讀平舌、章知組讀捲舌，逐漸轉變爲精莊章知四組合流讀爲平舌的武漢型，而且不只是止攝有這樣知三章組由捲舌演變爲爲平舌的 ts、tsʻ，而進一步與精莊組聲母合流爲一套滋絲音（sibilant）的語音演變，整體的精莊知章聲母，在江西客贛語裡的各韻攝，都有這樣的共同趨向，但其中仍有須要加以仔細說明的地方。

三、精莊聲母都有舌尖元音的表現（開口韻部分）

江西客贛語的精莊聲母在止開三的聲母讀音頗爲一致，皆讀爲平舌的 ts、tsʻ，但韻母則有分雜情形，大致可以分爲以下三種型態：

	精	莊
1	ɿ	ɿ
2	u	u
3	ə	ə

型態一：方言點見於贛語的湖口、星子、永修、修水、南昌、波陽、樂平、橫峰、新余、東鄉、臨川、宜黃、黎川、萍鄉、蓮花、吉安、永豐、泰和以及客語的上猶、安遠、于都、龍南、全南、定南、銅鼓、井岡山。

型態二：方言點見於贛語的高安、奉新、上高、萬載以及客語的澡溪。

型態三：方言點見於客語的南康、寧都、石城。南康的精組字韻母兼有第一層 ɿ 的韻母音讀層。

型態一的精莊聲母後面所接的韻母皆爲舌尖元音 ɿ。型態二的 u 韻母，也可以逕直地認爲是舌尖元音另一種的音值表現。因爲根據實驗語音學的語音測

量結果，國語裡接在ㄗㄘㄙ與ㄓㄔㄕㄖ後面的空韻帀，其實際音值應是展唇的後高母音ɯ。

> 我們在念ㄗ帀，ㄘ帀，ㄙ帀等時，音質是舌後抬升而且軟顎化音質特色（velarization）很濃的後母音，但是聽起來好像又帶有一點舌尖的音值（apical quality），其實這種舌尖的音值是舌尖塞擦音ㄗ，ㄘ，ㄙ本身的特性，並非母音帀本身的音值，如果我們把空韻帀看作是所謂舌尖元音（apical vowel）的話，就很難從發音的觀點去解釋，爲何ㄗ，ㄘ，ㄙ（連ㄓ，ㄔ，ㄕ，ㄖ在內，雖然程度不同）都帶有軟顎化音值。但是如果我們把空韻帀看作是ɯ（事實上其音值也是如此），我們就不必解釋爲何有 velarization 了，因爲ɯ本身就是 velarization 特色很濃的母音。至於在ㄗ，ㄘ，ㄙ之後具有舌尖的音值（所謂 ɿ），以及在ㄓ，ㄔ，ㄕ，ㄖ之後具有捲舌音值（所謂ʅ），只是子音本身的特性而已，ɯ（即空韻帀）與其相鄰，自然受其同化（assimilate）而多少帶有這兩種特性，但其本質最大的特性，即舌後抬升接近軟顎及 velarization 卻從未消失過。因此，從語音學上看來，國語的空韻（帀）音值應該是ɯ。（謝國平：1985，P76～77）

周殿福和吳宗濟[註1]（1963）利用 X 光比較了-ɿ -ʅ 這兩個舌尖元音和舌面前高元音-i 的發音，發現發舌尖元音時，舌位的最高點偏前，同時舌後也提高，因此，這兩個舌尖元音都同時具有兩個發音部位：舌尖和舌身。在語音上，舌尖可能更易辨認，但就音韻而言，舌身的發音部位可能更重要，因爲要不是有舌身的變化，這兩個舌尖元音就像 -i 了。這也就是說當我們發舌尖元音時，其舌體有兩個作用點，一個靠近舌尖；一個靠近舌後，也就是謝國平所說的後高母音 ɯ 的部位。

從展唇的後高母音 ɯ 變爲圓唇後高母音 u，也只是一步之間而已。至於型態三的央元音ə也是ɯ另一種表現，因爲「兩個舌尖元音 /ɿ/、/ʅ/ 的位置趨後趨下，都向央元音/ ə /的位置靠攏」（溫寶瑩：2008，P205），試比較：

〔註 1〕轉引自鄭錦全（1994）。

止開三	字	事	支	智
南豐	ts'ə	sə	tsə	tsə
蓮花	ts'ɿ	sɿ	tsɿ	tsɿ
樂平	ts'ɿ	sɿ	tsɿ	tsɿ

固然精莊聲母在止開三韻母的音標符號可以寫成三種，但背後實際所反映的語音內容卻是相同的，也就是精、莊聲母的止開三韻母都有舌尖元音ɿ的表現，文中使用「舌尖元音」這個名詞是依照一般聲韻學所用的音標符號，而實際上討論確切音值時，我們可以用[ɯ]音標代替。

溫寶瑩研究漢語兒童或外國學習者（美國與日本）學習漢語時的語際偏誤，發現當發音動作不夠積極或肌肉緊張程度不夠時，舌尖元音都有偏向央元音變化的趨向。「兩個舌尖元音/ɿ/、/ʅ/的位置趨後趨下，都向央元音/ə/的位置靠攏」（溫寶瑩：2008，P205）。

四、愛歐塔化所透現出的「止攝」意義

如果我們同意，所謂「攝」的名稱，是來自於不同韻母都共同走到同一類韻母時所給定的名稱，也就是變為一個押韻大韻轍的概念時，我們就能清楚知道所謂的「止攝」它所隱含的內在意義，意指所包含的字例，都擁有共同的韻母念法。「『支、脂、之、微』各韻被合併為『止』攝正表示這些個在《切韻》時代不同的韻部在等韻時代已經合併了。《韻鏡》等書把『支、脂、之、微』各韻分列在不同的韻圖上只是想勉強地把《切韻》時代的不同表現出來，其實就韻圖所代表的語音系統說，這種表面的區別是徒勞無益的」（薛鳳生：1996，P55）。

距今約莫兩千八百年前的古希臘語到現代希臘語，元音系統經歷了一連串的拉鍊變化，其中有七種元音都合流為 i 元音，故這項元音的拉鍊變化，又可以稱做愛歐塔化（iotacism）。張光宇（2008）習用這個希臘的 i 音，把止攝的形成，稱為愛歐塔化，意指止攝的韻字曾有共同變為 i 元音的階段。

Modern Greek has only the very simple vowel system /i ε a ɔ u/. Around 2800 years or so ago, the Greek of Athens（the ancestor of the modern language）had a much more elaborate system, with seven long vowels /iː eː ɛː aː ɔː oː uː /, five short vowels /i ε a ɔ u /, and four diphthongs /ɔi ai εu au /.（I omit the so-called 'long diphthongs' here.）The development of these twelve vowels and four diphthongs into the five vowels of modern Greek is mostly well understood. It is possible to display all of the changes simultaneously in a diagram like Fig. 4.4, but I'm sure you'll agree that such a display is not terribly enlightening, though it does at last show that no fewer than seven different vowels and diphthongs have merged into the single vowel /i/, a development called iotacism, from the name of the Greek letter equivalent to I.

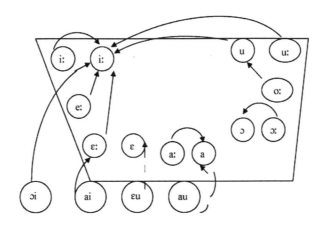

Fig. 4.4 The history of the Greek vowel system

（Trask：2000，P88～89）

　　既然我們認為所謂「止攝」的意義，是這些止攝的例字都有共同讀為 i 音的階段，那麼我們是不是還可以從江西客贛語裡的聲韻母表現，找出他們曾有愛歐塔化的痕跡？前文提到，止開三精莊聲母所搭配的三種韻母類型，都是舌尖元音的變體，表示精莊組的韻母，已經更進一步由前高的 i 音進一步高化為舌尖元音了。不過我們還能在江西客語零星的幾個字裡，看出精組韻母曾有愛歐塔的過程。

	自~家	死	四
安遠		si	si
龍南		çi	çi
全南		çi	çi
定南		çi	çi
井岡山		çi	çi

寧都	tɕʻi	ɕi	ɕi
石城	tɕʻi	ɕi	ɕi

「自」在寧都與石城都有 i 音的愛歐塔階段。至於「死、四」兩韻字還能保持 i 音的讀法，應與中國人避諱說「死」的禁忌心態有關，而「四」與「死」同音，同屬禁忌的範圍之內。因為禁忌，所以這兩個字在江西客語裡還能保持較為古老的音讀。這也顯示了即使在都變為舌尖元音的精組字韻母中，也有個別字的演變速度沒有跟上大趨勢，演變較為緩慢而成為規律外的例外。至於莊組字，可能因為字少，在《客贛方言研究》（劉綸鑫：1999）裡未見讀為 i 音的階段。

令人感到饒富趣味的是，在國語裡的「死」字，雖然也是同屬禁忌詞的範圍，但國語的「死」字在韻母元音的演變上已經走入舌尖元音的階段，顯然「死」字的韻母元音的演變在國語裡是比較快的，不同於江西客語「死」字的仍停留在「愛歐塔化」的 i 音階段。但我們也可以注意到在國語裡，因為人們懼怕談論死亡的緣故，「死」字屬於禁忌詞。在國語裡，還沒有其他字與「死」字是同音的。可見得禁忌詞往往有其自身的特殊演進，至於是較快或者較慢，端看各個方言的不同發展。

五、知三章的韻母型態

（一）去捲舌化最快的韻攝

在江西客贛語裡，知三章組聲母塞化讀為舌尖塞音 t 類聲母的方言點，在止攝開口三等這一個韻母裡，缺席的情況最為嚴重。在贛語高安、上高與客語澡溪還可以看到知三章組聲母塞化為 t 類聲母的情形。這樣缺席的情況表示止攝知三章組字，並沒有經歷其他三等韻母前的舌尖塞化音變 tʂ → t 與 tʂʻ → tʻ 過程，就直接去捲舌化變為 ts 與 tsʻ。知三章組字舌尖塞音的讀法，在止攝開口三等裡最受限制，也顯示止攝開口三等字的聲母是最先去捲舌化的。至於止攝到底有什麼音韻條件，可以使得知三章組的聲母在去捲舌化的音變過程裡跑得最快。

檢視所謂的三等韻結構，止攝最大的特點就是，它的 i 音並不是佔在介音的位置而是佔在主要元音的位置。以音節結構來說，就是止攝開口的 i 音位於音節的最末尾，而非音節之中。

$$（A）ts̺^{（ʿ）} \rightarrow ts^{（ʿ）} / \_\_ i \#$$

$$（B）ts̺^{（ʿ）} \rightarrow ts^{（ʿ）} / \_\_i \begin{Bmatrix} C \\ V \end{Bmatrix} \#$$

（A）代表止攝的語音環境；（B）代表一般三等韻〔註2〕。

換成語音公式來描述的話，就是（A）、（B）兩種去捲舌化的音變模式，在江西客贛語裡，（A）的演變速度快於（B）。

我們知道促成知三章組聲母走向捲舌化的最重要的動力，就是三等韻裡的介音 i。一般三等韻裡的 i 介音，以音節模（syllabic template）的結構來看（包智明、侍建國、許德寶：1997），佔住的音節位置爲起首（onset），實際的音值爲半輔音顎音[j]，當[j]摩擦與前化效果加強時，就促成了知三章聲母的一連串聲母前化、捲舌化的運動（tɕ → ts̺／__j）。止攝的知三章組字的 i 元音，佔住的是韻核（nucleus）的位置，由《中原音韻》支思韻的記錄，我們知道止攝的章組字的捲舌速度快於其他三等韻的章組聲母，可見得佔在韻核（nucleus），即主要元音地位的 i 元音，其產生摩擦化與促成前面舌面聲母前化變爲捲舌音的效力是較大的。

$$tɕ \rightarrow ts̺／\_\_ i \quad 快於 \quad tɕ \rightarrow ts̺／\_\_ j$$

佔在韻核（nucleus）位置，即主要元音地位的 i 元音，在促成前面舌面聲母走向捲舌的速度不但較快，上文我們還提到，止攝知三章組聲母在去捲舌化的速度上，也是快於其他三等韻的。因爲在止攝 i 元音後並沒有其他的元音與輔音限制這個 i 元音，所以這個止攝 i 元音能把 i 的摩擦與前化效力發揮到最大；但同樣也因爲後面沒有其他的箝制的力量，在聲母完成捲舌化，以及元音完成舌尖元音化後，韻母的發音部位難以保持。

因爲若要正確發出舌尖元音 /ɿ/[ɯ] 發音的位置，不但要有舌尖的動作也要有舌身的動作一起伴隨（周殿福和吳宗濟〔註3〕：1963）。這也導致了口腔肌肉在發舌尖元音 /ɿ/[ɯ] 時，難以維持固定的發音位置。因此這個舌尖元音 /ɿ/[ɯ] 的

〔註2〕筆者在台灣清華大學旁聽張光宇教授的課程時，張教授說過要我們注意「音節末尾」往往也是音變的條件之一，此處音變條件的想法源自於張教授的教導，特此表示感謝。

〔註3〕轉引自鄭錦全（1994）。

音值容易變異，不但容易變爲央元音[ə]，也容易變爲[ɤ]（溫寶瑩：2008）。舌尖元音韻母的發音部位難以固定，因此止攝的知三章組的捲舌聲母最快走向去捲舌化。

（二）知三章組的三種韻母型態

江西客贛語知三章組聲母所接的止攝開口三等韻母，大致可以分爲下列三種（ɿ、ʅ、i）。在本節的討論裡，我們排除了止開三裡少數讀爲 e 類韻母的字，如：「舐、是」等，在後文的章節我們會再另外討論這些止開三的 e 類韻母。

	知 三 章 組 的 韻 母
1	i
2	ʅ、ø（t）、ə（t）、iə（t）
3	ʅ、ə

型態一：

方言點見於贛語的南昌、新余、臨川、黎川與客語的寧都。

型態二：

方言點見於贛語的萍鄉與客語的于都、銅鼓。贛語的高安、上高、奉新以及客語的澡溪也被劃爲型態二的音讀，但需要另外加以說明。

我們把贛語高安的ø（搭配 t 聲母）韻母，以及贛語的上高與客語的澡溪的ə（搭配 t 聲母）韻母也放到型態二的韻母類別之下。因爲高安的舌尖 t 聲母來自捲舌聲母 tʂ，韻母本來搭配的是舌尖元音/ʅ[ɯ]，因爲[ɯ]音近[u]，所以高安以[u]代替[ɯ]，但高安的捲舌 tʂ 聲母因塞化爲舌尖 t 聲母，t 聲母具有[＋前部]的發音徵性，也使得韻母由後部的 u 元音前化爲前部的前中元音ø。高安的例子如：智 tø⁴、紙 tø³，上高與澡溪的例子，如上高的：智 tə²、紙 tə³，以及澡溪的支 tə¹、紙 tə³。

至於上高與澡溪的 t 聲母原是從捲舌聲母 tʂ 塞化而來，但ə韻母有可能從舌尖元音/ʅ[ɯ] 變讀而來；也有可能是從 e 類元音變讀而來，一時難以說明。我們這裡把上高與澡溪的ə韻母認爲是舌尖元音/ʅ[ɯ]的變讀，而非 e 類元音變讀（後文另外討論）所根據的理由是：止攝裡這個 e 類元音在各江西方言點裡多爲殘存現象，但上高與澡溪的知三章組韻母是「普遍地」讀爲ə韻母，

因此我們認為上高與澡溪這些讀為ə韻母的知三章組韻字是舌尖元音/ʅ[ɯ]的變讀。上高與澡溪的止開三精莊組韻字原來讀舌尖元音ʅ，後來變讀為u；止開三知三章組韻字則把舌尖元音ʅ變讀為ə，韻母的不同也反映了上高與澡溪韻母變為舌尖元音的速度有前後的不同。

奉新的韻母 iə（搭配 t 聲母），我們認為是屬於型態二的音讀變體，奉新知章組的 t 聲母從捲舌聲母 tʂ 塞化而來，韻母的ə元音則是舌尖元音/ʅ[ɯ] 的變體。至於奉新止攝韻母中的 i 介音則要費一番力氣來說明。奉新的例子，如：智 tiə⁴、支 tiə¹、紙 tiə³。

奉新止開三的知章組聲母可以搭配 i 介音，讓人不禁懷疑這個塞化起點是舌面音 tɕ而非捲舌音 tʂ，但對照奉新其他三等韻，知章組聲母塞化為舌尖 t 聲母卻不搭配 i 介音，就可以知道奉新止開三知章組的 i 介音是後起。

對於這個 i 介音，我們有兩個合理的解釋。第一個解釋：這個 i 介音是由ə元音變讀的 e 元音裂化而來（e＞ie）。奉新止開三知章組的ə元音出現普遍，是舌尖元音/ʅ[ɯ] 的變讀，而非 e 類元音的殘存。

第二個解釋：由聲母變來，已經完成塞化的知三章組聲母讀為舌尖 t 聲母，而舌尖音 t 與舌面前高的 i 元音，都是屬於銳音（acute），容易相配出現。

型態三：

方言點見於贛語的波陽、樂平、橫峰、萬載、東鄉、宜黃、蓮花、吉安、永豐、泰和，以及客語的上猶、南康、安遠、龍南、全南、定南、井岡山、石城。南豐把精莊章知後面的舌尖元音都變讀ə韻母，四類中古的聲母在今日南豐都讀為舌尖前音的 ts 聲母。

型態三韻母的音讀型態，表示所接的知三章組聲母已經由捲舌聲母進入平舌化的階段。型態二韻母的音讀型態，則表示知三章組還保持在捲舌的階段，型態二的方言點我們還排除了有次清化濁的湖口、星子、永修、修水等贛語方言點。至於為什麼要除去「次清化濁」的方言點為計算的基數，那是因為「次清化濁」的方言點普遍存有捲舌音，不能排除為「次清化濁」現象影響下的改變。型態二的萍鄉與銅鼓的知三章組聲母表現為捲舌的 tʂ、tʂʻ，而于都表現為偏向捲舌的舌葉塞擦音 tʃ、tʃʻ。

型態一的韻母在止攝開口的音讀型態，在江西客贛語裡，分佈算偏少的一

群，多見於贛語點，至於客語點的「知」[ti]為上古音的遺留，不屬於我們這節討論的第三類韻母。

	支	紙	屎	齒	時	智
新余贛	ti	ti	çi	tç'i	çi	ti
臨川贛	ti	ti	si	t'i	—	—
黎川贛	tçi	tçi	çi	tç'i	çi	tçi
南昌贛	—	tçi	tçi	tç'i	çi	—
寧都客	tçi	tçi	çi	tçi	çi	—

在上表裡，方言點所顯示的韻母都是 i 元音。稍要做解釋的是，這裡所接的知三章組聲母有兩套，一為舌尖塞音的 t、t'；一為舌面塞擦音的 tç、tç'。在江西客贛語裡，有一種由知三章組捲舌聲母塞化為舌尖塞音的塞化音變（tʂ → t、tʂ' → t'），雖然大部分江西客贛語，知三章組聲母的塞化音變的起點為捲舌聲母 tʂ、tʂ'，但也有一部份的知三章組聲母塞化起點為舌面塞擦音的 tç、tç'，差別就在於前者的 t、t'不接 i 元音；而後者的 t、t'卻可以接 i 元音。所以上表所顯示的聲母雖然有兩套（t、tç），但起點都是舌面塞擦音的 tç、tç'。未填上音讀的空白格，表示這些例字的音讀屬於型態三韻母[ʅ]。由空白格我們也可以發現型態一的韻母的勢力甚微，南昌、臨川、寧都都存在著兩套的韻母型態：型態三[ʅ]與型態一[i]並存。

六、止攝開口三等的韻母型態

綜上所述，我們可以把止攝開口三等所出現的韻母型態表示為下表，我們把知三章組韻母型態一的ə音讀，以及同屬型態二的ø（t）、ə（t）、iə（t）的韻母形式略去，以方便比較。

精	莊	章、知	其他聲母
i ①		i ①	
ʅ（u、ə）②		ʅ ②	i ①
		ʅ ③	

從上表可以看出，止攝開口三等字依照歷史音變的進程，最多可以區分為三層的韻母型態，型態一的 i 元音，也是「止攝」的意涵所在，他們都共同站

在愛歐塔化的起點。精莊聲母所接的韻母，在表中看出只經歷了兩個階段，從型態一的 i 元音高化，變爲型態二的舌尖元音ㄗ（u、ə）。型態二的知三章聲母則由止攝的 i 元音作爲觸發捲舌化的媒介，在聲母部分進行了捲舌化，而在韻母部分則變爲了舌尖元音，又爲搭配捲舌聲母，此時的韻母爲捲舌的舌尖元音ㄗ。型態三的知三章組，其韻母爲不捲舌的舌尖元音ㄗ，所搭配的聲母爲平舌的 ts、ts‘，這則是去捲舌化音變發生後的音讀形式。至於其他聲母的韻母型態則停留在「止攝」意義的 i 元音起點上。稍要做補充的是，我們這裡的章組聲母並不包括日母字，日母字的音讀自有其特殊的發展，日母音讀的討論詳見前文聲母部分。

七、止攝合口 u 介音

前文我們提到，江西客贛語的止攝字聲母型態是由南京型（精莊 ts：章知 tʂ）往武漢型（精莊章知 ts）邁進。我們除了可以在止開三的知章組聲母看到由 i → ㄗ → ㄗ的演進外，我們也可以由止攝合口的 u 介音的存有，來印證江西客贛語的止攝聲母型態是從南京型往武漢型邁進。

張光宇（2006）的〈漢語方言合口介音消失的階段性〉裡，認爲漢語方言的合口介音是否消失及消失次序，依聲母發音的舌體姿態而定，舌體後部越高越不容易消失，反之則越傾向消失。漢語方言合口介音消失的次序，依聲母的發音部位與類型排列，可以區分爲長治、忻州、北京、臨清、武漢五種。

這個合口介音消失的階段依聲母發音部位排列，包含的漢語方言點範圍廣闊，且根據的語音道理也有西方語音實驗的佐證，其結論信而有徵，可以做爲我們在處理漢語方言合口介音消失的一般性原則看待。圖表中的 ts ts‘ s 代表的是精系聲母，在下表中，作者刻意避開了知章組聲母的合口介音消失型態，至於知章組合口介音的消失型態，作者則用第二個圖表來表示。

階段	類型	p p‘ m	n	l	t t‘	ts ts‘ s	k k‘ x
1	長治	ei	uei	uei	uei	uei	uei
2	忻州	ei	ei	uei	uei	uei	uei
3	北京	ei	ei	ei	uei	uei	uei
4	臨清	ei	ei	ei	ei	uei	uei
5	武漢	ei	ei	ei	ei	ei	uei

（張光宇：2006，P349）

安徽	嘴精	脆清	雖心	追知	吹昌	水書
淮南	ꜛtsei	tsʻeiꜜ	ꜜsei	ꜜtsei	ꜜtsʻei	ꜛsei
懷遠	ꜛtsei	tsʻeiꜜ	ꜜsei	ꜜtsuei	ꜜtsʻuei	ꜛsuei
滁縣	ꜛtsei	tsʻeiꜜ	ꜜsei	ꜜtʂuei	ꜜtʂʻuei	ꜛʂuei

（張光宇：2006，P351）

捲舌音 tʂ、tʂʻ的發音方式態勢，是把舌葉的底部（underside of the blade of the tongue）去接觸硬顎（hard palate）的前部，雖然就主要發音動作來論，成阻的部位偏前，但之後伴隨的發音動作（secondary articulation）則有舌體後部隆起的效果。前文我們也提到，接在捲舌聲母 tʂ組後面的韻母，就實際音值來論，並不是舌尖元音，而是展唇的後高母音[ɯ]，亦可以證明捲舌聲母也有偏後的語音質素。所以當知章組聲母唸成捲舌時，易傾向於保留同樣是偏後的 u 介音，若知章組聲母開始邁向去捲舌化的演變時，則 u 介音容易丟失。張光宇（2006）在〈漢語方言合口介音消失的階段性〉裡，則用淮南、懷遠、滁縣三地的音讀來表示知章組聲母由捲舌到去捲舌階段裡，與合口介音 u 相配的情形。

> 這個表分為兩大區塊，左邊精組字，右邊知章組字。凡精組字都讀開口呼。知章組字反映三個階段：滁縣代表第一階段，聲母捲舌，韻母合口。懷遠代表第二階段，聲母平舌化，韻母合口。淮南代表第三階段，聲母平舌，韻母開口。第二階段介於前後兩階段之間，說明它的平舌化從捲舌音變過來，還沒有對韻母產生影響。因此，就懷遠方言來說，儘管精組與知章組聲母一樣，韻母開合並不相同；精組進行開口化運動的時候，知章組仍然還處於捲舌發音狀態，來不及加入開口化運動。知章組平舌化一久，就可能像淮南方言一樣，沿襲精組字演變的軌跡，變成開口呼。（張光宇：2006，P351～352）

（一）精莊組合口介音的消失必定蘊含知章組

有了合口介音在不同發音部位聲母的消失階段概念後，我們再來檢視江西客贛語精莊章知聲母在止攝合口韻字的表現。依精莊章知合口介音在止合三的

表現看來，可以分成兩種型態：①精、莊組聲母不接合口介音 u，章知聲母接合口介音 u；②精莊聲母接合口介音 u，章知聲母亦可見到這一合口介音 u。這裡所謂的合口介音 u，在實際檢視方言點時，還包含圓唇的 y 元音。①、②組合口介音的存留型態，也說明了在江西客贛語裡，精莊組聲母所接的合口介音 u 是處於先消失的階段，若是精莊組聲母的合口介音仍未消失，那麼知章組聲母所接的合口介音 u 也不會消失，也就是說，精莊組聲母所接的合口介音 u 的消失蘊含著知章組的合口介音 u 的消失。精莊組先丟失介音 u，知章組才啟動介音 u 的消失。那麼我們這時候應該反問的是，到底是什麼讓知章組的聲母所接的合口介音 u 會晚一點消失呢？影響知章組聲母所接合口介音晚一點消失的因素有二：一是知章組聲母原來是一組捲舌的 tʂ、tʂʻ聲母，而捲舌音的發音動作伴隨著舌體後部的隆起，所以會使得所接的合口介音 u 晚一點消失。就像上表所演示的，從「滁縣 → 懷遠 → 淮南」一連串的合口介音 u 的消失模式，正是聲韻母相互搭配所表現出來的不同模式。

另一個知章組合口字仍保留合口介音 u 的原因，在於這些知章組的聲母音讀，仍停留在舌面塞擦音 tɕ、tɕʻ，未進入捲舌的過程，而合口介音則以圓唇的 y 元音方式保存。

從上文止攝合口介音 u 存留的討論看來，除去部分仍有舌面塞擦音 tɕ、tɕʻ的聲母外，我們可以大致可以這樣說，江西客贛語在止攝韻中，知章組聲母原為捲舌聲母，今日捲舌、平舌二讀併陳，只能夠是捲舌聲母去捲舌化，而不能是反其道而行。在知章組聲母仍讀為捲舌的客贛方言點，我們可以說這是南京型（精莊 ts：知章 tʂ）的表現。至於在知章組聲母都已變為平舌音的客贛方言點，則是由南京型的聲母型態變為武漢型（精莊章知 ts）的聲母型態。

（二）莊組聲母是否經歷過捲舌化？

在這裡，我們應該要有這樣的問題意識——莊組聲母是否經歷過捲舌化？。因為莊組三等字在江西客贛語裡不包含「三等」標記的 i 介音，且聲母為平舌的 ts、tsʻ，且莊組在止攝合口介音丟失的速度快於知章組。我們只要對比一下江西客贛語的知三章組字，平舌類讀音的的聲母不接三等 i 介音，捲舌類的聲母也因發音相斥的關係不接 i 介音，便可以推測出這些平舌類的知三章組字聲母，曾經歷過「去捲舌化」的音變過程。在江西客贛語裡，雖然部分方

言點的知三章組字，表現爲平舌類的 ts、ts'，但也仍有不少方言點保持知三章組捲舌的痕跡，因此使得我們可以大膽地推論江西客贛語讀爲平舌類的知三章組字，曾有捲舌的階段。

基於我們對「三等」具 i 介音的認識，以及江西客贛語知三章組所表現出來平舌類聲母去捲舌化的類型意義，我們應強烈懷疑這些在江西客贛語裡的莊組聲母，其不接 i 介音以及讀爲平舌類的聲母，以及合口介音丟失速度快於知章組的語音型態，是否有其特殊的音韻演變。在這裡我們對這些莊系聲母三等的特殊音讀狀況，提出兩種假設：①一爲它們曾有一個捲舌音的音讀的階段；②一爲這些標誌爲「三等」的莊組字，其實際的音韻地位並非「韻圖」所紀錄的「三等」地位。本文認爲要回答到底是假設一對，或是假設二對，應要每個韻一一檢討，假設一不一定可以解釋所有莊組三等的特殊現象，假設二也不見得適合所有的莊組三等聲母音讀現象，以下我們就先切合本節止攝字的探討，先來檢討止攝莊組字的音讀現象。

莊組三等聲母是否曾有捲舌音的階段，這個問題應分爲兩個層面來討論。首先，我們只要專注在江西客贛語的莊組字聲母的讀音，就會發現江西客贛語的莊組聲母，除去塞化爲送氣舌尖塞音 t' 的讀音，以及湖口、星子、永修、修水有讀爲濁音的 dz 或 dz' 之外，就只剩下兩種讀音：①舌面塞擦音的 tɕ、tɕ' 留存在 i 介音或是 y 介音之前，不過這組莊組字只出現在流攝開口三等韻中，流攝字後文另有討論，不過這裡我們先把結果提出，流攝三等的莊組字我們不當做三等韻看待，這裡不能當作莊組有捲舌的證據。②平舌類的舌尖前塞擦音 ts、ts'。第二類讀爲平舌類 ts、ts' 的莊組聲母，是否曾有捲舌的階段。這個問題可以分爲兩個層面來討論。第一個層面，我們只要專注在江西客贛語的莊組聲母，就會發現江西客贛語的莊組聲母不論是三等或是二等，都沒有讀爲捲舌的痕跡，其中，銅鼓的「又 tʂ'a、查 tʂ'a」，應是從國語移入。既然在江西客贛語裡，我們找不到莊組聲母讀爲捲舌音的痕跡，那麼我們就無法推斷江西客贛語的莊組聲母，在江西客贛語形成時曾有捲舌的階段。秉於比較法的精神，若是已經消失的環節，若是沒有相對應的保留形式，那麼消失的環節是無法重建出來的。前文我們推論江西客贛語今讀爲平舌音的知三章聲母，曾有捲舌的階段，除了是依據三等介音 i 的消失線索之

外，憑藉的還有鄰近周遭的客贛語，仍保留著偏向捲舌或捲舌的 tʃ、tʃʻ與 tʂ、tʂʻ讀法。若我們把問題意識停留在第一層，我們便能夠很快地回答莊組聲母是否捲舌的問題，現今的江西客贛語看不出莊組有捲舌的過程，至於形成江西客贛語之前的「祖語」是不是曾有捲舌的階段？是不是在傳入江西時，已經完成去捲舌化的音變過程，則是第二層的問題。

根據方言比較研究的精神，每個單一方言裡，都有可能存在著不同時代層次的語音疊加，更何況是文獻的紀錄。比如閩語有端知不分的上古音階段，也有晚近劇烈演變的階段，如「咸山兩攝三四等讀爲『年、天』讀爲ĩ韻的現象，是閩南人『路過』太湖流域時習染當地吳語再帶進閩南境內的」（張光宇：1996，P133）。若我們把所有漢語語音相關的文獻紀錄，依照時代排列起來，也只是說明了漢語語音發展的部分面貌與事實。接下來我們先從文獻的角度，討論止攝字所接的聲母讀音情況。這樣的討論，並不是表示我們直接就把韻書的結果當作一定的答案，而是我們認爲，可以先從文獻的記錄得到有關止攝字聲母讀音的啓示。

（三）文獻的啟示

薛鳳生〈論「支思」韻的形成與演進〉（1980）裡認爲精莊知章在變爲「咬齒呼」（即舌尖元音）的順序上，是莊組先啓動，然後精組，章組、知組，最後再加入蟹三知照組字與「深、臻、梗、曾」知照組的入聲字。

1. 莊組先變爲舌尖元音

莊組字的推論，薛鳳生主要根據①韻圖擺放的結構位置與②朱子的叶韻而來。

> 我對韻圖的看法是，最早的韻圖大概是中晚唐時期的音韻學家（也許是鄭樵所説的胡僧）根據當時的語音設計出來的。當時的語音跟《切韻》所代表的隋代語音自然已有相當差異，但是因爲相去尚不甚遠，所以還可以勉強拿韻圖來解析《切韻》。「莊、章」兩組《切韻》聲母合併爲三十六字母的「照」系聲母便是《切韻》與等韻之間的音變之一。但是「莊、章」兩組聲母合併的條件是什麼呢？原來在《切韻》裡，「章」系聲母只跟三等性的韻母相配。而「莊」系聲母則兼配二等及三等性的韻母。二等跟三等性韻母的最大差異當

然是三等有顎化介音/j/而二等沒有。在這種情形下，解釋「莊、章」
兩系聲母合併的最合理説法，當然是假定「莊」系聲母後的介音/j/
在韻圖形成之前就脫落了。這樣「莊」系和「章」系聲母就變為互
補的同位音（allophones）了。後來等韻學家自然也就把它們視同一
體而以「照、穿、牀、審、禪」代表它們了。（薛鳳生：1980，P57
～58）

　　薛鳳生在這篇文章裡，並沒有討論到三等的莊組字脫落/j/介音的過程，
以及所搭配的莊組聲母讀音是如何轉變的，以及究竟莊組聲母是否有捲舌的
階段，或是直接排斥掉/j/介音，但他認為這類字在止攝字裡早變為「咬齒呼」
的現象，則是不容質疑的。薛鳳生推斷莊組字在止攝部分早已變為咬齒呼的
理由，除了韻圖上的結構位置支持之外，他也從朱子的叶韻裡找到證據。薛
鳳生認為朱子在《詩集傳》裡為「精」系及「照二」系字加註叶韻反切而不
為「照三」系字加註，是表示在南宋時「精」系及「照二」系都有「咬齒呼」
的讀法。

　　2.《切韻指掌圖》把原列四等的「精」系字「茲、雌、慈、思、詞」等改
列一等，便標誌了精系「咬齒呼」的產生。

　　3.《中原音韻》支思韻的獨立是照三字讀為「咬齒呼」的證據，不過照三
系聲母失卻介音/j/音變現象只有限於止攝韻，而沒有擴及其他的韻攝。

　　4. 今讀為咬齒呼的知系字因為《中原音韻》仍收在「齊微」韻，可以判斷
是在《中原音韻》後才加入「咬齒呼」的行列，晚近加入的還有蟹三知照組聲
母的字與「深、臻、梗、曾」知照組的入聲字。

　　竺家寧（1991）研究近代音的相關文獻紀錄，也為今日國語的舌尖韻母的
產生，整理了一個文獻上的次序表，並為其韻母的音讀形式做了統計表。其結
論與薛鳳生（1980）相近，但薛鳳生認為先變為舌尖元音的韻字聲母為莊組，
第二才是精組；但竺家寧認為首先啓動舌尖元音產生的韻字聲母，最可信的還
是精組聲母的韻字。

　　1. 北宋時代的語料中，被人懷疑有可能產生舌尖韻母的，有《聲音
　　　唱和圖》和《韻補》，本文的分析認為其中的證據不夠充分，故
　　　寧可持保留態度，不認為北宋時代已有任何形式的舌尖韻母產

生。

2. 南宋初（十二世紀）的精系字後，已有舌尖前韻母產生。朱子《詩集傳》是最早呈現舌尖韻母痕跡的史料。

3. 元初（十三世紀）有一部分知照系字開始產生舌尖後韻母，這些字主要是中古的莊系字。國語的[ɚ]韻字仍讀為[i]韻母。國語的[ʅ]韻母則全部演化完成。

4. 十四世紀的元代，念舌尖後韻母的字和國語[ʅ]而當時仍讀[i]的比例，已由原先的 59:245 變成 90:73。也就是說，[ʅ]韻母的範圍繼續擴大，已經不止包含中古的莊系字了。入聲字之變[i]，自《中原音韻》始。國語[ɚ]韻字這時已由[i]轉為[ʅ]韻母。

5. 十五世紀的明代，念[ʅ]韻母的字和國語[ʅ]而當時仍讀[i]的比例為 130:49，[ʅ]韻字的範圍擴大得接近國語了。

6. 十六世紀末的明代，[ɚ]韻母終於誕生了。反映這種變化的最早語料就《等韻圖經》。但是在某些北方官話地區仍保留聲母，韻母還是[ʅ]，例如《五方元音》即是。

（竺家寧：1991，P218）

（四）方言裡所顯示的止攝去捲舌化的順序

張光宇（2009）從現代方言觀察，莊章知三組聲母平舌化的運動按照一定的節拍進行。比較鄭州、南京、昌黎、延安下列四組字的讀法：

止攝	資	斯	事	師	紙	齒	知	池
鄭州	₌tsɿ	₌sɿ	ʂʅ⁼	sʅ⁼	ᶜtʂʅ	ᶜtʂʻʅ	₌tʂʅ	₌tʂʻʅ
南京	₌tsɿ	₌sɿ	sʅ⁼	₌sʅ	ᶜtʂʅ	ʅᶜtsʻ	₌tʂʅ	₌tʂʻʅ
昌黎	₌tsɿ	₌sɿ	sʅ⁼	₌sʅ	ᶜtsɿ	ᶜtsʻɿ	₌tʂʅ	₌tʂʻʅ
延安	₌tsɿ	₌sɿ	sʅ⁼	₌sʅ	ᶜtsɿ	ᶜtsʻɿ	₌tʂʅ	₌tʂʻʅ

南京反映的是莊組卷舌之時，章知組還未卷舌；章知卷舌時，莊組功成身退讀平舌。昌黎與延安的現象可從《中原音韻》說起：先卷舌的莊章兩組在知組卷舌的時候變為平舌。其中，南京反映的卷舌化、平舌化進程很有代表性，其今讀分合模式（精莊平舌，章知卷舌）溯江而上直抵四川。（張光宇：2009，P5）

張光宇把現代漢語方言止攝字去捲舌化的模式，與文獻所反映的舌尖元音化來比較，發現先捲舌的聲母先走上平舌化的腳步。

止攝	精	莊	章	知
1.	i	i	i	i
2.	ʅ	i	i	i
3.	ʅ	ʅ	i	i
4.	ʅ	ʅ	ʅ	i
5.	ʅ	ʅ	ʅ	ʅ

（張光宇：2009，P4）

第一層是是基於愛歐塔化的「止攝」假設，第二層引自王力《漢語語音史》說晚唐五代「資思」韻是一個新興的韻部（王力：1985，P257）。第四層是《中原音韻》的音讀反映。第五層則是現代北京話。第三層雖不見於文獻，但依照音變邏輯仍可大膽假設出來。這個文獻所反映出的止攝的模式在現代漢語也可以找到若干符合的表現：

止攝	差	獅	柿	支	脂	之	知	稚	恥
中原音韻	꜀tʂʅ	꜀ʂʅ	ʂʅ꜄	꜀tʂʅ	꜀tʂʅ	꜀tʂʅ	꜀tɕi	tɕi꜄	꜃tɕʻi
贛榆	꜀tʂʅ	꜀ʂʅ	ʂʅ꜄	꜀tʂʅ	꜀tʂʅ	꜀tʂʅ	꜀tʃi	tʃi꜄	꜃tʃʻi
榮成	—	꜀ʂʅ	ʂʅ꜄	꜀tʂʅ	꜀tʂʅ	꜀tʂʅ	꜀tʃ	—	꜃tʃʻ
北京	꜀tsʻʅ	꜀ʂʅ	ʂʅ꜄	꜀tʂʅ	꜀tʂʅ	꜀tʂʅ	꜀tʂʅ	tʂʅ꜄	꜀tʂʻʅ

（張光宇：2009，P4）

第三層的語音模式雖未見文獻，卻有其音變邏輯假設的可能，而張光宇也在文中提到廈門閩語的文讀也間接反映了第三層的語音情況。

止攝	私心	師生	屍書	池澄
白讀	꜀si	꜀sai	꜀si	꜁ti
文讀	꜀su	꜀su	꜀si	꜁ti

（張光宇：2009，P5）

前文我們提到空韻帀的實際音值是展唇的後高母音ɯ，廈門閩語止攝莊組字讀為 u 的白讀層正反映了它曾有舌尖元音的前身。上表的廈門文讀的「私、師」讀音，是來自ʅ＞u；或來自ɿ＞u？就閩語本身來論都有可能，可能

是捲舌化的ʂ傳入閩語中，也可能是去了捲舌化的 s傳入閩語中，但依照閩語沒有捲舌音聲母的音系格局，在傳入時都有可能依照閩語的習慣調整為平舌的 s，再搭配上與展唇的後高母音ɯ音值接近的 u 音。但基於止攝韻「愛歐塔化」的假設，也就是止攝曾有個 i 元音的起點假設，我們認為傳入廈門閩語的「私、師」讀音是曾有過捲舌的階段。

八、小 結

由文獻、韻圖結構出發的薛鳳生、竺家寧與以文獻、方言相對照的張光宇，雖然在精組字變為舌尖元音的看法有所出入，但對於推論莊章知組字變為為舌尖元音的順序上卻有著一樣的看法。薛鳳生因為是從文獻出發，即使能夠推斷相對於止攝韻裡的章知組字，莊組字的韻母是率先走向「咬齒呼」的，但畢竟沒有能再進一步提出莊組率先捲舌的說法，不過〈論「支思」韻的形成與演進〉（薛鳳生：1980）裡主要論述的要點是韻母情況，而非所搭配的聲母音讀。至於精組字是不是先於莊組字走向舌尖化，倒是與我們這一節的論題並沒有直接的關係。江西客贛語精莊知章聲母的分合狀況是南京型（精莊一組，章知一組）的表現，就顯示了江西客贛語前身的語音狀況是精莊聲母都已經讀為舌尖元音的情形。

基於鄭州（精：ɿ，莊章知：ʅ），以及廈門閩語文讀的表現（精莊：u，章知：i），我們推斷江西客贛語應是鄭州型語音的後續發展，也就是止攝莊組聲母是曾有捲舌階段的。至於廈門文讀的表現，則與下表江西客贛語的①階段相似。以下是江西客贛語精莊知章聲母，依照音變邏輯順序在止攝字中的音讀表現。

止攝	私心	事生崇	紙章	智知
①黎川	sɿ	sɿ	tɕi	tɕi
②萍鄉	sɿ	sɿ	tʂʅ	tʂʅ
③于都	sɿ	sɿ	tʃ	tʃ
④萬載	su	su	tsɿ	tsɿ
⑤樂平	sɿ	sɿ	tsɿ	tsɿ

第一階段的精莊韻母已經是舌尖元音時，章知韻母還停留在「愛歐塔化」的 i 音階段。第二階段的章知聲母受到 i 音作用影響，走向捲舌化進而變為捲

舌音。第三階段可以以于都爲代表，捲舌音效力減弱，變爲捲舌程度沒有這麼明顯的舌葉音 tʃ 組聲母。第四階段的章知聲母雖然已經從捲舌聲母完全走向平舌，但精莊聲母把舌尖元音ɿ發爲與展唇的後高母音ɯ音值較爲接近的 u 元音，還能勉強維持精莊：章知兩分的格局。第五階段的樂平則是精莊知章完全混合的終極表現。

第二節　魚虞合流層與魚虞有別層

一、魚虞合流層

　　江西客贛語裡，魚虞韻有相異的音讀層，也有相同的音讀層，相異的音讀字集中於魚韻，且韻母多讀爲 e 或 ɛ 或 iɛ 類元音，至於「魚虞有別」的音讀層，我們稍後再來討論它。以下就先魚虞相同的語音層做說明。在魚虞相同的語音層裡，魚虞最常出現的韻母爲 y 或 i 或者 u，但再仔細以聲母種類來爲魚虞相同的語音層做分類，就會發現其韻母元音的出現按照一定規則。這個一定的規則就是合口介音的消失順序。遇合三搭配了五類的聲母種類，第一組爲非組聲母，第二組是精組聲母，第三組爲莊組聲母，第四組爲知三章聲母，第五組則爲牙喉音聲母，以及端組的兩個字：「女、呂」。「女、呂」兩字在漢語合口介音消失的順序上往往有自己的發展，所以以下的討論我們便排除了這兩個字。即使如此，我們以下得出的結果仍有系統上分類的意義。第一組的非組聲母與我們討論的合口介音消失沒有直接的關係，因爲除了部分保留重唇的字外，遇合三的非組字都讀爲 fu，相較於魚虞韻其他聲母後所有的細音介音 i，非組聲母在演變爲輕唇音的早期階段就已經把這個細音 i 消耗完畢。我們在比較魚虞韻各個聲母是否保留合口成分時，並不把非組加入討論，因爲非組聲母所接的韻母元音型態只有一種。非組韻母的這個[u]又因爲是佔住了主要元音的位置，所以並不會在變爲輕唇後跟著消失。

　　我們先把非組排除在比較範圍之內，現在魚虞韻裡則剩下四組聲母要來比較：依序是精組、莊組、知章組、牙喉音組。這裡我們又要把莊組字的韻母先剔除在我們的討論範圍之內，因爲遇合三莊組的韻母有其特別的表現，後文會再另外討論。因此，扣除掉只有一組韻母型態的非組，以及有其特殊的發展的莊組韻母後，我們要討論的韻母就剩下精組、知章組與牙喉音組。牙喉音組我

們稍待一會討論，先把目光放在精組與知章組。精組與知章組的韻母類型，可以以精組爲一個比較的基準點，來作爲探討韻母類型的起點。前文我們引過張光宇（2006）〈漢語方言合口介音消失的階段性〉，知道合口介音是否消失或者消失的次序是依據舌體後部隆起的程度而定，舌體後部越高則越不容易丟失。前文我們討論到精組聲母送氣音塞化音變（tsʻ → tʻ → h）時，曾說精組聲母的起點在江西客贛語是舌尖前的清塞擦音 ts、tsʻ，而大部分知三章組聲母塞化的起點爲捲舌音的 tʂ、tʂʻ，而部分的知三章組聲母仍停留在舌面音 tɕ、tɕʻ的階段。因此就舌體後部隆起程度越高越易保留合口介音的原則看來，精組聲母舌體後部攏起的程度最小，相較於捲舌或者是舌面讀音的知章組是最容易丟失 u 介音的。因此，以下我們以精組的音讀型態爲比較基準，討論江西客贛語遇合三在精、知三章聲母底下的韻母型態。魚虞韻在精組聲母後的韻母型態，大致可以分爲三大類，分別爲：1. i、2. y、3. iu。

（一）以精組爲比較起點看合口成分的保留

1. 精組韻母爲 i

我們在前面談論精組聲母時，曾提到江西客贛語精組中的送氣聲母有塞化（tsʻ → tʻ）的音變現象，在演變的過程中，送氣的 tsʻ雖然只是一套音位/tsʻ/，但有兩套音值[tsʻ]、[tɕʻ]，這兩套音值一般沒有分別，只有在進行塞化音變的時候才會特別突顯其差異性，所以這裡的精組聲母因爲後接的 i 元音的[j]顎音（palatal）性質影響，通常拼寫成舌面的 tɕ、tɕʻ，但因爲沒有音位上的差異，就算是拼寫成舌尖前 ts、tsʻ也是可以的。精組的聲母扣除塞化音變與因塞化音變產生的差異外，精組聲母在江西客贛語裡只有一套，那就是舌尖前的 ts、tsʻ。精組韻母讀爲 i 時，知章組韻母有三類的表現。圖示如下：

精	知　章
i	① y（tɕ）
	② u（tʂ、tʃ、t），ø（t），ʉ（k），ʮ（tʂ）
	③ u（ts）、ɿ（ts）

方言點分佈

第一類：精組韻母爲 i，知章組爲 y（tɕ），見於贛語的湖口、橫峰與客語的上猶。

第二類：精組韻母為 i，知章組為 u 且搭配捲舌聲母 tʂ，見於贛語的星子、永修與客語的銅鼓。

精組韻母為 i，知章組為 u 且搭配近捲舌的舌葉聲母 tʃ，方言點見於客語的于都。

精組韻母為 i，知章組為 u 且搭配舌尖聲母 t，見於贛語的修水、奉新、上高、萬載、東鄉、臨川、宜黃與客語的澡溪。

精組韻母為 i，知章組為ø且搭配舌尖聲母 t，方言點見於贛語的高安。

精組韻母為 i，知章組為ʉ且搭配舌根聲母 k，方言點見於贛語的樂平、永豐。

精組韻母為 i，知章組為 ʅ 且搭配捲舌聲母 tʂ則見於贛語的萍鄉。

第三類：精組韻母為 i，知章組為 u 且搭配舌尖前聲母 ts，見於客語的南康、龍南、全南、定南、井岡山、寧都。

精組韻母為 i，知章組為ɿ且搭配舌尖前聲母 ts，見於贛語南昌、新余、黎川與客語的安遠。

①精組韻母為 i，知章組韻母為 y（tɕ）

江西客贛語裡，當精組聲母已經丟失合口 u 元音成分時，知章組聲母則不一定也會跟著丟失合口 u 的成分。上表的第一階段韻母類型是前文提到部分知三章組字還停留在較早的階段，還未進行捲舌化的舌面音 tɕ聲母階段。知三章組念為舌面音 tɕ、tɕʻ，搭配也是具有舌面性質（硬顎／palatal）的 y 元音。這裡的 y 元音可以理解為 i＋u，i[j]具有硬顎（palatal）即舌面的性質，u 則是表示第一組的知章聲母還保持著合口的成分。

②精組韻母為 i，知章組韻母為 u、ø、ʉ、ʅ

第二階段的知章聲母雖然韻母類型與聲母種類，都有好幾種不同的樣貌，但其基本的型態是捲舌類的 tʂ聲母，搭配 u 韻母。第二階段出現四種韻母，分別是 u、ø、ʉ與ʅ。第一類的 u 韻母搭配捲舌類的聲母 tʂ或偏向捲舌類的舌葉聲母 tʃ，其中三等的 i 介音因為捲舌的作用已經消耗掉，而 u 韻母的 u 還存留的原因有二：一是捲舌聲母在發音時，其舌體後部有明顯隆起的體勢，所以捲舌聲母傾向保持合口的 u。二是這個元音的 u 所佔的音節地位是主要元音的位置，且是此韻母音節裡唯一的音段（segment），在音節結構要求一定要有

一個元音的限度下，自然不易取消。搭配韻母 u 還有舌尖的 t 類聲母。t 類聲母是捲舌的 tʂ 類聲母的後續演變，在江西客贛語裡，知三章的聲母有舌尖塞化（tʂ → t 與 tʂʻ → tʻ）的音變現象。這裡的舌尖的 t 類聲母還搭配了一個圓唇的前中元音ø，方言點見於贛語的高安。這是由捲舌聲母 tʂ塞化完成後的 t 類聲母，因具有[＋前部]的發音徵性，也使得韻母由後部的 u 元音前化爲前部的前中元音ø，圖示如下：

　　第三類的ʉ韻母搭配的聲母爲舌根的 k 類聲母。舌根的 k 類聲母是由於捲舌的 tʂ聲母，因受到部位偏後的後元音[u]往後拉而變爲舌根類的 k 聲母，至於這個ʉ元音則是後元音[u]的另一種形式，表示此時所搭配的 k 聲母在發音時不是道地的舌根聲母，應是舌面中的 c 類聲母，c 類聲母的發音部位比舌根類的 k 聲母稍微再偏前一點點。

　　至於 tʂɥ 類音節所透顯出來的意義則是：此時的韻母已經從舌面後高元音的 u 進一步舌尖化了。先來說說這個舌尖後捲舌圓唇韻母[ɥ]，它的發音部位與捲舌的舌尖元音[ʅ]相近，比[ʅ]稍微具有圓唇效果，我猜想記音的人在記錄這些字時，有感覺到韻母的發音部位稍微偏圓一些，才會不用[ʅ]記而改用具有圓唇效果的捲舌舌尖韻母[ɥ]記。至於這個圓唇的感覺是從何而來呢？因爲捲舌聲母常給人一種近似圓唇音的感覺，所以記音人把它記爲 tʂɥ，我們也可以徑自把 tʂɥ 認爲是 tʂu 進一步舌尖元音化的結果，大約等同爲 tʂʅ。

　　③精組韻母爲 i，知章組韻母爲 u、ɿ且搭配舌尖前 ts 聲母

　　第三類的舌尖前 ts 聲母則是第二類的捲舌聲母 tʂ，完成平舌化的讀法後，還搭配偏後的 u 元音，這表示剛去捲舌化不久。ts 類聲母與舌尖韻母[ɿ]的搭配，則表示韻母已由偏後的 u 元音而受到偏前的舌尖前聲母影響下，舌尖化爲[ɿ]韻母了。

　　以上三種與精組韻母 i 搭配的三種類型的知章組韻母，依照時間先後順序排列，分別是①→②→③，第三類的知章組 tsɿ音讀則是最後的一個演變階段。

第二類的 tṣʅ 與第三類的 tsʅ 也透顯了另一種意義，這兩類的知章組音讀已經與止攝開口三等讀爲舌尖元音韻母的 tṣʅ 與 tsʅ 合流（merger）在一起了。

　　橫峰的精組聲母後面所接的韻母型態，應是本節所述及的第一種，也就是精組韻母爲 i，知章組韻母爲 y。不過橫峰的精組裡有三個字的韻母是讀爲 y 的，分別是緒ɕy、娶 tɕʻy、須ɕy。就表面觀察來看，可以有兩種解釋的方式。因爲精組蘊含合口介音是比較早的型態，我們可以說它是從下文的第二個型態的精組韻母[y]，過渡到第一個型態的精組韻母[i]。但這幾個字與國語的讀法頗爲類似，我們暫把橫峰精組韻母讀爲 y 元音的音讀字，當作是文讀層的移入。

2. 精組韻母爲 y

精組韻母爲 y 的方言點見於贛語的南豐、吉安、泰和。

　　前文提到漢語方言的合口介音消失的次序是依據舌體後部隆起的程度而定，舌體後部越高則越不容易丟失（張光宇：2006）。如果精組聲母的合口介音還保留著的話，那麼就蘊含著其它類韻字，如知章組韻母及牙喉音組韻母的合口介音也還存在著。果然經過複檢後，在遇合三裡，只要是精組聲母仍讀爲保留合口介音質素的 y（＝i＋u）元音時，它所搭配的知章組韻母與牙喉音韻母都是 y 韻母的型態。

精	知章	牙喉音聲母
y	y	y

3. 精組韻母爲 iu

　　精組聲母所接的韻母爲 iu，第三種的精組韻母若嚴格的歸納的話，我們可以歸在第一種的 i 韻母底下，因爲第一種的精組韻母與第三種的精組韻母都不包括合口介音 u。那麼爲什麼我們這裡又要再另外立一類的精組韻母呢？原因是因爲我們認爲第一組精組聲母的前一階段韻母型態爲*ui 或者是*y。今日奉新、上猶的精組韻母都是讀爲 i 的韻母型態，試比較：

	娶清	須心	雨云	芋云
奉新	tɕʻi	si	ui	ui
上猶	tɕʻi	ɕi	jy	jy

　　由「雨、芋」兩字我們可以看到，奉新原來的韻母型態應是*ui，而精組韻

母讀爲 i 則是排斥合口 u 介音的結果。上猶「雨、芋」兩字的本來韻母應是 *y，
y 前面的 j 是 y 本身即具有硬顎成分（palatal）與摩擦成分所進一步產生的結果。

精組韻母讀爲 iu 的，在江西客贛語裡，可見於贛語的蓮花，客語的石城與
于都。其精組韻母與知章組韻母的搭配情形如下：

	精	知章
蓮花	iu	y（tɕ）①
石城		u（ts）③
于都	yu	u（tʃ）②

于都的 yu 韻母還是由 iu 韻母演變而來的。因爲後面的 u 元音提供了
[＋圓唇]的徵性，而前面的 i 元音則因預期性同化（regressive assimilation）的
緣故，變爲同部位但圓唇的 y 元音。

$$i \qquad \rightarrow \qquad y \qquad \diagup \qquad \_\_u$$
$$[-圓唇] \qquad\qquad [＋圓唇] \qquad\qquad [＋圓唇]$$

以第一個型態，精組韻母爲 i 與知章組韻母搭配的情形來論，蓮花屬於
第一類知章韻母仍保持合口質素，且聲母念爲舌面音 tɕ 的類型，我們以上表
（精組韻爲 i 的分類表）一樣的號碼①來標示。石城的知章組韻母則是屬於
第三種韻母類型，即③號的類型，而且韻母還屬於第三種韻母類型的前一個
型態，也就是知章聲母雖然剛完成去捲舌化，讀爲不捲舌的 ts，但韻母卻還
未變爲舌尖元音[ɿ]，仍讀爲與捲舌聲母較爲搭配的偏後 u 元音。于都的知章
組韻母類型則與上表的第二號②韻母類型相同，知章聲母已經有從捲舌的聲
母 tʂ 呈現去捲舌化的態勢，讀爲舌葉的 tʃ 類聲母。

（二）牙喉音組的韻母類型

這裡的牙喉音指的是牙音的見系聲母與喉音的影曉系聲母，牙喉音組在魚
虞韻的韻母類型，大致也可以依合口介音的存無來分類，還保留合口介音的韻
母類型讀音有：y、ui、vi、ɤi（ɤi 也可以視爲往去合口方向的過渡類型看待）。
魚虞韻見系聲母大多讀爲舌面的 tɕ、tɕʻ，在影曉系則爲零聲母ø-。少部分的見
系字仍讀爲舌根音 k 類聲母，但這些字如「鋸、渠他、去」有其字彙讀爲 k 聲
母的固定性，以下把見系聲母讀爲 k 類聲母的字排除在討論之列。

在個別的方言點裡，不少方言點的牙喉音組韻母，都有存留合口介音型態

的韻母與不含合口介音型態的韻母併陳的現象。讓我們換個角度，把目光集中在牙喉音組韻母完全不存留合口介音成分的方言點來看，就會發現以下的有趣現象。

精	知章	見影
i	u（ts）、ɿ（ts）③ u（t）、ø（t）、u（tʃ）②	i（tɕ、ø-）
iu	u（ts）③	iu（tɕ、ø-）
i	ʮ（tʂ）	ʮ（tʂ）

當我們搜尋以下的條件：「見影系在單一方言點裡，完全都只有非合口介音成分的韻母」，得出的見影系韻母可以分為三大類，也就是上面的表圖。由上表，我們可以觀察到幾點特殊的音韻行為。

1. 見影系韻母若已經完全把合口介音排除的話，那麼精組聲母也不會有合口介音的成分存在。第三類的精組韻母為 i，見組韻母為 ʮ，方言點見於贛語萍鄉，這也可以證明在這個韻裡，精組聲母在聲母演變起點並不相同於見組，精組為舌尖前音的 ts、ts‘，而見系聲母在這一類的前一個階段則是舌面的 tɕ、tɕ‘（由舌根音 k 顎化為 tɕ，再捲舌化為 tʂ），精組聲母若是標寫為舌面的 tɕ、tɕ‘，那則是在 i 元音面前的同位音（allophones）表現。

2. 我們也可以觀察到，江西客贛語裡，見影組韻母若為 i 或 iu 時，其相對的知章組韻母都有一個共同特性，那就是都不包含 i 介音，或者說都經過了捲舌化的階段。前文提過，號碼③的 u（ts）與 ɿ（ts）韻，前者是剛從捲舌聲母去捲舌化，韻母仍有後高元音 u 的痕跡（遇攝的主要元音）；後者則是前者進一步舌尖元音化的結果。至於號碼②的 u（t）與 ø（t）韻母，則是走了江西客贛語裡，知三章組聲母，由捲舌塞擦音聲母塞化為舌尖塞音（tʂ → t，tʂ‘ → t‘）的音變規則。ø韻母，則是受了偏前部位的舌尖 t 類聲母往前拉，才由後元音的 u 變為前中元音的ø韻母。號碼②還有一個 u（tʃ）類的韻母型態，查看其搭配的聲母為偏向捲舌類的舌葉聲母 tʃ 類，其又不含介音的特性，則更可以肯定其聲母曾經過捲舌的階段。

3. 第三類的的牙喉音韻母給我們的啟發就更大了。前文我們討論過知三章組聲母捲舌化的起點為舌面音的 tɕ、tɕ‘，再加上三等的細音 i，且江西客贛

語的知三章組聲母普遍都經歷過捲舌化的過程，只有部分知三章組聲母仍停留在舌面音 tɕ、tɕʻ 的階段。那麼在這裡的知章組與見組也透露出了一個訊息給我們，那就是已經走過捲舌化的知章組聲母，其演變起點的舌面音聲母 tɕ、tɕʻ 的地位，今為見系聲母所襲用，這種沿襲你走過的路，補你空位的音變形式為拉鍊音變（drag chain）。第三類韻母的對應情況，發生在萍鄉這個贛語方言點，其中見系韻母讀為舌尖的 ʅ 韻母，所搭配的聲母則為捲舌的 tʂ 類聲母，知章系的聲韻母情況則與見系聲母如出一轍。萍鄉見組聲母也讀為捲舌音的情況也顯示這裡的見組聲母，在走向沿襲知章組聲母捲舌化的路途上是發展較為快速的。

（三）牙喉音的補充部分

1. 永修、修水

在永修與修水的贛語方言點裡，其見影系的韻母型態為 ui、ʮi，但這裡的曉母的「虛、許」卻讀為 ɕi（永修）與 fi（修水）。其音變的過程如下：

$$
\begin{array}{lll}
\text{hui} & \rightarrow & \text{fi （修水）}\\
\text{h} & \rightarrow & \text{f／\_\_ u}
\end{array}
$$

h 變 f 主要是發生在聲母後面接的圓唇元音 u 強化，而使聲母具有強烈的唇齒效果。至於修水的ɕ-聲母，應是 h-聲母受到後面具硬顎性質的 i[j]元音影響，把發音部位往後拉，便成為了永修今日所見的舌面ɕ聲母。

2. 見系舌根 k 聲母為今讀舌面 tɕ 的前一個階段

在遇合三的這個韻攝裡，見系聲母的起點多為舌面音的 tɕ、tɕʻ，但部分字還有讀為舌根 k 系聲母的現象，屬於舌面音 tɕ、tɕʻ 的前一個階段。不過上面的比較表，並不包含見系讀為舌根音 k 聲母的字，因為這些讀為 k 類聲母的字多有其字彙的保守性。

二、遇合三的莊組韻母可視作一等韻

江西客贛語裡，遇合三莊組聲母下的韻母，有個不同於其他三等韻母的音韻表現，那就是都不含其他三等韻母所共同擁有的 i 介音，而且在江西客贛語裡，精組與莊組聲母的音讀表現是同型（ts、tsʻ），這就使得在「遇合三」下的

莊組聲母以及莊組韻母的音讀表現，都讀得和遇合一的精組聲韻母相同。

遇合一 精組	遇合三 莊組
u、ʅ、ɤ（永豐）	u、ʅ、ɤ（永豐）

　　江西客贛語裡，莊組遇合三的韻母分為三種型態：一為 u；一為ʅ；永豐的韻母則讀為ɤ，這個ɤ是元音 u 稍低、稍前一點點的讀法，其地位相當於其他客贛語 u 韻母的地位。與之相對的精組遇合一韻母也分為三種型態：u、ʅ與ɤ。u 與ʅ韻母出現的方言點與前面提到的莊組遇合三的韻母都一樣，ɤ韻母也只出現在永豐一處。精組與莊組的聲母讀音也完全一致，大體是讀為舌尖前的 ts、tsʻ聲母。精組聲母發生濁化的方言點：湖口、星子、永修、修水，莊組聲母也發生濁化。精組的清、從送氣聲母發生了舌尖塞化的音變 tsʻ →tʻ，相對的初、崇聲母也可見塞化的表現。

　　這樣的情形不單只是見於江西客贛語，廣東粵語在遇攝也有相同的情況。廣東粵語裡，遇攝合口三等的韻母，可依是否含有細音 i 而分為兩個類型：

	莊組韻母	其它聲母[註4]
廣州、順德、中山、東莞、斗門、台山、韶關、信宜、雲浮、廉江	ɔ	y、œy、ui、œi
開平、袁屋圍[註5]	u	ui、ɔi、i、œy

（詹伯慧：2002）

　　遇合三莊組字在廣東十二個粵語方言點，集體不含細音 i 的音韻行為，我們只能認為這些莊組字的前一個語言階段為*uɔ。如此一來，這些莊組韻母便與遇合一（模）的音讀表現相同，正好模韻沒有莊組字，卻有「精」組字。

	祖	做	醋	酥	阻	初	鋤	助	梳
廣州	tsou	tsou	tsʻou	sou	tsɔ	tsʻɔ	tsʻɔ	tsɔ	sɔ
順德	tsou	tsɔ	tsʻou	sou	tsɔ	tsʻɔ	tsʻɔ	tsɔ	sɔ
中山	tsu	tsu	tsʻu	suy	tsɔ	tsʻɔ	tsʻɔ	tsɔ	sɔ

〔註4〕非系與「明、微」等的韻母，在遇合三也沒有細音 i。

〔註5〕袁屋圍的語音資料，為筆者碩士論文《廣東袁屋圍粵語調查研究》（2005）田野調查的結果。

| 東莞 | tsɔu | tsɔu | ts'ɔu | sɔu | tsɔ | ts'ɔ | ts'ɔ | tsɔ | sɔ |
| 台山 | tu | tu | t'u | ɬu | tsɔ | ts'ɔ | ts'ɔ | tsɔ | sɔ |

（詹伯慧：2002）

後文我們還會陸續討論莊組韻字的音讀表現，莊組「三等字」在侵、臻、曾、流攝裡的韻母都有讀同「一等」的傾向，依據實際的音韻行為，後文我們將這些三等字歸為一等地位，遇合三的莊組字我們也採一樣的作法，認為是一等韻音讀的表現。

三、魚虞相異層

《切韻・序》裡提到「又支脂魚虞共為一韻，先仙尤侯俱論是切。欲廣文路，自可清濁皆通；若賞知音，即須輕重有異」（汪壽明：2003，P13）。

江西客贛語裡，魚韻與虞韻有相異的音讀層，這相異的音讀層字集中於魚韻中，且韻母多讀為 e 或 ε 或 iɛ 類元音。這樣的情況不只見於江西客贛語裡，在吳語、徽語、湘語裡也可以見到。

> 大約從長江口的崇明島開始沿江上溯一直到湖南中部，沿江兩岸的方言都有或多或少「魚」韻讀-e 的現象。

吳語　崇明島：魚 ɦŋei²⁴，居 kei⁵⁵，鋸 kei³³，裾 kei⁵⁵。常熟：魚 ŋE³³，去 k'ɛ³²⁴，鋸 kE³²⁴。宜興：去 k'ɛ⁴¹²，鋸 kɛ⁴¹²。溫嶺：去 k'ie⁵⁵。上海：鋸 ke³⁵。銅廬：鋸 ke⁵³。蘇州：鋸 kE⁴⁴。青田：魚 ŋe²¹。

徽語　績溪：渠 ke⁴²，去 k'e⁵³⁵。黟縣：徐 tʃ'yei⁴⁴，去 tʃ'yɛi²¹³，魚 ȵyɛi⁴⁴，鋸 tʃyɛi²¹³。銅陵：渠 ɣe¹¹。

湘語　鋸：婁底 ke³⁵，邵陽 kɛ³⁵，衡陽 kai²⁴，耒陽 kai²¹³，安鄉 ke²¹³，攸縣 ke¹¹，常德 kei³⁵，瀏陽 kie¹¹。

去：瀏陽 k'ie¹¹，邵陽 k'ɛ²⁴~tɕ'iɛ²⁴，攸縣 k'e¹¹，常德 k'e³⁵。

贛語	鋸	去	魚	渠	許
南昌	kie³⁵	tɕ'ie²¹³	ȵie³⁵	tɕ'ie²⁴	he²¹³
南城	kiɛ³	k'iɛ³	ŋiɛ³⁵	kiɛ⁵¹	hɛ⁵¹
安義	kiɛ⁵⁵	tɕ'iɛ²¹⁴	ȵiɛ²¹		
餘幹	kɛ⁵³	tɕ'iɛ⁵³	ȵiɛ²⁵	tɕ'iɛ²⁵	

（張光宇：1996，P34～35）

這些魚虞有別的字，韻母主要的讀法為 e 或 ɛ 或 iɛ 類的元音。我們若只是平面地討論江西客贛語裡韻母念為 e 或 ɛ 或 iɛ 類的念法的字的話，那麼我們還要一併討論止攝字裡特殊讀為 e、ɛ 類的字，以及蟹開四部分讀為 e、ɛ 類的韻母字。

這些魚虞有別的韻母有讀為單韻母 e、ɛ 的，或是在 e、ɛ 前增加一個 i 介音而讀為 ie、iɛ 類韻母，i 介音來自於元音破裂（e＞ie），以下為簡便統稱 e 類元音。平面現存的韻母 /e/ 只有一類，古音來源卻有三類，所以我們在討論 e、ɛ 韻母時，必須分三部分：①止攝字②魚韻③蟹開三、四等來討論。

（一）止攝字讀為 e 類的字

江西客贛語止開三裡有少部分的字讀為 e 類元音，後文 e 類韻母一章我們還會討論到這個 e 類韻母，這裡擬只把結論提出而不說明。止開三裡仍讀為 e 類元音的少部分字是江西客贛語一系列 e 類元音（e 類元音還可出現在韻尾 -u、-m、-n、-ŋ 之前）的基底形式。

1. 浙南吳語的支、魚韻

江西客贛語止開三讀為 e 類元音的字多集中在支韻，如最典型的「舐」字。江西客贛語裡的魚韻字也有不少讀為 e、ɛ 韻母的。支韻、魚韻讀為 e 類韻母的現象，不只見於我們主要探討的江西客贛語中，還見於浙南吳語。

魚韻	開化	常山	玉山	遂昌	慶元
箸	dʑie⁶	dʑie⁶	dʑie⁶	dʑie⁶	
煮	ie³	ie³	ie³	ie³	ie³
鼠	tɕ'ie³	tɕ'ie³	tɕ'ie³	tɕ'ie³	tɕ'ie³

支韻	開化	常山	玉山	遂昌	慶元
枝	tɕie¹	tɕie¹		tɕie¹	tɕie¹
紙	tɕie³	tɕie³	tɕie³	tɕie³	tɕie³
舐		dʑie⁴	dʑie⁴		tɕie⁴

（梅祖麟：2001，P5～9）

梅祖麟（2001）在分析浙南吳語，支與脂之有別的支韻音讀層時分出了三個層次：

層次Ⅰ：*ɑi（蟻）　層次Ⅱ：*ie（枝紙）　層次Ⅲ：*i（技、妓）。

依照梅祖麟的分類，江西客贛語裡的支韻讀爲 e、ɛ 韻母的字，如「舐、是」，是梅祖麟所論的第二層音讀的表現。

（二）魚　韻（e 類的音讀，附論另一類低元音音讀）

魚韻裡與虞韻相異的語音層次爲 e、ɛ 韻母讀音的層次，在江西贛語與客語中都可見到，其例字又多所重複，下表爲例字與音讀，從湖口到泰和爲江西贛語；上猶至石城則爲江西客語。

1. 魚虞有別中的魚韻（e 類韻母）特異讀音層：

方言點	例　　字
湖口	渠 kie
星子	渠 ɛ　去 dʑiɛ　魚 ȵiɛ
永修	鋸 kɛ　渠 gʻɛ　去 dzʻiɛ　魚 ȵiɛ
修水	鋸 kiɛ　渠 hɛ　去 dʑiɛ
南昌	鋸 kie　渠 tɕʻie　去 tɕʻie　魚 ȵie
波陽	呂 lɛi　渠 tɕʻie　去 tɕʻie
樂平	呂 lɛi　渠 tɕʻiɛ　去 tɕʻiɛ
橫峰	鋸 kɛ　渠 kɤ　去 kʻɤ　魚 ŋɛ
高安	鋸 kie　渠 kie　去 ɕie
奉新	鋸 kie　去 tɕʻie　鼠 sə　薯 sə
上高	鋸 tɕiɛ　渠 tɕiɛ　去 ɕiɛ
萬載	鋸 kie　渠 kie　去 ɕie　魚 ŋuěi　語 ŋuěi　女 ŋuěi　鼠 suei
新余	渠 kiɛ　去 tɕʻiɛ　鼠 suɜ̃i
東鄉	女 ȵiɛ　蛆 tɕʻiɛ　鋸 kiɛ　渠 kiɛ　去 kʻiɛ　魚 ŋiɛ
臨川	蛆 tɕʻiɛ　豬 tɛ　苧 tʻɛ　薯 sɛ　鋸 kɛ　渠 kɛ　去 tɕʻiɛ　魚 ȵiɛ　余 iɛ
南豐	女 ȵiɛ　蛆 tɕʻiɛ　徐 tʻɛ　豬 tɕiɛ　鼠 ɕiɛ　鋸 kiɛ　渠 tɕiɛ　去 tɕʻiɛ　魚 ȵiɛ　余 iɛ　苧 tɕʻiɛ　鋤 tɕʻiɛ　梳 ɕiɛ　煮 tɕiɛ　書 ɕiɛ　薯 ɕiɛ　車 tɕiɛ
宜黃	女 ȵiɛ　蛆 tɕʻiɛ　豬 tɛ　苧 tɕʻiɛ　煮 tɛ　薯 sɛ　鋸 kiɛ　渠 kiɛ　去 kʻiɛ　魚 ȵiɛ　許 hɛ　余 iɛ
黎川	女 ȵiɛ　呂 tɛ　蛆 tʻɛ　豬 tɕiɛ　苧 tɕʻiɛ　鋤 tʻɛ　煮 tɕiɛ　書 ɕiɛ　鼠 ɕiɛ　薯 ɕiɛ　車 kiɛ　鋸 kɛ　渠 kʻiɛ　去 kʻiɛ　魚 ȵiɛ　虛 hɛ　許 hɛ　余 iɛ
萍鄉	鼠 ɕiɛ　鋸 kɛ　去 tɕʻiɛ　魚 ŋɛ

蓮花	鋸 ke　去 kʻe
吉安	鋸 kiɛ　渠 kiɛ　去 kʻiɛ　魚 ŋiɛ
永豐	女 lɛ　呂 tɜ　蛆 tsʻɛ　徐 sɜ　緒 sɜ　鋸 kiɛ　渠 kiɛ　去 tɕʻiɛ　魚 ŋiɛ 語 lɛ
泰和	去 tsʻe
上猶	豬 tse　苧 tsʻe　煮 tse　薯 se　去 he　魚 ŋe
南康	豬 tsə　梳 sə　煮 tsə　薯 sə　鋸 kə　去 hə　魚 ŋə
安遠	豬 tse　苧 tsʻe　煮 tse　鼠 ɕe
于都	女 ȵiɛ　蛆 tsʻe　豬 tʃe　苧 tʃʻe　煮 tʃe　鼠 ʃe　薯 ʃe　鋸 ke　魚 ȵiəŋ 語 ȵiəŋ
龍南	×
全南	×
定南	×
銅鼓	鋸 kɛ　魚 ŋɛ
澡溪	鋸 kiɛ
井岡山	×
寧都	苧 tsʻə　梳 sə　女 niɛ　豬 tɕiɛ　煮 tɕʻiɛ　書 ɕiɛ
石城	蛆 tɕʻiə　豬 tsə　苧 tsʻə　鋤 tsʻə　梳 sə　煮 tsə　書 sə　鼠 sə　薯 sə　鋸 kə　渠 kə　去 hə　魚 ŋə

註：打叉×的符號，代表方言點中未見例字

　　前文提到，這個魚虞有別層而魚韻特異讀為 e、ɛ 類韻母的現象，不只見於江西客贛語，而是從長江口的崇明島開始，沿江上溯一直到湖南中部，沿江兩岸都有這樣的魚虞有別且魚韻讀為 e 類韻母的情況，吳語、徽語、湘語皆可俯拾而得。張光宇解釋這些方言魚韻讀為 e 類韻母的原由，在於吳語發生了一連串的推鍊音變。

　　吳　語

　　比較普通話和蘇州話的下列形式：

	蟹二	麻二	歌	模	侯	遇三
普通話	ai	a	o	u	əu	y
蘇州話	a	o	u	əu	y	E

　　假定普通話的形式是比較保守的，用來做為討論的起點，我們可以

看到一種「推鏈」（push chain）式的變化，寫做：ai → a → o → u → əu → y → ɛ，這個程式的意思是說 ai 往 a 走，a 往 o 走，原來 ai：a 的關係現在變成 a：o 的關係，以此類推。華中一帶，安徽太平仙源方言和湖南雙峰方言都有類似的元音推移變化。類似的變化如 ai → a → o 還廣見於其他華中沿江一帶的方言，但是在華北、華南比較罕見。（張光宇：1991，P434～435）

江西客贛語這個魚虞有別的 e、ɛ 類的韻母是從吳語區傳播過來的，從吳語一連串推鍊的音變過程 ai → a → o → u → əu → y → ɛ 可以看得很清楚這樣的連續音變過程。

2. 附論：魚韻裡的低元音音讀

在江西客贛語裡，魚韻還有一類低元音的音讀層，如修水：車~馬炮 da²，南昌：車~馬炮 ts'a¹，寧都：鼠 sa³、薯 sa²。在論及這個魚韻低元音的音讀層之前，我們先回顧一下，前文梅祖麟分析支與脂之有別的支韻音讀層的內容。

梅祖麟（2001）在分析浙南吳語，支與脂之有別的支韻音讀層時分出了三個層次。

層次Ⅰ：*ai（蟻）層次Ⅱ：*ie（枝紙）層次Ⅲ：*i（技、妓）。

第一個層次梅祖麟又稱秦漢層；第二層為切韻層。第一層的*ai 包括*ai 與*uai。第二層的*ie 沒有相對的合口。其中，開化和常山的「騎」[guɛ]，梅認為是第一層。

第一層	開化	常山	玉山	龍游	遂昌	云和	慶元
*ai 蟻支韻	ŋɛ	ŋɛ	ŋai	ŋɑ	ŋɑ	ŋɑ	ŋɑ
*uai 騎支韻	guɛ	guɛ					

（梅祖麟：2001，P8）

廈門方言支韻字都來自上古歌部，但沒有任何-i 尾痕跡（騎 ₌k'ia，徛 k'ia²，寄 kia²，蟻 hia²，騎 ₌k'ia，倚 ₌ua）。如以-a 元音為上古音痕跡，「倚」字的-u-介音又從何變來？建甌方言的圓唇介音（寄 kyɛ²²，騎 kuɛ⁴²，蟻 ŋyɛ⁴²，倚 uɛ²¹）又如何產生？如把這些形式通通列入考慮，只有假設起點是個具有圓唇成分的主要元音。（張光宇：1996，P177）

　　前者（梅祖麟）認為這個早於*ie層的擬音為*ai與*uai，後者（張光宇）則認為是個具有圓唇成分的主要元音。就表面上看來，兩者的說法大相徑庭，但實際內容卻相近，怎麼說呢？後元音本來就是以「圓唇」為自然（後元音的圓唇徵性為無標的 unmarked），所以*ai本應就具有圓唇的性質，而這些支韻字又來自上古的歌部，我們也可以把這個*ai的*a實際音值認定為是*o。因此梅祖麟在第一層的擬測裡可以不用擬*uai層，*ai本身就有分化出圓唇成分的可能。如果我們認為，語言的歷史是連續性的，前一層的擬音是後一層擬音的前期型態，那麼梅祖麟並沒有告訴我們為什麼他的第一層包含著*ai與*uai而第二層卻不是*ie與*uie，或許是梅祖麟沒有把*ai包含圓唇的性質明說，因為他以*ai來統合*ai與*uai，便與我們此段的意思相互契合。如果梅祖麟貫通*ai本就具有圓唇的性質的意見的話，那麼開化和常山的「騎」[guɛ]我們可以重新再解釋過，開化與常山的圓唇介音源自於第一層的*a，但主要元音已經發展為梅祖麟所界定的第二層音讀了。若要分層界定的話，筆者認為開化和常山的「騎」[guɛ]歸為第二層較為合理。

　　也正如張光宇（1996）所論，自1923汪榮寶《歌戈魚虞模古讀考》發表以來，凡歌、戈之字皆讀a音，不讀o音，但汪的推論來自域外對音，我們從漢語嫡系的吳、閩方言出發，就可以看到這類字不少是圓唇性質的字，逕直往上推，依照比較法的精神應該是會推論出具有圓唇性質的擬音來，域外對音只是說明了某個時間層讀音的片面切片層。諸如現代吳語把假二的字由a元音變為o元音，是其本身推鍊式音變的結果。又如英文 before 一詞，美式英文唸為[bɪˋfor]；而英式英文則唸為[bɪˋfar]，[o]與[a]的互換並不構成意義上的區別，而是自由變體（free variants）的表現。

　　討論過浙南吳語裡支韻第一層含有圓唇性質的內容後，我們再來看魚虞有別的語音層次在浙南吳語裡面分為幾層，扣除魚虞相混的語音後，魚虞有別的魚韻字還有兩層的音讀，一類是我們上文就討論過的e、ɛ類韻母，另一類的魚韻特異層音讀如下：

*ɑ	開化	常山	玉山	龍游	遂昌	云和	慶元
	ɔ	ɑ	ɑ	uɑ	ɑ	o	o
豬	tɔ¹	tɑ¹	tɑ¹	tuɑ¹	tɑ¹		ʔdo¹

鋤	zɔ^1	zɑ^2	zɑ^2	zuɑ^1	zɑ^2	zɔ^2	sɔ^2
梳	sɔ^1	sa^1	sa^1	suɑ^1	zɑ^1		
女~儿;婿	nɔ^1	nɑ^4	nɑ^4	nɔɑ^4	nɑ^4	no	

說明：梅祖麟（2001）原文云和方言點的「女」字未標調號。

（梅祖麟：2001，P4）

　　與上文推敲支韻第一層的道理一樣，梅祖麟的＊ɑ 擬音，我們認爲擬測的這個後＊ɑ 本身即具有圓唇的性質。不然無由解釋在浙南吳語裡＊ɑ 的擬音，包含現在 uɑ、ɔ類音讀，至於這個魚韻＊ɑ 層的實際音讀對應的是 u 或ɔ，我們在未做全面漢語觀測前，不妄下結論，但魚韻＊ɑ 層本身即包含圓唇性質則是可以肯定的。那麼，江西客贛語魚韻所見的低元音 a 韻母讀法，如修水：車~馬炮 da^2，南昌：車~馬炮 ts‘a^1，寧都：鼠 sa^3、薯 sa^2，其來源與浙南吳語的魚韻＊ɑ 層是相同的，在浙南吳語理我們還可以看到魚韻＊ɑ 層念爲圓唇或是合口的痕跡，而江西客贛語因魚韻＊ɑ 層字偏少，只有少數字的殘跡，而未見其圓唇與合口性質音讀的表現。

（三）蟹開三、四等

　　江西客贛語裡的蟹攝開口三、四等字，除了有與北京話一樣的 i 韻母層外，三、四等字裡也可見 e、ɛ 類的單韻母讀法。我們在另一章會另外討論蟹攝開口三、四等字讀爲 e、ɛ 類韻母的來由。以下先把結果列出：

蟹　攝	三　等	四　等
③合流北方文讀層	i	
②合流第二層	e 〔註6〕	
①四等獨有層，原型＊ai		ɔi、oi、ai

　　江西客贛語的蟹開四的原型爲＊ai，當蟹開四變爲高化變爲 e 類元音時，便與蟹開三合流並一起走向高化爲 i 的道路。

　　永豐的魚虞有別的魚韻讀爲 e、ɛ 類韻母，永豐的蟹攝三、四等也有讀爲 e、ɛ 類韻母的。雖然兩類韻母讀爲 e、ɛ 類韻母的演變過程並不相同，但在平面的音系裡，卻是讀爲一樣了，這也就是徐通鏘、陳保亞（1999）所謂的同一語音系統中的異源音類疊置現象。

〔註6〕iɛ 的音讀，我們認爲是 ɛ 元音發生了元音破裂（ɛ＞iɛ）的語音現象。

永豐：

江西客贛語裡的魚虞有別層次存在於魚韻中，韻母讀為 e 或 ɛ 或 iɛ 類元音。以上是我們著眼於方言比較，認為魚虞有別的 e、ɛ 類的韻母是從吳語區傳播過來，後文 e 類元音一章，我們還會用「系統」的概念，再去解釋這個魚虞有別中的魚韻與止攝中 e、ɛ 類韻母的讀法。

第三節　流攝的聲韻搭配關係

莊組字的聲母、韻母在各地的漢語方言裡，多有其特殊的演進，前文我們在討論到江西客贛語裡莊組遇合三韻母類型歸納時，我們也是徑直地把莊組字韻母當作一等的模韻來處理。莊組韻字的特殊性表現，在流攝開口三等裡更是表露無遺。

流攝開口三等這一個韻攝，因具備了精莊章知四組聲母，所以也是一個觀察精莊章知聲韻母差異的好窗口。前文提及客語裡對於中古精、莊、知、章聲母的分合，一般來說分為兩種型態：一為寧化型，即精莊知章聲母合成一套；一為長汀型，即精莊知二一套；知三章一套（江敏華：2003）。前文我們在聲母的部分，曾提到江西的客贛語在清、從、初、崇聲母的部分發生了 tsʻ → tʻ 的塞化音變；在章知聲母的部分也發生了 tʂ → t 與 tʂʻ → tʻ 的塞化音變；甚至在章知聲母的部分還發生了從捲舌音 tʂ、tʂʻ 後化變為舌根音 k、kʻ 的音變現象。但是這些江西客贛語的特殊聲母演變，都是在精莊知二與知三章對立的格局下所展開的，可以推知這些都是屬於後來的演變。

一、流攝韻母類型與聲母類型的相乘

以下我們就來看在這個寧化型與長汀型主導的江西客贛語裡，其精莊章知聲母與流攝開口三等字韻母的聲韻搭配關係。流開三的韻母類型大致可以分為四類：①只有精組韻母不同；②只有莊組韻母不同；③精莊組的韻母不同，章知組韻母相同；④精莊章知組韻母合流為一套。至於這裡的精莊章知聲母的分

類類型主要有兩套：A 合流爲一套聲母，爲寧化型的反映；B 精莊知二一套；知三章一套，爲長汀型的反映。

在討論江西客贛語流開三聲韻搭配關係之前，我們必須先加以說明的是下表所呈現的幾點原則，如南康的韻母類型爲精組韻母爲 iu；莊組韻母則有兩類，一類爲 iu；一類爲ɜ；至於章知組的韻母則與精組一樣爲 iu。這樣的話，究竟我們要把南康算做是第四類④的精莊章知組韻母合流爲一套，還是第二類②的只有莊組韻母不同呢？南康的音讀顯示，其莊組韻母有兩套語音層次，一套是與精章知組韻母合流的那一套；一套是迥異於精章知組韻母的那一套。我們在討論江西客贛語流開三韻攝的類型時，總希望能看到最多的類別差異，若是我們這裡把南康歸納爲第四類的④精莊章知組韻母合流爲一套的話，就會看不清原來南康莊組有迥異於其他精章知韻母的那套韻母語音層（ɜ類）。基於我們歸納的最終目的，在於分出江西客贛語裡流開三韻母的最多類型的原則下，我們這裡就不依南康莊組韻母與精章知合流的那套韻母來幫南康莊組韻母做歸類，而是依莊組韻母那套迥異的語音層來做歸納，以期能看出原來南康最多的韻母類別數。依此原則操作之下，全南與井岡山就不是④精莊章知組韻母合流爲一套，而是②只有莊組韻母不同；定南就不是①只有精組韻母不同，而是③精莊組的韻母不同，章知組韻母相同。

聲母部分，我們只有分出 A、B 兩組，即精莊章知合流爲一套的 A 類，以及精莊一套，知章一套的 B 類。這裡的 B 類音值內容紛異，包括知三章組經歷塞化音變（tʂ → t 與 tʂʻ → tʻ）讀爲舌尖塞音的 t、tʻ的音值；也包括知三章組讀爲舌面塞擦音 tɕ、tɕʻ的音值；也包括知三章組讀爲捲舌音 tʂ、tʂʻ與舌葉音 tʃ、tʃʻ的音值，無論其語音細節如何不同，江西客贛語流開三精莊章知聲母分合的大格局並沒有受到動搖，不是可以歸爲 A 類（寧化型），就是 B 型（長汀型）。其中，在合爲一套的 A 型聲母之間，以及 B 型聲母的精莊聲母之間，常有舌面音 tɕ、tɕʻ音值與舌尖前音 ts、tsʻ音值的差異，但前者出現的韻母條件是 i 介音之前，後者則是非 i 介音之前，舌面音的音值與舌尖前音的音值並沒有其音位上的差異，我們就不爲這細微的音值差異另立一套聲母類型，依舊維持 A、B 兩種類型的聲母分別。

	精	莊	章	知	韻 母 類 型	聲母類型
湖口	iɛu	ɛu	ɛu	ɛu	①精不同	B
星子	iu	ɛu	iu	iu	②莊不同	B
永修	iu	əu	əu	əu	①精不同	B
修水	iu	ei	u	u	③精莊有別，章知相同	B
南昌	iu	ɛu	iu	iu	②莊不同	A
波陽	iəu	ou	ou	ou	①精不同	A
樂平	iu	u	u	u	①精不同	A
橫峰	iɔ／iu	iɔ／iu	iɔ／iu	iɔ／iu	④合流爲一套	A
高安	iu	ɛu	ɛu	ɛu	①精不同	B
奉新	iu	ʌu	u	u	③精莊有別，章知相同	B
上高	iu	uæi	iu	iu	②莊不同	B
萬載	iu	eu	iu	iu	②莊不同	A
新余	iu	ɛu	iu	iu	②莊不同	B
東鄉	iu	ɛu	iu	iu	②莊不同	B
臨川	iu	ɛu	iu／ɛu（ɛu 搭配擦音）	iu	②莊不同	B
南豐	iu	iɛu	iu	iu	②莊不同	A
宜黃	iu	iu	iu	iu	④合流爲一套	A
黎川	iəu	ɛu	iəu	iəu	②莊不同	A
萍鄉	iu	œ	u	u	③精莊有別，章知相同	B
蓮花	iu	œ	œ	œ	①精不同	A
吉安	iu	ɛu	iu	iu	②莊不同	A
永豐	iɤ	ɤ	iɤ	iɤ	②莊不同	A
泰和	iu	iu	iu	iu	④合流爲一套	A
上猶	iu	io	iu	iu	②莊不同	A
南康	iu	iu／ɜ	iu	iu	②莊不同	A
安遠	ʉ	ʉ	ʉ	ʉ	④合流爲一套	A
于都	iu	iei	iu	iu	②莊不同	B
龍南	iəu	ɛu	əu	əu	③精莊有別，章知相同	A
全南	iu	ɛu／iu	iu	iu	②莊不同	A
定南	iu	əu／ɛu	əu	əu	③精莊有別，章知相同	A
銅鼓	iu	ɛu	u	u	③精莊有別，章知相同	B

澡溪	iu	ɛu	u	u	③精莊有別，章知相同	B
井岡山	ieu	ieu／ɛu	ieu	ieu	②莊不同	A
寧都	iəu	ɛu	ɛu	ɛu	①精不同	A
石城	iəu	əu	əu	əu	①精不同	A

　　江西客贛語裡，流攝開口三等這個韻母條件之下的聲母類別有兩大類：精莊章知合流為一套的 A 類，以及精莊一套，知章一套的 B 類。韻母類型大致可以分為四類：①只有精組韻母不同；②只有莊組韻母不同；③精莊組的韻母不同，章知組韻母相同；④精莊章知組韻母合流為一套。依搭配的原則，聲母與韻母相加的結果，應會有八種聲韻搭配關係，即每一套韻母都各可以有 A、B 兩套聲母的類型存在，但事實上只有七種聲韻搭配關係出現，因為第四套的韻母④精莊章知組韻母合流為一套，只會搭配一種聲母，即合為一套聲母的 A 類。這七類聲韻搭配關係分別是：①A、①B、②A、②B、③A、③B、④A。

二、摒除莊組字後的流攝聲韻母的搭配組合

　　為什麼流開三這一個韻攝的聲韻母搭配關係會這麼地複雜呢？原因就在於我們是依據「韻攝」、「等第」的名稱來規範現有方言的音讀，中古音韻的間架規定這裡的莊組字韻母為三等格局，我們就依樣畫葫蘆地把它規定為三等，而忽略了它的語音實質。依據我們前面處理遇攝莊組韻字的方式，以及基於其他沒有莊組韻字攪局的其他韻攝，其精章知組韻字的聲韻關係並沒有相對如此的複雜，我們就直接地再把「流開三」的莊組韻母「視同」為一等的韻母來處理，且經過對照，這裡名為「三等」的莊組字韻母，也與同攝一等韻母的音讀型態相同，更加深了我們把「流開三」莊組韻母處理為一等的方式。

　　我們把莊組韻母從流攝三等剔除後，流開三精章知聲韻母的搭配關係就顯得簡單多了。流開三精章知組聲韻的搭配關係，歸納後有以下的四種。

　　[第一種]：只有精組韻母不同，聲母類型為 B 類，方言點見於贛語的湖口、
　　　　　　永修、修水、高安、奉新、萍鄉，以及客語的銅鼓、澡溪、寧
　　　　　　都。

[第二種]：只有精組韻母不同，聲母類型爲 A 類，方言點見於贛語的波陽、
樂平、蓮花，以及客語的龍南、定南、石城。

[第三種]：精章知韻母全部相同，聲母類型爲 B 類，方言點見於贛語的星
子、上高、新余、東鄉、臨川以及客語的于都。

[第四種]：精章知韻母全部相同，聲母類型爲 A 類，方言點見於贛語的南
昌、橫峰、萬載、南豐、宜黃、黎川、吉安、永豐、泰和，以
及客語的上猶、南康、安遠、全南、井岡山。

第一種與第二種只有精組韻母不同的部分，有個共同的語音特徵，就是
這些精組韻母不同的方言點裡，精組所搭配的韻母都有一個 i 介音，知章組則
沒有，精組的 i 說明了這些韻字原爲「三等的標記」。至於第一種與第二種的
知章組聲母都沒有這個 i 介音搭配，更證明了原來知三章組的客贛語，曾大規
模在江西進行捲舌化的過程。第一種的類型代表了這類韻的韻母型態原本相
同，但因爲知三章組聲母發生了捲舌化的音變，使得韻母丟失了 i 介音。第一
種的聲母與韻母都保持了這個捲舌化的痕跡，聲母分爲兩類，表示了其捲舌
後的分類，精組爲不捲舌的 ts 組；知章組則爲捲舌後的 tʂ組，或是捲舌後進
一步塞化或後化的 t 組與 k 組；韻母也分爲兩類，有 i 的與沒有 i 的，則是捲
舌音變後所造成的差異。至於精組不因後接 i 介音而產生捲舌化的音變，則是
肇因於精組起點爲舌尖前的 ts 組。知章組雙雙捲舌的原因，則在於知母與章
母早已合流爲舌面 tɕ聲母，然後再一起走向捲舌化的音變。

第二種出現的方言點是波陽、樂平、蓮花、龍南、定南、石城。這裡的聲
母合爲一套，都是讀爲舌面前音的 ts 組這一套，這顯示了原本捲舌的知章組聲
母歷經了去捲舌化的痕跡，變爲與精組一樣的舌尖前音 ts。但韻母的分別，還
提醒著我們前一個階段捲舌化音變所造成的差異。

第三種出現的方言點是贛語的星子、上高、新余、東鄉、臨川與客語的
于都。第三種的聲韻搭配關係，還可以細分爲兩種狀況，星子、于都是一種
狀況；上高、新余、東鄉、臨川則是另一種狀況。首先討論星子、于都，這
兩個方言點有一個特色，就是章知組韻母還保有 i 介音，星子的知章聲母爲捲
舌的 tʂ組，于都爲舌葉的 tʃ組。這裡星子的知章組聲母雖然標記爲捲舌的 tʂ
組，但因爲搭配 i 介音，可以推測其捲舌的程度較不徹底，星子的知章組聲母
音值，大約接近于都的舌葉音 tʃ組聲母音值。

我們比較了上高、新余、東鄉、臨川在其他三等韻出現的知三章組字，發現這四個方言點的其他知三章組字有由捲舌聲母 tʂ 塞化爲舌尖 t 聲母的表現，且並不搭配 i 介音，所以上高、新余、東鄉、臨川在流開三讀爲舌尖音 t 聲母並搭配 i 介音的現象是一個後起的音變現象。

江西客贛語流開三的韻母大致都讀爲 iu，上高、新余、東鄉、臨川的知三章組聲母在捲舌化的過程中就已經消耗掉了 i 介音，而後面 u 元音又沒有細音 i 的質素，所以我們推敲這四個方言點在知三章組後的 i 介音來自於聲母 t。舌尖音 t 與舌面前高的 i 元音，因爲都是屬於銳音（acute），所以容易相配出現。

第四種聲韻搭配的情形，出現在贛語的南昌、橫峰、萬載、南豐、宜黃、黎川、吉安、永豐、泰和與客語的上猶、南康、安遠、全南、井岡山等地。第四種的聲韻母搭配情形是這四種聲韻搭配關係裡最原初的情況。精知章組韻母都含保持「三等」的痕跡仍有 i 介音。一套的 A 類聲母，則是舌面音的 tɕ 組，知章組顯示了未進行捲舌化的跡象。第四種的方言點裡只有安遠的韻母爲ʉ，沒有 i 介音，但安遠流開三的「有」（云母）讀爲 iʉ，顯示了安遠精知章組韻母是由 iʉ變爲ʉ的，原來也具有 i 介音的階段。

第四節　蟹攝三、四等字的原型韻母探析

南方漢語方言裡普遍存在著蟹攝開口四等韻母洪音的讀法，即不含介音 i 的音讀形式。這樣的音讀表現與傳統依高本漢所論，中古漢語四等韻母原有 i 介音的假設不相契合。究竟實際的情況爲何？本節在論述江西客贛語的蟹攝三四等字的表現之前，我們先探討閩語、客語與廣東粵語的情形，以期對江西客贛語蟹攝開口三四等字的讀音有更深入的瞭解。

一、閩　語

在閩語中，不獨蟹攝開口四等字有不含 i 介音現象，其四等字不含介音 i 的範圍還擴及所有的四等韻（齊、先、蕭、青、添）。閩語四等韻主元音的相關問題，張光宇曾針對此進行過討論。我們先來看四等韻在閩語中的表現。

齊　韻	建甌	建陽	潮陽	廈門
底、替、蹄、齊…等	ai	ai	oi	ue

先　韻	建陽	建甌	潮陽	潮州	晉江
田、前、肩、先…等	aiŋ、aiŋ	aiŋ、iŋ	aĩ	oĩ	uĩ

青　韻	建陽	建甌	廈門
瓶、零、星、聽、敵、錫…等	aiŋ、oi、oiŋ	aiŋ	an、at

*－aiŋ —→ －an （i 提供變成－n 的發音部位；－ŋ 提供變成－n 的發音方法）

*－aiŋ —→ －oi／ŋ（主要元音後化）

添　韻	福州	閩　南
店	taiŋ	taĩ（廈門）
念	naiŋ	
帖	t'aik	
貼	t'aik	
挾	kɛik	koĩ（潮陽）k'ueʔ（廈門音「篋」字）

蕭　韻	雕	鳥	條	調
福州	teu	tseu	teu	teu

（以上閩語資料引自：張光宇：1990，P78～82）

張光宇在文中認為不止閩語的四等原型為 ai，更綜合其他漢語的情形，為四等韻的演變畫出了以下的公式：

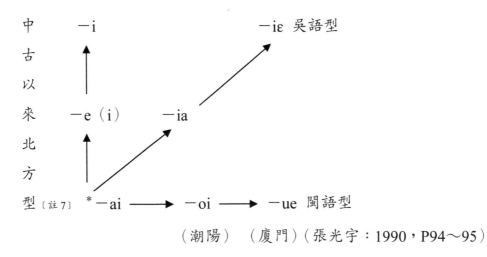

（潮陽） （廈門）（張光宇：1990，P94～95）

〔註 7〕張光宇所謂的「中古以來」的北方型，大約指的是《切韻》以來北方官話一系的語言型態發展，不過以比較法來討論古代音系，本就很難確指音變的相對應時代或年份。張光宇在文章中提到：「"中古以來北方型"的"中古"兩字只是權宜的名稱，可簡稱"北方型"」（1990：P94），而這個北方型就是根據現代北方官話的種種音讀表現，依比較法與音變可能的邏輯順序所構擬出來的。

二、廣東粵語

廣東粵語的蟹攝開口四等的韻母讀音，也就是齊韻字，大致上有以下幾種讀法。

	東莞	廣州、順德、中山、斗門、韶關、信宜、雲浮、廉江	台山、開平〔註8〕
齊	ɔi	ɐi	ai

廣東粵語蟹開三等字的讀音在各方言的表現與蟹開四相同。

	東莞	廣州、順德、中山、斗門、韶關、信宜、雲浮、廉江	台山、開平
蟹開三	ɔi	ɐi	ai

無獨有偶的，日譯吳音中，四等字僅有齊韻字，還有以－ai 對譯的情況：

漢語 日語〔註9〕		齊開四	
		見系唇音	其 他
音值	吳音		ai
	漢音	ei	
例 字		繼、倪、系、迷	低、禮、妻

（王吉堯、石定果：P1986，P200）

廣東粵語只有齊韻的ei、ai 保持四等韻的原型。至於廣東粵語與日譯吳音有部分的謀合，我們認為這不是巧合。粵語的歷史紀錄可追溯至秦漢，甚至春秋戰國的古楚語，但粵語的形成是一波一波地由北方漢人南下，與南越語慢慢融合的過程。粵語四等原型與日譯吳音的相像，不正又說明北方漢語疊置、混合於南方的某一斷層面嗎？我們不必然以為日譯吳音與粵語有直接血脈的繼承關係，但齊韻的表現，是說明北方漢語四等韻曾有 ai 的歷史進程，而這古代的北方話的四等韻，在與三等韻讀音相接近的演變過程中，齊韻字是跑得最慢的，日譯吳音如此，粵語也如此，在客、贛、閩語中也留下了許多的證據。

〔註 8〕 台山、開平蟹開三、四的韻母 ai，是其語言本身已經消失長短元音對立後，由 ɐi 演變而來。

〔註 9〕 吳音是指中國南北朝時期傳入日本的南方漢語語音；所謂漢音是指中國隋唐時期傳入日本的北方漢語語音。

最後我們還要回答廣東粵語蟹開三的讀音問題，事實上，究竟我們是否要為這樣的三等字，另立一個含有介音 i 的韻母呢？就廣東粵語各地蟹開三與齊韻字相同的情況看來，若沒有其他語言材料證明蟹開三曾有介音 i 丟失的過程，或其他迂迴的語音演變，我們應該承認，在廣東的粵語中，蟹攝開口三、四等同型，皆為原型四等韻的後續發展呈現。

若只針對廣東粵語在蟹開四所呈現的分歧音讀（ɔi、uei、ɐi），我們可以不必關涉其它漢語方言四等韻原型音讀，我們可一概將廣東粵語蟹開四的原型擬成＊ai，ɐi 是高韻尾 i 所引起的「促化」〔註10〕。關於會造成這個四等 ai 韻母短元音化，也就是一種類似「促化」作用的形成，其主因就在這高韻尾的 -i 上，因為韻尾高元音 i 的緣故，使得粵語使用者要發蟹開四等字的字時，就有了一種預期要把舌位調整到最高的態勢，於是，這種預期心理所造成的逆向同化，便促使了短元音ɐ的產生，至於ɔi、uei 則是 ai 的後續音變，所以我們可以逐將廣東粵語蟹開四的原型認為是＊ai。

很顯然的，廣東粵語齊韻字，大體接近張光宇所論四等韻的原型－ai，而後再促化的變體。在粵北的連山（布田）蟹攝四等字有 ai、ɔi、uei 三種念法，則是涵蓋了張光宇所論閩語的三個階段的語音演變。連山（布田）蟹攝開口三、四等大部分念為ɔi、uɛi，少數字為 uai（敝、弊、斃、滯、勢、誓、逝、藝）與 i（薊、陛、批、算）。

$$-ai \longrightarrow -ɔi \longrightarrow -uei$$

（連山1.　　　連山2.　　　　連山3.）

〔註10〕關於這個廣東粵語韻母含有ɐ元音的產生條件，筆者曾在他文依各別出現的中古韻攝一一討論其成因（彭心怡：2005），其歸納的產生條件主要有以下三種。

①ai　②（i～）e／鼻、塞尾　③（i～）euu

其一：造成短元音ɐ促化作用的產生，主要動力在高韻尾的 i 上，是一種預期同化。蟹開二 ai 大部分字沒有促化的短元音ɐ，則是有其語音內部與外部的因素制衡影響。

其二：廣東粵語支、脂、微讀為短元音ɐ的條件為一偏後（k、h－）、高（u）的音韻條件影響所致。

其三：偏前元音 e 與偏高介音 i 的互相拉高，是造成短元音ɐ產生的原因。

其四：e 本身即有（i～e）的音值素。

三、客、贛語

客、贛語也普遍存有蟹攝開口四等洪音的讀法，甚至這個四等洪音的讀法，在其它的四等韻也有不同程度的保留。除 i 的讀音被歸爲文讀層外，有人認爲這是客、贛語音系形成早於宋代的證據（羅美珍、鄭曉華：1995），也是四等韻主元音爲 e，後來由洪變細的證明（藍小玲：1999）。粵語一般也被認爲形成早於中古音，那麼客贛語與粵語這兩個大方言間，在蟹攝開口四等音讀上是否有某種的相合或巧合呢？本文無意回答哪種音讀在某個確定的歷史進程上，早於哪種音讀，因爲無論是早出的音讀或晚近的音讀，都有可能同時存在於同一語言中。就客、贛語而言，兩種音讀是共時呈現，並無先後之分。但若只就音韻演變的邏輯而言，我們確實可以尋繹出一邏輯上的「先」。

熊燕把客、贛語中非屬文讀層〔i〕的讀音分爲三類：iɛ、ɛi、ai。在熊燕進一步比對出 iɛ、ɛi 在客、贛語中互補出現的關係後，得出 iɛ、ɛi 實屬同一類。熊燕又由涼水井未顎化的蟹開四「係 xie꜄」與其它三四等曉匣母字的顎化音相比（稀 ꜀ɕi、曉 ꜂ɕiau、歇ɕieʔ꜀、向ɕioŋ꜄、刑 ꜁ɕin），認爲涼水井的「係」，i 介音的產生是較晚的，以致於還未來得及顎化。於是，三類的讀音 iɛ、ɛi、ai，實際只有兩大類：ɛi 與 ai。

	曉 組	幫 組	端組、來	泥	精 組	見 組
揭西	＋	＋	＋	＋	＋	－
于都	？	＋	＋	－	＋	－
萬載客	＋	？	＋	＋	＋／－	－
高安 3	？	＋	＋	＋	＋／－	＋／－
邵武	？	＋	－	－	－	＋
寧化	＋	－	－	－	－	－
寧都 1	＋	？	－	－	－	－
寧都 2	？	？	－	－	－	－

說明：＋代表 ɛi，iɛ 記作－，材料原缺爲？。

（熊燕：2003，P87）

再深一層，熊燕更揭示了 ɛi（包括 ɛi、iɛ）與 ai 也是一體的變化。

	曉組	精組	見組	幫組	端泥組	溪
長汀 1、長汀 2、武平	＋	＋	＋	＋	＋	－
涼水井、清流	＋	＋	－	＋	－	－
梅縣 1、梅縣 2	＋	＋	＋	－	－	－
清溪、香港、景岡山、西河	＋	＋	－	？		－

說明：ɛi（包括 ɐi、iɛ）以＋表示，－則是 ai，？爲原材料缺。

（熊燕：2003，P89）

就蟹開四而言，ɛi（包括 ɐi、iɛ）與 ai 何者爲音變邏輯上，先產生的音讀這一觀點上，張光宇與熊燕有不同的看法。張光宇認爲蟹開四，甚至是其它的四等韻，它們的較古形式是 ai（張光宇：1990），而熊燕則認爲蟹開四的 ai 是ɛi 低化音變的結果，ɛi 早於 ai。

若我們再對照廣東粵語的蟹開四的音讀現象，就可以發現廣東粵語這一大區域性趨同的方言，蟹開四普遍讀爲ɐi，部分讀爲ɔi、uei，卻並未出現 ɛi或 iɛ 音讀的情形看來，以 *ai 爲蟹開四等原型的說法，稍勝一籌。既觀照到了客語，在解釋粵語的部分也很合理。

甚至我們也可以在熊燕所蒐集的客、贛語料中，看到蟹攝開口四等讀爲ɐi的情形（塘口、思賀）。雖然這種「促化」現象，在客、贛語中只是零星，卻說明了 ai → ɐi 的音變，只要具備了其語音的環境，ai → ɐi 的音變就不獨在粵語中會發生。

四、江西客贛語

江西客贛語裡，有一層是三四等合流且高化爲細音 i 的語音層，而此一語音層也是大部分客贛語三四等字的語音音讀表現，顯示的是合於北方文讀趨勢的音讀現象。除了這層三四等合流爲高化元音 i 的語音層外，江西客贛語的蟹攝三、四等字還有讀爲 ɛ、iɛ、ɔi、oi、ai 的語音層次，如下表所示。

蟹開三	斃	厲	例	制	世
修水贛	－	－	－	tɛ⁵	sɛ⁵
東鄉贛	－	－	－	tɛ¹	sɛ⁴
永豐贛	pɛ⁴	tɛ⁴	tɛ⁴	－	－

蟹開四	低	梯	弟	泥	洗	細	雞
高安贛	—	hai¹	hai⁵	lai²	sai³	sai⁴	kai¹
上高贛	—	hai¹	hai⁴	lai²	sai³	—	—
永豐贛	tɛ¹	t'ɛ¹	t'ɛ¹	lɛ²	sɛ³	sɛ²	—
龍南客	tɜ¹	—	t'ɛ¹	nɛ²	—	—	—
銅鼓客	tɜ¹	t'ɔi¹	t'ɛ¹	nɛ²	sɛ³	sɛ⁴	kɛ¹
澡溪客	—	t'ɔi¹	t'ɔi¹	nai²	sai³	sai⁴	kiɛ²
井岡山客	tai¹	t'oi¹	t'ai¹	nai²	sɛi³	sɛi⁴	kai¹
寧都客	tiɛ¹	t'iɛ¹	t'iɛ¹	nai²	ɕiɛ³	ɕiɛ⁴	tsai¹

基於前文的論述，我們認為蟹攝四等讀為的 ɛ、iɛ、ɔi、oi 的音讀，是原來四等的原型 *ai 的後續發展。江西客贛語這個不讀為高元音 i 層的語音層，在三四等的讀音上有個迥異於廣東粵語的有趣現象。在廣東粵語理的蟹攝三四等讀音表現上，三四等都是同型，沒有語音上的分別，對於這樣已經完全合流的語音型態，我們無法重構出一個「三四等有所分別的祖語型態」。但江西客贛語的蟹攝三四等字卻有分別的痕跡，我們把江西客贛語的語音表現簡約為下表：

蟹　攝	三　等	四　等
③合流北方文讀層	i	
②合流第二層	e〔註11〕	
①四等獨有層，原型 *ai		ɔi、io、ai

比照於前文張光宇四等韻高化的北方型的演變圖形（ *ai → e（i）→ i）（張光宇：1990），我們在江西客贛語裡也可以尋繹出一樣的高化演變路線。在江西客贛語裡，四等蟹攝可見③合流的北方文讀層（i），與②本身語音為趨向北方而自行合流的第二層音讀 e 層，以及保留四等原型的 ai 層。

江西客贛語蟹攝三四等的音讀表現，基於大部分的三四等字都讀為 i 韻母的現象，我們可以認為四等的 i 層是後來合併高化的結果，而讀為 ai 層是殘存的現象，e 層則顯示了高化進行的中間階段。還可以再注意的一點是，江西客贛語的蟹攝三等字並不見於這個四等原型 ai 層的音讀層，可見得江西客贛語蟹攝三等與四等的出發點並不相同，四等元音較後、較低（ *ai），而三等的

〔註11〕iɛ 的音讀，我們認為是 ɛ 元音發生了元音破裂（ɛ＞iɛ）的語音現象。

出發點較高、較前（＊e），現今蟹攝三四等的音讀現象，顯示的是四等向三等靠攏、合流，一起走向高化的演變（→ e（i）→ i）。

第五節　一二等韻母元音的對比

客贛語裡的一二等元音對比仍然明顯，徐通鏘（2001）在談到漢語各方言一二等對比格局時，也說明了客語和贛語一二等對比的情況，他舉了客語的梅縣以及江西贛語的高安來做代表。

> 贛方言據高安話列表，因為南昌是大城市，受外方言的影響大，不如它更能反映贛方言的特點。比方說，蟹攝一、二等，南昌話大多數字已經合流，讀-ai，只有一小部分一等字讀-ɔic，而高安話的一、二等字還完整地保持著-ɔic：-ai 的對立。客家方言與贛方言的一、二等韻的結構關係如下表（如有文白異讀只列白讀，因為只有它才能代表本方言的底層。表中例字從略）：（徐通鏘：2001，P434）

		果	假	蟹	效	咸	山	宕	梗
梅縣	一	ɔ		ɔi	ɔ（島）	am	ɔn（見）	ɔŋ	
	二		a	ai	au		an		aŋ
高安	一	ɔ		ɔi	ɔu	ɔn	an	ɔŋ	
	二		a	ai	au	an			aŋ

（徐通鏘：2001，P435）

從上表，我們可以看到客贛語一二等元音的對比，主要是一等的ɔ元音對比二等的 a 元音（ɔ：a），從表中我們還可以觀察到一等有變為二等的**趨勢**，諸如梅縣的咸攝已經完全變為二等形式的 am，梅縣山攝的一二等對比，一等的ɔn 形式也僅存於牙喉音的聲母之後，其他聲母下的韻母元音全部已經與二等元音合流。至於果假與宕梗的對比，則必須要打破攝的界線才能看得清楚。以語音實質來討論語音系統中的對比格局，這是前輩學者的真知灼見。

一、江西客贛語的一二等韻母元音對比

從上表我們也可以看到這個一二等對比格局，全面地發生在客贛語的音系系統中。在零韻尾，即單元音的格局下，有一、二等對比（-ø）；在 i 韻尾

前也有一二等元音對比（-i）；在 u 韻尾之前也可見此一對比（-u）；在雙唇（-m）、舌尖（-n）、舌根（-ŋ）鼻韻尾之前，也都可以見到這樣的一二等元音對比。以下我們就依各個韻尾的出現順序來討論江西客贛語裡一二等元音對比，其中我們把入聲韻，即塞韻尾（-p、-t、-k）的一二等對比，附在相對應的鼻韻尾中一併討論。上文徐通鏘在討論客贛語一二等元音對比模式時，把一等的元音標示為ɔ，在我們下文所引用的江西客贛語紀錄語料裡，一等元音多記為較高的 o，少部分記為ɔ，如銅鼓、澡溪、石城等，這個[ɔ]與[o]在同一個語言中，少有音位上的對比，只有音值描述上的小差異，為了方便起見，以下的一等元音統一標寫作[o]。

　　一二等對比（o：a）格局存在的語音環境：

-∅
-i
-u
-m
-n
-ŋ

（一）零韻尾前（-∅）

　　在江西客贛語裡，一等的果攝韻母元音還與二等的假攝韻母元音維持一個很好的 o：a 對比格局。泰和、于都的果攝一等讀為[ɤ]，如泰和：多 tɤ[1]、左 tsɤ[3]、哥 kɤ[1]、鵝 ŋɤ[2]、賀 hɤ[4]，則是發生了 o 元音展唇化的音變（o>ɤ）。果假兩攝一二等元音的對比，除了是江西客贛語裡一二等元音對比格局中的一環外，果假的對比更透顯出了一個重要意義。那就是果假兩攝的韻母元音是一個單元音韻母（monophthong）的形式，換句話說，果假的對比形式是這整個音系系統一二等對比格局中的一個基底形式，因為這個基底形式（o：a）普遍發生在各個韻尾之前，才形成了這樣一個完整的系統性一二等對比格局。果假單韻母元音一二等的對比是基底形式，我們可以徑自把這個基底形式稱作「韻基」。這個韻基的概念，可以幫我們釐清一些語音上的問題。

　　在果假的一二等元音對比裡，有幾個字並不遵循這個一二等對比模式（o：a）的規範。

1.「大」

「大」字在江西客贛語裡都不讀為 o 元音，也不讀為 o 元音的變體元音[ɤ]，而是讀為 ai 韻母，或是單元音的 æ 韻母。這裡我們認為 æ 韻母的形式是 ai 韻母形式的進一步演變。為什麼我們認為 æ 韻母是 ai 的進一步演變，而非 ai 是 æ 韻母的進一步複化呢？基於以下兩個原因，我們認為 æ 韻母是 ai 的進一步單化。①地理上的分佈：「大」讀為 ai 韻母的地理分佈大於 æ 韻母的分佈。②æ 非基礎元音：a 元音在江西客贛語裡是屬於二等韻「韻基」類元音，而與之相配的 i 元音也是屬於「韻基」類的基礎元音。基於以上兩點理由，我們認為江西客贛語裡的「大、哪、個」讀為 æ 韻母的音讀是從 ai 韻母單化而來。從 ai 變為 æ（ai＞æ），韻尾的 i 元音提供了[＋高]部位的語音環境，把它前面的 a 元音往上拉，使之從[＋低]的 a 變為中低的 æ，這是一種預期性的同化現象（regressive assimilation）。

$$a > æ$$

2.「哪」

「哪」字在江西客語裡，除安遠、寧都讀為 a 之外，其餘都讀為 ai 韻母，或是 ai 韻母的變體 æ 韻母。修水與波陽則有讀為 o 的形式，修水我們認為是保持了一等原型 o 元音的形式。波陽因為有很多韻攝的韻母都讀為 o 元音，比較沒有對比的價值，故以下我們在討論一二等元音對比格局問題時，排除波陽這一個方言點。江西贛語與安遠、寧都的 a 韻母，因與標準語的音讀形式相同，可以徑直認為是文讀層的反映。

3.「個」

「個」字在江西客贛語裡的讀音，有讀為一等韻基的 o 形式，以及 ai 韻母的形式。但江西的客語與贛語在這個字的讀音上，反映了一個鑑別性的差異。

江 西	個～人	個一～
客語	o	ai
贛語	o	

江西贛語的「個」都讀為一等原來的形式 o，江西客語則有讀為 ai 韻母的語音層。

「大、哪、個」讀為 ai 的語音層是一個脫離果攝一等字音讀的特殊語音層，

面對這些讀爲 ai 的客贛語方言點，表示這些字的音讀，有一個「共同脫軌」（shared innovation）的演變過程。

我們面對江西客贛語裡，歌韻字「大、哪、個」的特殊 ai 音讀層，又應該如何理解呢？問題的解答，還取決於我們對這個江西客贛語的 ai 語音層想要理解到何種的程度？

程度一：只從江西客贛語的平面語音層再往上推一層。

程度二：綜合閩語、吳語、粵語的狀況，爲漢語歌戈韻字的特殊音韻層做一全面性的解釋。

程度一：只從江西客贛語的平面語音層再往上推一層。

程度一，這也是本篇論文論述「江西客贛語」主要的論述角度。面對主要的語料——江西客贛語，我們只要推測、擬構「大、哪、個」等字的前一個階段，即達到說明此 ·語料的目的。

果攝一等歌韻音讀	大、哪、個
o（ɔ、ɤ）	ai、æ

前文我們已經釐清江西客贛語歌韻裡讀爲 ai、æ 的字（大、哪、個）都是由 ai 變來，那麼面對江西客贛語裡歌韻不讀爲 o 類元音的這些字（大、哪、個），擬構其前一個語音階段爲*ai 就已經達成我們「程度一」的目的了。

程度二：綜合閩語、吳語、粵語的狀況爲漢語歌戈韻字的特殊音韻層做一較全面性的解釋。

我們先來看看前輩學者是怎麼看待，這個客贛語裡果攝一等讀爲 ai 韻母的語音層。

李方桂（1980）的上古音系統裡，依據①高本漢把上古歌部分爲二，一部有*-r，一部沒有韻尾輔音的做法，以及與②元部諧聲、押韻的痕跡，李方桂把上古歌部擬成了一個有 r 韻尾的韻部。Jerry Norman 承接了高本漢與李方桂的想法並指出這個帶有 r 尾的上古歌部字（*ɑr＞*âi；*uɑr＞*oi）在南方漢語方言（粵、客語）還有 i 尾的殘存保留，甚至在越語及瑤語的漢語借詞中也可以看到痕跡。其中 Jerry Norman 更指出閩語留有大量此語音層的例字。

In the South, however, we have evidence of a different development; in the ancestor of these dialect, *ɑr became *âi and *uɑr became *oi. Evidence for such a development is found not only in the Southern dialects which we are discussing here but also in the earlieststratum of Chinese loanwords in Vietnamese（越南）and Yao（瑤）. Both Yuè（粵）and Kèjiā（客家）preserve only vestiges of this development: Standard Cantonese（廣東話）has only thɑɑi[4]（OC *dɑr ＞ MC *dâ:）（舵）'rudder of a boat' and løy[2]（OC *luɑr ＞ MC *luâ）（螺）'snail'; the Yuè dialect of Táishān has ŋoi[1]（OC *ngɑr ＞ MC *ngâ:）（我）'I,me' and koi[1]（個）（OC *kɑr ＞ MC *kâ-）'individual measure word'. These two forms are also found in Kèjiā: ŋai[2] 'I,me'（我）and kai[5] 'individual measure word'（個）. The greatest number of such forms is found in Mǐn.（Jerry Norman：1988，P212）

這些特殊的歌戈韻音讀情況還可見浙江溫州，以下舉閩語和吳語歌戈韻的的例字：

浙江溫州

開口	個 kai⁼	餓 ŋai⁼，vai⁼	蛾 ⊆mai
合口	簸 pai⁼	腡 ⊆lai	裸 ⊏lai

福　州

開口	拖 ⊏t'ai～⊏t'uai	舵 tuai⁼	籮 ⊆lai	我 ⊏ŋuai	河 ⊆xai	大 tuai⁼
合口	跛 ⊏pai	破 p'uai⁼	簸 puai⁼	磨 ⊆muai	過 ⊏kuai	

		開口	拖 ⊏t'ua	我 ⊏gua		
廈門		合口	破 p'ua⁼	磨 ⊆bua	過 kue⁼	果 ⊏kue
建陽		開口	拖 ⊏hue	鵝 ⊆ŋue		
		合口	破 p'oi⁼	磨 ⊆moi		
建甌		開口	拖 ⊏t'uε	我 ⊏uε		
		合口	簸 puε⁼	破 p'uε⁼	磨 ⊆muɑi	

（張光宇：1996，P175～177）

粵　語

	果	過	科	棵	顆一 顆珠	課	火	禾	窩
開平	kua	kua	fua	fua	fua	fua	fua	vua	vua

（詹伯慧：2002）

	廣州	順德	中山	東莞	斗門	台山	開平	韶關	信宜	雲浮	廉江
大	tai	tai	tai	tai	tai	ai	tai	tai	tai	tai	tai ta

（詹伯慧：2002）

　　黃典誠（2003：P219～222）認為這些閩語歌戈韻的音讀是上古韻部的反映。張光宇則從福州歌戈韻的音讀看出，「介音 u 的出現並無條件的限制，既出現在合口戈韻，也出現在開口歌韻。在開口韻中，-u-既出現在舌尖音聲母後，也出現在舌根音聲母之後。這種分佈情況說明歌韻原來是具有圓唇成分的元音，-u-介音是從主要元音中的圓唇成分演變出來的（如*o → uo）」。

　　不只是閩語裡這個歌戈韻沒有開合口之分，這個現象還普及於其他的漢語方言，張琨（1985）曾以榮成、徐州、邳縣、泰州、西安、襄陽、醴陵、江川、平江……等二十七個漢語方言點來說明歌戈韻的開合口分佈並沒有一定的規則。

> 有些官話方言中切韻歌韻字（開口）讀的與切韻戈韻字（合口）不同，可是大多數方言中的開合之分，與切韻歌韻戈韻之別不是完全相當的。有的方言開合同韻，只是開口字沒有合口介音，合口字有合口介音。有的方言開合口字讀成兩種元音（張琨：1985，P52～53）。

　　張琨在〈〈切韻的前*a 和後*ɑ 在現代方言中的演變〉〉裡舉的二十七個漢語方言點的歌戈韻，大多有一個共同特點，即不是含有一個圓唇成分的介音-u-，就是含有一個圓唇成分的主要元音 o、ɔ。張光宇並認為這個歌戈韻的問題還必須跟同樣上古都屬於歌部，而中古為支韻的部分字一起討論。「前面所列廈門方言支韻字都來自上古歌部（騎 ₌kʻia，徛 kʻiaˀ，寄 kiaˀ，蟻 hiaˀ，騎 ₌kʻia，倚 ˀua），但沒有任何-i 尾痕跡。如以-a 元音為上古音痕跡，「倚」字

· 167 ·

的-u-介音又從何變來？建甌方言的圓唇介音（寄 kyɛ²²，騎 kuɛ⁴²，蟻 ŋyɛ⁴²，倚 uɛ²¹）又如何產生？如把這些形式通通列入考慮，只有假設起點是個具有圓唇成分的主要元音。」（張光宇：1996，P176～177）。

張光宇（1996）把上古歌部字的演變表示為下圖：

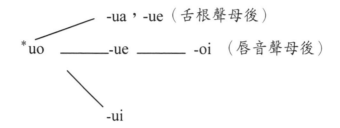

（張光宇：1996，P177）

程度一的作法是，我們只從江西客贛語的平面語音層再往上推一層，江西客贛語在果攝一等字音讀中，只有「歌」韻有特殊的*ai 音讀層，而未包含「戈」韻字。照理說面對江西客贛語，我們只要追到這一層已經足夠，但若要再往上追，則需要其他漢語方言的證據。就上文的論述來看，有個很重要的爭議點，就是江西客贛語這個特殊歌韻字的音讀（ai、æ）並未見如上文閩語、吳語（見於溫州吳語「餓 vai²」這個字的前面 v 成分）的圓唇成分，這裡我們暫不列入粵語開平的合口成分，因為開平出現圓唇 u 的成分的字，都在果攝一等「合口」字，雖然前文我們已經引述了張琨的觀察「大多數方言中的開合之分，與切韻歌韻戈韻之別不是完全相當的」（張琨：1985，P52～53），但為了簡單化問題，我們把是否有圓唇成分存留的問題集中在閩語上。

那麼我們要怎麼看待上文閩語、吳語的圓唇成分呢？

	閩　語	與吳、粵、客贛語相同的語音層
歌	uai、ua、ue（ɛ）	ai
戈	uai、ua、ue（ɛ）、oi	ai

綜上所述，閩語除去與吳、客贛語相同的語音層 ai 外，其他的語音表現誠如張光宇所論，普遍都有一個合口的介音 u，表示原來的歌戈韻應具有圓唇成分。至於要把閩語這個具有圓唇成分的主要元音擬構成哪一個元音呢？基於以下兩點原因，我們認為應該擬構為一個*o。

1. 南北方言的對照

對照北方的北京話，北京話的果攝一等「多 ₌tuo」（非見系，見系為 ɣ，可

以視作 o 的變體）與南方的廣州話的「多 ₌tɔ」，以及客贛語的果攝 o 的韻基表現。這個果攝韻母的主要元音的出發點應為＊o。閩語合口介音或圓唇元音的表現，應為其後續的發展。張琨（1985）比較南北漢語方言，發現前＊a（即二等）和後＊ɑ（即一等）在現代漢語方言的讀音，除吳語方言對於《切韻》前＊a 和後＊ɑ 有不同的處置方式外，大多數的漢語方言的後＊ɑ 都表現為圓唇的＊o。

2. 一等前化為二等 a 的大趨勢

前文所舉客贛語一二等元音的對照表，以及下面北京話一二等元音的對照，我們發現有一個大體的音變趨勢，那就是一等前化為二等的 a。北京話也約略呈現 o＞a 的趨勢，蟹、效、山（咸）的一等元音都已經合流為二等型態的 a。

攝	等	韻	例　字	
			非見系	見　系
果	一	歌（戈）	多 ₌tuo	歌 ₌kɤ
假	二	麻	爬 ₌pʻa	家 ₌tɕia
蟹	一	咍泰	戴 taiˀ	蓋 kaiˀ
	二	皆佳夬	排 ₌pʻai	街 ₌tɕiɛ
效	一	豪	寶 ˪pau	高 ₌kau
	二	肴	包 ₌pau	交 ₌tɕiau
山（咸）	一	覃談寒	單 ₌tan	甘 ₌kan
	二	銜咸刪山	扮 panˀ	監 ₌tɕien
宕	一	唐	湯 ₌tʻaŋ	鋼 ₌kaŋ
		鐸	薄 ₌po 文 ₌pau 白	鶴 xɤˀ 郝 ˪xau
梗	二	陌（麥）	伯 ₌po 文 ₌pai 白	格 ₌kɤ

（徐通鏘：2001，P432）

南北方言對比後，我們認為閩語歌戈韻多以 a 類元音呈現，但又包括其圓唇的成分（合口的介音 u 或圓唇元音 o）。南北方言對照下所反映出來的由 o＞a 的音變過程，閩語正是處於 o＞a 的中間階段。我們看北方的北京話以及南方的客、贛、粵語的一等元音趨向二等元音的演變，在例字上不是保留一

等的 o 原型，就是已經變爲二等 a 類元音的語音型態，而閩語 uai、ua、ue（ε）的歌戈韻前、低元音的音讀情況，不就正是這個 o＞a 音變的一個過渡階段的音讀反映。

這個 o＞a 的音變現象的音變起因爲何？就北京話、粵語、客贛語而言，看不出 o 前化的動力環境，o＞a 是一個無條件的語音變化（unconditional sound change）。

若我們認爲閩語的歌戈韻字與其他漢語方言的歌戈韻字有相同的來源，面對漢語方言歌戈韻字多爲 o 韻母的念法或其變體的「廣大地理分佈」下，閩語也應是其後續發展。於是，面對閩語歌戈韻紛雜的念法（uai、ua、ue（ε）、oi、ai），我們大約可以簡化爲以下的音變圖：

$$*o[前]（／*oi）\text{——}（u）oi\text{——}uai\begin{cases}ai（福州）\\ua（廈門）\\ue（建陽）\end{cases}$$

（建陽）　（福州）

基於大部分閩語的歌戈韻字都有 i 韻尾的痕跡，所以我們認爲這個在其他漢語方言表現爲無條件音變的 o＞a 的前化語音現象。在閩語裡，其前化的動力發生在韻尾的部分。在上表裡，我們以[前]來表示這個前化的動力，又基於閩語歌戈韻字多表現爲有一個 i 韻尾的音讀，我們也可以把這個[前]的語音實質，徑直地認爲就是[i]。至於在閩語*oi 之前是不是還有*uo（張光宇：1996）的階段，則不是本文目前所能夠討論的了。不過從其他漢語方言歌戈韻多從 o 元音爲起點的表現看來，*uo（張光宇：1996）的擬音也是信而有徵的。

從*oi 出發，那麼江西客贛語的「大、哪、個」的特殊 ai 音讀層，只能是同於福州語音演變的同一支流。我們對於閩語歌戈韻的擬測只是往前踏一步，而閩語豐富的歌戈韻音讀表現，從*oi 出發可以演變出福州與吳語的 ai 語音層，也可導出前文描述的江西客贛語「大、哪、個」音讀的前一個*ai 語音階段，所以我們認爲吳語、客贛語的*ai 語音階段是從*oi 演變出來的。這裡歌戈韻*oi 的推測，我們並不涉及上古音等等的假設，即使這個*oi 的假設與 Jerry Norman 戈韻（*oi）的擬測相同，Jerry Norman 戈韻的擬測是承於高本漢、李方桂的-r 韻尾而來，而李方桂的假設又本於上古韻部的押韻，這部分的討論不在本文的研究之內。

（二）前高韻尾前（-i）──蟹攝一等重韻的內容

在中古韻目中，蟹攝一等開口韻指的是咍韻與泰韻；蟹攝一等合口韻則是灰韻與泰韻。開口的咍、泰韻與合口的灰、泰韻是蟹攝一等重韻。我們有了一、二等主元音 o：a 的對比藍圖後，可就以進一步看出所謂蟹攝一等重韻在江西客贛語中的意義。以下舉開口呼的一等韻字爲例，咍與泰韻都有一個與蟹攝開口二等相同的 ai 音讀層。除了這個已經合流爲二等韻母 ai 的音讀層外，在咍韻與泰韻中都還留有一等 oi 的音讀形式，且咍韻與泰韻之間看不出有所分別。下表的 œ（oæ）與 ue（uæ）音讀層都是一等韻基 oi 的變體形式。

	咍	泰	方　言　點
一等音讀形式	oi	oi	高安、上高、萬載、新余、東鄉、臨川、南豐、黎川、吉安、龍南、全南、定南、銅鼓、澡溪、井岡山、石城
	œ（oæ）	œ（oæ）	萍鄉、蓮花、安遠、于都、永豐、寧都
	ue（uæ）	ue（uæ）	泰和、上猶
合流入二等的形式	ai		

在江西客贛語裡，一等的咍韻與泰韻並沒有分別的線索，只能說我們在咍韻與泰韻中看到了 oi＞ai 的音變現象，在咍韻與泰韻中都有二等韻 ai 音讀的型態。

蟹攝合口一等韻的部分，灰韻與泰韻也沒有分別的線索。灰、泰韻的音讀形式多表現爲 ui 韻母，這個 u 的合口成分是由原來的合口介音-u-演變而成。值得注意的是，在江西贛語的湖口、星子、永修、修水、南昌、波陽、樂平、奉新、宜黃、萍鄉，以及客語的上猶、龍南、銅鼓、澡溪等方言點，幫（唇音）、端（舌尖音）、精（舌尖前音）系下的合口介音-u-幾乎消失殆盡，只能在牙喉音聲母之後還能看到痕跡。湖口、星子、永修、修水、南昌、奉新、萍鄉、龍南更從合流爲二等型態的複韻母 ai 單化且一路高化爲前高元音 i，而與止攝開口三等字合而不分了。

蟹攝一等合口介音-u-丟失後的一連串高化、前化作用：

$$^{*}\text{uoi} > \text{oi} > \text{ai} > \text{ei} > \text{i}$$

	賠	推	罪	碎	最
湖口	bi	di	dʑi	çi	tɕi
星子	bi	di	dʑi	si	tsi
永修	bʻi	dʻi	dʑʻi	çi	tɕi
修水	bi	di	dʑi	çi	tɕi
南昌	pʻi	tʻi	tsʻɿi	sɿi	tsɿi
奉新	pʻi	tʻi	tɕʻi	si	tɕi
萍鄉	pʻi	tʻi	tsʻi	tsʻi	tsi
龍南	pʻi	tʻi	tsʻi	si	tsi

至於江西客贛語的蟹攝合口二等字，為何未如蟹攝合口一等的字進行了合口介音-u-丟失後的一連串高化、前化作用，是因為蟹攝合口二等字在方言裡，或是方言調查字表裡，只有存留牙喉音聲母的韻字，因為聲母部位偏後，所以合口介音容易保留，而未進行一連串如蟹攝合口一等韻字的高化、前化音變。

（三）-u 韻尾之前（-u）

江西客贛語裡，絕大多數客贛語的效攝一二等都已經合流讀為 au 韻母，只有在贛語的高安、宜黃、黎川還能見到這個一等韻母在-u 韻尾之前的 ou 韻基型態的殘存保留。若是我們之前沒有先建立一個一、二等主元音 o：a 的對比藍圖，沒有先確定 o 類元音是一等韻母的原先型態的話，那麼我們面對高安、宜黃、黎川一等讀為 ou 韻的情況，就無從判斷這些方言 ou 的讀法究竟是保留的守舊殘存現象，還是少數一等韻的創新音變。

	道 效開一皓	曹 效開一豪	包 效開二肴	交 效開二肴	橋 效開三宵	繳 效開四篠
高安贛	tʻou	tsʻou	pau	kau	çiɛu	tɕiɛu
宜黃贛	hou	tʻou	pau	kau	tɕʻiau	tɕiau
黎川贛	hou	tʻou	pau	kau	kʻiau	kiau

1.「攝」的意義

江西贛語的泰和與客語的上猶、南康、安遠、于都等方言點，在效開一韻母元音有讀為圓唇ɔ元音的表現。以「攝」的角度來看，泰和、上猶、南康、安遠、于都等方言點在「效攝」的表現，實與大部分的江西客贛語的效攝表現相似，不但發生了一二等韻母合併現象，其他與之相配的效攝三四等韻母也與一

二等韻母元音相同。在「攝」的意義上，他們所體現的音類分合意義是一樣的，只不過泰和、上猶、南康、安遠、于都在「效攝」的音值表現上為ɔ韻母，而其他的江西客贛語的「效攝」則為 au 韻母。

	道 效開一皓	曹 效開一豪	包 效開二看	交 效開二看	橋 效開三宵	繳 效開四篠
泰和贛	tʻɔ	tʻɔ	pɔ	kɔ	tɕʻiɔ	tɕiɔ
上猶客	tʻɔ	tsʻɔ	pɔ	kɔ	tɕʻiɔ	tɕiɔ
南康客	tʻɔ	tsʻɔ	pɔ	kɔ	tɕʻiɔ	tɕiɔ
安遠客	tʻɔ	tsʻɔ	pɔ	kɔ	tɕʻiɔ	tɕiɔ
于都客	tʻɔ	tsʻɔ	pɔ	kɔ	tɕʻiɔ	tɕiɔ

效　攝	泰和、上猶、南康、安遠、于都	其他江西客贛語 （不包括：高安、宜黃、黎川）
一、二等	ɔ	au
三、四等	iɔ	iau

照理說，泰和、上猶、南康、安遠、于都的效攝一二三四等，除三四等韻母含有細音-i-的介音外，其韻母的音讀表現都一致，已經是完全合流的「效攝」。既然已經完全合流，基於比較法的「一致原則」[註12]，我們只能擬構出一個與（i）ɔ相同的前一個階段*（i）ɔ。不過基於一二等元音的韻基對照，我們認為其他的江西客贛語是進行了一等往二等韻母合併 ou＞au 的前化運動，而泰和、上猶、南康、安遠、于都則是反向的進行了二等元音向一等元音靠攏 au＞ou＞o 的高化與單化運動為主。

2. au 為跨度大的韻母組合，有一定的音值穩定度

相較於三十五個江西客贛方言點果攝一等仍保持 o 類元音的念法，江西客贛語在-u 韻尾之前的效攝一等元音 ou 則大面積地合流於二等元音 au 中，

[註12] You should normally assume that such correspondences go back to the same protophoneme as you find in the daughter languages, and that there have been no sound changes of any kind. Thus, you should assume that the vowels of Proto Polynesian are exactly the same as you find in the four daughter languages that we looking at. So, for the correspondence a＝a＝a＝a you should reconstruct an original /*a/, for e＝e＝e＝e you should reconstruct an original /*e/, and so on. (Terry Crowley：1992，P93)

只在高安、宜黃、黎川還能見到一等殘存的 ou 形式。前文提及這個 o＞a 的前化運動是一個無條件的語音變化（unconditional sound change），那麼為什麼在-u 韻尾的 ou＞au 音變會進行的比較徹底，也比較快速呢？我們認為這是由於 au 類韻母的兩個元音 a 與 u，彼此是跨度（distance）相距大的兩個元音，也就是說舌體在移動於這兩個元音之間時，其舌體的動程是比較長的。念 au 元音需要比較費力與比較多的動能，au 韻母的組合看似不符合省力原則，但 a[＋低]與 u[＋高]兩個元音因為舌體相差高度大，具有相當高的辨識度，一旦 ou 變為 au，就容易有音值上的穩定感。相對而言，ou 因為舌體位置相近，舌體移動距離小，導致音值上的辨識度不高，若是硬要念清楚 ou，舌體的肌肉卻更容易緊張，所以 ou 的音值不容易維持，傾向改變。改變的方法常見有二，一是單元音化，變為 o 或變為 u；一則是變為辨識度較高的 au。前者（ou＞o、u）基於舌體的省力原則；後者變化後的 au 不但有音值上的穩定作用，且是一連串 o＞a 前化音變系列中的一環。

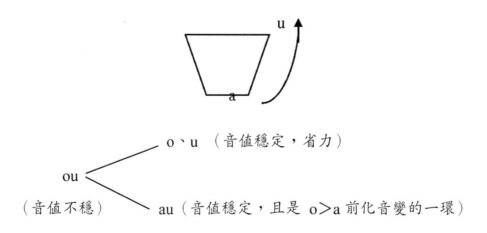

關於這個效攝一等元音，還有一個附帶的問題需要討論。那就是這個效攝一等元音若保留一等型態讀為 ou，ou 因容易變為 o、u 等單元音的韻母。當 ou 變為單元音 o 時，又往往與歌戈韻字讀音相同，一般咸謂此現象為「歌豪相混」。

　　古歌豪兩韻在福建、台灣兩省的客家話以及粵西的客家話常常同韻
　　母，類似閩語。其他省區的客家話一般有區別。

一些客家話地區古歌豪兩韻的讀音

	武平	永定	美濃	桃園	廉江	陽西	高州	梅縣	石城
多	₌tou	₌to	₌to	₌to	₌tɔ	₌tɔ	₌tɔ	₌to	₌to
刀	₌tou	₌to	₌to	₌to	₌tɔ	₌tɔ	₌tɔ	₌tau	₌tau
哥	₌kou	₌ko	₌ko	₌ko	₌kɔ	₌kɔ	₌kɔ	₌ko	₌ko
高	₌kou	₌ko	₌ko	₌ko	₌kɔ	₌kɔ	₌kɔ	₌kau	₌kau

（侯精一：2002，P161）

從上表看來，其他區的客語的效攝一等字（刀、高）雖然保持一等圓唇 o 類元音的痕跡，但因 ou 音值不穩，ou 韻母容易單化變為 o 或ɔ韻母。所以當我們說「歌、豪」相混時，實際上就是說豪類的韻母 ou 單化（ou＞o、ɔ）讀與歌韻的韻母一樣。江西贛語的高安、宜黃、黎川的效攝一等字仍保留複韻母 ou 的讀法，未與歌類韻母 o 完全合流。

（四）雙唇鼻韻尾之前（-m）

中古韻攝收-m 的韻攝主要見於咸攝與深攝，這裡與我們一二等對比元音討論相關的是咸攝，以下討論咸攝一二等元音的對比問題。

咸攝一等韻裡還有一個自中古以來訴訟已久的問題，那就是「覃、談」一等重韻。江西客贛語一等的覃、談韻中，我們都可以看到兩層語音層：一為主要元音維持一等韻基的 o 類元音；一為與二等合併的 a 類元音，彼此間沒有鑑別的韻母元音，所以我們這裡的咸攝一等韻內容，包括「覃、談」兩個韻。

下表我們選了高安與奉新兩個贛語方言點，以表示一等 o 類元音在各個聲母下的保留狀態。江西客贛語保留一等 o 元音的情況，依韻尾而分可分為兩類：一類如高安，o 元音分佈在舌尖鼻韻尾（-n）之前，且在端、精、見影系聲母下的韻母，及入聲韻字都有一等 o 的表現，相同於高安的方言點還有贛語的湖口、星子、永修、修水、上高與客語的澡溪。贛語的奉新則是江西客贛方言點裡，一等 o 元音唯一真正出現在雙唇鼻韻尾-m 之前的方言點，且不只局限於牙喉音聲母後與入聲韻字的方言點。贛語的東鄉、臨川、南豐、黎川與客語的寧都、石城雖然也有 om 韻母的表現，但只限於在牙喉音聲母之後。其他江西客贛方言點保留一等 o 的方言點，一等 o 元音只限在牙喉音聲母後以及入聲字中，後文再做討論。

	舌尖音聲母		舌尖前音聲母	牙喉音聲母			入 聲 韻	
咸攝一等	貪 （透）	南 （泥）	慘 （清）	感 （見）	甘 （見）	暗 （影）	合～作 （匣）	雜 （從）
高安贛	t'on	lon	ts'on	kon	kon	ŋon	hol	ts'ol
奉新贛	t'om	lom	t'om	kom	kom	ŋom	hop	t'op

1. 地理上的分佈（江西贛語與客語的區別）

江西客贛語咸攝一等韻的讀音，我們可以觀察到幾個面向。第一個是方言點分佈多寡的表現。咸攝一等韻字在端、精、見影系聲母下，以及入聲韻字都有一等 o 元音的存留的贛語方言點，還可見於湖口、星子、永修、修水、高安、奉新、上高等地；客語的方言點只見於澡溪，可見得在江西客贛語裡，江西贛語在咸攝韻裡保留一二等元音對比 o：a 的情況比客語來得好。

2. -m＞-n 有助於保留一等 o 元音

仔細觀察這些江西客贛語裡保留一二等元音對比（o：a）的方言點，除奉新是真正在雙唇鼻韻尾之前（-m）有一二等元音的對比狀態（om：am）之外，其他的贛語方言點湖口、星子、永修、修水、高安、上高及客語的澡溪，發生一二等元音對比（o：a）語音環境，都是在舌尖鼻韻尾（-n）之前。這個 o 元音出現的語音環境也提示著我們，雙唇鼻韻尾（-m）有不利於保存 o 元音的語音質素。在漢語語音史的紀錄史上，雙唇鼻韻尾（-m）也是比較早先丟失的。今天的國語也沒有這個雙唇鼻韻尾（-m）的痕跡。

雙唇鼻韻尾（-m）所構成的韻是一般俗稱的「閉口韻」，也就是當我們說一個含有雙唇鼻韻尾（-m）的字時，音節最末要做一個閉口之勢，也就是雙唇最後必須要閉緊，這個雙唇閉緊的態勢①因為雙唇位於口部發音的最前端位置，當唇部的動作放置在在音節最末時，不利於保留舌體位置較偏後的元音 o，又因為閉口之勢，也有②模糊前面出現元音音感的作用。基於①、②，所以雙唇鼻韻尾（-m）對於保留其本身前面的元音分別，相較於舌尖鼻韻尾（-n）以及舌根鼻韻尾（-ŋ）來說是較弱的。

江西贛語的湖口、星子、永修、修水、高安、上高及客語的澡溪還能在咸攝一等韻字上保留 o 韻基的讀法，那是因為這些方言點的雙唇鼻韻尾（-m）弱化為舌尖鼻韻尾（-n）的時間點比其他江西客贛語還要早。

3. 牙喉音聲母後的 o 元音保留程度較好

奉新至高安皆爲贛語方言點。

贛語	奉新	東鄉	臨川	黎川	南豐	湖口	星子	永修	修水	高安
感見	kom	kom	kom	kom	—	kɔn	kɔn	kɔn	kon	kon
含匣	hom	hom	hom	hom	hɔm	hon	hɔn	g'ɔn	hon	hon
暗影	ŋom	ŋom	ŋom	om	ŋɔn	ŋon	ŋɔn	ŋɔn	ŋon	ŋon

上高至吉安爲贛語方言點；石城至澡溪爲客語方言點。

	上高	萬載	新余	宜黃	萍鄉	蓮花	吉安	石城	上猶	于都	澡溪
感見	kɔn	kon	kon	kon	kɔ̃	kɔ̃	kon	kɔm	—	kɔ̃	—
含匣	hɔn	hon	hon	hon	hɔ̃	hɔ̃	hon	hɔm	—	hɔ̃	hɔn
暗影	ŋɔn	ŋon	ŋon	ŋon	ŋɔ̃	ɔ̃	ŋon	ɔm	uɔ̃	ɔ̃	ŋɔn

	永豐贛	泰和贛	寧都客	南康客
感見	koã	kuẽ	koɛm	koẽ
含匣	—	huẽ	—	hoẽ
暗影	ŋoã	uẽ	ŋoɛm	oẽ

　　泰和韻母裡的圓唇 u 介音是圓唇元音 o 的變體。泰和、寧都、永豐、南康在韻母中都有一個偏前元音的反映（ɛ、a、e），這是因爲韻尾-p、-n 之前增生了一個 i 元音之後的後續音變現象。相關於韻尾的音變現象，後文韻尾一章另有討論。

　　端、精類聲母後還保留一等 o 元音的方言點只有贛語的湖口、星子、永修、修水、高安、奉新、上高及客語的澡溪等地，但牙喉音聲母後的一等 o 元音在江西客贛語裡普遍都保存良好。湖口、星子、永修、修水、高安、奉新、上高、澡溪的牙喉音聲母下也保留了一等 o 元音。這也就表示，舌尖、舌尖前音聲母保留 o 元音的程度，蘊含了牙喉音聲母後保留 o 元音的韻母現象，牙喉音聲母後的韻母在進行 o＞a 的前化音變上是比較晚的。牙喉音聲母後的韻母保留 o 元音的狀況好於舌尖、舌尖前音聲母。如果一個含有 o 元音的韻母要進行前化音變的話，先啓動的往往是舌尖、舌尖前聲母，最後才是牙喉音聲母。在咸攝一等韻裡，因爲只有出現三類的聲母（舌尖、舌尖前音、牙喉音），所以我們只能排列出三種聲母後韻母進行 o＞a 的前化音變的順序（「舌尖、舌尖前音」先

於 「牙喉音聲母」）。

發牙喉音聲母時，舌體既然在後、高的位置，那麼當我們在發完這個偏向高、後部的舌根位置聲母時，舌體能夠繼續往前移動發下一個元音的空間也比較多，所以牙喉音聲母後能允許出現的元音種類相較於其他聲母也較多；或者是說保留各種元音的分別也較好。

當舌體處在舌根後高位置時，移動到前面的高、中、低或前、央、後等元音時，相對於其他聲母是較為自由的：

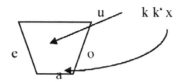

不過，k 類聲母若後接的為前、高類的介音或元音時，如舌面前高的 i、y 元音，其相觸性的限制格局就很明顯了。比如由中古漢語到現在國語，偏後舌根部位的 k 類聲母若後接了前高的 i、y 元音，就容易產生顎化音變（palatalisation），顯示偏後的舌根 k 類聲母不易與前高的 i、y 元音相配。這是因為舌體由偏後的舌根部位的聲母，移動到它前面元音時，相對於其他聲母雖然較為自由，但後部的語音徵性與前部的 i、y 元音因距離太遠，明顯相觸，所以容易被具備硬顎[j] [＋palatal]性質的 i、y 元音同化變為硬顎上的 tɕ 類聲母。不過儘管 k 類聲母不易與前高的 i、y 元音相配，但相對其他部位的聲母，偏後的舌根 k 類聲母後面所出現的元音種類還是比較自由，也比較多的。

4. 舌根音後高部位的啟示

當我們發舌根音[k]時，必須把舌體後部高高隆起並抵觸軟顎。這個舌體後部「高高隆起」的性質，使得舌根音有一種類似發高部位元音的特性。這也就是為什麼我們在廣東粵語裡總看到舌根音[k]類聲母與接近音（approximant）的唇音[w]一起出現。接近音的[w]的發音性質就如同後高元音的[u]。

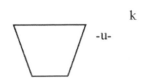

5. -k 韻尾的高調性質

江西贛語的南豐與客語的于都、南康、安遠的「宕江曾梗通」入聲韻字調值總是偏向高調。這些韻攝字的古音來源都是收發音部位高的舌根-k 韻尾。[＋高]部位的語音徵性會促發高調，我們在後文韻類分調部分會有更仔細的介紹，這裡僅簡述其關連性。

6.相對的入聲韻字（-p）

湖口至黎川是贛語方言點。

贛　　語	湖口	星子	永修	修水	橫峰	高安	奉新	上高	東鄉	臨川	南豐	宜黃	黎川
雜（從）	－	－	－	－	－	tsʻol	tʻop	tsʻɔt	－	－	－	－	－
合～作（匣）	ho	hɔ	gʻɔʔ	hol	－	hol	hop	hɔt	hop	hoip	hɔp	hoit	hop
磕～頭（溪）	go	go	gʻɔʔ	hol	kʻɔʔ	kʻol	hop	kʻɔt	kʻop	kʻop	kɔp	kʻoit	kʻop

萍鄉至泰和是贛語方言點；上猶至石城則為客語方言點。

	萍鄉	蓮花	吉安	永豐	泰和	上猶	南康	于都	龍南	定南	澡溪	寧都	石城
合～作（匣）	ho	ho	ho	hoæʔ	ho	huo	hoæ	ɜoɛ	hiɕʔ	hiɕt	hiɕt	hoɕp	hɔip
磕～頭（溪）	kʻɔ	kʻo	kʻo	kʻoæʔ	kʻo	kʻo	koæ	kʻɜoɛ	kʻiɕʔ	kɔit	kɔit	kʻoɕp	kʻɔip

上表有些方言點的韻母有前元音的反映（æ、ɛ），這是起因於部分入聲韻尾前有增生一個 i 元音的表現。高安的入聲韻尾有替換為邊音韻尾(-l)的表現，有關於韻尾部分的音變現象，在後文韻尾部分另有專章的討論。

上表的入聲韻字中，就表面上的觀察來說，舌尖前音聲母的入聲韻保留一等 o 的情況較差，只有高安、奉新、上高還留有痕跡。其他客贛語方言在「合、磕」（牙喉音聲母）兩字還有很好的 o 元音保留。

這些咸攝一等入聲字（雜、合、磕）究竟是①因為位在牙喉音聲母之後，所以還有保留 o 元音能力，還是②因為它們是入聲韻字，所以對一等 o 元音有較好的保存能力？

基於以下三個理由，我們認為「合、磕」（牙喉音聲母）二字還能有一等 o 元音的反映，主要是因為「合、磕」的牙喉音聲母，而非它們是入聲韻字。

理由一：

「塔」字未有一等 o 元音的保留

咸攝一等入聲字中還有舌尖聲母類的一等入聲字，如「塔」（透母）字。這個「塔」字在江西客贛語裡已經沒有 o 元音的反映。

湖口至東鄉為贛語方言點。

	湖口	星子	永修	修水	南昌	樂平	橫峰	高安	奉新	上高	萬載	新余	東鄉
塔	da	da	dˈaʔ	dal	tˈat	tˈaʔ	tˈaʔ	tˈal	tˈap	tˈat	tˈauʔ	tˈaiʔ	hap

臨川至泰和為贛語方言點；上猶至龍南則為客語方言點。

	臨川	南豐	宜黃	黎川	萍鄉	蓮花	吉安	永豐	泰和	上猶	南康	安遠	于都	龍南
塔	tˈap	tˈap	tˈat	tˈap	tˈa	he	tˈɛ	tˈæʔ	tˈa	tˈa	tˈa	tˈɜ	tˈa	tˈæʔ

全南至石城為客語方言點。

	全南	定南	銅鼓	澡溪	井岡山	寧都	石城
塔	tˈaiʔ	tˈait	tˈait	tˈait	tˈait	tˈaip	tˈaip

「塔」字在江西贛語的奉新、東鄉、臨川、南豐、黎川以及客語的寧都、石城還保有咸攝的雙唇塞韻尾-p。其他江西客贛語的方言點，這個收-p 的入聲韻尾則有弱化為舌尖塞韻尾-t；或是喉塞韻尾-ʔ；或是完全消失塞韻尾（-ø）的情況。在還有收雙唇塞韻尾-p 的方言點中，我們看不到這個-p 韻尾對前面的元音有特別保留的作用。前文我們提及舌尖聲母的環境本就不利於保存這個一等 o 元音，所以這些江西客贛方言點的「塔」字，可以認為是受了舌尖聲母影響而不存 o 元音。

理由二：

「感、含、暗」與「合、磕」保留一等 o 的原因都在牙喉音聲母

江西客贛語裡的「感、含、暗」是牙喉音聲母搭配鼻音韻尾（-m、-n）。比較於其他也是收鼻韻尾-m、-n 的咸攝一等字後，我們發現是牙喉音聲母起了保存一等 o 元音的作用。「感、含、暗」對照於「合、磕」，前者是牙喉音的聲母，後者是牙喉音聲母再加上入聲韻尾（-p、-t、-ʔ）。這兩類字都有牙喉音聲母，且都把一等 o 元音保留得很好。基於兩者都含有牙喉音聲母，我們無法判斷這個入聲韻尾是不是有促使一等元音 o 前化為 a 的能力，只能暫時假定入聲韻尾對這個一等往二等（o＞a）的前化運動沒有具體的影響力。

理由三：

入聲韻尾的變動並沒有改變一等 o 元音的存留

「合、磕」兩字的入聲韻尾-p 在江西客贛語裡有的仍維持雙唇塞韻尾-p；也有些弱化變為舌尖-t 與喉塞音韻-ʔ的；也有些方言點把塞韻尾的痕跡完全丟

失。不論是收入聲的-p、-t、-ʔ尾，或是零韻尾-ø的狀態，「合、磕」兩字保留一等 o 元音的狀態，在江西各個方言點都表現得一致良好，這也表示-p、-t 塞韻尾實際上對能否保存 o 一等元音並沒有什麼特別的影響力。

7. 小 結

雙唇塞韻尾-p 對一等元音有「間接」的保存能力

前文我們提及這個雙唇鼻韻尾-m 並不利於保存一等 o 元音。江西客贛語保留在咸攝一等裡的 o 元音，大部分是存留在舌尖鼻韻尾-n 之前，而非眞正在雙唇鼻韻尾-m 之前，我們遂以判斷這個雙唇的鼻音韻尾-m 並不利於保留這個一等的 o 元音。但當江西客贛語的雙唇塞韻尾-p 弱化爲收舌尖或喉塞（-t、-ʔ）的入聲韻，甚至是丟失了整個入聲韻尾變爲零韻尾的型態（-ø）時，似乎都不影響這個一等 o 元音的保存，所以我們判斷雙唇塞音韻尾-p 對一等往二等的前化運動（o＞a）沒有特殊的影響力。

但就是因爲「沒有影響力」才使得收-p、-t、-ʔ的入聲韻字，以及由收-p 而來的零韻尾形式的入聲韻字的一等 o 元音還能夠存留。既然上文我們已經判斷影響咸攝一等 o 元音能否保存的主因來自聲母，那麼又爲何說這些入聲韻尾（-p、-t）有「間接」保留一等 o 元音的能力？因爲這些-p、-t 韻尾對前面的元音不起改變的作用，所以起了「間接」保存前面元音的效用。-p、-t 韻尾對前面出現元音不起改變的作用，導因於這些塞韻尾的發音性質。由於這些入聲韻尾（-p、-t），它是個一發即逝，只有成阻的輔音韻尾，所以當我們發-p、-t 入聲韻尾時，只有成阻之勢，我們可以把這些入聲韻尾以 0（zero）代替，於是一個以-p、-t 韻尾結尾的入聲字，就是 ABP、ABT＝AB0、AB0＝AB、AB。也就是說這些入聲韻尾發音短促，所佔的音長（duration）不夠長，不能持續對前面的元音產生壓力而進行預期性同化（regressive assimilation），使得這些入聲韻字的表現就像陰聲韻字的表現一樣。

一等往二等的前化運動（o＞a）雖然是無條件的音變（unconditional sound change），但這個一等往二等的前化運動在零韻尾的韻攝（-ø）裡進行的比較慢，就如前文我們舉例這個一二等元音 o：a 的對比在零韻尾形式（-ø）的果假兩攝保存得很好，不僅客贛語如此，粵語也如此。零韻尾（-ø）前一二等元音對比的保存良好，也成爲這個-p、-t 韻尾不干擾前面元音演變說法的一個佐證。

另外，這個喉塞韻尾（-ʔ）是從雙唇塞韻尾-p 變來的，且是一個更弱的入聲韻尾的形式，使得帶喉塞韻尾的入聲韻字更有陰聲韻字的感覺，當然也沒有影響前面元音的效力。咸攝一等入聲字的部分，我們可以看到入聲韻尾-p、-t、-ʔ對前面的元音沒有影響的效力，無法促使一等往二等的前化運動（o＞a）加快。

（五）舌尖鼻韻尾前（-n）

1. 開口韻

舌尖鼻韻尾前的 o：a 元音對比，主要發生在山攝一二等韻。

湖口至宜黃為贛語方言點。

贛語	湖口	星子	永修	修水	高安	奉新	上高	萬載	新余	東鄉	臨川	南豐	宜黃
肝	kon	kɔn	kɔn	kon	kon	kon	kɔn	kon	kon	kon	kon	kon	kon
寒	hon	hɔn	gʻɔn	hon	hon	hon	hɔn	hon	hon	hon	hon	hon	hon
旱	hon	hɔn	gʻɔn	hon	hon	hon	hɔn	hon	hon	hon	hon	hon	hon

黎川至吉安為贛語方言點；上猶至石城為客語方言點。

	黎川	萍鄉	蓮花	吉安	上猶	安遠	于都	全南	銅鼓	澡溪	井岡山	石城
肝	kon	kɔ̃	kɔ̃	kon	kuɔ̃	kõ	kɔ̃	kɔn	kɔn	kɔn	kon	kɔn
寒	hon	hɔ̃	hɔ̃	hon	huɔ̃	hõ	hɔ̃	hɔn	hɔn	hɔn	hon	hɔn
旱	hon	hɔ̃	hɔ̃	hon	huɔ̃	hõ	hɔ̃	hɔn	hɔn	hɔn	hon	hɔn

樂平至泰和為贛語方言點；南康至寧都為客語方言點；橫峰為贛語方言點。

	樂平	永豐	泰和	南康	龍南	定南	寧都	橫峰
肝	kɛn	koã	kuã	koẽ	kɔin	kɔin	koɛn	kɔŋ
寒	hɛn	hoã	huã	hoẽ	hɔin	hɔin	hoɛn	hɔŋ
旱	hɛn	hoã	huã	hoẽ	hɔin	hɔin	hoɛn	hɔŋ

上表中，龍南、定南在韻尾-n 之前有增生一個 i 元音的音變現象，這個新生的 i 元音見後文韻尾一章。樂平、永豐、泰和、南康、寧都等方言點中，韻母裡的前元音（a、e、ɛ）則是龍南、定南 oi 韻母類型的後續演變，相關討論見後文韻尾一章。這些方言點都有一等 o 元音的反映，只是又再各自進行下一步的演變。橫峰則把原來的舌尖鼻韻尾-n 弱化變為舌根鼻韻尾-ŋ。

山攝一等韻中保留 o 元音的字分佈在牙喉音聲母之後，江西客贛語的各方言點幾乎都有這個一等 o 元音的保留。我們認為這個舌尖鼻韻尾-n 與牙喉音聲母都有助於這個一等 o 元音的保留，但山攝一等的舌尖（端系、泥、來）與舌尖前（精系）聲母下的韻母元音都已經合流為二等的 a 元音，因此得知：1. 舌尖鼻韻尾-n 與 2. 牙喉音聲母在對一等 o 元音的保留能力比較上，還是 2. 牙喉音聲母的效力較為大。

湖口至泰和為贛語方言點；上猶、井岡山為客語方言點。

	湖口	星子	永修	橫峰	奉新	上高	萍鄉	蓮花	吉安	泰和	上猶	井岡山
割	ko	kɔ	kɔʔ	kɔʔ	kot	kɔt	ko	ko	ko	ko	kuo	kot

萬載至永豐為贛語方言點。

贛語	萬載	東鄉	臨川	宜黃	黎川	永豐
割	koiʔ	koit	koit	koit	koiʔ	koæʔ

石城至澡溪為客語方言點。

客語	石城	寧都	南康	安遠	于都	龍南	全南	定南	銅鼓	澡溪
割	kɔit	koɛt	koæ	koe	koɛ	kɔiʔ	kɔiʔ	kɔit	kɔit	kɔit

高安、南豐為贛語方言點。

贛語	高安	南豐
割	kol	kuol

贛語的萬載、東鄉、臨川、宜黃、黎川、永豐以及客語的石城、寧都、南康、安遠、于都、龍南、全南、定南、銅鼓、澡溪都有在-t 尾前增生 i 元音的現象，以及因這個新生的 i 元音，而使得韻母中有前元音（a、æ、ɛ）的音讀表現。高安、南豐則有邊音韻尾的現象，這部份的討論見後文韻尾一章。

江西客贛語的山攝入聲一等字在舌尖（捺、辣、瘌）與舌尖前（擦）聲母下，都不存留這個一等 o 元音痕跡，只有在牙喉音的入聲字「割」還有一等 o 元音反映。「割」字可以保留 o 元音，主要是因為其牙喉音的聲母，至於舌尖塞音韻尾-t，以及由-t 弱化而成的-ʔ，以及零韻尾-∅，則都是輔助「割」字存留 o 元音的次要原因。

2. 山攝合口一等（桓韻）

山攝合口一等韻為桓韻，後文我們還會再度論及桓韻，這裡先把後文的結

果列出而不加以討論。寒、桓兩韻的區別並不是開合口的區別，兩者的差別在於主要元音的不同，桓韻的擬音應爲*uən（／*un）。

江西客贛語在山攝合口一等桓韻的幫、端、泥、來、精、牙喉音聲母下以及入聲韻字中，普遍都有這個 o 元音的反映，只有江西客語（安遠、于都、龍南、全南、定南、銅鼓、澡溪、井岡山、寧都、石城）的山攝合口一等唇音字已經大量前化讀爲 an。

山攝開口一等的寒韻進行往二等合併的前化運動（ɔn＞an）先於合口一等的桓韻*uən（／*un）變爲寒韻一等字（ɔn），既然桓韻較晚加入 ɔn 家族行列，山攝合口一等的桓韻自然在保存 o 類元音能力上是較強的。

江西客贛語裡山攝合口一等桓韻普遍保留 o 元音，除了江西客語的安遠、于都、龍南、全南、定南、銅鼓、澡溪、井岡山、寧都、石城等地的合口一等唇音字外。我們有兩個理由解釋爲何江西客語合口一等的唇音字比較早變成 an 韻母。

（1）偏前的唇部聲母影響

因爲唇部的發音部位本就比較偏前，所以唇音的聲母有促使一等韻母 ɔn 加速前化爲二等類韻母 an 的效力。

（2）異化作用（dissimilation）

上文提到山合一桓韻的原型爲*uən（／*un），且我們認爲這些客語山合一桓韻變爲二等型態 an 的前一個階段是 ɔn，也就是先遵守了 un 變爲 ɔn 的演變，再進行前化運動變爲二等的 an 韻母型態。這一點從江西客語石城山合一桓韻唇音聲母下的韻母還讀爲ɔn 可以得到佐證。

由於唇音聲母本身爲唇部發音，唇部聲母多帶有一個圓唇合口成分[w]。於是，唇音聲母與圓唇的元音就形成了扞格。

$$p[w] \qquad + \qquad ɔn$$
$$[＋圓唇] \qquad\qquad [＋圓唇]$$

爲了讓發音更爲清楚，唇音聲母的圓唇成分[w]與圓唇元音 o 發生了異化作用，江西客語山合一桓韻唇部聲母下的韻母領先其他類聲母下的韻字，提前走入合併於二等 an 韻母的行列。

星子至南豐爲贛語方言點。

贛語	星子	永修	修水	橫峰	萬載	新余	東鄉	臨川	南豐
搬	pɔn	pon	pon	puɔŋ	pon	pon	pon	pon	pɔn

宜黃至泰和爲贛語方言點；上猶、南康爲客語點。

贛語	宜黃	黎川	萍鄉	蓮花	吉安	永豐	泰和	客語	上猶	南康
搬	pon	pon	pɔ̃	pɔ̃	pon	poã	puẽ	搬	pɔ̃	poẽ

安遠至井岡山爲客語方言點。

客語	安遠	于都	龍南	全南	定南	銅鼓	澡溪	井岡山
搬	pã	pã	pan	pan	pan	pan	pan	pan

永豐、泰和、南康在韻母中有前元音的存在（a、e）是因爲在舌尖鼻韻尾-n 前增生了一個 i 元音，再進一步與前面的元音融合成 a、e 元音的緣故，這部分韻母的演變在韻尾的部分會有另外的說明。

（六）舌根鼻韻尾前（-ŋ）

舌根鼻音尾前的一等 o 元音，保留在宕攝一等與江攝二等。這裡須打破中古「攝」的藩界，專注語音本身的實質，我們才能更直視語音系統本身的規律。宕攝開口一等韻與江攝開口二等韻的韻母元音都爲 o 元音。雖然江攝的字，在中古的韻目名稱上爲「二等」，我們這裡還是把江攝開口二等的字當作一等韻字看待。舌根鼻韻尾前（-ŋ）的一二等對比（o：a），一等 o 指的是宕攝一等字與江攝開口二等字，至於二等 a 指的是梗攝白讀二等字。

> 古梗攝今讀[a]元音，作爲我國東南部諸方言的共性，在各方言區的
> 表現不一。比如贛語的南昌、臨川與客語的梅縣梗攝白讀二三四等
> 一律作[a]（李榮：1996，P1）。

江西客贛語宕開一與江開二在幫、端、精、知系及牙喉音聲母後面的一等 o 元音都保留得很好，且大部分的方言點的舌根鼻韻尾-ŋ 也都保留得相當良好，只有贛語的萍鄉、蓮花、泰和以及客語的上猶、南康、于都的舌根鼻韻尾-ŋ 與前面的 o 元音發生了融合（或稱「抵補」fusion）現象，使其變爲一個鼻化元音[õ]，但其一等的 o 元音韻母型態依舊表現清楚。

1.「零韻尾」及「後高部位的韻尾」有助保留前面元音種類

前文我們提到當聲母爲後高的部位，舌體由後往前移動到高、中、低或前、

央、後等元音時，舌體的自由性是比較高的，也較爲容易保留這個一等的韻基 o 元音。當韻尾是後高部位時，在元音多樣的種類保留上也有相同的功效。

中古十六攝在各個韻尾前的分佈數目也反映了同樣的情況。

韻尾依發音部位分有唇、舌、牙、喉四組，喉尾韻就是無輔音韻尾。

以此去看十六攝就得：

*-m／-p	深	咸			
*-n／-t	臻	山			
*-ŋ／-k	通	江	宕	梗	曾
*-ø	止	遇	蟹	效 果	假 流

韻尾輔音部位偏前的韻攝類別較少，韻尾輔音部位偏後的韻攝類別 較多，陰聲韻幾占韻攝總數之半。

（張光宇：1991，P437）

從中古韻攝在偏後韻尾及零韻尾之前，出現的韻攝種類是最多的。這也就 表示中古在偏後韻尾之前出現的元音種類，相較於偏前韻尾的韻攝是較多的。 以下分論偏後韻尾與零韻尾對元音種類的保留，偏後韻尾則分鼻韻尾、塞韻尾 兩部分來論述。

2. 偏後、高舌根鼻韻尾-ŋ

既然韻尾-ŋ在偏後、高的部位，就表示-ŋ韻尾前的口腔空間是較大的，所 以無論是舌體在前、央、後，或者是高、中、低等元音的位置，由前往後移動 到這個後、高-ŋ韻尾都是很順當、自由的。比如這裡討論的一等 o 元音，當我 們在發完這個偏後、中高的 o 元音後，舌體若接著再繼續移動發偏前的-m、-n 韻尾，整個舌體的動作是較多，動程也較大，較不省力，所以發音部位偏前的 -m、-n 韻尾並不利於這類後元音的保存。偏後、高舌根鼻韻尾-ŋ，因爲部位偏 後的關係，則有利於保存如 o 之類的後元音。

值得注意的是，就如同偏後的舌根 k 類聲母，雖然後接的元音種類較多， 但偏後的舌根 k 類聲母在後接前高的 i、y 元音時，因爲一前一後的部位相差距 離最大，還是有所局限性。這個偏後、高舌根鼻韻尾-ŋ，在前接前高的 i 元音 時，也因爲一前一後的差距甚大，常在 i 元音與-ŋ 韻尾之間出現過渡的央元音 [ə]，比如國語「應該」的「應」讀爲[iəŋ]。不過相對於前部的-m、-n 韻尾，偏

後的-ŋ韻尾在保留前接的元音種類的效力上還是較大的。

3. 「時間的久留性」使-ŋ的影響效力加強

舌根鼻韻尾-ŋ除了有保留元音種類的效用外，基於-ŋ韻尾①發音部位偏高，以及②鼻韻尾可以延長（讓[+高]的特徵持續發揮影響力）還會使得前面的元音有升高的作用。江西客贛語裡與宕攝、江攝一等oŋ韻母相對的二等是梗攝白讀的aŋ韻母。但江西客贛語裡的二等梗攝還有文讀一層eŋ的讀法，這個文讀eŋ層雖然是從北方移植而來，但南北對照後，原來的型態是較低元音的aŋ一層讀法。梗攝二等從aŋ一層讀音高化為前、中高的eŋ韻母的動力，就在這個[+高]部位，且可延長並持續影響的偏後、高舌根鼻韻尾-ŋ上。

梗攝二等字因為上古來源比較駁雜（上古耕、陽韻），在今日的漢語方言中，大致可分為兩派，官話文讀系統為高元音。「古梗攝主要元音今讀[a]，為我國東南部吳、贛、客、粵、湘、閩、徽諸方言區共性之一。」（李榮：1996，P1）張光宇曾討論過此一南北分組的態勢。

古代北方？　　　現代北方：高

南方白讀：低　　南方文讀：高

（張光宇：1991，P432）

不難看出，現在南方方言梗攝二等讀為低元音的現象，反映更古的北方語源。梗攝開口二等的部分字，除在東南方言有低元音[a]的音讀表現之外，在廣東粵語中還有一類短元音的讀法，如：陌 mɐk、更（～換、五～）kɐŋ／kaŋ、梗 kɐŋ、亨 hɐŋ、行（～為）hɐŋ、杏 hɐŋ、行（品～）hɐŋ、爭 tsɐŋ／tsaŋ、耕 kɐŋ／kaŋ、核 hɐt、鶯ɐŋ iɐŋ、扼ɐk（廣州話）。這是北方文讀層疊置於廣東粵語的結果。廣東粵語在古代北方語、現代北方語言的疊置下，梗攝二等有了高低兩種元音的讀法（aŋ、ɐŋ），高元音讀法進來後，又依自身語言的語言規則，將高元音的讀法促化轉變為短元音。其形式可表示如下：

*eŋ（北京）　——➤　ieŋ（二等牙喉音）、eiŋ　——➤　ɐŋ（廣州話）

不管是江西客贛語梗攝二等文讀的 eŋ 層，或者是廣州話文讀的ɐŋ層，都是這個偏後、高-ŋ韻尾持續發揮效力的結果。我們在三四等字的韻母部分，還會再繼續討論這個偏後、高-ŋ韻尾的效力，這裡只論及二等字的表現。

湖口至東鄉爲贛語方言點。

江西贛語	湖口	星子	永修	修水	南昌	樂平	橫峰	高安	奉新	上高	萬載	新余	東鄉
爭文	tsən	tsəŋ	tsen	tsen	tsen	tsɯ	tsən	tsen	tsen	tsen	tsen	tsen	tsɯ
爭白	tsaŋ	tsaŋ	tsaŋ	tsaŋ	tsaŋ	tsaŋ	tsaŋ	tsaŋ	tsaŋ	tsaŋ	tsaŋ	tsaŋ	tsaŋ

臨川至泰和爲贛語方言點。

江西贛語	臨川	南豐	宜黃	黎川	萍鄉	蓮花	吉安	永豐	泰和
爭文	tsen	tɕien	tən	tsɯŋ	tsẽ	tsẽ	tsən	tsẽ	tsẽ
爭白	tsaŋ	taŋ	tsaŋ	tsaŋ	tsã	tsã	tsaŋ	tsaŋ	tsaŋ

上猶至石城爲客語方言點。

江西客語	上猶	南康	安遠	于都	龍南	全南	定南	銅鼓	澡溪	井岡山	寧都	石城
爭文	tsẽ	tsẽ	tsəŋ	tsẽ	tsən	tsen	tsen	tsen	tsen	tsen	tsəŋ	tsəŋ
爭白	tsã	tsã	ts'ã	tsã	tsaŋ	tsaŋ	tsaŋ	tsaŋ	tsaŋ	tsaŋ	tsaŋ	tsaŋ

4. 偏後舌根塞韻尾-k

江西客贛語宕江兩攝一等元音 o 後所接的舌根塞韻尾-k，有的方言沿襲中古宕江入聲韻字的歸類仍保持-k 韻尾的念法；有的弱化爲喉塞韻尾-ʔ；有的甚至完全消失變爲-ø 零韻尾。無論哪一種情形，這個一等韻的 o 元音都保存的很好，不管是在幫、端、精、知、莊或牙喉音聲母後面，都能夠維持這個 o 元音的讀法。我們認爲宕江兩攝一等入聲韻還維持 o 元音的讀法，主要基於下列三個原因：

（1）平行於舌根鼻韻尾-ŋ 的音韻行爲

江西客贛語裡與宕江兩攝入聲一等韻平行的韻類，是收鼻韻尾-ŋ 的宕江兩攝舒聲一等字，其平行的舒聲韻還保持著一等 o 元音的讀法，依照語音系統對稱的原則，收舌根塞韻尾-k 的一等字，自然容易保持一等 o 元音的讀法。

（2）後、高的舌根塞韻尾-k 有保留後元音 o 的效力

前文我們認爲偏前的塞韻尾 -p、-t 對一等 o 元音的保留並沒有特殊的效力，因爲塞韻尾-p、-t 發音短促，其效力有類於零韻尾（-ø）。雖然沒有特殊保存 o 元音的效力，卻因爲有類於陰聲韻的音韻行爲（韻尾部分沒有可以引起預期同化的音變動力），反有「間接」保存 o 元音的能力。

後、高的舌根塞韻尾-k 雖然也有發音短促的特性，但在保留一等 o 元音的效力上，除了發音短促有「間接」保留一等 o 元音的效力外，其偏後、高的部位，更有加強保留 o 元音的能力。

（3）江西客贛語的-k 尾有影響聲調的能力，可見得這個-k 尾發音較為清晰

我們判斷這個後、高的舌根塞韻尾-k 有保留前面一等 o 元音的能力，在於江西客贛語入聲字調值的表現。江西客贛語含偏後、高舌根塞韻尾-k 的入聲韻字，在聲調上多呈現為高調，可見得江西客贛語-k 韻尾的影響效力較大。舌根塞韻尾-k 影響分調的情況，即一般所謂的江西客贛語的「韻攝分調」，入聲韻調依「咸深山臻」與「宕江曾梗通」的分別而分調，後者即為收舌根塞韻尾-k 的韻，多有高調的傾向。後文在韻攝分調一章有更仔細的說明。既然江西客贛語的舌根塞韻尾-k 可以影響分調，表示-k 在發音上較為明顯。前文又提到偏後、高的韻尾（如-ŋ）本就有保留後元音的效力，所以這裡偏後、高的舌根塞韻尾-k，也應有保留一等後元音 o 的效力。

5. 宕攝合口一等（包括舒、促兩類）

舌根韻尾（-ŋ／-k）一等韻母還有合口韻字一類，因為江攝只有開口字，這裡的一等合口韻字指的是中古劃為「宕攝合口一等」的例字，且宕攝合口一等韻只在牙喉音聲母後有例字。宕攝合口一等韻在江西客語與贛語之間有截然的不同表現。江西贛語一等合口多保持 uo 的型態，舒促皆如此。江西客語的一等合口韻，多已進行複韻母 uo 單化為 o 的音變現象（uo → o），舒促皆如此。

湖口至萬載為贛語方言點。

江西贛語	湖口	星子	永修	修水	南昌	樂平	橫峰	高安	奉新	上高	萬載
廣	kuɔŋ	kuɔŋ	kuɔŋ	kuɔŋ	kuɔŋ	kuɔŋ	kuɔŋ	kuɔŋ	kuɔŋ	—	kuɔŋ
郭	kuo	kuo	kuoʔ	—	—	kuɔʔ	kuɔʔ	—	—	—	kuoʔ
黃~姓	huɔŋ	fɔŋ	fɔŋ	fɔŋ	uɔŋ	huɔŋ	huɔŋ	uɔŋ	uɔŋ	vɔŋ	fɔŋ

新余至泰和為贛語方言點。

江西贛語	新余	東鄉	臨川	南豐	宜黃	黎川	萍鄉	蓮花	吉安	永豐	泰和
廣	kuɔŋ	kuɔŋ	kuɔŋ	kuɔŋ	kuɔŋ	kuɔŋ	kuɔ̃	kuɔ̃	kuɔŋ	kuɔŋ	—
郭	kuoʔ	kuoʔ	kuok	kuok	kuoʔ	kuɛʔ	kuo	kuo	kuo	kuoʔ	—
黃~姓	uɔŋ	uɔŋ	fɔŋ	vɔŋ	fɔŋ	fɔŋ	fɔ̃	æuɔ̃	fɔŋ	fɔŋ／vɔŋ	ɛũ

上猶至石城爲客語方點。

江西客語	上猶	南康	安遠	于都	龍南	全南	定南	銅鼓	澡溪	井岡山	寧都	石城
廣	kɔ̃	kɔ̃	kɔŋ	kɔ̃	kɔŋ	kɔŋ	kɔŋ	kɔŋ	kɔŋ	kɔŋ	kɔŋ	kɔŋ
郭	ko	ko	ko	kɣʔ	koʔ	kɔʔ	kok	kɔk	kɔk	kok	kok	kɔk
黃~姓	hɔ̃	hɔ̃	vɔŋ	hɔ̃	vɔŋ	vɔŋ	vɔŋ	vɔŋ	vɔŋ	vɔŋ	vɔŋ	vɔŋ

6. 個別例外字

上高的「廣 kɔŋ」與泰和的「廣 kɔ̃」以及修水、南昌、高安、奉新、上高、泰和的「郭」（koʔ、kɔʔ、koʔ、koʔ、kɔʔ、ko）都進行了複韻母 uo 單化爲 o 的音變現象（uo → o），與其他贛語多保留 u 介音的表現不同。

上表的 f 聲母是由 hu 聲母演變而來，前文提過 h 變 f，主要是因爲 h 後接了唇齒效果較強的 u 元音，使得唇部的摩擦力加強，由喉部的擦音 h 變爲唇部擦音 f，這是一種強化（fortition）作用。前文提過客語零聲母且以 u 元音開頭的字，其 u 元音的實際音值多爲唇齒效強烈的[v]，而[u]與[v]是非音位性的不同音值表現。有些客語因爲/u/的唇齒效果比起其他客語更加強烈，甚至有由[v]音值轉變變爲[b]的表現，例如台灣四縣客語的 v-聲母，詔安客語多讀成 b-聲母，如四縣「烏 vu²⁴」；詔安則爲「烏 bu¹¹」（羅肇錦：2000，P60）。

從上表江西客語「黃~姓」字的音讀，我們也可以發現江西客贛語以元音起首的 u 元音，也如其他地區的客語一樣，多讀爲唇齒效果強烈的 v 聲母。換句話說，客語易把以元音 u 起首的[u]讀成非音位性的[v]，這也意味著客語多有排斥 u 元音音讀的表現。江西客語的宕攝合口一等字，多有進行由複韻母 uo 變爲單韻母 o（uo → o）的韻母單化表現，我們認爲江西客語宕合一的表現，是與前文提到客語多排斥 u 介音現象所平行的相關變化。

第六節　莊組韻母的特殊性與一等 e 類元音韻母

一、特殊的莊組字

前文流開三莊組韻母的複雜現象讓我們得到一個啓示：若把名爲「三等」的莊組韻母視同爲「一等」的韻母，就能較爲簡潔地去處理「流攝莊組三等韻母」在整個音韻系統的表現的話，那麼其他劃歸爲三等的莊組韻母是不是也有

相同的表現呢？張光宇（2008）在〈梅縣音系的性質〉裡也是這樣處理莊組「三等」韻母，並提出梅縣的江韻莊組字（窗、雙）保留上古東部的殘留，更是客家方言突出於其他漢語方言的特殊之處。

梅縣	侵	臻	蒸	尤	江
莊組	em	en	en	eu	uŋ
其他	im	（in）	in	iu	oŋ

例字包括：森[₌sem]、澀[sep₌]（侵）；虱[set₌]（臻）；側[tset₌]、測[ts'et₌]、色[set₌]（蒸）；愁[₌seu]、瘦[seuˀ]（尤）；窗[₌ts'uŋ]、雙[₌suŋ]（江）…漢語方言莊組三等的讀法大體分歸兩派。一派以梅縣爲代表，莊組韻母與同韻它組字儼然有別；一派以廈門文讀爲代表，莊組韻母與同韻它組字殊無二致。《切韻》諸人立韻的根據與廈門文讀相當。廈門文讀的例子包括：森[₌sim]、澀[sip₌]／瑟虱[sit₌]／側測[ts' ik₌]、色[sik₌]／愁[₌siu]、皺[tsiuˀ]。

（張光宇：2008，P73）

　　江西客贛語莊組有一等韻母痕跡的韻攝，出現在中古韻目的侵攝三等、臻攝三等、曾攝三等、流攝三等與江攝二等，其中前面的四個韻攝構成一組 e 元音的系列。以下先討論這一個 e 元音系列的開口韻母，至於相配的合口 e 元音系列則放至本節後部再討論。

　　以下舉江西餘幹〔註13〕莊組在 e 元音系列中的例字。

餘幹	侵	真	蒸	尤
莊組	*em	*en	*eŋ	*eu
例字	參 sen³³ 人～， 森 sen³³， 滲 sen⁴⁵， 澀 set¹⁻⁴	瑟 sɛt¹⁻⁴， 虱 sɛt¹⁻⁴	側 tsɛk¹⁻⁴， 測 ts'ɛk¹⁻⁴， 色 sɛk¹⁻⁴， 嗇 sɛk¹⁻⁴	鄒 tseu³³，皺 tseu⁴⁵、縐 tseu⁴⁵， 搊 ts'eu³³，愁 ts'ɛu¹⁴，驟 ts'ɛu¹²， 搜 sɛu³³，颼 seu³³，餿 sɛu³³， 瘦 sɛu⁴⁵

　　在高本漢的擬音裡（李方桂：1980），這幾個 e 元音出現韻攝的擬音（尤*jə̆u，侵*jəm，眞*jə̆n，蒸*jəŋ），大致上有兩類的元音：一個是ə；一個是 e。

〔註13〕選擇餘幹做説明，是因爲陳昌儀《贛方言概要》（1991）裡，莊組讀爲 e 元音系列的韻母所收錄的例字較《客贛方言比較研究》（劉綸鑫：1999）多。但實際上，江西客贛語裡，普遍都可以看到這個莊組韻母讀爲 e 元音系列的表現。

高本漢在ə、e元音上所加的一些符號是用來表示重紐、重韻的分別。漢語裡的/ə/的實際音值像[ɣ]（溫寶瑩：2008），而[ɣ]的音值若前化則類於e。[ə]、[e]這兩個元音在今日的國語裡呈現了互補分佈的狀態，表現為同位音（allophone）的關係。無獨有偶，英文的過去式-ed字尾，在t、d動詞之後讀為[əd]；在清輔音後面讀為[t]，在濁輔音後面則讀為[d]，從英文字母 e 多讀為央元音ə；或再由央元音ə弱化到消失的情形看來，e元音讀為央元音ə，並帶有語音發音不顯的特徵，在中西方語言裡都是常見的現象。

對照其他江西客贛語一等韻的音讀表現，如：侯韻（eu）、痕韻（en）、登韻（en）〔註14〕或者是三等字的讀音如侵韻（im），我們能夠確定這一系列莊組韻母下的 e 類元音，在音韻系統的地位歸納上應屬一等韻。這一系列的一等韻音讀在江西客贛語表現為 e 類元音。如同我們討論一二等韻的對比，如果我們認為這個 e 類的元音是一個韻基，是一個普遍存在於江西客贛語韻母裡的一個韻母基底型式的話，那麼這個 e 類元音出現的範圍就應廣泛地分佈在零韻尾前（-ø）、i 元音之前（-i）、u 元音之前（-u），以及三類鼻音韻尾（-m、-n、-ŋ）之前（入聲韻附在相配的鼻韻尾下討論）。因為e、i兩個元音的音值相當接近，且元音 e 極易進行元音破裂（e>ie、ei），所以下列依韻尾討論各個條件下的 e 類元音時，我們把 i 元音前的 e 元音附在零韻尾一節討論。這裡我們替換一下討論的順序，先討論 u 元音之前（-u）的 e 類元音，再來是各個鼻韻尾前的 e 類元音，最後才是零韻尾前（-ø）的 e 類元音。

二、一等 e 類元音出現的語音環境：

-u
-m
-n
-ŋ
-ø（附論-i）

（一）u 元音之前（-u）

一等的侯韻在江西客贛語的音讀大體以 eu 類韻母為主宗。江西客贛語侯

〔註14〕江西客贛語的登韻的舌根ŋ韻尾，多因韻尾前的前部元音e而變為舌尖n韻尾。

韻讀為 eu 類韻母的表現，也與梅縣侯韻的表現一致，如梅縣：「某 meu⁴⁴、廟 meu⁴⁴、偷 t'eu⁴⁴、頭 t'eu¹¹、豆 t'eu⁵³、樓 leu¹¹、口 k'eu³¹、偶 ŋeu¹¹」（溫昌衍：2006，P49）。其中江西贛語的波陽（偷 t'ou）、橫峰（偷 t'iu）、奉新（偷 t'ʌu）與江西客語的上猶（偷 t'io）、安遠（偷 t'ʉ）的侯韻音讀應另有來源外，其他的江西客贛語一等侯韻都是讀為 eu 類韻母。以下我們不擬討論波陽、橫峰、奉新、上猶、安遠的情況。

江西客贛語裡這個 eu 類韻母的主元音 e，有些方言點標寫成 ε 或 æ；有些在 e 元音之前產生了一個 i 介音，如：南豐（偷 hiεu）、宜黃（偷 hieu）、于都（偷 t'ieu）。至於永豐（偷 hiɑ）、泰和（偷 hiɤ）。南豐、宜黃、于都進行過元音破裂（e＞ie）並產生 i 介音，且再進一步演變。若韻母音節選擇把三合元音合成為二合元音並且優先選擇保留 i 元音的話，那麼 ε 與 u 元音合成的結果就很可能是 ɑ、ɤ 類的元音。因為 ɑ、ɤ 元音在舌面元音圖的位置正介於 e 與 u 之間的中間距離。萍鄉、蓮花的單元音 œ 則是從 e＋u 而來。œ 元音是一個中高、前、圓唇的舌面元音，是一個相對於展唇舌面元音 e 但帶有圓唇的成分的元音。œ 元音的圓唇成分是由 e 元音後面的 u 元音所提供而來，在韻母單化的過程中，綜合 e 與 u 變為單元音 œ。修水（偷 dei）、南康（偷 t'з）則有韻尾 u 元音丟失的情形發生。

1. 廣東粵語侯韻也表現為[eu]的音讀形式

上文提到，這個侯韻的[eu]的音讀形式廣泛地存在於江西客贛語中，也表現在梅縣客語裡。除此之外，廣東粵語的侯韻也可以見到這個[eu]的音讀形式。

廣東粵語的侯韻，實際上等同於尤韻，因為大部分廣東粵語裡的流攝開口韻是一、三等同型。廣東粵語的侯韻大部分讀為 ɐu，如：

	廣州	順德	中山	斗門	韶關	信宜	雲浮	廉江
湊	ts'ɐu³³	ts'ɐu³²	ts'ɐu³³	ts'ɐu³³	ts'ɐu³³	ts'ɐu³³	tsɐu³³	ts'ɐu³³
夠	kɐu³³	kɐu³³	kɐu³³	kɐu³³	kɐu³³	kɐu³³	kɐu³³	kɐu³³

（詹伯慧：2002）

廣東粵語侯韻的表面音讀為 ɐu，但基於以下兩點理由，我們認為其原來的形式應為 eu。

①同方言區粵語的比較：

其他廣東粵語侯韻，有讀爲 eu 的形式，如：台山、東莞、新會、合浦 eu，與開平部分的 eu 韻字〔註15〕。

②廣東粵語含有ɐ元音的韻母，原來多是含有 e 元音的韻母

廣東粵語有ɐ元音的韻母是蟹開三、四（同型）、支脂微（合口、牙喉音）、深開三、痕韻、流開一、三（同型）、梗開二（白讀）、登韻。這些韻攝產生條件有三：1.ai 2.（i～）e／鼻、塞尾 3.（i～）eu

其一：造成短元音ɐ促化作用的產生，主要動力在高韻尾的 i 上，是一種預期性同化。蟹開二 ai 大部分字沒有促化的短元音ɐ，則是有其語音內部與外部的因素制衡影響。

其二：廣東粵語支、脂、微讀爲短元音ɐ的條件爲一偏後（k、h－）、高（u）的音韻條件影響所致。

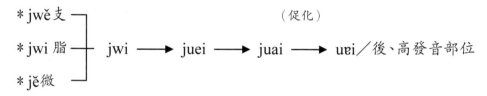

其三：偏前元音 e 與偏高介音 i 的互相拉高，是造成短元音ɐ產生的原因。

其四：e 本身即有（i～e）的音值素。

廣東粵語侯韻的ɐu 形式是由 eu 進一步變化而成的。江西客贛語與廣東粵語侯韻的音讀，在在都說明侯韻 eu 的韻母類型，曾普遍且大量地存在。然而侯韻爲 eu 是江西客贛語普遍的形式，但廣東粵語的 eu（後變爲ɐu），我們不能說是直接由客贛語繼承而來，只能說它們倆者有共同的北方來源，並同時將這種語音形式完善地保留在兩者的語言中，一以 eu 形式；一以ɐu 形式。

（二）雙唇鼻韻尾之前（-m）

1. 開口韻

深攝在中古韻母格局的規範下，只有開口三等侵韻一類。但前文我們看到餘幹侵韻莊組字的音讀表現（參 sɛn³³ 人～，森 sɛn³³，滲 sɛn⁴⁵，澀 sɛt¹…⁴），這些

〔註15〕開平侯韻另外還有 iu、au 兩層，前一層表現爲三等形式，後一層則是ɐu 取消長短元音對比後，演變出的後續音讀（ɐu＞au）。

被「規定」爲「三等」的侵韻莊組字，實際上表現的音讀卻是一等的性質。

　　張光宇〈論「深攝結構」及相關問題〉（2007）曾依一等韻的「曾開一」（-ŋ）、「臻開一」（-n），以及三等韻的「曾開三」（-ŋ）、「臻開三」（-n）、「深開三」（-m），依據空格（slot）的對比格局，重建「深開一」爲＊em。

> 　深攝在傳統音韻學中頗爲單純，只含開口三等侵韻一類。從切韻音
> 　系看起來，它的單純也可視爲突出─彷彿絕壁上騰空而起的一塊岩
> 　石，煢煢獨立，孑然一身，因爲性質相近的臻曾兩攝各有開口一三
> 　等兩類，唯獨深攝不然…深攝的突出色彩可由下表一覽獲知梗概（寫
> 　法依高本漢系統）：

開口	三等	jəm	jən	jəŋ	侵	殷	蒸
	一等		nə	əŋ		痕	登

在深攝一等開口韻的重建上，張光宇還舉了北京話的「澀」字爲例。

北京	陽　聲　韻				入　聲　韻			
例字讀法	沈澄 ⊂tʂʽən	森生 ⊂ʂən	針章 ⊂tʂən	深書 ⊂ʂən	蟄澄 tʂ⊥	澀生 ʂɤ⊃	濕書 ʂ⊥	十禪 ʂ⊥

（張光宇：2007，P1～4）

　　深攝一等＊em 的音讀形式大多已經 i 音化，即元音高化，又稱愛歐塔化，變入深攝三等韻（＊im）中（張光宇：2007），江西客贛語部分的侵韻莊組字則是其一等韻的殘存形式。

　　湖口至泰和爲贛語方言點；上猶至石城爲客語方言點。

江西贛語	湖口	星子	永修	修水	南昌	波陽	樂平	橫峰
參人～	sən¹	sən¹	sen¹	sən¹	sən¹	sən¹	sɛn²	sən¹
	高安	奉新	上高	萬載	新余	東鄉	臨川	宜黃
	sɛn¹	sɛm¹	sɛn¹	sen¹	sɛn¹	sɛm¹	sɛm¹	sən¹
	黎川	萍鄉	蓮花	吉安	永豐	泰和		
	sɛm¹	sɛ̃¹	sɛ̃¹	sən¹	sɛ̃¹	sɛ̃¹		
江西客語	上猶	南康	安遠	于都	全南	定南	銅鼓	澡溪
參人～	sɛ̃¹	sɛ̃¹	sən¹	sɛ̃¹	sɛn¹	sɛn¹	sɛn¹	sən¹
	井岡山	寧都	石城					
	sɛn¹	səm¹	səm¹					

　　江西客贛語裡的 e 元音容易央化成央元音ə。奉新、東鄉、臨川、黎川、寧都還保持深攝的雙唇-m 韻尾，其他方言點的雙唇-m 韻尾多有變爲舌尖-n 韻尾；或者是與前面元音結合成鼻化韻的傾向，安遠的雙唇-m 韻尾則是弱化變爲舌根-ŋ 韻尾。

2. 相配的入聲韻（*ep）

　　深攝開口一等相配的入聲韻字在江西客贛語裡，目前還能看到痕跡的只有「澀」字，即上文所舉餘幹的「澀」（餘幹：sɛt¹⁻⁴）字，但韻尾已經從雙唇部位的-p 尾變爲舌尖部位的-t 尾，平行於「參」字在江西客贛語裡多轉變爲舌尖鼻韻尾-n 的音讀情形。

（三）舌尖鼻韻尾之前（-n）

　　臻開三莊組入聲字（餘幹：瑟 sɛt¹⁻⁴，虱 sɛt¹⁻⁴）反映出 e 類元音在舌尖塞韻尾-t 前的一等 e 韻母形式，而臻攝開口一等的痕韻字則是相對的舒聲韻。

　　臻開一等痕韻字有「吞、根、痕、墾、恨、恩」等字。其中「吞」字在江西贛語裡的音讀，大多符合中古韻目的歸納爲「臻攝開口一等韻」，如：湖口（dən¹）、南昌（t'ɛn¹）、上高（hɛn¹）、南豐（hɛn¹）…等地，只有永豐（t'uĩ¹）、泰和（huĩ²）音讀表現有合口成分〔註16〕；江西客語裡的「吞」則分爲兩派，有臻攝開口的音讀形式（上猶、南康、安遠、龍南、定南、銅鼓、澡溪、石城），也有臻攝合口的音讀形式（于都、全南、井岡山、寧都）。其中開口派的龍南「吞」字的音讀還可劃歸爲臻攝開口三等一類的讀法。

1. 「吞」

　　江西客語「吞」字的音讀表現如下：

開口派	上猶	南康	安遠	龍南	定南	銅鼓	澡溪	石城
吞	t'ẽ¹	t'ẽ¹	t'əŋ¹	t'in¹	t'ən¹	t'ɛn¹	t'ən¹	t'ən¹

合口派	于都	全南	井岡山	寧都
吞	t'uẽ¹	t'un¹	t'un¹	t'un¹

　　這個「吞」字合口一等的讀法，在今日的北京話與南方漢語方言中仍完整保留，如：北京 t'uən、濟南 t'uẽ、雙峰 t'uan（文）、梅縣 t'un、廈門 t'un、潮州 t'un、福州 t'ouŋ（漢語方音字匯：2003）。

〔註16〕永豐、泰和在韻母中增生了一個 i 元音，這部份有關韻尾前新生的 i 元音的相關討論見於韻尾一章。

我們還可以看到表現爲開口派的痕韻字，在牙喉音聲母下多產生一個介音 i。這是由於舌體由後部的舌根聲母，往前面的 e 元音移動時所順勢產生的。

樂平至永豐爲贛語點，井岡山則爲客語點。

	樂平	高安	奉新	上高	萬載	新余	東鄉	南豐	永豐	井岡山
根	kiɛn	kiɛn	tɕiɛn	kiɛn	kiɛn	kiɛn	kiɛn	kiɛn	kiɛ̃	kiɛn
墾	kʻiɛn	kʻiɛn	tɕʻiɛn	kʻiɛn	kʻiɛn	kʻiɛn	kʻiɛn	—	kʻiɛ̃	kʻiɛn
恩	ŋiɛn	ŋin	—	—	—	—	—	ŋiɛn	ŋiɛ̃	—

江西贛語的奉新還因爲這個舌體由後往前產生的 i 介音，而發生了顎化（palatalisation）的音變，使聲母由舌根的 k 類聲母顎化成舌面的 tɕ 類聲母。

2. 相配的入聲韻（*et）

臻攝開口一等相配的入聲韻字在江西客贛語裡是莊組的「瑟、虱」等字，如餘幹的：瑟 sɛt[1...4]，虱 sɛt[1...4]。

（四）舌根鼻韻尾之前（-ŋ）

1. 開口韻

江西客贛語裡 e 類一等元音在舌根鼻韻尾之前（-ŋ）的音讀出現在曾攝開口一等韻。南昌（肯 kʻiɛn）、樂平（刻 kʻiɛʔ）、高安（刻 kʻiɛl）、東鄉（刻 kʻiɛʔ）、臨川（刻 kʻiɛk）、南豐（刻 kʻiɛk）、永豐（刻 kʻiɛʔ）、龍南（刻 kʻiɛʔ）、全南（刻 kʻiɛʔ）、定南（刻 kʻiɛt）、銅鼓（刻 kʻiɛk）、澡溪（刻 tɕʻiɛk）都有發生牙喉音聲母與 e 類元音互動產生一個介音 i 的情況。介音 i 產生的理由與上文「吞」字的舌體由後往前順勢產生 i 元音的道理一致。

江西贛語的南豐，不僅在舌根聲母與 e 元音之間產生了一個 i 介音，南豐的登韻在各類聲母後面都可見一 i 介音的產生。南豐的登韻普遍存在一個 i 介音的情形，是因爲南豐的登韻的主要元音 e，普遍發生了 e 元音破裂（e＞ie）的情形。

曾開一	北	墨	等	能	層	賊	刻	黑
南豐贛	piɛk	miɛt	tiɛn	ŋiɛn	tɕʻiɛn	tɕʻiɛk	kʻiɛk	hiɛt

2. 相配的入聲韻（＊ek）

一等 e 類元音出現在舌根鼻韻尾（-ŋ）前的是舒聲韻的曾攝開口一等韻字，相配的入聲韻除了曾攝開口一等的入聲字（北、墨、得、賊、刻、黑）外，還有曾攝開口三等的莊組入聲韻字（餘幹：側 tsɛk$^{1\cdots4}$，測 ts'ɛk$^{1\cdots4}$，色 sɛk$^{1\cdots4}$，嗇 sɛk$^{1\cdots4}$）。

曾攝開口一等的入聲字原本是收舌根-k 尾的入聲韻字，因為韻尾弱化的原因，有弱化成喉塞尾（-ʔ）的；也有丟失入聲韻尾（-ø）的。以下舉江西客贛語收-k 尾、喉塞尾-ʔ 與完全丟失入聲尾（-ø）的方言點與例字。江西贛語高安的「黑」字收的是邊音韻尾（-l），暫不列入下表中，後文韻尾一章另有邊音韻尾（-l）的討論。

-k 黑	臨川贛 hɛk	銅鼓客 hɛk	澡溪客 hɛk	井岡山客 hɛk	寧都客 hɔk	石城客 hɔk			
-ʔ 黑	永修贛 g'ɛʔ	修水贛 heʔ	南昌贛 hɛʔ	樂平贛 heʔ	橫峰贛 hɛʔ	上高贛 heʔ	萬載贛 heʔ	新余贛 hɔʔ	
-ʔ 黑	東鄉贛 heʔ	宜黃贛 heʔ	黎川贛 heʔ	永豐贛 heʔ	于都客 heʔ	龍南客 hæʔ	全南客 hɛʔ		
-ø 黑	湖口贛 hɛ	星子贛 hɛ	波陽贛 hɜ	萍鄉贛 hɛ	蓮花贛 he	吉安贛 hɛ	泰和贛 he	上猶客 he	南康客 hɔ	安遠客 he
-t 黑	奉新贛 het	南豐贛 hiet	定南客 het						

收舌根-k 尾的入聲韻字，韻尾弱化變為喉塞尾-ʔ；或零韻尾的表現比較好理解，因為 Matthew Y. Chen 研究現代漢語方言鼻韻尾與塞韻尾消失的階段，認為表現為後部發音的舌根鼻韻尾與塞韻尾在漢語方言中有較久的保留能力。

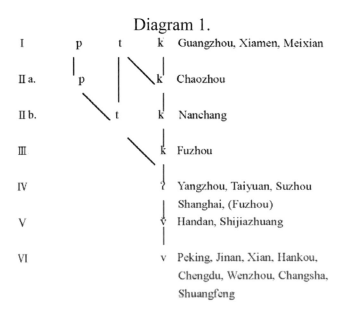

Diagram 1.

I	p	t	k	Guangzhou, Xiamen, Meixian
IIa.	p		k	Chaozhou
IIb.		t	k	Nanchang
III			k	Fuzhou
IV			ʔ	Yangzhou, Taiyuan, Suzhou, Shanghai, (Fuzhou)
V			ṽ	Handan, Shijiazhuang
VI			v	Peking, Jinan, Xian, Hankou, Chengdu, Wenzhou, Changsha, Shuangfeng

Diagram 2.

（Matthew Y. Chen：1973，P40～41）

Matthew Y. Chen 所討論的入聲韻尾消失的順序，也有中古漢籍文獻可資證明。竺家寧（1994 a）考證宋代詩詞、宋元韻圖、《詩集傳》、《九經直音》、《韻會》、《皇極經世書》等資料，發現這些宋代的入聲字資料，雖然語料中還有百分之五十餘的材料是-p、-t、-k 尾分用的，但這是受了官韻的影響，其餘的入聲字已經大量丟失原有的入聲韻尾-p、-t、-k 尾，而讀為喉塞韻尾-ʔ。

3. -k 前化為-t

江西客贛語收-k 尾的入聲字變為喉塞韻尾（-ʔ）的入聲字；或零韻尾（-ø）的陰聲韻字，可以理解為是一連串韻尾的弱化音變，但江西贛語裡的奉新、南豐與客語定南的曾開一入聲字韻尾-k 則變為收舌尖-t 尾，這似乎不符合漢語方言塞韻尾消失的次序（-p＞-t＞-k＞-ʔ＞-ø）。這是由於曾開一的主要元音是一個偏前的 e 元音，偏後的舌根塞韻尾-k 在前元音 e 的的影響下，發音部位移前變為舌尖的塞韻尾-t，這是一種順向同化（progressive assimilation）的音變現象。

$$\text{-k} \quad\rightarrow\quad \text{-t} \quad\quad / \text{ e }\underline{\quad}$$
[＋後]   [＋前]   [＋前]

4. 梗開二（文讀）

一等 e 類元音舌根鼻韻尾之前（-ŋ）的韻字，我們還必須討論梗開二的文

讀音才算完整。江西客贛語梗開二有兩派的讀法：一為高元音的 eŋ；一為低元音的 aŋ。前者是文讀層；後者才是江西客贛語本身的白讀層。照理說，我們討論江西客贛語的語音層只須要討論其語音的白讀層面，文讀層為外來，本就是一種橫的移植，可以排除在討論之內。但這個北方的文讀層原型源自這個南方低元音 aŋ 的語音型態，若我們把梗開二的文讀納入江西客贛語的語音類型一起討論，將會讓我們更瞭解整個漢語語音型態發展的形貌。

梗攝開口二等字在南方漢語方言中，一般有文白兩讀並存的情況，而文讀來自北方。官話的文讀系統為高元音，南方則為低元音。張光宇曾討論過此一南北分組的態勢。

古代北方？　　　現代北方：高

南方白讀：低　　南方文讀：高

（張光宇：1991，P432）

不難看出，現在南方方言梗攝二等讀為低元音的現象，反映更古的北方語源。

輔音韻尾還可仿照元音舌位做如下的分析：

-m／p	-n／t	-ŋ／k
前	央	後
低	中	高

咸、山、梗三攝的二等韻從閩語看來是 *aic，從客贛方言看來是 *ac。北京話裡，「梗二」與「咸二、山二」分道揚鑣，梗二具有較高的元音，咸山合流具有較低的元音，對照如下：

	閩語	客贛	北京
梗二	*aiŋ	*aŋ	-eŋ
山二	*ain	*an	-an
咸二	*aim	*am	-an

從陽聲韻觀之，北京梗二字已從「等」的格局游離出來形成「攝」的狀態：山二與山一逐漸合流，咸二與咸一逐漸合流，梗二與宕一的關係越來越遠，梗二甚至有變為 -iŋ 的。（張光宇：1991，P436）

從北京話內部的梗開二（-eŋ）、山開二（-an）、咸開二（-an）的對比，我

們更可確定北京話本來的梗開二型態與客贛語一樣是ʼaŋ，因為韻尾-ŋ 具有[＋高]的徵性，因而使得元音拉高由 a 變為 e，這是一種預期性的同化（regressive assimilation）現象。表示如下：

北京話梗攝開口二等字：

$$a \quad\rightarrow\quad e \quad\quad / \underline{\quad} \text{-ŋ}$$
$$\text{[＋低]} \quad\quad\quad \text{[＋中高]} \quad\quad\quad \text{[＋高]}$$

北京話的梗開二高化後因文教勢力的推廣，把文讀層的梗開二-eŋ 帶入了江西客贛方言裡，於是形成了江西梗開二有文白兩讀的表現。前文敘及江西客贛語一二等元音的對比型態（o：a），在一二等元音的對比模型中還有一等元音往二等元音合併、靠攏（o＞a）的前化趨勢，且這個前化的趨勢是一無條件音變（unconditional sound change）。在舌根鼻韻尾（-ŋ）前對比的一二等元音，一等型態是宕開一與江開二（-oŋ）；二等型態則是梗開二（-aŋ），雖然江西客贛語在在舌根鼻韻尾（-ŋ）前的一二等還維持很好的 o：a 元音對比：一等型態仍讀為 o 類元音；二等元音仍維持 a 類元音。但若江西客贛語的宕開一與江開二-oŋ 要變化的話，依照內部規則應往二等型態的梗開二的-aŋ 合併。這個一等往二等合併的規則（oŋ＞aŋ），也為北京話的宕開一、江開二所遵循過，試比較下表：

北京話	舒　聲	促　聲
宕開一	堂 ꜀tʻaŋ、忙 ꜀maŋ	各 kɤ꜒、作 tsuo꜒、諾 nuo꜒
江開二	綁 ꜀paŋ	剝 ꜀po

江西贛語新余	舒　聲	促　聲
宕開一	堂 tʻɔŋ³、忙 mɔŋ³	各 koʔ⁶、作 tsoʔ⁶、諾 loʔ⁶
江開二	綁 pɔŋ⁴	剝 poʔ⁶

由北京話的「舒促不平衡」與江西贛語的「舒促平衡」對比，以及北京話促聲仍讀為 o 類元音的情形看來，可以得知原來北京話的宕開一、江開二的舒聲部分也與江西客贛語在舌根鼻韻尾（-ŋ）前的一等型態相同，可以擬測為*-oŋ，一等舒聲*-oŋ 前化變成-aŋ，梗開二則由*-aŋ 進一步高化變為-eŋ。在北京話裡宕攝促聲還有另一層-au 的音讀，如：鑿 ꜀tsau、角 ꜀tɕiau 等字。這

一層-au 的音讀張光宇（2009）認爲來自契丹語言，後文還有進一步的討論。比較了北京話與江西客贛語的音變模式後，我們可以預測江西客贛語宕開一與江開二的一等型態 oŋ 韻母，未來最可能的音變走向就是變爲-aŋ，因爲-oŋ變爲-aŋ 符合江西客贛語內部語音系統一等往二等前化（o＞a）的大趨勢。這項我們對江西客贛語宕開一與江開二未來音變的走向預測，實際上在北京話的宕開一與江開二舒聲部分已經走過一遭。

江西客贛語梗開二存在兩類音讀：一爲白讀的 aŋ 層；一爲文讀的 eŋ 層。江西客贛語的梗開二文讀（-eŋ）便在音類的疊置下與曾開一的音讀形式（-eŋ）相同。在某個角度來說，也就是體現了「曾梗合攝」的實質意義。以徐通鏘疊置音變（徐通鏘：1999）的概念來說，江西客贛語梗開二白讀的-aŋ 與北方來源的文讀層-eŋ，是不同系統同源音類的疊置；江西客贛語裡的文讀梗開二與曾開一讀音相同的情況，則是同一系統異源音類的疊置。

北京話梗開二 aŋ 受韻尾-ŋ 影響，高化變爲 eŋ，也是江西客贛語梗開二文讀的來源。

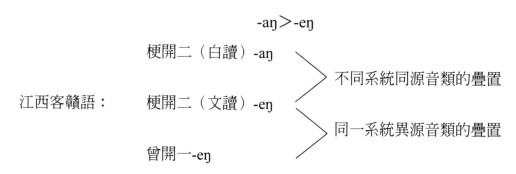

最末還有兩點要補充說明的，第一點就是江西客贛語梗開二的主要元音也有讀爲圓唇元音（o／ɔ、u）的，經過比對所有的梗開二等的讀音，發現這類圓唇元音的分佈只局限在唇音聲母之後，所以我們認爲這個圓唇成分的元音是從唇音聲母帶出來的，因爲唇音聲母多兼有圓唇的性質，且變化的起點是文讀層的梗開二-eŋ。文讀層梗開二的-eŋ 中的 e 元音容易央化變爲-əŋ，而央元音ə的語音性質又較爲模糊，所以受到前面具有圓唇性質的聲母影響，圓唇化變爲 o／ɔ、u 類的圓唇元音。

$$\text{ə} \rightarrow \text{o、u} \quad / \quad \text{m、p-} \underline{\quad}$$
$$[-\text{圓}] \qquad [+\text{圓}] \qquad\qquad [+\text{具圓唇成分的唇音聲}$$
$$\qquad\qquad\qquad\qquad\qquad\qquad\qquad \text{母}]$$

江西客贛語梗開二音讀	贛　語			客　語
	湖口	南昌	吉安	井岡山
猛	moŋ	muŋ	muŋ	muŋ
陌	mo	—	mo	—
彭	—	—	p'uŋ	—

　　第二點要補充的是梗開二的「梗」這個字。雖然在中古韻目的格局下，這個字為「梗攝開口二等」的地位，但在江西贛語的星子、永修、修水、南昌、波陽、樂平、高安、奉新、萬載、新余、東鄉、臨川、南豐、宜黃、黎川、萍鄉、吉安、永豐、泰和以及客語的上猶、南康、銅鼓、澡溪、井岡山都有讀為合口韻的 kuaŋ 音讀情形。其餘的江西客贛語方言點則是讀為開口的 kaŋ；或是文讀的 keŋ；或是開合口音讀兼收。「梗」字開合兼有的音讀情形，不獨江西客贛語如此，廣東粵語也有相同情形。

廣東粵語	開口一派的方言點						合口一派或兼有合口一派的方言點				
	廣州	東莞	斗門	台山	開平	信宜	順德	中山	韶關	雲浮	廉江
梗	keŋ	ken	keŋ	kaŋ	kaŋ	k'eŋ	k'uaŋ	kuaŋ keŋ	kuaŋ	k'uaŋ	k'uaŋ keŋ

（註：台山、開平 kaŋ 的音讀，原本來自 *keŋ，因為這兩個廣東粵語方言點發生過長短元音對比消失的音變，所以原來的 *keŋ 就讀成 kaŋ 了。）

（詹伯慧：2002）

　　廣東粵語「梗」字韻母中短元音ɐ的讀法是北方文讀 eŋ 層疊置於廣東粵語的後續演變結果。廣東粵語在古代北方語、現代北方語言的疊置下，梗攝開口二等有了高低兩種元音（eŋ、aŋ）的讀法，高元音 eŋ 讀法進來後，又依自身語言的語言規則，將高元音的讀法促化讀為為短元音。其音變形式可表示如下：

*eŋ（北京）────► ieŋ（二等牙喉音）、eiŋ ────► ɐŋ（廣州話）

　　廣東粵語的順德、中山、韶關、雲浮、廉江「梗」字合口韻的讀法，以及上文提及江西客贛語裡存有合口一讀的「梗」字音讀，在在都顯示這個「梗」字合口韻的讀法為切韻一系韻書所失收。

（五）零韻尾（-ø）前（附論-i）

　　前文提過這個 e 類元音容易進行元音破裂（e＞ie、ei），所以這裡零韻尾

（-ø）前的單元音 e 難以與 -i 元音之前的 ei 韻母，甚至是 ie 韻母做嚴格的區別，所以零韻尾（-ø）前的 e 類元音討論，我們一併附論在 i 元音之前的 e 類元音。上文我們已經討論過出現在 u 元音之前（-u）之前，以及三類鼻音韻尾 -m、-n、-ŋ 之前（入聲韻附在相配的鼻韻尾）的 e 類元音。因為 e 類元音的出現範圍廣泛（-u、-m、-n、-ŋ），我們可以確認這個 e 類元音是一個存在於江西客贛語韻母元音系統裡的一個韻基。雖然還沒有正式討論這個單元音形式的 e 類元音，但我們從其他語音環境前的 e 類元音，已經可以確知江西客贛語一定具備有這個基礎原型的單元音 e 韻母。上文討論的這一系列在各韻尾（-u、-m、-n、-ŋ）前出現的 e 類元音都是「一等」的形式，可是我們在一等的中古韻目條件之下，找不到這個以 e 元音為韻母的單元音。

從音韻系統的內部證據，我們可以確知江西客贛語有這個單元音的 e 韻母，但又因為 e 元音容易進行元音破裂（e＞ie、ei），所以江西客贛語的這個單元音 e 韻母形式只能夠在「三等」的中古韻母條件之下去尋找。

1. 蟹攝開口一、二等

蟹攝開口一等的咍與泰韻都有一些零散的字讀為 ei、e 或 æ 韻母的，如贛語修水的「待 de、袋 de」，贛語奉新的「在 t'ɛi」，贛語南昌的「在 ts'ei、開 hei」，客語上猶的「哀 ŋæ」，客語南康的「該 kiæ、改 kiæ」……等。由前文蟹攝一二等的對比（oi：ai）可以知道這些讀為 ei、e 或 æ 類韻母的一等咍與泰韻是由原來的一等的 oi 型態與二等 ai 韻母合併，並因後面的 -i 韻尾前、高的徵性而拉高、拉前變為 ei、e、æ 類韻母，這是一種預期性的同化作用。

蟹攝開口二等的皆、佳韻也有零星的字讀為 ei、e、æ 類韻母的，如客語上猶的「鞋 he、蟹 k'æ、矮 æ」，客語于都的「派 p'æ」，贛語泰和的「敗 p'æ、寨 ts'æ」……，這些字都是進行了 ai＞ei、e 的高化音變。

2. 蟹攝合口一等字

前文討論一二等對比時，我們提到江西贛語的湖口、星子、永修、修水、南昌、波陽、樂平、奉新、宜黃、萍鄉，以及客語的上猶、龍南、銅鼓、澡溪等方言點，在幫（脣音）、端（舌尖音）、精（舌尖前音）系下的合口介音 -u- 幾乎消失殆盡，只能在牙喉音聲母之後還能看到痕跡。其中，湖口、星子、永修、修水、南昌、奉新、萍鄉、龍南更從複韻母 ai 單化，且一路高化為前

高元音 i 而與止攝開口三等字合流。在那些合口介音-u-消失又沒有走上一路
高化的一等合口灰、泰韻裡，有些讀爲 ai；也有讀爲 ei、e 的。後者的讀音是
由於合口介音-u-先丟失，後來再遵循了上述的 ai＞ei、e 的預期同化音變。如：
贛語波陽的「每 mɛi、推 tʻɛi、腿 tʻɛi」，贛語樂平的「每 mɛi、推 tʻɛi、腿 tʻɛi」，
客語上猶的「每 me、推 tʻe、腿 tʻe」，客語南康的「每 me」，客語安遠的「每
me、推 tʻe、碎 se」，客語寧都的「杯 pɛi、每 mɛi」，客語石城的「杯 pei、倍
pʻei、每 mei」……等。

這裡沒有一起談論蟹攝合口二等字，是由於蟹攝合口二等字在方言調查字
表裡，只存有牙喉音聲母下有例字，所以多保留合口-u-介音，並未讀爲 ie、ei、
e 類元音。

3. 魚虞有別的魚韻層

前文我們論述過這個魚虞有別的魚韻字。這個與虞韻有別的魚韻語音
層，在江西客贛語裡的韻母多讀爲 e、ɛ、iɛ 類元音。方言比較後，發現相鄰
的吳語內部既然能夠以系統的概念去解釋這些魚韻字讀爲 e、ɛ、iɛ 類元音的
音變過程，所以我們認爲江西客贛語裡的魚虞有別的魚韻字是從吳語移借而
來的，而非江西客贛語內部音韻系統的底層。吳語魚韻的一連串推鍊的音變
過程爲：ai → a → o → u → əu → y → ɛ （張光宇：1991，P434～435）。

4. 蟹攝開口三四等

前文蟹攝字一章，我們曾爲江西客贛語的蟹攝三四等字音讀分類，並製成
以下的圖表。

蟹　攝	三　　等	四　　等
③合流北方文讀層	i	
②合流第二層	e〔註17〕	
①四等獨有層，原型＊ai		ɔi、oi、ai

蟹攝開口三四等合流第二層的 e 韻母，除去後來才加入 e 類韻母的蟹攝四
等字後，發現蟹開三讀爲 e 類元音的字在江西客贛語裡並不多，大部分的蟹開
三都讀第三層合流北方文讀層 i。蟹開三讀爲 e 韻母的字集中在江西贛語，修
水、東鄉、永豐有少數蟹開三字仍讀爲 e 韻母，列表如下：

〔註17〕iɛ 的音讀，我們認爲是 ɛ 元音發生了元音破裂（ɛ＞iɛ）的語音現象。

江西贛語	斃	厲	例	制	世
修水	—	—	—	$t\varepsilon^5$	$s\varepsilon^5$
東鄉	—	—	—	$t\varepsilon^1$	$s\varepsilon^4$
永豐	$p\varepsilon^4$	$t\varepsilon^4$	$t\varepsilon^4$	—	—

究竟這個蟹開三 e 韻母的讀法是不是江西客贛語裡一系列 e 類韻母的基底形式呢？如果以搭配蟹開四的韻母原型 *ai 的角度來設想的話，蟹開三的原初音讀型態應爲 *iai。

蟹攝合口三四等未論及的原因在於字少，且多留有合口成分。合口成分或以合口-u-介音形式；或以具圓唇成分的 ɔ、o 或 y 元音存留，少有讀爲 ie、ei、e 類元音的。

5. 止攝開口三等字

前文論述止攝字的表現時，我們提到止攝字裡還有少數讀爲 e、ɛ 類元音的字，如「舐、是」兩字。雖然字數不多，但基於以下三個理由，我們認爲止開三才是江西客贛語裡 e、ɛ 類系列韻母單元音裡的最基本韻基形式。

①排除了其他陰聲韻（1. 蟹攝開口一、二等，2. 蟹攝合口一等字，3. 魚虞有別的魚韻層，4. 蟹攝開口三四等）並非 e、ɛ 類元音的基底單元音形式後，確定止開三的 e、ɛ 類韻母才是這一系列 e 類元音韻母的基底形式。

②止合三的音讀表現（uei、ue）支持此一論述

江西客贛語止攝合口三等字多有讀爲 ui 與 y 韻母的，但也還有不少字讀爲 uei、ue 類韻母。前文在止攝字一章有其合口介音消失的相關討論，可參看。止合三的 uei、ue 類韻母；或是因合口介音丟失的 ei、e 類韻母是支持我們認爲相對的開口韻爲基本單元音韻基的理由之一。

③「舐」字在江西客贛語裡幾乎全面保留 e 韻母

前文曾舉蟹開三少數讀爲 e 類韻母的字，但這些零散讀爲 e 類韻母的字都不像止開三的「舐」字，幾乎全面地在江西客贛語裡保持讀爲 e 類韻母。這也是我們認定止開三少數存留的 e 類韻母字，爲這一系列 e 類韻母在單元音的基本形式的最重要理由。

在正式談論止開三裡的 e、ɛ 類韻母之前，我們先來釐清幾個相關問題。

a. 由央元音 ə 變來的 ɛ 元音，或疑似央元音 ə 變來的 e

前文我們提過這個 e、ɛ 類元音與央元音 ə 常互爲音位變體，且止開三也有

不少方言點把舌尖元音讀爲央元音ə的，所以當江西客贛語裡的止開三出現 e 元音或ə元音時，我們一時難以判斷其來源究竟是 e 類元音的保存抑或是舌尖元音的變讀。

基於止開三以舌尖元音化爲音變大宗的原則，若此一方言點的央元音ə或 e 類元音是廣泛地出現的話，即表示此一方言點的發音習慣是容易把舌尖元音變讀爲央元音ə或 e 類元音的，這樣的 e 類韻母例子我們就不採信，如前文（止攝字一章）我們曾論證過上高、澡溪、南豐都有把舌尖元音讀爲央元音ə的例子。

奉新的「齒 tʻiə、時 sə」，上高的「齒 tʻə、時 sə」，南豐「字 tsʻə、事 sə、齒 tsʻə、時 sə」，南康的「字 tsʻə、事 sə」，澡溪的「齒 tʻə、時 sə」，寧都的「字 tsʻə、事 sə」，石城的「字 tsʻə、事 sə」裡的央元音，透過其他江西客贛方言點多讀爲舌尖元音的比較，我們可以知道這裡的ə央元音是舌尖元音[ɿ]或是展唇後高母音[ɯ]的另一種變體，所以東鄉把「齒 tʻɛ、時 sɛ」讀爲 ɛ 類韻母，我們也只能認爲這個 ɛ 元音是從央元音ə再變來的。

b. 止開三日母的韻字不在討論之列

止開三日母字也有讀爲 e、ɛ 類元音的，但這個 e 韻母是從捲舌元音ɚ進一步變來的，詳見於日母字一章。

c. 止開三唇音聲母後面有讀爲 e、ɛ 類元音的，來自於唇音聲母的合口性質。

諸如湖口「碑 pei、悲 pei」，波陽「碑 pɛi、悲 pɛi、美 mɛi」，樂平「碑 pɛi、悲 pɛi、備 pʻɛi」，橫峰「碑 pei、被～追 pʻei、悲 pei、備 pʻei、美 mei」，吉安「碑 pei、被～子 pʻei、被～追 pei、悲 pei、備 pʻei、美 mei」，永豐「碑 pɛ、披 pʻɛ、皮 pʻɛ、被～子 pʻɛ、被～追 pɛ、悲 pɛ、備 pʻɛ、美 mɛ」，寧都「碑 pɛi、被～追 pʻɛi、悲 pɛi、備 pʻɛi」，石城「悲 pei、備 pʻei、美 mei」由前文止攝合口字的討論，可以知道在合口韻字的止攝韻字中，多有保留 ei、ɛi 類韻母的形式，表示合口介音-u-有利於保存 ei、ɛi 類的作用。於是，上面所舉的那些「唇音類」的止攝開口字仍可讀爲 ei、ɛi 類韻母的原因就昭然若揭了。因爲聲母帶有合口介音的成分[ʷ]，所以這些「唇音類」的止攝開口字韻母仍能保持讀爲 ei、ɛi 類韻母。

這些唇音聲母後的韻字還讀爲 ei、εi 類韻母，我們也可以從北京話的韻母得到反映。如上文出現的「碑、悲、美、備、被~子、被~迫」等字，北京話都是 ei 韻母。

d. 永豐在舌尖聲母 t 之後的韻母多有讀爲 ε 韻母的情形，因爲不同於其他江西客贛語的表現，可以認爲是聲母 t 的影響，不列入以下 e、ε 韻基的討論之中。因爲舌尖音 t 屬於銳音（acute）容易使得永豐後面的央元音ə變爲 e 類元音。

排除掉上述四項韻字後，止開三中仍保留 e、ε 類韻基的字，較可以確信的有以下幾個字：

「舓」

這個「舓」字在江西客贛語多讀爲 e、ε 韻母，且是止開三 e、ε 韻字所佔方言最多、最廣的字，且「舓」是口語字，也是最能反映江西客贛語底層 e、ε 韻基功能的字。

江西贛語	永修	修水	高安	上高	新余	東鄉	臨川	南豐	宜黃	黎川	蓮花	永豐	泰和
舓	dzʲɛ	sɛ	sai	sai	se	sɛ	sɛ	se	çiɛ	çiɛ	ʂai	çiɛ	se

江西客語	上猶	南康	安遠	于都	龍南	全南	定南	銅鼓	井岡山	石城
舓	se	se	se	ʃe	sɛ	sɛ	sei	ʂɛ	siɛ	sə

「是」

江西贛語的修水「是 sɛ」，東鄉的「是 sɛ」，以及蓮花的「是 se」都有把「是」讀爲 e、ε 韻母的表現。至於江西客語在肯定詞的使用上，不用「是」，而用「係」字。江西客語「是」字的音讀 sʅ、ʂʅ爲文讀音的移借。

「紙」

修水、東鄉讀爲 tɛ。

「義」

永豐讀爲 iɛ。

「蟻」

永修讀爲ŋiɛ，永豐讀爲 iɛ，全南爲 niɛ／ŋæi，定南 ŋai，銅鼓 nɛ，澡溪 nai，石城 niɛ。

「知_白」

修水、東鄉讀為 tɛ。

最末，江西客贛語止攝開口三等字還有一個「易」字，一為「易~容」之「易」；一為「易姓」之「易」。前一個「易」在江西客贛語裡都讀為 i 元音，是止攝字在「攝」的意義上所體現的語音實質。至於後一個「易」在江西客贛語裡多有一個入聲韻尾的讀法，如：永修 iʔ、上高 iaʔ、奉新 iaʔ、上高 iaʔ、臨川 iaʔ、銅鼓 iaʔ、澡溪 iak，顯示這個姓氏的「易」字另有一入聲韻的來源。

三、相配合口的一等 e 類元音韻母系列

-u（×）
-ø（附論-i，止攝合口字）
-m
-n
-ŋ

在-u 元音之前沒有相配的合口韻，零韻尾（-ø）前相配的合口韻為止合三

依照上文討論一等 e 類元音韻母的方式，我們接著討論相對的合口韻。其中，在-u 元音之前不會有*ueu 型態的韻母存在，因為介音是 u，韻尾也是 u，舌體必須由後往前再往後，動程太遠且基於唇音異化（dissimilation）的原則，*ueu 類型的韻母難以存在，所以這個 e、ɛ 類韻母在-u 元音之前沒有相配的合口韻。

零韻尾（-ø）前與 e、ɛ 類韻母相配的合口韻，就是上文討論的止合三，在止攝字一章有其合口介音類型的相關討論，這裡不再加以贅述。以下分別以三類鼻韻尾之前（-m、-n、-ŋ）的語音環境來論述這個與一等 e 類元音相配的合口韻。

（一）雙唇鼻韻尾（-m）之前的合口韻

前面我們徵引了張光宇〈論「深攝結構」及相關問題〉（2007）說明「深開一」是音韻系統中的空缺（slot）。事實上，我們只徵引了一半，合口的部分也是系統空缺的一環。

開口	三等	jəm	jən	jəŋ	侵	殷	蒸
	一等		ən	əŋ		痕	登
合口	三等		juən	juŋ		文	東
	一等		uən	uŋ		魂	東

（張光宇：2007，P1）

這裡的侵韻合口一等若確實存在，那麼相對於上文我們討論的雙唇鼻韻尾（-m）之前的 e、ɛ 類韻母一等字（*em），侵韻合口一等的擬音就應是 *uem。但前文我們也提過，這個 e、ɛ 類元音與央元音 ə 多為音位變體，我們將原來 *uem 的擬音改寫做 *uəm（／*um）。既然開口一等的形式，還可以在梅縣及江西客贛語的莊組侵韻字下找到痕跡。那麼合口的一等字，基於與開口一等相配關係，以及與魂、東韻系列相對的關係，應有其存在的可能。透過張光宇（2007）以下對南通方言的分析，我們可以知道這個雙唇鼻韻尾（-m）之前的 e、ɛ 類韻母的合口一等字 *uəm（／*um），落實在韻目上就是「覃」韻。

張光宇（2007）曾依魯國堯（2003）南通方言的語音記錄，建立了深攝合口一等，其語音實質可與中古韻目的「覃」韻符合。

覃	貪 ₌t'õ	南 ₌nõ	簪 ₌tsõ	蠶 ₌ts'õ	感 ˚kũ	含 ₌xũ	砍 ˚k'ũ	暗 ũ˧
談	擔 ₌tã	談 ₌t'ã	藍 ₌lã	三 ₌sã	甘 ₌kũ	敢 ˚kũ	蚶 ₌xũ	酣 ₌xũ
咸	斬 ˚tsã	蘸 tsã˧	饞 ₌ts'ã	杉 ₌sã	尷 ₌ka	咸 ₌xã	陷 xã˧	餡 xã˧
銜	衫 ₌sã	監 ₌kã	嵌 k'ã˧	岩 ₌ŋã	銜 ₌xã	艦 ˚k'ã	匣 xaʔ₌	鴨 ŋaʔ₌

南通這四韻的對立情況可以分為三種，簡括如下：

	覃 韻	談 韻	咸 銜
舌齒	ø	ã	ã
牙喉	ũ	ũ	ã

覃韻如上文所說是 *ũ，咸銜沒有條件分化可以寫作 *ã；談韻舌齒音同咸銜，牙喉音同覃，因此它的起點應介於兩者之間，是個 õ 韻。規律如下：*u，*õ → ø，ã 舌齒音後，*õ → ũ 牙喉音後，*ã → ã。該形式代表現代南通方言相關韻類的共同出發點，也反映了《切韻》三個韻類的區別：覃 um，談 om，咸銜 am。這三個韻母的平行關係呈現如下一幅畫面：

um 覃韻	un 魂韻	uŋ 東韻
om 談韻	on 寒韻	oŋ 唐韻
am 咸銜	an 山刪	aŋ 耕庚

張光宇又根據南通方言、江西東鄉贛語，以及梅縣的客語在覃、談、咸銜韻的音讀情形。

韻　類	南　通	東　鄉	梅　縣
覃韻*um	ũ	om	am
談韻*om	õ	om	am
咸銜*am	ã	am	am

總結言之，覃韻本不與談韻同一家族，它應是合口一等與魂平行，魂如稱爲臻攝，覃亦可稱爲深攝成員。後來元音降低（起於雙脣尾的舌體平低），先與談合流進入開口一等家族，再進一步降低元音成爲咸攝的一份子。

從覃韻的遞邅之迹可以清楚看到，覃與談原爲分立的兩個韻，《切韻》反映的就是這個分韻的事實。它們變成「重韻」是因爲元音合流的關係。照理二等重韻咸銜也應如是看待，但也許合流徹底，不留痕迹，比較法已無法使力。……換句話說，韻等攝是有時代縱深的立體結構，代表三個時代層次。面對這個立體結構，正確的態度是由上往下看而不是反其道而行；如果由下往上看，也就是「依攝行事」，視線不免模糊，因爲焦點受到蒙蔽。依攝行事，覃韻必須界定在「咸攝開口」一等的藩籬之內，無論如何也看不到它原來在藩籬之外的「深攝合口」一等。

（張光宇：2007，P5～6）

在江西客贛語裡，覃談兩韻都擁有 om、am 兩個語音層，表面看不出鑑別的韻類。如果沒有透過方言比較，雖然我們從系統的空缺（slot）中，我們知道有*uəm（／*um）層的可能，但卻無法落實在方言的實際語音中，總讓人覺得有些遺憾。南通方言的調查正好補足了這一塊拼圖。

江西客贛語的覃、談不分：

覃		談	
om	am	om	am

南通的覃、談、「咸銜」韻都有分別，表示南通是站在「韻」的分別上；江西贛語的東鄉覃、談韻沒有分別都讀爲 om，東鄉 am 音讀是向二等合流的表現，我們暫時不算作其原來一等的讀音，但東鄉的「覃談」與「咸銜」有別，是站在「等」的分別上；梅縣覃、談、「咸銜」韻相混，是站在「攝」的角度上立論。打破「韻、等、攝」的界線，依照語音實質與方言比較立論，我們才能看清或接近一個語音系統的眞實面貌。

基於以下三點理由，我們認爲這個江西客贛語讀爲 om 與 am 的覃韻，其 om 的音讀層是由*uəm（／*um）變來，而與談韻合流的結果。

1. 方言比較：南通方言覃、談韻的分別（直接證據）

2. 系統內的平行演變：東一韻 uŋ 有變爲宕一（／江二）oŋ 的趨勢，顯示一等韻中有 u>o 的音變現象。

3. 江西客贛語裡覃、談兩韻的演變速度不一（間接證據）

1. 方言比較：南通方言覃、談韻的分別（直接證據）

第一點理由是前文張光宇〈論「深攝結構」及相關問題〉（2007）建構深攝合口一等*uəm（／*um）的立論證據，論述過程如上，茲不再贅述。這也是我們認爲江西客贛語覃韻 om 音讀的前一個階段爲*uəm（／*um）的直接證據。

2. 系統內的平行演變：東一韻 uŋ 有變為宕一（／江二）oŋ 的趨勢，顯示一等韻中有 u>o 的音變現象。

第二個支持覃韻 om 音讀的前一個階段爲*uəm（／*um）的理由，存在於平行相對的舌根韻尾（-ŋ）前的一等東韻。一等的東韻發生了 uŋ>oŋ 的音變現象，且因爲此項音變現象仍在進行中並可以觀察的到。若在舌根鼻韻尾（-ŋ）之前發生 u 變 o 的現象，那麼平行的舌尖鼻韻尾（-n）與雙唇鼻韻尾（-m）前都應該可以觀察到這項音變現象。至於東韻一等的音變現象，後文再做說明。

3. 江西客贛語裡覃、談兩韻的演變速度不一（間接證據）

第三個支持我們認爲覃韻前一個階段的音讀爲*uəm（／*um）的理由，在於江西客贛語覃談兩韻演變的速度，彼此顯示出不一致的步調。

　　前文提到江西客贛語裡的覃談兩韻在表面的音讀上，都擁有 om 與 am 兩層的音讀層，沒有獨異的鑑別語音層。這個 am 層是一等韻趨向二等的音讀形式，可以稱爲「二等韻音讀形式」（am），並不是一等覃談兩韻的原本形式。因爲這個一等變爲二等的大趨勢（o＞a），讓我們可以假設覃談兩韻不管之前是否有所分別，在系統內部結構的壓力下，下一個演變的階段就是變爲 am 韻。就像上文所舉的梅縣客語一樣，覃談咸銜都讀爲 am 類韻母。但若是覃談兩韻在出發的起點就不相同的話，那麼他們兩韻變爲 am 的速度就會有所不同，在江西贛語的湖口、星子、永修、修水、南昌、高安、奉新、上高以及客語的澡溪呈現了特殊的音讀情形，值得我們進一步地研究。以下舉上高的例子做說明：

上高	覃						談				
	舌尖音		舌尖鼻音		舌尖前音		牙喉音	舌尖音	舌尖邊音	牙喉音	
	貪	探	南		參	蠶	感	膽	籃	甘	敢
	t'ɔn	t'an	lɔn		ts'an	ts'ɔn	kɔn	tan	lan	kɔn	
語音層	ɔn、an						ɔn	an		ɔn	

　　江西客贛語裡，覃韻包含著舌尖音、舌尖前音、牙喉音三大類聲母；談韻則包含舌尖音、牙喉音兩大類聲母（入聲韻字下文我們另外討論）。上文我們列舉的九個江西客贛方言點都有與上高相同的情形。這裡只列上高音讀，只是想更簡潔地呈現問題。

　　上高覃韻牙喉音下只有 ɔn 一讀（*om 類），而牙喉音之外的舌尖音、舌尖前音的聲母下則是一二等形式都具備 ɔn、an（一等 *om 類與二等 *am）；談韻則是只有牙喉音下存有 ɔn 音讀（*om 類），除牙喉音聲母之外，其他聲母之下都只有二等類韻母的讀法 an（二等 *am 類）。這種現象顯示什麼呢？前文我們在一二等元音對比一章曾經提到，當舌體處在舌根後高位置而移動到前面的高、中、低或前、央、後等元音時，相對於其他聲母是較爲自由的。換句話說，發音部位愈後的聲母愈有保留其本來元音的效用。

　　以這個標準我們再回頭看上高的情形，我們先假定牙喉音的聲母都是較保守的，那麼談韻只有在牙喉音聲母後面保持一等 om 形式，其他聲母都變爲二等的 am 形式，相較於覃韻除牙喉音外，其他類聲母還是一二等韻母（一等 *om 類與二等 *am）形式並存，表示談韻在變爲二等 am 形式的速度上是比較快的，才會「只有」在牙喉音聲母後還能見到這個一等 om 形式。反觀上高的覃韻，

除了牙喉音聲母後面仍保留這個一等形式之外，舌尖音、舌尖前音聲母後面仍可以見到這個一等形式的 om 類韻母，表示覃韻在保留一等 om 形式韻母上，還沒有退居最後牙喉音聲母字的堡壘內。若是覃談兩韻的起點相同，照理不會有這麼明顯的分判，兩韻演變速度的不同，其實暗喻著這兩韻起始演變點的不同。我們再把江西客贛語裡覃談兩韻的音讀情形做一概略式的圖示：

	覃		談	
	其他聲母	牙喉音聲母	其他聲母	牙喉音聲母
其他的客贛方言點	am	om	am	om
上高等九個客贛方言點	am、om		am	om

在上高等九個江西客贛方言點裡（江西贛語的湖口、星子、永修、修水、南昌、高安、奉新、上高以及客語的澡溪），覃韻演變為二等 am 韻的速度明顯有落後於談韻的趨勢，最簡單的解釋就是兩韻起始的音讀並不相同。基於談韻在一等 om 變為二等 am 韻的速度快於覃韻的理由，談韻的前一個階段，我們可以徑直地認為就是這個一等*om 類韻母。至於覃韻，覃韻因與談韻的起跑點不同，所以當談韻幾乎全部都變為二等類型的 am 韻（除牙喉音外）時，後加入談韻家族的覃韻在牙喉音之外的聲母韻字還能夠保留一等談韻 om 類韻母的表徵。這種情形在走的較快的談韻的其他聲母韻字上（即除了牙喉音的其他聲母）是看不到的。覃韻前一個階段的擬音，既要與談韻不同，但元音性質又必須很接近談韻，覃談兩韻才有合併的可能，所以覃韻前一階段的擬音最有可能的就是同為圓唇元音性質的*uəm（／*um）類韻母。

（1）覃談韻在入聲韻字的表現

覃談韻在入聲韻字的表現，大約等同於其相對陽聲韻字的表現。前文我們曾經論述過入聲韻字的元音，相較於相對的舒聲韻有較為保守的行為。我們認為入聲韻字之所以有這樣「間接」保留元音種類的行為是來自於它「短促」的塞韻尾性質。以下舉奉新在覃談兩韻入聲韻的情形，例字為：答 top、踏 t'ap、納 lop、鴿 kop、合～作 hop（覃韻）；塔 t'ap、臘 lap、蠟 lap、磕 hop（談韻）。

	入聲韻字	覃		談
	其他聲母	op	ap	ap
奉新	牙喉音聲母	op		op

從上表，可以發現入聲韻尾對保留一等 o 元音並沒有直接的作用，因爲決定保留 o 元音的決定因素還是牙喉音聲母，而非入聲韻。

（2）江西客語覃韻演變的速度快於贛語

在上述九個江西客贛方言點（江西贛語的湖口、星子、永修、修水、南昌、高安、奉新、上高以及客語的澡溪）裡，還保有談韻演變速度快於覃韻的證據，且在這九個方言點裡，只有一個方言點來自江西客語（澡溪）。這也就表示在江西客語裡的覃談兩韻幾乎已經演變到相同的程度，只有在牙喉音聲母後面還殘留著一等 om 韻形式。江西贛語則存留較多覃韻演變速度慢於江西客語的證據。

（3）其他輔助證據

我們還可以從古籍中看見深攝合口通假的例子。例如《淮南子・天文》：「火上蕁。」高誘注：「蕁讀若葛覃之覃。」《爾雅・釋言》：「流，覃也。覃，延也。」《釋文》：「覃本又作燂」。羅常培（1993）猜測「覃、談」在上古音中或許是相對待的兩個韻。

（二）舌尖鼻韻尾（-n）之前的合口韻

舌尖鼻韻尾（-n）之前的合口一等 e 類韻母，擬音應寫作*uen，中間的 e 類元音容易央化爲央元音ə，又可寫做*uən（／*un）。符合的韻目有二：一爲魂韻；二爲桓韻，以下先討論魂韻。

1. 魂 韻

魂韻屬於臻攝合口一等。依照系統，魂韻要讀爲*uən（／*un），但江西客贛語裡，並不是每一個方言點都遵循著 un 的讀法，在此做說明。

（1）魂韻 un 讀為[ən]，尤以唇音聲母為多

魂韻*uən（／*un）韻母讀爲[ən]是常見現象，在英文的 un-詞頭也有讀爲[ən]的表現。「un-總是[ən]：un-beaten「未敗」，un-tidy「不整潔」，un-clear「不清楚」。」（包智明：1997，P12）但 un 讀爲[ən]的現象，有聲母分類上的不同。舌根聲母（k-類）多讀 un，至於魂韻其他的聲母（唇音幫系，舌尖音端系與泥母，舌尖前音精系）則是[ən]、[un]兩種音讀互見。前文我們引用過張光宇（2006）〈漢語方言合口介音消失的階段性〉一文，認爲漢語方言的合口介音是否消失及消失次序，依聲母發音的舌體姿態而定。舌體後部越高越不容易消失，反之則越傾向消失，所以唇部的聲母後的韻母是最容易消失合口成分的。江西贛語的萬載、新余、臨川，以及客語的全南、井岡山，唇

音聲母後面的韻字還有讀爲[un]韻的音讀。其餘的客贛方言點，唇音聲母後的韻字多讀爲[ən]。

　　類似的音變現象見於江西客語山攝合口一等桓韻。江西贛語的山攝合口一等桓韻普遍念爲 o 元音，但江西客語的安遠、于都、龍南、全南、定南、銅鼓、澡溪、井岡山、寧都、石城等地的合口一等桓韻唇音聲母韻字，比起其他聲類的韻字，在前化爲二等型態的 an 韻母上速度是最快的，起因於這個唇音聲母的作用，相關討論見前文的一二等對比。

　　（2）鼻韻尾的消失容易使「非後部聲母」下的主要元音開口化

	本	門	嫩	燉	尊	困
萍鄉	pẽ	mẽ	—	—	—	kʻuəŋ
蓮花	pẽ	mẽ	nẽ	tẽ	tsẽ	kʻuẽ
泰和	pẽ	mẽ	—	—	—	kʻũĩ
上猶	pẽ	mẽ	nẽ	tẽ	—	kʻuẽ
南康	pẽ	mẽ	nẽ	tẽ	—	kʻuẽ

　　萍鄉、蓮花、泰和是江西贛語方言點；上猶、南康是客語方言點。這些客贛語方言點都有韻尾（-n）丟失，並與前面元音結合成鼻化元音的現象，且唇音、舌尖、舌尖前音聲母後的主要元音讀爲 e 元音，有開口化的現象。至於我們怎麼知道這些方言點原來具有合口成分，今日讀爲 e 韻母是「開口化」而來？理由有二：①內部語言的證據：這些語言點的舌根音聲母後的韻字還有合口韻的表現；②其他客贛方言還有合口成分的表現。相較於其他江西客贛方言還保有舌尖鼻韻尾（-n），且在唇音、舌尖、舌尖前音聲母後的韻字還讀爲央元音的[ən]；或還具圓唇成分的[un]韻母來看，鼻韻尾-n 的消失在「非後部聲母」下的韻字有「開口化」的效果。

　　這些消失鼻韻尾-n 的方言點，在變爲 e 元音前的一個韻母階段應是央元音[ən]韻母，因爲央元音ə模糊的發音性質再加上相配的聲母：唇音、舌尖、舌尖前聲母都屬前部發音的聲母，使得韻母自然容易從央元音的ə變爲 e 元音。

2. 桓　韻

　　舌尖鼻韻尾（-n）之前的合口一等 e 類韻母除了魂韻之外，還有另一組鮮難發現的韻——桓韻。

前文我們藉由南通方言的比較，以及江西客贛語裡覃談兩韻的演變速度不一，證明覃韻今讀為 om 類的韻母是從原先的 um 韻母演變而來的。u＞o 的音變現象既然在雙唇鼻韻尾（-m）前以及舌根鼻韻尾（-ŋ）前都發生，依照系統內部的規則，在舌尖前鼻韻尾（-n）前也應有相同的演變現象（un＞on）。但江西客贛語讀為 on 韻母的有寒韻與桓韻，到底哪一個韻才是原來的*un 韻呢？在論證之前，我們先把答案提出，原來讀為*un 韻的是桓韻，理由有二：

（1）方言比較：吳語、南通方言與廣東粵語的例子

（2）內部證據：寒桓韻演變速度的差異

（1）方言比較：

a. 吳　語

　現代吳語方言有分別談與覃韻的，談韻字的元音總是跟寒韻字相同，如：

	籃（談）	南（覃）	難（寒）
蘇州	lɛ	nɵ	nɛ
上海	lɛ	nɵ	nɛ

（董同龢：1967，P111）

b. 南通方言

　談韻若總是與寒韻相配，那麼與覃韻相配的就該是桓韻了。魯國堯（2003）發現在南通方言裡談、覃：寒、桓等韻有一平行現象並推導出一個四韻公式：

談韻舌齒音：（談韻牙喉音＋覃韻）＝寒韻舌齒音：（寒韻牙喉音＋桓韻）

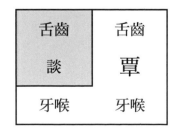

（魯國堯：2003，P142）

	談韻		覃韻		寒韻		桓韻		
	舌齒	牙喉	舌齒	牙喉	舌齒	牙喉	雙唇	舌齒	牙喉
興化	ɛ̃	ũ、ɛ̃	/	/	ɛ̃	ũ、ɛ̃	ũ	/	/
泰州	ɛ̃	ũ	ũ、ɛ̃	/	ɛ̃	ũ、ɛ̃	ũ	/	/
如皋	ɛ̃	ũ	ʊ、ɛ̃	/	ɛ̃	ũ	/	/	/
南通	ã	ũ	ỹ	ũ	ã	ũ	/	ỹ	ũ
常州	ɛ	ɤ	/	/	ɛ	ɤ	/	/	uɤ
無錫	ɛ	o	/	/	ɛ	o	/	/	/
常熟	ɛ	ɤ、əŋ	əŋ	/	ɛ	ɤ	/	/	u、uɤ
蘇州	E	ø	/	/	E	ø	/	/	uø
宜興	A	e	/	/	A	e	/	/	ue
上海	E	ø	/	/	E	ø	/	/	/
嘉興	ɛɜ	ɤə	/	ɤə、ɛɜ	ɛɜ	ɤə	/	/	uɤə
紹興	æ̃	ĩ	uθ̃、θ̃	æ̃、ĩ	æ̃	ĩ	θ̃	/	uθ̃
寧波	E	I、EI	EI	EI、E	E	i、EI	u、ø	ø	u
溫州	ɑ	θ	/	/	ɑ	θ、y	θ	/	ɑ
衢州	æ̃	ə	/	ə、æ̃	æ̃	ə	/	/	uə
金華	ɑ	ɯə	ɯə、æ̃	/	ɑ	ɯə、æ̃	ɯə	ɯə、ə	uɑ、uæ̃
慶元	ã	ã	/	/	ã	uã	ã	/	uã
南昌	an	ɵn	uɵn	ɵn	an	ɵn、an	ɵn	ɵn、on	uɵn
樂平	an	ɛn	/	/	an	ɛn	ɛn	/	uɛn
高安	an	on	/	/	an	on	ɛn	on	uɛn
臨川	am	om	am	om	an	on	/	/	uon
萍鄉	ã	ɔ	ã	ɔ̃	ã	ɔ̃	/	/	uɔ̃
岳西	an	on	/	on、uon	an	on、uon	on	/	uon

註：　表與左相同。

（魯國堯：2003，P141～142）

　　前文我們已經討論過覃韻原為*uəm（／*um），後加入談韻 om 家族，再進一步與談韻一起步向二等 om 韻前化的演變道路。如果吳語與南通方言都顯示：談韻對等的韻是寒韻；覃韻對等的韻是桓韻，那麼就是間接說明了桓韻的前一階段音讀是與覃韻*um 相對的*un。

c. 寒桓韻的歷史地位

寒、桓韻在中古的擬音表現爲開合口的不同：寒*ân 桓*uân（擬音依：李方桂：1980），但寒、桓韻在中古是一組很特別的開合口韻。在陸法言的《切韻》中，只有「眞、歌、寒」韻。在孫愐之後的切韻系韻書，則是分立此三韻爲六韻，也就是我們現在熟知的開、合韻：眞諄、歌戈、寒桓。

> 孫愐以後，切韻的「眞」韻都分作「眞」與「諄」，「寒」韻都分作
> 「寒」與「桓」，「歌」韻都分作「歌」與「戈」。雙方的差別是：陸
> 氏把開合不同的韻母併爲一個韻而孫氏以後都使開合分立（董同
> 龢：1998，P83）。

在此，我們不必然要將韻書的出現先後，畫等號於何種情形爲較早的順序，因爲歷史音變的演變先後，很可能會被地理區的演變速度不一，而產生其音變不連續性的推導結果。我們拿其他的開合韻來與寒桓韻比較，便可看出寒桓韻在中古韻目的特殊之處。

宕攝一等開合韻：唐 ── 唐（開）／唐（合）

山攝一等開合韻：寒（陸氏）── 寒（開）／桓（合）

我們現在所熟知的中古音系統，除眞諄、歌戈、寒桓等的開合韻之外，其他有統開合對立的韻就是如同唐韻一般，開合即使分韻也是共用同一韻名，而眞諄、歌戈、寒桓則是開合以不同的韻目命名。李新魁認爲「《廣韻》既然把它們分爲不同的韻，表明它們的主元音必有不同」（李新魁：1997，P93）。

d. 廣東粵語的桓韻不等於寒韻

李新魁（1999）的推論還基於廣東粵語的表現。廣州粵語寒、桓韻的牙喉音字部分，仍保持主要元音的對立：

牙喉音	廣州	舒 聲 韻	入 聲 韻
桓	un	官 kun、冠 kun、寬 fun、玩 wun、歡 fun、換 wun	括 kʻut、活 wut、闊 fut
寒	ɔn	看 hɔn、岸 ŋɔn、漢 hɔn、寒 hɔn、汗 hɔn、安 ɔn	割 kɔt、渴 hɔt

（詹伯慧：2002）

入聲韻的部分，只要是牙喉音聲母後的入聲韻，廣州粵語都與牙喉音的舒聲韻有相平行的現象。廣東其他的粵語方言點也存有與廣州相同的語音現象，即牙喉音聲母之後，寒桓有別。寒韻表現爲 ɔn 類韻母；桓韻表現爲 un 類韻母的方言點還有：順德、中山、斗門、韶關、信宜、廉江。

前文我們提過，當舌體處在舌根後高位置時，移動到前面的高、中、低或前、央、後等元音時，相對於其他聲母是較爲自由的，所以牙喉音聲母後的元音通常是較保守的。依此推論，廣東粵語桓韻牙喉音後的 un 韻母代表一個較早的音讀階段。

（2）內部證據：寒桓韻演變速度的差異

這裡我們排除了因爲韻尾新生 i 元音而使韻母有所變異的方言點，還有少數桓韻讀爲 an 的字，因爲這些少數讀爲 an 的韻字，並不影響我們分類的結果。江西客贛語裡寒桓兩韻的音讀情形如下。

	桓			寒	
	唇音聲母	其他聲母	牙喉音聲母	其他聲母	牙喉音聲母
贛語	on		uon	an	on
客語	an	on	uon		

江西客語桓韻唇音聲母後的韻字讀爲 an，來自唇音聲母的影響，前文已有論及。江西客贛語桓韻牙喉音聲母後的元音帶有一個 u 介音，經過與其他聲母後的韻字比較，可以知道這個 u 介音是從牙喉音聲母本身帶出來的。因爲牙喉音聲母本身就常兼有合口的性質，最典型的例子就是廣東粵語的 kʷ 聲母。

從江西客贛語寒桓兩韻的表現可以推測，寒韻先加入一等往二等前化的運動（o＞a），所以只有牙喉音之後還保留 on 一等韻的痕跡，其餘聲母後的韻母已經前化成二等韻 an 的型態。桓韻因爲晚加入寒韻，所以不只是在牙喉音聲母之後，幾乎所有的聲母後的韻字，都可以看到這個一等韻 on 的音讀。

寒桓兩韻的差異性顯示：寒、桓韻在演變成 an 二等型態韻母的速度上是不同的，寒韻快於桓韻。既然寒韻變為二等 an 韻快於桓韻，那麼直接假設他的前一個階段就是 on 就有其合理性。桓韻在江西客贛語的表現，大多還停留在一等 on 的型態，在前化為二等韻 an 的速度上明顯慢於寒韻。若寒桓兩韻起始點不同，最後桓韻又要變成 on 的音讀，那麼桓韻 on 音讀的前一階段的音值會是什麼就不言而明了。

（三）舌根鼻韻尾（-ŋ）之前的合口韻

前文一二等對比一節中，舌根鼻韻尾（-ŋ）前與二等 aŋ 形成對立的一等 oŋ 韻是宕開一與江開二，因為這兩個韻攝的音讀在江西客贛語裡表現一致。專注於語音本身的實質並打破攝的界線，我們才能更直視語音系統本身的規律。在江西客贛語裡還有一類韻母也讀為 oŋ 音讀的，那就是通合一（東一）韻。不過這個東一韻讀為 oŋ 韻母的情形在江西客贛語裡並不是全面的，只有在江西贛語的湖口、橫峰、奉新、宜黃、蓮花，以及客語的上猶、南康有讀為 oŋ 的情況，且蓮花、上猶、南康讀為 oŋ 音讀的情況還是零散的幾個字，所以蓮花、上猶、南康的東一韻讀為 oŋ 的情況，是移借自其他變為 oŋ 韻的贛語方言點。江西客贛語裡的東一韻雖然都有讀為 oŋ 音讀的情況，但客語是來自移借，只有贛語的湖口、橫峰、奉新、宜黃是真正由*uŋ 變為 oŋ 的。至於為什麼我們判斷江西贛語的湖口、橫峰、奉新、宜黃的東一韻 oŋ 音讀是後起，而非原來即讀為 oŋ，理由有三：

1. 江西客贛語裡的東一韻大量讀為 uŋ

2. 舒、促的對照

3. 系統的對比形式

1. 江西客贛語裡的東一韻大量讀為 uŋ

對照大部分江西客贛語的東一韻都讀為 uŋ 韻母的表現，江西贛語的湖口、橫峰、奉新、宜黃的 oŋ 韻母應為後起的，起點為*uŋ。

2. 舒、促的對照

江西贛語	舒	促	舒	促	舒	促	舒	促
	篷	木	懂	獨	聾	鹿	翁	屋

	唇音		舌尖音		舌尖邊音		牙喉音	
湖口	boŋ	muʔ	toŋ	du	loŋ	lu	oŋ	u
橫峰	pʻoŋ	muʔ	toŋ	tʻuʔ	loŋ	luʔ	uoŋ	uʔ
奉新	pʻoŋ	muʔ	toŋ	tʻuʔ	loŋ	luʔ	uoŋ	uʔ
宜黃	pʻoŋ	muʔ	toŋ	tʻuʔ	loŋ	luʔ	uoŋ	uʔ

	舒	促
四個江西贛語方言點	oŋ	u（ʔ）
其他江西客贛方言點	uŋ	u（ʔ）

入聲韻的塞韻尾發音短暫，因爲短暫，所以入聲韻尾常相當於零韻尾（-∅），而因此對前面的主要元音有「間接」的保存作用。江西贛語的湖口、橫峰、奉新、宜黃的舒聲韻字雖然已經變爲 oŋ 音讀形式，但與東一韻相對的入聲韻字的主要元音仍維持讀爲 u 元音。

後、高的-ŋ 鼻韻尾則有較好保存前面元音的效力，這也是爲什麼在江西客贛語裡東一韻從*uŋ 變爲 oŋ 的音變現象較爲零散，不如前面談到*um（覃）＞om（談）與*un（桓）＞on（寒）的音變現象來得全面的緣故。

既然①入聲韻字前的主要元音是比較保守的，②又將這四個贛語方言點舒促不平衡的情況，對照其他舒促平衡的客贛方言點，可以推知這四個贛語方言點舒聲韻讀爲 oŋ 的情況是後起的，是由*uŋ 變來的。

3. 系統的對比形式

就內部系統而言，我們是先從東一韻有由*uŋ 變爲 oŋ 的音變現象來推論，在雙唇鼻韻尾（-m）之前；以及舌尖鼻韻尾（-n）之前都應該有相同的音變情況，才間接支持了*um（覃）＞om（談）與*un（桓）＞on（寒）的音變現象。覃談、桓寒的音變現象，又可以從其他方言的比較得到支持。

前文我們提過 [un] 多有讀爲 [ən]的，在江西客語裡也有類似的情況：把東一韻 [uŋ] 讀爲 [əŋ]。我們主要使用的十二個江西客語方言點（上猶、南康、安遠、于都、龍南、全南、定南、銅鼓、澡溪、井岡山、寧都、石城）很全面性地都有把 [uŋ] 讀爲 [əŋ] 的情況，且不限聲母類別，但入聲韻的部分則仍讀 u 元音。江西贛語 [uŋ] 讀爲 [əŋ] 的情形則是散見。

第七節　三四等格局的對比

一、三四等對比的環境

　　漢語方言三四等字多為合流的格局，在閩語則留有三向對立的格局（ai:ia:iɑ），分別發生在陰聲韻字〔註18〕、舌根鼻韻尾前（-ŋ）以及舌尖鼻韻尾（-n）與雙唇鼻韻尾前（-m）。提出閩語三四等對比的是張光宇（1990），以下我們以這樣的對立格局來看江西客贛語的三四等對立狀態。江西客贛語雖然在三四等字的對立格局上不如閩語典型，但在陰聲韻字上的對立狀態是一樣的，在舌根鼻韻尾之前，也可見到這個三四等對立格局的痕跡。基於系統的對稱性，我們認為早期的江西客贛語，或是漢語早期的祖語原型在三四等韻母上，也有這項三向對立的格局。因此比較其他漢語方言的三四等對立格局，對我們瞭解江西客贛語的三四等字的原型也有助益。

　　以下分陰聲韻尾（-ø）、舌根鼻韻尾前（-ŋ），以及舌尖鼻韻尾（-n）與雙唇鼻韻尾前（-m），分別討論江西客贛語的三四等韻的三向對比格局。至於陰聲韻裡還有 i 韻尾前（-i）以及 u 韻尾之前（-u）的對比格局，我們將放置在本節最末再加以討論。

陰聲韻（-ø）
-ŋ
-n
-m

二、陰聲韻（-ø）

（一）閩語

　　閩語在陰聲韻字上的三四等對比格局（ai:ia:iɑ）主要發生在齊：支麻：戈四個韻。張光宇稱讀為 o 類元音的三等字為三等 B 類，即下表的戈韻；稱另一類的三等字為三等 A 類，即下表的支麻韻，齊韻則是相對的四等韻。下文我們也將沿用 A、B 類三等韻的名稱。

〔註18〕這裡我們稱作陰聲韻，張光宇（1990）原文稱為喉音尾韻（-ø），因齊韻有 i 韻尾，這裡我們改稱為陰聲韻。

	齊	支	麻	戈
福州	ai	ie	ia	io
建陽	ai	ye	ia	io
潮陽	ai	ia	ia	io
漳平	ai	ia	ia	io
廈門	ai	ia	ia	io

齊韻：福州——梯 thai$_{55}$，臍 sai$_{51}$

　　　建陽——底 tai$_{21}$，泥 nai$_{33}$，犁 lai$_{33}$，齊 lai$_{31}$

　　　閩南——

	潮陽	漳平	廈門
臍	tsaĩ$_{55}$	tsai$_{11}$	tsai$_{24}$
西	sai$_{33}$	sai$_{24}$	sai$_{55}$
婿	sai$_{31}$	sai$_{21}$	sai$_{11}$

		福州	建陽	潮陽	漳平	廈門
支韻	寄	kiɛ$_{113}$	—	kia$_{31}$	kia$_{21}$	kia$_{11}$
	騎	khia$_{51}$	—	khia$_{55}$	khia$_{11}$	khia$_{24}$
	徛	—	khye$_{32}$	khia$_{313}$	khia$_{53}$	khia$_{33}$
	蟻	—	ngye$_{32}$	hia$_{313}$	ngia$_{53}$	hia$_{33}$
	寫	sia$_{33}$	sia$_{21}$	sia$_{53}$	sia$_{31}$	sia$_{51}$
	謝	sia$_{242}$	lia$_{43}$	tsia$_{11}$	tsia$_{11}$	tsia$_{33}$
	車	tshia$_{55}$	tshia$_{53}$	tshia$_{33}$	tshia$_{24}$	tshia$_{55}$
	射	sia$_{242}$	sia$_{43}$	sia$_{11}$	sia$_{11}$	sia$_{33}$
戈韻	茄	kio$_{51}$	kio$_{33}$	kio$_{55}$	kio$_{11}$	kio$_{24}$

（張光宇：1990，P132～133）

（二）江西客贛語

江西客贛語在齊、支麻、戈韻的表現也與閩語相同。

江西客贛語	齊	支（舐、是、紙、義、蟻、知）	麻	戈
陰聲韻	ai	（i）e	ia	io

1. 齊 韻

蟹攝字一章，我們已經討論過蟹攝四等的齊韻字，雖然有 i、ɛ 與 ɔi、oi、

、io、iɛ 與 i 有

ai 等不同讀音層，但江西客贛語蟹攝四等齊韻字的韻母原型為 *ai，其中ɔi、oi 都是 ai 在高部位發音的韻尾 i 作用下，把前面的 a 往上拉所造成預期同化（regressive assimilation）的後續音讀層。

蟹　攝	三　　等	四　　等
③合流北方文讀層	i	
②合流第二層	e〔註19〕	
①四等獨有層，原型 ˙ai		ɔi、oi、ai

下表為江西客贛語裡齊韻字讀為 ai 類韻母的音讀情形。高安與上高是贛語點；澡溪、井岡山與寧都則是客語點。

蟹開四	低	梯	弟	泥	洗	細	雞
高安	—	hai¹	hai⁵	lai²	sai³	sai⁴	kai¹
上高	—	hai¹	hai⁴	lai²	sai³	—	—
澡溪	—	tʻɔi¹	tʻiɔi¹	nai²	sai³	sai⁴	—
井岡山	tai¹	tʻoi¹	tʻai¹	nai²	—	—	kai¹
寧都	—	—	—	nai²	—	—	tsai¹

2. 支　韻

江西客贛語止開三的音讀，有體現「攝」意義的 i 韻母型態；也有繼續高化為舌尖元音 ɿ、ʅ 的韻母型態；以及以 u 元音來替換舌尖元音的韻母表現；更有少數讀為 e 類元音的例字（舐、是、紙、義、蟻、知白）。e 類韻母一章，我們排除了同樣也有讀為 e 類韻母的蟹開一二、蟹合二、魚虞有別的魚韻字，以及蟹開三四韻後，再根據止合三的音讀（uei、ue）以及「舐」字，確定了江西客贛語裡一系列 e 類韻母，在單元音的韻基為止開三支韻的這些讀為 e 韻母的字。這一系列的 e 類韻母在中古韻目的地位上都是一等字，所以止攝三等的這些少數讀為 e 類韻母的字，在中古韻目的地位上雖是「三等」，但因為 e 類元音極易發生元音破裂（e＞ie、ei），因此被置放在「三等」的地位也是可以理解的。

前文提到江西客贛語裡的 e 類韻母，在單元音裡的韻基是止開三裡少數讀為 e 類元音的字，如：舐、是、紙、義、蟻、知白。這些少數讀為 e 類元音的字與福州閩語支韻字讀為 ie 的字（如：寄 kiɛ），在語音上有相疊合之處。且江西

〔註19〕iɛ 的音讀，我們認為是 ɛ 元音發生了元音破裂（ɛ＞iɛ）的語音現象。

客贛語裡，這些止開三少數讀爲 e 類元音的字多出現在支韻，這是個相當值得注意的閩客贛語的共同音韻特色。

以下舉例「舐」字在江西客贛語裡的讀音。

江西贛語	永修	修水	高安	上高	新余	東鄉	臨川	南豐	宜黃	黎川	蓮花	永豐	泰和
舐	dẓʻɛ	sɛ	sai	sai	se	sɛ	sɛ	se	ɕiɛ	ɕiɔ	ʂai	ɕiɛ	se
江西客語	上猶	南康	安遠	于都	龍南	全南	定南	銅鼓	井岡山	石城			
舐	se	se	se	ʃe	sɛ	sɛ	sei	ʂɛ	sɛi	sə			

3. 麻　韻

假開三麻韻的韻母音讀在江西客贛語裡頗爲一致，都是 ia 韻母的類型，只有在知章系聲母下，因爲曾進行過捲舌化所以不見 i 介音。下表列舉江西客贛語裡三等麻韻字的音讀情形，南昌、樂平、萍鄉都是贛語點；于都與銅鼓則是客語點。

假開三	借	寫	車	扯	蛇	射	舍	夜
南昌贛	tɕia	ɕia	tsʻa	tsʻa	sa	sa	sa	ia
樂平贛	tɕia	ɕia	tsʻa	tsʻa	sa	sa	sa	ia
萍鄉贛	tɕia	sia	tʂʻa	tʂʻa	ʂa	ʂa	ʂa	ia
于都客	tɕia	sia	tʃʻa	tʃʻa	ʃa	ʃa	ʃa	ia
銅鼓客	tsia	sia	tʂʻa	tʂʻa	ʂa	ʂa	ʂa	ia

4. 戈　韻

三等戈韻字的字少，下表舉「茄」字爲例。江西客贛語的「茄」字多數讀爲 io 韻母，即 B 類三等韻的類型。江西客語的「茄」字都讀爲 io 韻母；江西贛語也多讀爲 io 韻母，除湖口、星子、永修、修水、南昌、樂平、奉新、萍鄉方言點外，這些方言點的「茄」字不讀爲 B 類（io）三等韻母類型，而讀爲 A 類（ia、iɛ），表示這些贛語點的「茄」字已由 B 類三等類型，合流至 A 類三等韻音讀。下表的「茄」字音讀，高安、萬載、新余、東鄉、臨川、吉安是贛語點；上猶、南康、于都、全南、定南、井岡山、石城是客語點。于都的 iɤ 韻母是 io 韻的變體，ɤ元音是 o 元音念得圓唇程度減低的結果。

戈韻	高安	萬載	新余	東鄉	臨川	吉安	上猶	南康	于都	全南	定南	井岡山	石城
茄	tɕʻio	tɕʻio	tɕʻio	tɕʻio	tɕʻio	tɕʻio	tɕʻio	tɕʻio	tɕʻiɤ	tɕʻio	tɕʻio	kʻio	kʻiɔ

5. 三等韻中也存在 o、a 元音的對比

前文我們在討論一二等韻母對比時，曾描述過一二等元音的對比（o：a），且這個一二等元音對比，還有一等 o 元音合流至二等 a 元音的音變趨勢（o＞a）。

一二等對比（o：a）格局存在的語音環境：

-∅
-i
-u
-m
-n
-ŋ

一二等元音的對比（o：a）在零韻尾前（-∅）可以看見；在 i 韻尾前也有一二等元音對比（-i）；在 u 韻尾之前也可見到（-u）；在雙唇（-m）、舌尖（-n）、舌根（-ŋ）鼻韻尾之前，也都可以見到這樣的一二等元音對比。如果這個 o、a 元音的對比與演變趨勢是漢語祖語的底層形式，那麼對照於閩語、江西客贛語在三等的戈、麻音讀後，我們可以合理地推測這個 o、a 元音的對比模式，除了存在於一二等韻之中；也存在於三等 A（ia）、B 類（io）韻母之中，且三等 B 類韻母應有平行於一二等韻音變（o＞a）的現象而往三等 A 類合流。

6. 江西客贛語陰聲韻字三四等字的新三向對立

在陰聲韻字的部分，雖然張光宇的三向對立包含了支韻，但因為我們認為江西客贛語裡讀為 e 類元音的支韻字是一系列的 e 韻字的基底形式。若依照一系列一等 e 類韻字的排比，江西客贛語裡這類讀為 e 韻的支韻字應該劃歸「一等」；若歸為三等則是元音破裂（e＞ie、ei）的結果。江西客贛語在陰聲韻字上的三四等對比可以重新整理如下：

江西客贛語	齊	麻	戈
陰聲韻	四等	三等 A 類	三等 B 類
	ai	ia	io

7. 順向同化＞逆向同化

我們先把後面三等韻字的演變結果揭示出來以便討論，也就是三等的 B 類字會如同一二等韻的表現一樣（o＞a）合流至三等 A 類。對照後面的雙唇鼻韻尾（-m）與舌尖鼻韻尾（-n）的三等韻字（咸山攝的三四等字），合流的三等 A 類字的主要元音最普遍的形式就是 e 類元音，再加上三等的 i 介音，那麼三等 A 類字就有大量的形式是讀為 ieN [註20] 韻母，且這個形式不但是三等 AB 類合流的韻母主流，也是相對四等韻字所共同表現的音讀形式。

對照山、咸攝三等韻的合流結果 ieN，基於平行的格局，江西客贛語裡的這個麻韻最可能的下一個演變方向就是變為 ie 韻母，就如同廣東粵語的表現。廣東粵語麻韻字因為 i 介音的作用，發生順向同化（progressive assimilation）而讀為 e 類韻母。從開平的對比，我們知道廣東粵語麻韻字還有讀為 ia 韻母的底層，至於廣東粵語的三等 B 類戈韻字已與麻韻字合流，讀為 ia 或 e 類韻母。

廣東粵語	寫 （假開三麻韻）	謝 （假開三麻韻）	蛇 （假開三麻韻）	社 （假開三麻韻）	茄 （果開三戈韻）
廣州	sɛ	tsɛ	se	se	kʻɛ
順德	sɛ	tsɛ	sɛ	se	kʻɛ
韶關	se	tsɛ	se	se	kʻɛ
開平	ɬie	tia	sia	sia	kʻia

江西客贛語的麻韻三等字都還保持 ia 韻母的音讀。齊韻字雖也有保留原來四等韻母型態的 *ai 音讀，卻又可摻見前面提到的蟹攝三四等字合流的第二層的高化韻母型態（ɛ／e），這也同於下面我們將看到的山攝三四等字與咸攝三四等字的音讀表現（ieN）。

麻韻（*ia）與齊韻（*ai）讀為 e 類韻母的動力都在 i 元音上，前者為順向同化（progressive assimilation）；後者為逆向同化，即預期同化（regressive assimilation）。就江西客贛語麻、齊韻比較的情形看來，江西客贛語的麻韻未出現 e 類這一層韻母，而齊韻除了原型 *ai 層外，另有 e 類韻母一層，甚至有更加往上高化的合流北方文讀層的 i。可見得對江西客贛語來說，元音 i 在韻尾的影響效力是大於介音位置的，也就是逆向同化的效力大於順向同化。Terry Crowley 也說「Of the two types of assimilation, it is regressive assimilation that is by far the

---

[註20] N 代表雙唇鼻韻尾（-m）與舌尖鼻韻尾（-n）。

more commonly encountered in the world's languages. 」（Terry Crowley：1992，P49）。

8. 小　結

　　江西客贛語在陰聲韻的三四等對比上，還維持著三向對立的格局（ai:ia:iɑ），這三向對立的韻分別是齊韻（ai）、麻韻（ia）、戈韻（io）。從齊、麻韻是否存有 e 類韻母音讀層的比較上，我們可以推知逆向同化情形多於順向同化。這也符合世界語言的大體情況（Terry Crowley：1992）。雖然江西客贛語在陰聲韻的三四等對比上，還可以見到這完整的三向對立格局，但《方言調查字表》（中國社會科學院語言研究所：1981）三等開口戈韻字只收一「茄」例字，這說明漢語在陰聲韻的三等 B 類字是大量流失的。

　　我們可以預期江西客贛語的麻韻若因介音 i 的高化力量加強，而發生順向同化，將會變爲 ie、e 一類的韻母，若音變至此一階段，就會加入因爲元音破裂的支韻底層 e 類字以及蟹開三四等合流的第二層 e 類字。

三、舌根鼻韻尾前（-ŋ）

　　前文一二等 o、a 元音的對比，在舌根鼻韻尾前的韻字橫跨宕梗兩攝，打破攝的界線。這裡三等 AB 類的 o、a 的對比，以及相對的四等韻也是橫跨宕梗兩攝，四等的部分是青韻；三等 A 類是清、庚韻；三等 B 類則是陽韻。以下先看閩語的情況。

層次	四　等	三 A	三 B
4	eng／ing	eng／ing	iang／iong
3	ẽ／ĩ	ẽ／ĩ	—
2	iang	（iang）（註一）	
1	*aing	*iang	*iong（註二）

註一：這一層的－iang 也許是因爲層次重疊的緣故而彰顯不出來。一般南方方言的白
　　　讀、梗攝三四等都作－iang。據此推測，如梗攝四等－iang 爲一層次，則三等不
　　　應獨無。

註二：第一層次的音讀在本文都標以星號，表示暫時的擬測，目的是要顯示三向對立的
　　　關係。

　　　其中第三層梗攝 ẽ／ĩ 只見於閩南方言，四層的－iang 在上列方言中
　　（福州、建陽、潮陽、漳平、廈門）也只見於閩南方言。第四層是

> 一般所謂的文讀，其餘被視爲白讀。但是就閩語的立場來說，只有
> 第一層是本土較早的固有層，其餘都是外來的移借層。三向對立的
> 局面保存於第一層。（張光宇：1990，P122）

江西客贛語在舌根鼻韻尾（-ŋ）前的三四等韻，並不存在著三向對立，只有兩項對立，四等青韻已經與三等 A 類的清、庚韻合流爲一類，而與三等 B 類的陽韻形成二向對立。其層次分析圖如下：

江西客贛語			四等青韻 三 A 清、庚韻	三 B 陽韻	
舒聲	白讀	1	iaŋ	舒聲	1 ioŋ
		2	iã		
		3	an		
舒聲	文讀	1	ẽ		2 iɔ̃
		2	iŋ		
		3	in		
		4	ĩ		
促聲	白讀	1	iak	促聲	1 iok
		2	iaʔ		
		3	ia		2 iɤʔ
促聲	文讀	1	iet		
		2	ieʔ		
		3	ie		3 io
		4	ik		
		5	it		
		6	iʔ		
		7	i		

江西客贛語裡的四等青韻與三等 A 類清、庚韻有文白兩讀層：文讀表現爲高元音；白讀則是低元音，至於宕攝則只有白讀音。以下把四等青韻與三等 A 類清、庚韻分舒聲白讀、舒聲文讀、促聲白讀、促聲文讀做說明。

1. 舒聲白讀 *iaŋ（iaŋ、iã、an）

江西客贛語裡四等青韻與三等 A 類清、庚韻的舒聲白讀有三個層次。第一層的 iaŋ 是底層，大部分的江西客贛語的青、清、庚韻都讀爲第一層的 iaŋ，第二層的 iã 見於贛語的蓮花與客語的上猶與于都，是第一層 iaŋ 讀音後的舌根鼻尾消失並留下鼻音的音徵[＋鼻音]與前面的元音融合（fusion）爲鼻化韻母

iã而成。第三層的 an 實際上也是從第一層發展出來，這一層的讀音見於贛語上高，梗開三在各聲母之後普遍不見 i 介音，對照大量江西客贛語保留 iaŋ 的音讀，我們可以合理地推測上高的 an 是由 iaŋ 變來，原來的舌根鼻韻尾（-ŋ）提供了鼻音的發音方法，而原來的 i 介音則提供了舌根鼻韻尾往前移動的力量，把後面的舌根鼻韻尾往前移，發成了舌尖鼻韻尾，而介音 i 在作用完成後功成身退。所以江西客贛語所見的四等青韻與三等 A 類清、庚韻的舒聲白讀雖然可分析成三個音讀層次，但都源自於這個*iaŋ。

2. 舒聲文讀*ieŋ（ẽ、iŋ、in、ĩ）

雖然文讀系統可以當作是江西客贛語的橫向移植，但這四層的舒聲文讀都來自同一底層的變化，有其連續性的表現。江西客贛語裡四等青韻與三等 A 類清、庚韻的舒聲文讀大致可以見到四類的音讀形式：ẽ、iŋ、in、ĩ。基於三四等有 i 介音的出發點，以及促聲文讀都含有 i 元音的平行表現，我們可以認為第一層 ẽ的音讀，來自 ieŋ 的 i 介音與主元音 e 融合（ie＞e）且鼻尾消失與前面元音融合成鼻化元音的結果。至於第二層的 iŋ 則是 ieŋ 中間的 e 元音弱化讀為ə的結果，第三層的 in 則是第二層的 iŋ 受到前部位的 i 元音前拉演變而成。第四層的鼻化元音可以是從第二層的 iŋ 或第三層的 in 演變而來。江西客贛語四等青韻與三等 A 類清、庚韻的舒聲文讀大部分讀第三層的 in；客語的于都讀第一層的 ẽ；第二層的 iŋ 則見於贛語的星子、南豐、黎川。第四層的 ĩ 則見於贛語的永豐、泰和。基於這四層舒聲文讀的連續性演變，我們可以推估其舒聲文讀的原型為*ieŋ。

其中，客語井岡山「程」字的文讀為 tsʻ̩，「成～功」的文讀則讀為 tsʻ̩，̩的韻母形式，只能是從文讀第四層的ĩ取消鼻化而進一步舌尖元音化而來。

3. 促聲白讀*iak（iak、iaʔ、ia）

基於舒促平行的原理，舒聲白讀原型為*iaŋ；促聲白讀的原型即為*iak。第一層的 iak 音讀見於贛語點的臨川、南豐與客語點的定南、銅鼓、澡溪、井岡山、寧都、石城。第二層 iaʔ的喉塞韻尾-ʔ是由舌根塞韻尾-k 弱化而成，方言點見於贛語點的永修、修水、南昌、樂平、高安、奉新、上高、萬載、新余、東鄉、宜黃、黎川、永豐以及客語點的于都、龍南、全南。第三層的 ia 則是把喉塞韻尾-ʔ再進一步丟失的結果，見於贛語點的湖口、星子、萍鄉、蓮花、吉安。

4. 促聲文讀*iek（iet、ieʔ、ie、ik、it、iʔ、i）

　　江西客贛語四等青韻與三等 A 類清、庚韻的促聲音讀，雖然沒有 iek 一層，但對照舒聲文讀 ieŋ，我們可以推知這促聲文讀七類的讀法都是來自*iek。iet 是舌根塞韻尾-k 受到前元音 e 影響前化變爲舌尖塞韻尾-t 的結果；ieʔ的塞韻尾可能是從-k 或-t 弱化而來，進一步丟失喉塞韻尾-ʔ後就是 ie。至於第四層的 ik 的舌根塞韻尾-k 則是進一步證明了*iek 的存在，第四層的 ik 是來自主元音 e 弱化成央元音ə後的音讀。第五層的 it，則是舌根塞韻尾-k 受到前部元音 i 影響後的結果。第六層的 iʔ與第七層的 i 則是舌根塞韻尾-k 或舌尖塞韻尾-t，弱化與進一步脫落的結果。以下是七個語音層分佈的江西客贛方言點，下加底線的方言點表示重複出現兩種以上的語音層，如于都，既有 ieʔ層也有 ie 層。

　　（1）iet：<u>奉新</u>、<u>新余</u>（贛語）。

　　（2）ieʔ：<u>于都</u>、<u>龍南</u>（客語）。

　　（3）ie：<u>萍鄉</u>、蓮花（贛語）、上猶、南康、<u>安遠</u>、<u>于都</u>（客語）。

　　（4）ik：南豐（贛語）、寧都（客語）。

　　（5）it：修水、<u>奉新</u>、上高、東鄉、臨川、宜黃（贛語）、定南、銅鼓、井岡山、澡溪、石城（客語）。

　　（6）iʔ：永修、南昌、樂平、橫峰、萬載、<u>新余</u>、黎川、永豐（贛語）、龍南、全南（客語）。

　　（7）i：湖口、星子、波陽、<u>萍鄉</u>、吉安、泰和（贛語）、<u>安遠</u>（客語）。

　　江西客贛語的四等青韻已經與三等 A 類的清、庚韻合流，不但清、庚韻看不出分別，三四等的界線也泯滅。以比較法來說，已經完全合流的東西是無法爲它們重建不同的來源分別，也就是說，今日江西客贛語的前一個階段的四等青韻已經與三等 A 類的清、庚韻的讀音合流，如果光就討論江西客贛語的音韻行爲的話，我們的討論到這裡就可以了。但基於這些韻字的的中古韻目並不相同，我們更想知道在漢語祖語的階段，這些韻字是不是有所分別？在閩語裡的清庚兩韻已經沒有分別，但四等的青韻還與「清庚」兩韻有所界線，閩語的青韻沒有 i 介音，且韻母爲二合元音 ai，四等青韻表現的與相對的四等陰聲韻齊韻 ai 音讀相同，閩語在青、清庚韻上的分別，對研究漢語祖語來說是很珍貴的。

	建陽	建甌	潮陽	漳平	廈門
瓶（青）	vaing$_{21}$	paing$_{21}$	pang$_{55}$	pan$_{11}$	pan$_{24m}$
零（青）	laing$_{33}$	laing$_{22}$	lang$_{55}$	lan$_{11}$	lan$_{24}$
名（清）	miang$_{51}$	miang$_{33}$	miã$_{55}$	miã$_{11}$	miã$_{24}$
嶺（清）	liang$_{33}$	liang$_{32}$	niã$_{53}$	niã$_{31}$	niã$_{51}$
命（庚）	miang$_{242}$	miang$_{43}$	miã$_{11}$	miã$_{11}$	miã$_{33}$
驚（庚）	kiang$_{55}$	kiang$_{53}$	kiã$_{33}$	kiã$_{24}$	kiã$_{55}$

（張光宇：：1990，P118～119）

前文提到，閩語除了青、清庚韻有別的層次之外，也有青清庚韻合流的層次，如讀為 ẽ 韻的一層。這個 ẽ 韻是由 ieŋ 變來，涵蓋了四等的青韻與三等的清、庚韻，四等青韻與三等韻合流的基礎，在於這個 ai 韻在舌根鼻韻尾-ŋ前的實際音讀多讀為 e，李榮也提過「梵文『e』在連續音變的時候是『ai』」（李榮：1956，P115）。四等的 e 類韻母經過了元音破裂（e＞ie、ei）變為 ie／ŋ，進而有了與三等清庚韻 iaŋ 合流的基礎。

5. 三等 B 類往 A 類的合流趨勢，須透過「橫的比較」與「系統內部規律」方能透顯－「橫的比較」

南北方言在宕開三的差異，由北方促聲 o 類元音的讀法，以及對照南方方言舒促平行的情況，我們可以知道北方經歷了*ioŋ＞iaŋ 的音變過程。

漢語方言地理類型顯示，《切韻》陽藥韻的發展狀況南北異趣：南方舒促平行，北方舒促不平行。概如下表：

南方	梅縣	南昌	績溪	福州	廣州
羊	₌ioŋ	₌ioŋ	₌iõ	₌yoŋ	₌jœŋ
藥	iok₌	iok₌	ioʔ₌	yoʔ₌	jœk₌

北方	南京	濟南	鄭州	合肥	西安
羊	₌iã	₌iaŋ	₌iaŋ	₌iũ	₌iaŋ
藥	ioʔ₌	yeᵓ	₌yo	yɤʔ₌	₌yo

南北舒促兩兩對比，上列形式可以化約為*ioŋ／iok。由此往下看，變項見於北方舒聲：*ioŋ＞iaŋ。同時，北方入聲字的介音變化也比南方明顯：*i＞y／ɔ。這是同一音類的南北比較。（張光宇：2009，P6）

至於北京話在宕開三入聲還有一類 iau 的讀法，張光宇解釋來自異族移植的語音層。

> 北京話宕開三入聲字的白讀形式₋（i）au 大量集中在河北境內；北起圍場滿族蒙古族自治縣，中間穿越北京迆邐南下，一直延伸到邢台附近，大約河北五分之四的轄境都是這種白讀形式的天下。離開河北，這類讀法不復多見；山東、河南未嘗一見，山西所見也僅限於東北角廣靈一帶，至於東北所見應是清代河北移民「闖關東」的結果。（張光宇：2009，P8）

6. 南北一致的「內部系統」，北方三等韻 o>a 的速度快於南方

前文提到江西客贛語一二等韻為 o、a 元音的對比，且 o、a 元音有從 o 變為 a 的趨勢（o>a）。若我們認為這個 o>a 音變的形式是一個基底的音變形式的話，這個 o、a 對比及 o>a 的音變趨勢，就應不限於只發生在一二等韻字上，所以當我們看到江西客贛語的戈韻與宕開三的韻字讀為 o 類元音時，就應該設想這個 o、a 元音對比，也可能存在於三等韻的形式中，並在三等韻字中也可以見到這一平行於一二等韻字的 o>a 音變。這是基於系統內部對稱格局而來的假設。前文一二等對比一章，我們提到北京話的一二等元音也呈現 o>a 的趨勢，可以設想北京話的三等韻，也應有與閩語、江西客贛語一樣的 o 類音讀，今日不見，表示北京話在三等韻裡的 o>a 音變速度是快於南方方言的。

7. 莊組捲舌過的證據

江西客贛語宕開三莊組韻字不含 i 介音，聲母則為舌尖前音的 ts。若站在三等含有 i 介音的前提上，我們不禁要假設這些三等莊組韻字的前身也是有 i 介音的，現在讀為平舌的 ts 且不含 i 介音，最有可能的解釋就是這些莊組韻字經過了捲舌化的過程而把三等的 i 介音消耗掉了，然後又經過了平舌化的運動，才變成了現在讀為 ts 聲母的現狀。比對著知三章組韻字也讀為 ts 聲母且不含 i 介音的音讀形式，把宕開三的莊組韻字做這樣的假設應是合理的，只不過在江西客贛語裡的知三章組聲母字，除了平舌 ts 聲母一讀外，還可以見到捲舌的 tʂ 聲母讀法，所以在推測知三章組韻母曾有大規模捲舌化的過程上較為順當。

雖然根據①江西客贛語宕開三莊組韻字音讀與②中古等韻的格局，我們

可以推測出這些宕開三莊組韻字曾有捲舌、再平舌化的階段，但因爲江西客贛語本身找不到莊組韻字讀爲捲舌音的直接證據，所以我們只能參照其他漢語方言莊組韻字的音讀情況爲江西客贛語的莊組韻字發展做一補充。

張光宇（2009）綜合漢語方言莊組字的音讀情形，推測漢語莊組字的原型狀態是一舌葉音*tʃ聲母。張光宇莊組聲母的擬音（*tʃ）也與董同龢（1998）對中古莊組聲母字的擬音（*tʃ）相同。張光宇的文章即從宕開三的韻母爲比較的基礎來解釋各漢語方言的發展概況。前文提到，江西客贛語宕開三的韻母原型，經過南北方言與內部結構的對比，我們可以確定江西客贛語宕開三韻母原型爲*ioŋ／k，而這也是漢語宕開三的韻母原型。

綜合張光宇所言，從宕開三的ˋioŋ與舌葉聲母*tʃ爲基底出發，各個漢語方言的莊組韻字發展可再整理，並表示如下圖：

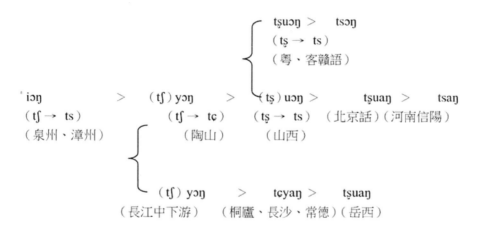

第一階段的音讀保留稀有，保守的閩語也僅見於狀～元一詞：泉州[tsioŋˋ]，漳州[ˋtsioŋ]，而細音介音 i 則有助舌葉聲母前化變成平舌化的 ts。第二階段見浙江瑞安的陶山模式，陶山模式的圓唇介音 y，比較其他章知組仍爲展唇介音的情況，最有可能是來自其舌葉聲母 tʃ的唇形作用。

> 莊組字介音率先變化起於舌葉聲母推波助瀾。更明確地說，是由於舌葉發音的唇形作用。宕開三原來具備圓唇元音，本身就有影響齊齒介音使它由展變圓的條件，先變後變取決於聲母的輔助性角色。莊組字的韻母大體經過四個階段的發展才成爲北京話今日所見狀態：*ioŋ＞yoŋ＜uoŋ＜uaŋ。陶山所見是第二階段的反映（聲母起過作用之後才變爲舌面）。（張光宇：2009，P7）

今日所見的陶山模式，聲母的舌面音 tɕ 形式是舌葉聲母 tʃ 作用之後，又受到 y 介音本身的細音性質影響後顎化的結果。

宕開三	陶　山　模　式			
莊組	壯 tɕyoꜛ	床 ꜗɦyo	霜 ꜀ɕyo	爽 ꜛɕyo
章組	章 ꜀tɕiɛ	唱 tɕʻiɛꜛ	常 ꜗɦiɛ	商 ꜀ɕiɛ
知組	張 ꜀tɕiɛ	暢 tɕʻiɛꜛ	腸 ꜗdʒiɛ	長 ꜛtɕiɛ
其它	糧 ꜗɕiɛ	將 ꜀tɕiɛ	香 ꜀ɕiɛ	羊 ꜗɦiɛ
入聲	著 tɕiɔꜜ	弱 ꜗɕiɔ	腳 tɕiɔꜜ	藥 ꜗɕiɔ

（張光宇：2009，P6）

長江中下游的莊組韻字的音讀形式則與陶山模式平行，除了本有的漢語方言 o＞a 的音變趨勢外，其偏前的 y 介音也有使 o＞a 的效果。桐廬、常德、長沙的韻母表現為已經前化為 a 元音但保留 y 介音的韻母情勢，岳西則是因為 y 介音的關係而捲舌化的結果。桐廬的「床」字，則是因 y 介音捲舌的例子，但介音還沒有因捲舌聲母而高化變為舌尖元音 ʮ。

類似的發展變化廣見於湖北方言：漢川、天門、來鳳、竹谿、竹山、應山、安陸、應城、雲夢、孝感、禮山、黃陂、黃岡、鄂城、浠水、蘄春、嘉魚。這樣的地理類型特點可以統稱為「長江中下游型」。

莊組	桐廬浙	四甲蘇	岳西徽	常德湘	長沙湘
莊	꜀tɕyaŋ	꜀tɕyã	꜀tʂʮaŋ	꜀tɕyaŋ	꜀tɕyan
床	ꜗʑyaŋ	ꜗʑyã	ꜗtʂʻʮaŋ	ꜗtɕʻyaŋ	ꜗtɕyan
霜	꜀ɕyaŋ	꜀ɕyã	꜀ʂʮaŋ	꜀ɕyaŋ	꜀ɕyan

（張光宇：2009，P7）

陶山模式的後續發展是山西方言，u 介音的存在揭示著捲舌聲母的曾經存在。前文曾提過，根據實驗語音學的結果，捲舌聲母 tʂ 組後面的韻母，就實際音值來論並不是舌尖元音，而是展唇的後高母音 [ɯ]。這個展唇的後高母音 [ɯ] 也容易變體為相對語音部位的 [u] 母音。

山西方言：

莊組	原平	武鄉	沁縣	盂縣	廣靈
莊	₌tsuɔ̃	₌tsuɔ̃	₌tsuɔ̃	₌tsuo	₌tsuo
床	₌ts'uɔ̃	₌ts'uɔ̃	₌ts'uɔ̃	₌ts'uo	₌ts'uo
霜	₌suɔ̃	₌suɔ̃	₌suɔ̃	₌suo	₌suo

（張光宇：2009，P7）

　　至於北京話宕開三的莊組模式 tʂuaŋ，既讀爲捲舌聲母 tʂ，又有 u 介音的存在，只能是山西模式的元音前化（o＞a）的後續結果。山西這個模式也演出粵、客贛的形式。前文我們已經確定江西客贛語的宕開三韻母原型爲*ioŋ／k，宕開三莊組韻字不存留 i 介音的狀態，我們已然起疑曾有捲舌的階段。我們認爲粵、客贛語今日莊組聲母多表現爲平舌的 ts，也促使著這些粵、客贛語原有的 u 介音丟失，因爲平舌的 ts 部位偏前，不利於偏後部位 u 介音的保留。張光宇則認爲這個 u 介音的丟失應與 u、o 部位相近有關。這也是我們可以參照的。

> 最明顯的地理分佈是粵語和客贛方言，例證隨手可得，不贅舉。這種變化道理與山合一讀-on，果合一讀-o 一致，起於介音與元音互動；部位相近導致介音消失。

（張光宇：2009，P7）

　　前文我們提過山攝開口一等的寒韻進行往二等合併的前化運動（on＞an）先於合口一等的桓韻*uən（／*un）變爲寒韻一等字（on），既然桓韻較晚加入 on 家族行列，山攝合口一等的桓韻自然在保存 o 類元音能力上是較強的。且山攝合口一等字桓韻，在江西客語的安遠、于都、龍南、全南、定南、銅鼓、澡溪、井岡山、寧都、石城等地的唇音聲母下，有普遍變成 an 韻母的情形，可見得聲母的發音部位有影響 on＞an 音變速度的能力。

　　江西客贛語的宕開三莊組韻母與其他宕開三聲母下的韻母型態一致，都讀爲 o 類韻母。莊組聲母則爲平舌的 ts 聲母，不含介音。以下舉例江西贛語南昌、吉安與客語的銅鼓、石城的莊組韻字讀音。

江西客贛語	裝	壯	瘡	霜
南昌贛	tsɔŋ	tsɔŋ	ts'ɔŋ	sɔŋ
吉安贛	tsɔŋ	tsɔŋ	ts'ɔŋ	sɔŋ
銅鼓客	tsɔŋ	tsɔŋ	ts'ɔŋ	sɔŋ
石城客	tsɔŋ	tsɔŋ	ts'ɔŋ	sɔŋ

廣東粵語宕開三莊組韻字的音讀類型與江西客贛語相類似，大致上爲 o
類韻母，聲母則爲平舌的 ts 聲母，不含介音。但「霜」字的表現很值得注意，
「霜」字韻母元音爲œ，即表示曾有細音 i 的存在〔註21〕。

廣東粵語	莊	瘡	牀	霜
廣州	tsɔŋ	ts'ɔŋ	ts'ɔŋ	sœŋ
順德	tsɔŋ	ts'ɔŋ	ts'ɔŋ	sœŋ
中山	tsɔŋ	ts'ɔŋ	ts'ɔŋ	sœŋ
東莞	tsɔŋ	ts'ɔŋ	ts'ɔŋ	søn
韶關	tsɔŋ	ts'ɔŋ	ts'ɔŋ	sœŋ
信宜	tsɔŋ	ts'ɔŋ	ts'ɔŋ	sɔŋ

（詹伯慧：2002）

根據江西客贛語的莊組宕開三未含 i 介音，且讀爲平舌 ts 聲母的內部狀
況，我們推測江西客贛語的莊組韻字，在祖語階段曾有大規模捲舌化又去捲
舌化的過程，此一推論也從其他方言的比較，才得到了間接的證明。

四、舌尖鼻韻尾前（-n）

（一）閩語與吳語三四等有別的情況

張光宇根據閩語福州、建陽、潮陽、漳平、廈門等閩語音讀，建立先、仙、
元韻的三項對立，如下表：

舒聲部分：

	四等（先）	三 A（仙）	三 B（元）
3	ian	ian	ian
2	i	i	(iã)
1	* ain	* ian	* iɑn

（張光宇：1990，P127）

促聲部分：

〔註21〕廣東粵語œ（／ø）元音組成的兩大音質質素是：1.圓唇性質的元音或介音，如：o
／ɔ、u；2. 偏前或偏細的元音或介音，如：i（彭心怡：2005）。

	四等（先）	三A（仙）	三B（元）
3	iat	iat	iat
2	iʔ	iʔ	（iaʔ）
1	*ait	*iat	*iɑt

（張光宇：1990，P129）

反映第一層先、仙、元韻皆有所別的如建陽（田 thaing₃₃；燃 ieng₃₃；建 kyeng₂₂），表示三四等有別的如潮陽（田 taĩ₅₅；燃 hiã₅₅；建 kiã₁₁）。無獨有偶，在吳語裡也有如閩語潮陽一樣區分山攝三四等的方言，如浙江義屋的山攝三四等韻在端、泥、精組字讀音有所分別「三等字讀 ie，四等字讀 iɛ。例如：『連』lie⌐，『蓮』liɛ⌐；『仙』sie⊦『先』siɛ⊦」（金有景：1964，P61）。洞頭縣（浙南沿海島嶼）幫組字也有分別，「如三等『面~子』mbie ⌐ ≠ 四等『麵』mĩ ⌐」浦江縣三等讀 iɹ，「四等字讀 iɑ 韻，分別極為明顯。例如：₋仙 siɹ⊦ ≠ ₋先~後 siɑ⊦，₋連 liɹ⊦ ≠ ₋蓮 liɑ⊦」（金有景：1980，P352）。其中，吳閩語都反映了山攝開口三四等合流為高元音 i 韻母的音讀層，四等則普遍有較低元音的讀法，而潮陽四等則有 ai 音讀層的反映，如：田 taĩ₅₅。

（二）江西客贛語

1. 完全混合的 ien 與 i 音讀層

江西客贛語的山攝開口三四等未見對立情形，大多已經混合成一個音讀層 ien（／iɛn）。江西贛語的萍鄉、蓮花、永豐、泰和與客語的上猶、南康則有舌尖鼻韻尾（-n）消失與前面元音結合成鼻化元音（ṽ）的情形。江西客語的安遠與于都，則有與吳閩語相同的高化 i 元音語音層。

下表是江西客贛語在山攝三四等（先、仙、元）完全合流的音讀層，南昌、上高、萍鄉是贛語點；上猶、安遠、于都、定南、石城則是客語點。

	音讀層	偏	煎	件	言	扁	顛	蓮	千
南昌贛	1.ien	pʻiɛn	tɕiɛn	tɕʻiɛn	ȵiɛn	piɛn	tiɛn	liɛn	tɕʻiɛn
上高贛		pʻiɛn	tɕiɛn	ɕiɛn	ȵiɛn	piɛn	tiɛn	liɛn	tɕʻiɛn
定南客		pʻien	tɕien	tɕʻien	nien	pien	tien	lien	tɕʻien
石城客		pʻien	tɕien	kʻien	nien	pien	tien	lien	tɕʻien
萍鄉贛	2.ie	pʻiẽ	tsiẽ	tɕʻiẽ	ȵiẽ	piẽ	tiẽ	liẽ	tɕʻiẽ
上猶客		pʻiẽ	tɕiẽ	tɕʻiẽ	niẽ	piẽ	tiẽ	liẽ	tɕʻiẽ

安遠客	3.i	pʻi	tsi	tɕʻi	ni	pi	ti	li	tsʻi
于都客		pʻĩ	tsĩ	tɕʻiɪ	ȵĩ	pĩ	tĩ	lĩ	tsʻĩ

2. 重建為合口韻的字

（1）「薛」

江西贛語南昌的「薛」讀為ɕyɔt。（漢語方音字匯：2003），讓人不禁懷疑「薛」字韻母有 o 類元音讀法，是舌尖鼻韻尾-n 之前三等 B 類 o 元音的保留。但複查其他的漢語方言，就會知道「薛」字在漢語方言中多有合口一讀。

	北京	濟南	太原	成都	合肥	揚州	雙峰	南昌
薛	ᵍɕye ꜗɕye	ᵍɕye	ɕyəʔ₎文	ᵍɕye	ɕyeʔ₎	ɕyeʔ₎	ᵍɕya 白	ɕyɔt₎

（漢語方音字匯：2003，P54）

對照山合三仙韻與元韻的字，我們發現山攝合口三等字的主要元音，無論是仙韻或是元韻都讀為 o 類元音，甚至是山攝合口四等的先韻字也讀為 o 類元音。所以我們可以合理推測這個 o 類元音是從合口韻而來的，所以南昌「薛」字 o 類元音的讀法，並不能做為舌尖鼻韻尾-n 之前三等 B 類 o 元音的保留，只能當作是合口一讀的反映，而這個合口的讀法則為中古韻書所失收。

山合三	泉	權	宣	冤	元	懸	淵
南昌	ᵌtɕʻyɔn	ᵌtɕʻyɔn	ᵍɕyɔn	ᵍyɔn	ȵyɔnꜛ	ɕyɔnꜛ	ᵍyɔn

（漢語方音字匯：2003）

（2）「軒」

江西南昌贛語的「軒」字讀為 ᵍɕyɔn（漢語方音字匯：2003），在其他的漢語方言裡也可以找到其合口的來源，所以南昌「軒」字 o 類元音的讀法，來自中古韻書所失收的合口一讀。

	北京	濟南	西安	太原	武漢	成都
軒	ᵍɕyan	ᵍɕyæ̃	ᵍɕyæ̃	ᵍɕye	ᵍɕyɛn 文	ᵍɕyɛn
	合肥	長沙	福州	建甌	南昌	
	ᵍɕyĩ	ᵍɕyẽ	ᵌxyɔn	ᵌxyɪŋ ᵌxuŋ	ᵍɕyɔn	

（漢語方音字匯：2003，P273）

（3）「弦」

同樣的，江西南昌贛語「弦」字 o 類元音的讀法，也來自中古韻書所失收

的合口一讀。

弦	太原	成都	合肥	揚州	長沙	建甌	南昌
	₌çye 文	₌çyɛn	₌çyĩ	₌çyẽ	₌çyẽ	˞xyɪŋ	çyɔn˞

（漢語方音字匯：2003，P258）

（4）「癬」

江西贛語都昌「癬」字也有 o 類元音的讀法，也來自中古韻書所失收的合口一讀。

癬	北京	濟南	太原	成都	合肥
	˞çyan 文	˞çyæ̃	˞çye 文	˞çyɛn	˞çyĩ
	揚州	廈門	建甌	都昌	
	˞çyẽ	˞ts'ũã	˞ts'yɪŋ 白	˞sion	

（漢語方音字匯：2003，P274）、（李如龍、張雙慶：1992，P97）

大部分的江西客贛語在舌尖鼻韻尾前（-n）的三等 B 類、A 類與四等韻字都已經大量合流，表現爲上面我們提及的三種合流語音層次：1.ien、2.ie、3.i。江西贛語弋陽在山開三卻有迥異的音讀表現。

3. 弋陽 o 元音的讀法

	展	然	折~本	折~斷	舌	扇~子
弋陽	tçion³	ion²	çioʔ⁷	tçioʔ⁷	çioʔ⁷	çion⁵

（李如龍、張雙慶：1992）

江西贛語弋陽這些讀爲 o 類元音的山開三等字，是不是舌尖鼻韻尾前（-n）三等 B 類 o 元音的反映呢？對照其他弋陽山攝開口三四等字讀爲 iɛn（線çiɛn⁵、孽n̥iɛʔ⁷、建tçiɛn⁵、邊piɛn¹）的表現，以及其他江西客贛語上表的字，多無合口一讀的讀法，我們可以確定弋陽「展、然、折、舌、扇」等字，在江西贛語裡沒有合口的來源。

既然沒有合口一讀的來源，那麼這些讀爲 o 類元音的弋陽山開三等字是不是受了聲母的影響，而讀爲 o 類元音呢？因爲「展、然、折、舌、扇」等字都來自知三章等聲母，而知三章組聲母在江西客贛語裡，又曾有大規模捲舌的過程。因爲捲舌聲母舌身後部隆起的性質近似於圓唇（[＋後]、[＋高]），而導致弋陽山開三等字的部分字的主要元音圓唇化。不過這樣的解釋，並不能完滿說

· 241 ·

明爲何其他知三章組系的弋陽山開三等字並沒有變爲 o 類元音。至於弋陽在山開三仙韻裡有少數韻字讀爲 a 類元音，如：纏 ts'an²[32]、善 san⁶[37]、戰 tsan⁵[34]。「纏、善、戰」讀爲 a 類元音且不包含 i 介音，是因爲知三章組聲母經過捲舌化的過程而把 i 介音消耗殆盡，又再歷經平舌化後的音變，所以聲母讀平舌的 ts 類聲母。「纏、善、戰」的 i 介音因捲舌化先消耗掉，所以還能保留三等 a 類元音的音讀。

那麼弋陽「展、然、折、舌、扇」等字讀爲 o 類元音是否來自上古韻部的遺留呢？我們不能排除這樣的解釋，因爲「展、然、折、舌、扇」等字來自上古的月、元部。在閩語裡，上古月部的字多有低元音的讀法，而粵語裡則多有低調的讀法（劉勛寧稱爲乙調：2001）。江西寧都的客語，在山開三入聲（如：折 tsait、舌 sait、設 sait、熱 nait、杰 ts'ait、孽 nait、蘖 nait）的入聲韻尾前產生一個新生的 -i-。後文我們會論及江西客贛語這個韻尾前新生的 i 元音，韻母的條件必須是低、後的元音。所以弋陽「展、然、折、舌、扇」等字讀爲 o 類元音，我們不能排除有上古音讀的來源。

我們認爲弋陽「展、然、折、舌、扇」等字 o 類元音的讀法，既沒有合口一讀的來源，其影響也非來自聲母，雖不排除上古音讀的來源，但就語音系統內部的對比序列來說，解釋爲三等 B 類元音的保留，是較爲合理的。

4. 弋陽三等 B 類 o 元音見於仙韻，且多爲入聲韻字

不同於前文所述的建陽閩語舌尖鼻韻尾前（-n）的三等 B 類 o 元音的音讀反映見於元韻（田 thaing₃₃；燃 ieng₃₃；建 kyeng₂₂）。江西贛語弋陽三等 B 類的 o 元音反映卻見於仙韻字（展、然、折~本、折~斷、舌、扇~子）。我們認爲音類的分別比起哪些韻字具體的音讀來得重要，所以江西弋陽贛語的「展、然、折~本、折~斷、舌、扇~子」等字既有 o 元音的音讀，又無法找到其合口的來源或聲母影響的解釋的話，我們只能把這些讀爲 o 元音的韻字，視作舌尖鼻韻尾前（-n）的三等 B 類 o 元音保留。建陽閩語的三等 B 類保留在元韻，而江西弋陽贛語則多出現在仙韻。

從弋陽這些保留三等 B 類 o 元音的韻字中，我們還可以發現入聲韻字佔了多數（折~本、折~斷、舌、扇~子）。這些保留三等 B 類 o 元音的入聲韻字，原是收舌尖塞尾 -t。前文我們提過入聲韻尾 -p、-t，它們是個一發即逝、只有成阻

的輔音韻尾，所以當我們發-p、-t 入聲韻尾時，只有成阻之勢。把這些入聲韻尾以 0（zero）代替，於是一個以-p、-t 韻尾結尾的入聲字，就是 ABP、ABT＝AB0、AB0＝AB、AB。也就是說，這些入聲韻尾（-p、-t）發音短促，所佔的音長（duration）不夠長，不能持續對前面的元音產生壓力，而進行預期性同化（regressive assimilation）。因為這些韻字（折~本、折~斷、舌、扇~子）的-t韻尾相當於零韻尾（-ø），不能持續對前面的元音產生影響，也就是指偏前部位的-t 韻尾特徵傳遞不到前面的元音，這也是江西贛語弋陽這些入聲韻字，仍能保持三等 B 類 o 元音的原因。

閩語舌尖鼻韻尾前（-n）的三等 B 類 o 元音的反映見於元韻，如：建陽（建 kyeng$_{22}$、言 ngyeng$_{33}$、軒 xyeng$_{53}$、獻 xyeng$_{32}$），福州（建 kyong$_{113}$、言 ngyong$_{51}$、軒 hyong$_{55}$、獻 hyong$_{113}$、歇 hyok$_{24}$），廈門（歇 hio?$_{32}$）（張光宇：1990，P125～127）。江西贛語的弋陽三等 B 類 o 元音的保存卻見於仙韻，基於元韻在漢語音韻史上的地位，我們認為其他漢語方言若有三等 B 類 o 元音的反映，主要還是以元韻為主。

下表是根據韻書所歸納各時期的元韻分合情形，元韻能與合口的魂韻有所交涉，其間接反映的很可能就是舌尖鼻韻尾前（-n）三等 B 類 o 元音的保留。由於本論文主要論述的是現時方言的音韻格局，不把重心放在漢語歷史音韻史的成因，所以我們只把元韻在韻書上的分合情形當作參考。

就「魂、痕、元」三組韻的劃分來說，兩漢音也是和後世一樣的，就是說，「魂、痕」兩組歸「眞」部（臻攝），「元」組歸「元」部（山攝），祇有南北朝的韻文和平水韻的併韻情況與此不同，把「魂、痕、元」三組韻併成一組。

兩漢	南北朝	唐以後
魂、痕	魂、痕、元	魂、痕
元		元

（史存直：1997，P212～213）

5. 寧都三等、四等後元音的成因

江西客語寧都在山攝開口三四等的韻字裡，有一些韻字反映了低的 a 類元音的音讀情形。

仙、元韻入聲	設書	熱日	杰群	孽疑	折章	舌船	鷬疑	歇曉
寧都客	sait	nait	ts'ait	nait	tsait	sait	nait	sait
銅鼓客	ʂet	niet	tɕ'iet	niet	tʂet	ʂet	niet	ɕiet
井岡山客	set	ŋiɛt	k'iɛt	ŋiɛt	ŋiɛt	set	ŋiɛt	ɕiɛt

先韻入聲	捏泥	結見
寧都客	nait	tsait
銅鼓客	niet	tɕiet
井岡山客	nɛt	kiɛt

元、先韻舒聲	建見	健群	言疑	肩見	牽溪
寧都客	tsan	ts'an	nan	tsan	ts'an
銅鼓客	tɕiɛn	tɕ'iɛn	niɛn	tɕiɛn	tɕ'iɛn
井岡山客	kiɛn	k'iɛn	ŋiɛn	kiɛn	k'iɛn

6. 寧都 a 類低元音韻字的聲母演變速度，快於其他的江西客贛語

江西客語寧都這些讀爲 a 類低元音的韻字，既發生在山攝三等與四等，也發生在舒聲與入聲韻字中。寧都這些讀爲 a 類低元音的韻字，其主要元音讀爲 a 元音的原因與弋陽的情形相類似。細查寧都山開三四有 a 類低元音的韻字，主要發生在章、見、曉、日、疑組字，且 a 類低元音都不搭配三四等該有的 i 介音。所以寧都這些山攝三四等字讀爲 a 類低元音的原因就呼之欲出了。

前文我們談論到知三章組聲母時，曾提過江西客贛語知三章組字有大規模的捲舌化與繼之的平舌化運動，且章組起點是舌面音的 tɕ。這裡寧都的章組字（設、折、舌）是從舌面音 tɕ 先經歷捲舌化變爲 tʂ，因爲經歷捲舌化所以把介音 i 消耗殆盡，後又經歷了平舌化，所以才讀爲舌尖前音 ts 加上 a 類低元音。

對比井岡山見、曉組讀爲牙喉音的表現，我們知道寧都這些讀爲 a 類低元音的見、曉組韻字，是先經歷了顎化，使得聲母從舌根的 k 類聲母變爲舌面的 tɕ 類聲母，又從舌面的 tɕ 類聲母前化，或稱舌尖化而變爲 ts 類聲母，且此項舌尖前化的音變使得三等的 i 介音在作用之後消失。比較井岡山、銅鼓、寧都的「杰、歇、結、建、健、肩、牽」等字，井岡山代表第一階段的舌根音 k 類聲母階段，銅鼓代表顎化後的舌面音 tɕ 類聲母的中間階段，寧都的聲母則是最後的舌尖前化的 ts 類聲母階段。

至於寧都山開三四的日、疑聲母原來也是搭配 i 介音的，在舌尖前化的作用下，把 i 介音消耗殆盡，其音變情形平行於見曉組舌尖化的音變過程。其三組的音變過程可表示如下：

章組：＊tɕian／t → tʂan／t → tsan／t
（捲舌化）　　（平舌化）

見、曉組：＊kian／t → tɕian／t → tsan／t
（顎化）　　（舌尖化）

日、疑、泥組：＊nʑ（ŋ）ian／t → nan／t
（舌尖化）

上文我們舉例見曉組字的舌根音 k 聲母階段以井岡山為例，舌面音 tɕ 聲母的階段以銅鼓為例，但這僅僅是就「聲母」單方面而論，而不包含韻母。誠如上表所示，井岡山見組在讀為舌根音 k 聲母時，韻母已經受 i 介音的影響拉前讀為 e 類韻母；銅鼓聲母讀為舌面音 tɕ 聲母時，所搭配的韻母元音也是 e 類韻母。就連章組的「設、折、舌」等字在銅鼓讀為捲舌 tʂ 類聲母時，所搭配的韻母元音也是已經受 i 介音影響後的偏前 e 類元音。如果要寧都的這三類聲母（章組、見、曉組、日、疑組）的韻字讀為低的 a 類元音且不搭配 i 介音，那麼就要在 i 介音還未完全施展影響力於韻母上，並使得 a 類元音變為 e 類元音時，就發生上述的聲母音變過程，也才能使得寧都這些山開三四等的字都還維持著 a 類元音的讀法。由此推估，寧都這些山開三四的韻字（設、折、舌、杰、歇、結、建、健、肩、牽、熱、孼、櫱）發生上述的連串聲母音變時間是較早的，早於 i 介音對主要元音 a 產生前化影響之前。

至於前文提及的贛語弋陽 a 類元音「纏、善、戰」所搭配的聲母音變（先捲舌化又再平舌化）也同樣發生於「i 介音對 a 類元音產生前化影響」之前。

最末，寧都仙、元韻入聲以及先韻入聲韻字，在塞韻尾-t 之前都有一個新生的 i 元音，這部份的討論則見於韻尾一章。

五、雙唇鼻韻尾（-m）前

（一）江西客贛語

大部分的江西客贛語在雙唇鼻韻尾（-m）前的三等 A 類（鹽）、B 類（嚴）

韻母，以及相對的四等韻（添）都混成了一類，就今日的江西客贛語音讀來看，看不出原來音韻格局上的差別。江西客贛語在雙唇鼻韻尾（-m）前的三 A、三 B 韻母及四等韻只有一類，大致上可以分為以下四個音讀層次。

以下江西客贛語的語料取自劉綸鑫《客贛方言比較研究》（1999），其中 iam 或 ian 的標音符號，因為出現在細音 i 介音後，實際音值相當於 iem 與 ien，所以我們在劃分江西客贛語在雙唇鼻韻尾（-m）前的三四等對立音讀層時，將 iam 與 iem，以及 ian 與 ien 視為相同語音層的表現。

	音讀層	鐮	尖	占	撿	欠	嚴	點	念	兼
奉新贛		liem	tɕiem	tem	tɕiem	tɕʻiem	ȵiem	tiem	ȵiem	tɕiem
東鄉贛		liem	tɕiem	tsam	tɕiem	tɕʻiem	ȵiem	tiem		tɕiem
寧都客	1. iem	liam	tɕiam	tsam	tsam	tɕʻam	nam	tiam	nam	tsam
石城客		liam	tɕiam	tsam	kiam	kʻiam	niam	tiam	niam	kiam
湖口贛		dien	tɕien	tʂɛn	tɕien	dʑien	ȵien	tien	ȵien	tɕien
星子贛		dien	tsien	tʂən	tɕien	dʑien	ȵien	tien	ȵien	tɕien
上高贛	2. ien	lien	tɕien	ten	tɕien	ɕien	ȵien	tien	ȵien	tɕien
銅鼓客		lien	tsien	tʂɛn	tɕien	tɕʻien	nien	tien	nien	tɕien
澡溪客		lien	tsien	ten	tɕien	tɕʻien	nien	tien	nien	tɕien
井岡山客		lian	tɕian	tsan	kian	kʻian	ŋian	tian	ŋian	kian
萍鄉贛		liẽ	tsiẽ	tʂẽ	tɕiẽ	tɕʻiẽ	ȵiẽ	tiẽ	ȵiẽ	tɕiẽ
蓮花贛		niẽ	tɕiẽ	tsã	tɕiẽ	tɕʻiẽ	iẽ	tiẽ	niẽ	tɕiẽ
上猶客	3. iẽ	tiẽ	tɕiẽ	tsẽ	tɕiẽ	tɕʻiẽ	niẽ	tiẽ	niẽ	tɕiẽ
南康客		tiẽ	tɕiẽ	tsẽ	tɕiẽ	tɕʻiẽ	niẽ	tiẽ	niẽ	tɕiẽ
于都客	4. ĩ	liĩ	tsiĩ	tʃiɪ	tɕiĩ	tɕʻiĩ	ȵiĩ	tiĩ	ȵiĩ	tɕiĩ

四層語音層分佈的方言點與搭配的入聲韻尾

1. iem：雙唇鼻韻尾（-m）仍保留的音讀層

雙唇鼻韻尾（-m）仍保留的 iem 層，在江西客贛語裡分佈的方言點有贛語的奉新、東鄉、臨川、南豐、黎川以及客語的寧都、石城。除客語寧都的入聲韻尾兼搭配雙唇與舌尖的塞韻尾 -p、-t 外，其餘各點所搭配的入聲韻尾都是雙唇塞韻尾的 -p，呈現了舒、促相配的語音格局，寧都則是顯示了雙唇塞韻尾 -p 有開始弱化為舌尖 -t 韻尾的現象。

其中，寧都的章、見、疑、泥組韻字，不見三四等的 i 介音存留，且主要

元音為 a 類低元音，其成因見上文的解釋。

2. ien：雙唇鼻韻尾（-m）已經弱化為舌尖鼻韻尾（-n）的音讀層

雙唇鼻韻尾（-m）已經弱化為舌尖鼻韻尾（-n）的音讀層 ien，在江西客贛語是分佈最廣的。方言點可見於贛語的湖口、星子、永修、南昌、波陽、樂平、橫峰、上高、萬載、新余、宜黃、吉安，以及客語的龍南、全南、定南、銅鼓、澡溪、井岡山。ien 語音層所搭配的入聲韻尾主要有三種，一為相對的舌尖塞韻尾-t；一為由舌尖塞韻尾弱化而來的喉塞韻尾-ʔ；最後則是喉塞韻尾-ʔ完全脫落的零韻尾（-ø）。

江西贛語的修水、高安在舒聲的部分表現為 ien 語音層，促聲的部分表現則為邊音韻尾（-l）。有關邊音韻尾的部分，在本論文韻尾一節另有闡述。

3. iẽ：鼻韻尾消失（-ø）與前一元音融合成鼻化元音（ṽ）的音讀層

iẽ 的音讀層見於江西贛語的萍鄉、蓮花、永豐、泰和以及客語的上猶、南康與安遠。iẽ 相對的入聲韻尾多是相配的零韻尾（-ø）形式，也就是塞韻尾完全消失的韻尾情況，除贛語永豐還有近於零韻尾形式的喉塞韻尾-ʔ外。

4. ĩ：高化的 i 元音型態

第四層的 ĩ 音讀型態只見於客語的于都。比較起江西客贛語山攝三、四等（先、仙、元）韻完全合流一，但分為三層的語音層：1. ien、2. ie、3. i，第三層 i 化高元音語音層出現在客語的安遠與于都。我們發現客語的安遠與于都，在舌尖鼻韻尾前（-n）都有山攝韻字讀為高化的 i 元音層次，但咸攝則只有于都還出現了高化的 i 元音層次，而安遠在雙唇鼻韻尾（-m）前則是屬於第三層的鼻化韻音讀層（iẽ）。于都與安遠的音讀情況，都呼應了吳閩語咸山攝三四等韻字的 i 元音高化音讀層。

5. 混合為一的語音層如何區分三 A 與三 B 韻

既然三四等韻的三向對立在雙唇鼻韻尾（-m）前沒有分別，我們又是怎麼知道三等的 A 類、B 類分別對等於哪一類的韻呢？我們所執的理由有二：一是文獻上的存留；二是現代方言零星的反映。

6. 文獻上的存留

這裡我們使用了高本漢的擬音符號（李方桂：1980，P8～9）來做文獻上對比的依據。對比的對象是雙唇（-m）與舌尖鼻韻尾前（-n）的主要元音擬音

符號，至於舌根鼻韻尾前（-ŋ）的主要元音擬音，並不全然與雙唇、舌尖鼻韻尾前的三 A、三 B 及四等元音相對應，那是因爲舌根鼻韻尾前的主要元音有跨攝的表現，暫且不論。

	三 A	三 B	四 等
-m	鹽 jäm	嚴 jɐm	添 iem
-n	仙 jän	元 jɐn	先 ien

我們這裡確立三等的 A 類是咸攝的鹽韻；三等 B 類是咸攝的嚴韻，以及相對的四等韻爲添韻，立論的基礎是來自高本漢所架構起來中古音韻格局。

7. 嚴、元韻字數偏少的系統空缺（slot）意義

根據《方言調查字表》（中國社會科學院語言研究所：1981）所收的嚴韻與元韻的常見字中，嚴、元韻的韻字數在各韻攝裡就是偏少的，且只限於牙喉音聲母底下與牙喉音底下的入聲韻還可以見到存字。嚴韻舒聲：嚴、儼、劍、欠、釅、杴、醃；促聲：劫、怯、業、脅、腌。元韻舒聲：犍、言、軒、掀、蔫花萎、鍵、建、健、腱、憲、獻、堰；促聲：揭、歇、蠍。

嚴韻的入聲字更約佔嚴韻這些少數字的一半，前文我們提及牙喉音聲母及入聲韻字，相對於其他聲母或舒聲韻，有較好保存前面元音種類的效力。因此，嚴韻所收的字數少，是一種系統的空缺（slot）反映，也透顯出了三等韻中 o＞a 的前化運動在偏前部位的雙唇鼻韻尾（-m）前，與舌尖鼻韻尾前（-n）的語音環境裡是進行較快速的。

8. 現代漢語方言零星的反映

反映嚴韻還有三 B 韻母 o 元音的存留方言，可見於下列的方言：

（1）閩語的「怯」

> 入聲韻方面，反映最早的四等音讀層次，在福州有「帖」thaik₂₄「貼」thaik₂₄；在建陽有「貼」ha₃₅，「疊」ha₄₃；在潮陽有「挾」koiʔ₁₁，「莢」koiʔ₁₁；在廈門有「篋」khueʔ₃₂，「莢」ngueʔ₃₂。三 B 韻的後元音只見於建陽「怯」khioʔ₃₅。（張光宇：1990，P130）

除了建陽的「怯 khioʔ₃₅」外，閩語的福州「怯」字 kʻyɔʔ。（漢語方音字匯：2003，P49），也反映出三等 B 類 o 韻母的音讀。

（2）北京話的「怯」

北京話的「怯 tɕʻieˀ、tɕʻyeˀ」（漢語方音字匯：2003，P49）字有二讀，其中一讀有合口的成分。合口的成分對照其他漢語方言與文獻架構後，推測即來自原來三等 B 類的 o 元音的圓唇成分。

（3）平話的「怯」、「醃」、「腌」

「怯」：圓唇的三等 B 類的 o 元音，可見於寧遠平話 tɕʻiɔ₂₂（李連進：2000，P188）。廣西北海市粵語南康話 kʻœk₃（陳曉錦、陳滔：2005，P173）。

「醃」：寧遠平話 niɔɕin₅₅（李連進：2000，P189）。

「腌」：寧遠平話 niɔɕin₅₅（李連進：2000，P189）。

（4）參考作用的土話：

「欠」連州土話連州 kʻøn₁₁、連州土話西岸 kʻyn₅₂（張雙慶：2004，P94）。樂昌土話北鄉 kʻy₃₃（張雙慶：2000，P85）。不過土話系屬多有爭論，在此只做參考價值。

9. 南昌贛語三等 B 類的保存

前面舉的是各漢語方言在雙唇鼻韻尾（-m）前，嚴韻三等 B 類讀為 o 元音的痕跡，其實江西贛語的本身內部就還存留著嚴韻有 o 元音的痕跡。「嚴」字在南昌贛語裡有二讀（ȵienˀ 文、ŋɔnˀ 白）（漢語方音字匯：2003，P260），其中白讀的「ŋɔnˀ 白」即讀為 o 元音。

雖然南昌贛語，或是其他漢語方言，仍存有嚴韻為三等 B 類 o 元音的讀法，但都屬於零星的存留，就江西客贛語在雙唇鼻韻尾（-m）前的三等 A 類（鹽）、B 類（嚴）韻母與四等韻（添）的大音韻格局來論，這三組韻是完全合流的。

（二）其他漢語方言雙唇鼻韻尾（-m）前四等韻與三等韻的區別

1. 閩　語

閩語除在雙唇鼻韻尾（-m）前有三四等韻的區別外，在舌尖鼻韻尾（-n）；或是舌根鼻韻尾（-ŋ）前，以及陰聲韻部分都有三四等韻的區別，且四等韻不含 i 介音。這也是閩語較為大家所熟知的語音特點。福州、古田、寧德、周寧、福鼎、莆田、廈門、泉州、永春、漳州、龍岩、大田、尤溪、永安、沙縣、建甌、建陽、松溪等閩語都有反映四等不含 i 介音的音韻行為，以下只舉石陂為例：

	替	西	店	貼	肩	節	釘	星
石陂	tʻai˥	ˍsai	taiŋ˥	tʻai˩	ˍkaiŋ	tsai˩	ˍtaiŋ	ˍsaiŋ

（陳章太、李如龍：1991，P399）

2. 吳　語

義烏的吳語保有咸山三四等韻母的區別，三等元音較高，而四等較低。

> 義烏方言裡咸山兩攝開口三四等裡見系聲母的字，只能說基本上沒有分別，個別字還是有分別的。有這樣分別的字現在找到了以下三對：

咸山開口三等字	咸山開口四等字
ˍ嚴 ȵieː˩	ˍ嫌～多～少 ȵieː˩
劫 ˍtɕieː˥	挾～菜 tɕiɛː˥
厭 ˥ieː˥	燕 ˥iɛː˥

> 另外，義烏方言三等泥母字「ˍ粘」ʔȵieː˩與四等影母字「ˍ烟」ʔȵiɛː˩也構成了對立（金有景：1980，P352）。

閩語與吳語在雙唇鼻韻尾（-m）前的三四等區別，再加上各漢語方言及南昌贛語嚴韻的三等 B 類 o 元音的痕跡，更讓我們有信心地推論原來的漢語祖語在雙唇鼻韻尾（-m）前是有三 A、三 B 及四等韻的三向對立的。但江西客贛語裡的雙唇鼻韻尾（-m）前的三四等韻並不存在這三向對立，已經混合成一套音讀層，而混合的音讀層又依實際讀音可分為四類：1. iem、2. ien、3. iẽ、4. ĩ。

六、i 韻尾與 u 韻尾之前（-i、-u）

1. 三等韻 o、a 元音對比，缺少 i 韻尾前（-i）的語音環境

前文我們在討論一二等對比的元音格局（o：a）時，討論了 o、a 元音分佈在一二等韻母的各種語音環境。陰聲韻的部分就包括零韻尾前（-ø）；i 韻尾前（-i）；u 韻尾之前（-u），以及三種鼻韻尾前（含相對入聲韻）。鼻韻尾的環境包括：雙唇（-m）、舌尖（-n）、舌根（-ŋ）鼻韻尾前。

相同的，o、a 元音在三等韻裡（三等 B、三等 A）的討論，其討論的語音環境應與一二等 o、a 元音相同。上文我們討論了江西客贛語三等 B、A 類（o、a 元音）在三種鼻韻尾前的音讀情形（-ŋ、-n、-m）；也討論了在零韻尾

前（-ø）的 o、a 元音（戈、麻）情形，但卻沒有討論三等 B、A 類（o、a 元音）在 i 韻尾前（-i）與 u 韻尾之前（-u）的音讀情形。至於沒有討論在 i 韻尾前（-i）的三等 o、a 元音對比是因為在三等韻的架構裡，o、a 元音的對比不存在於 i 韻尾前（-i）。

i 韻尾前（-i）未見三等的 o、a 元音對比，導因於三等韻母已經有了標誌三等的 i 介音。因為異化（dissimilation）作用，同一音節的韻母在韻頭與韻尾不易出現語音特徵完全一樣的音素（i）。

2. u 韻尾之前（-u）沒有三等 o、a 元音的區別──蕭、宵、尤、幽韻各自體現了「攝」的意義

若依照高本漢的中古音系架構，在 u 韻尾之前（-u）的三四等對立韻就是蕭、宵、尤、幽等韻。不過理論的韻類區分卻在現代漢語方言裡難以尋覓。

	三 A	三 B	四等
-m	鹽 jäm	嚴 jɐm	添 iem
-n	仙 jän	元 jɐn	先 ien
-u	宵 jäu	尤 jŏu、幽 jiŏu	蕭 ieu

我們先來看看江西客贛語這幾個韻類的音讀情況。前文討論過流攝三等莊組字另有特別的音韻行為，因此以下簡表的製作，並不包括中古韻目所規定的流攝三等莊組字。在這些三四等韻的例字中，非組、章組、知組的韻母往往不存在三四等常見的 i 介音，是因為這些韻字在輕唇化與捲舌化的過程中，已經消耗完了 i 介音。為簡化論題，以下簡表不再特別列出沒有 i 介音的音讀情形。

-u		流攝三等韻		三 A	四等
方言點		尤（流攝）	幽（流攝）	宵（效攝）	蕭（效攝）
①湖口贛、黎川贛、龍南客、井岡山客、寧都客、石城客		ieu（ieu、iəu）		iau	
②修水贛、奉新贛、南豐贛、宜黃贛、萍鄉贛、蓮花贛、吉安贛、永豐贛、全南客、銅鼓客、澡溪客		iu（iu、iɤ）		iau（iau、iʌu、iao）	oai（oai、uʌi）uai
②-①橫峰贛		iu、iɔ		iau	

③星子贛、永修贛、南昌贛、樂平贛、高安贛、上高贛、萬載贛、新余贛、東鄉贛、臨川贛	iu	ieu
④泰和贛、上猶客、南康客、安遠客、于都客	iu	iɔ

蕭、宵、尤、幽韻在江西客贛語裡看不出三四等韻的對立現象，只有「攝」的分別。效攝的蕭、宵韻一組；流攝的尤、幽韻一組。蕭、宵韻看不出原來的分別，尤、幽韻也無從判別其分別的語音條件為何。

3. 韻尾 u 與 i 介音所造成的高化、前化現象

江西客贛語裡的蕭、宵、尤、幽韻雖然只體現了各自「攝」的意義，但從江西客贛語的音讀看來，這幾個韻都有一步步的高化現象。從現存的江西客贛語蕭、宵、尤、幽韻音讀來研判，尤、幽韻的前一個階段可以擬測為*ieu；蕭、宵則是*iau。第一層（①）的方言點音讀就代表了原初的狀態。「蕭宵」、「尤幽」兩類韻都有發生因韻尾 u（-u）與介音 i「高部位」的音徵拉高的同化（assimilation）現象。

型態一：

代表的方言點有贛語的湖口、黎川以及客語的龍南、井岡山、寧都、石城。蕭、宵韻表現為「效攝」三四等混合的現象，讀為 iau；尤、幽韻表現為「流攝」三四等混合的音讀，讀為 ieu。

型態二：

型態二的語音是型態一的後續發展，可見於江西贛語的修水、奉新、南豐、宜黃、萍鄉、蓮花、吉安、永豐，以及客語的全南、銅鼓、澡溪。效攝的蕭、宵韻音讀不變，流攝的尤、幽韻母中間的 e 元音弱化，讀為 iu。至於贛語橫峰的尤、幽韻兼有 iu、iɔ 兩種讀法，iɔ 韻母的讀法可能是 iu 的變異，或是其他方言的介入，這裡暫且把橫峰放在型態二音讀的小類下處理。這樣的處理方式對效攝、流攝三四等字的比較格局是沒有妨礙的。

型態三：

型態三的音讀是流攝的尤、幽韻仍讀為 iu，而效攝的蕭、宵韻主要元音由低 a 受到前、後都是高部位音徵（韻尾 u 與介音 i）同化，以及具有前部位特徵的 i 介音，變為較高、較前的 e 元音。方言點見於贛語的星子、永修、南昌、

樂平、高安、上高、萬載、新余、東鄉、臨川。在型態三的代表方言點裡，我們也可以看到繼流攝的尤、幽韻高化讀為 iu 後，尤、幽韻把 ieu 的韻母地位空出來後，效攝的蕭、宵韻有填補尤、幽韻的趨勢。

型態四：

型態三的蕭、宵韻由 iau 變為 ieu，有韻尾 u 與介音 i 的高化作用；也有 i 介音的前化作用。但型態四的音讀表現似乎顯示：韻尾 u 的高化作用的主導力較強。效攝的蕭、宵韻與流攝的尤、幽韻都讀為高化且偏後的元音：蕭、宵韻為 iɔ；尤、幽韻為 iu。型態四的音讀表現見於贛語的泰和與客語的上猶、南康、安遠、于都。

總體言之，在韻尾 u 韻尾之前（-u），我們找不到三 A、三 B、四等韻的分別，只能看到「攝」的意義體現在蕭、宵、尤、幽韻上。至於尤、幽韻，我們在後面一章的三等的 e 類韻母部分還會再次論及。

七、小 結

本節的結論主要有以下五點，以下分別敘述。

（一）鼻韻尾前的四等韻，江西客贛語多讀為 e 元音

縱使前文我們已經建立了江西客贛語蟹攝四等齊韻的韻母原型為複韻母的 *ai，且我們在閩語的四等韻（齊、先、蕭、青、添韻）裡，也可以看到這個複韻母的表現，但江西客贛語四等韻的大部分音值，在鼻韻尾前的主要音讀形式還是 e（ieN），而非 *ai，這個 e 元音音值的表現見於四等的先、添、青（文讀）韻。至於江西客贛語的蕭韻則體現了「攝」的意義，原初的型態為 *iau。

前文我們引用過李榮的看法「梵文『e』在連續音變的時候是『ai』」（李榮：1956，P115）。雖然江西客贛語在蟹攝四等齊韻的原型是複韻母的 *ai，但四等韻出現在鼻韻尾前的實際音值則是 e 類的元音，*ieN 的擬測則是江西客贛語青、先、添韻的起點。我們認為這個四等的 *ieN 韻母，很可能是在「前江西客贛語」（the pre-Gan and Hakka dialect in Jiangxi）時期就已經成形了。

（二）三等有 o、a 兩類元音型態，最終趨勢則是與相對的四等韻（e 類的元音）合流

我們在一二等所見的 o、a 元音對比模型與 o＞a 的音變趨勢，在三等韻裡

也可以看到：代表三等 o 元音的爲三 B 類；三等 a 元音的則爲三 A 類，三 B 的三等韻傾向前化與三 A 類合併（io＞ia），三 A 類的三等韻（ia）則受了前面三等 i 介音的拉高，傾向變爲 ieN 類韻母而與相對的四等韻合併。

（三）前部的雙唇鼻韻尾-m 與舌尖鼻韻尾-n 加速 o＞a 的前化作用

江西客贛語在陰聲韻部分，麻（ia）、戈（io）韻仍維持三 A、三 B 的對比，在舌根鼻韻尾（-ŋ）前，也有陽（三 B： ioŋ），清、庚（三 A：iaŋ 白讀）的對比。但在舌尖鼻韻尾（-n）前，大部分的三等 A、B 分別型態已不復見，多表現爲三四等合併的*ien 音讀型態，只有在贛語弋陽還可以看見三等 B 類音讀的痕跡。至於雙唇鼻韻尾（-m）前，也看不出三等 A、B 類的分別，音讀表現的多爲三、四等合併之後的*iem 型態。內部證據裡唯一表現爲三 B 類音讀的爲南昌贛語的「嚴 ŋɔn² 白」。

	展	然	折～本	折～斷	舌	扇～子
弋陽	tɕion³	ion²	ɕioʔ⁷	tɕioʔ⁷	ɕioʔ⁷	ɕion⁵

綜上所述，我們可以觀察到三等韻在雙唇鼻韻尾（-m）與舌尖鼻韻尾（-n）前，對保留 o、a 元音對比的能力是比較弱的。換句話說，-m、-n 之前，三 A、三 B 與四等韻合流的速度是較快的（io＞ia＞ie）。究竟是什麼樣的原因促使三等 A、B 類元音在進行 io＞ia＞ie 的前化作用時變得比較快，以致保留三等韻 A、B 類元音區別；或三、四等韻的元音區別程度上，弱於其他的三等韻語音環境（陰聲韻-∅、舌根鼻韻尾-ŋ）呢？

答案就在雙唇鼻韻尾（-m）與舌尖鼻韻尾（-n）的發音部位上，因爲雙唇與、舌尖都是前部[＋前]的發音部位。因爲前部韻尾而進行了預期性同化（regressive assimilation），持續對前面元音施壓，所以雙唇鼻韻尾（-m）與舌尖鼻韻尾（-n）前的三等韻在進行三 B → 三 A → 四等的演變速度上較快，今日只能在零星字上還看得到原有的對比痕跡。

事實上，雙唇鼻韻尾（-m）與舌尖鼻韻尾（-n）對保留 o、a 元音對比的能力較弱，且在 o＞a 的前化作用上有加速的效果，不只見於三等韻的環境中；在一二等對比環境中也表露無遺。

		果	假	蟹	效	咸	山	宕	梗
梅縣	一	ɔ		oi	ɔ（島）	am	ɔn（見）	ɔŋ	
	二		a	ai	au		an		aŋ

高安	一	ɔ		ɔi	ɔu	ɔn	an	ɔŋ	
	二		a	ai	au	an			aŋ

（徐通鏘：2001，P435）

　　梅縣客語在雙唇鼻韻尾（-m）前的 o 類元音，已經完全合流為 a 類元音，舌尖鼻韻尾（-n）能保留 o、a 元音對比的，也只限於保留元音種類較好的牙喉音聲母之後。高安贛語在舌尖鼻韻尾（-n）前的 o 類元音也付之闕如，完全合併到 a 類元音。

（四）舌根鼻韻尾-ŋ 與-u 韻尾的高化作用

　　舌根鼻韻尾（-ŋ）前的三四等韻（「清、庚」，青）的音讀表現為：三等 A 類韻與四等韻混合成一類：白讀為*iaŋ 及其後續音變形式；文讀則是*ieŋ 及其後續音變形式，甚至文讀還包括繼續高化的 iŋ 韻母形式。雖然我們可以認為清、庚，青韻的文讀形式，對江西客贛語來說是一個橫向插入的外物，但基於前文對梗開二的討論：北方梗開二 eŋ 的音讀來自南方低元音的 aŋ，以及江西客贛語有三等趨向四等合併的演變趨勢，我們認為清、庚，青韻白讀形式的*iaŋ，下一個演變的階段就是這個北方移植的 ieŋ、iŋ 音讀形式。舌根鼻韻尾（-ŋ）[＋高]的部位則是觸發這些白讀的清、庚，青韻變為高化 ieŋ、iŋ 韻母形式的最好觸媒動力。

　　同樣屬於高部位的韻尾-u，也有使前面元音高化的能力。江西客贛語的蕭、宵、尤、幽韻分別因為高部位韻尾-u 的拉高作用，進行了預期同化（regressive assimilation）：蕭、宵韻由 iau 高化為 iɔ；尤、幽韻由 ieu 變為 iu。

（五）三等的介音 i 是促使 o＞a 音變快於一二等韻 o＞a 主因

　　雖然 o、a 元音的對比與 o＞a 的音變趨勢，在一二等韻以及三等韻中都可以看到痕跡。但相對來說，一二等保留 o、a 元音的對立較三等韻好，原因就在於三等韻比一二等韻多了一個 i 介音的變項，促使整個 o＞a 的音變作用更快，所以三等的介音 i 是促使 o＞a 的前化音變，還快於一二等 o＞a 音變的主因。

$$\boxed{\text{io＞ia （前化作用）}} \quad 快於 \quad \boxed{\text{o＞a （前化作用）}}$$

主因：i 介音具有[＋前部]的特徵

第八節　三等的 e 類韻母

前文我們曾討論過一等 e 類元音韻母的系列（包含中古劃歸爲「三等」地位的莊組韻母）字。因爲這個 e 類韻母是一個基底的元音，所以江西客贛語裡的這個 e 類韻母，不只是一系列地出現在「一等韻」的地位上，還廣泛地出現在「三等韻」的地位上。但在討論這一系列三等的 e 類韻母之前，我們還要排除掉一些「貌似」e 類元音的韻母。

一、「貌似」三等 e 類元音的韻母

（一）四等 e 類韻母與三等 A 類韻母（包含混入三 A，原來為三等 B 類的韻母）

我們在三四等對比格局一章中曾討論過，鼻韻尾前的四等韻，以及在鼻韻尾前出現的三等 A 類韻母*iaN〔註 22〕都有傾向讀爲 ieN 的情況。

鼻韻尾前出現的四等韻（添、先、青）大部分都讀爲 ieN，但藉由陰聲韻四等齊韻字的韻母原型*ai，我們可以推知這些鼻韻尾前的四等韻讀爲 e 類韻母，是複韻母的*ai 在鼻韻尾前的變讀情況。正如李榮所說的「梵文『e』在連續音變的時候是『ai』」（李榮：1956，P115）。

這個鼻韻尾前的四等韻不具有 i 介音的音讀表現，表現比較完全的只見於閩語，如石陂各個四等韻的音讀。江西客贛語除陰聲字的四等齊韻字有不含 i 介音的 ai 音讀外，其他出現在鼻韻尾前的四等韻多讀爲 ieN，我們認爲在形成江西客贛語前的「前江西客贛語」（the pre-Gan and Hakka dialect in Jiangxi）時期，這些鼻韻尾前的四等韻已經是 ieN 韻母了。

	替	西	店	貼	肩	節	釘	星
石陂	t‘ai꜄	꜀sai	taiŋ꜄	t‘ai꜆	꜀kaiŋ	tsai꜆	꜀taiŋ	꜀saiŋ

（陳章太、李如龍：1991，P399）

至於三等 A 類韻母底層的主要元音爲 a 類元音。三 B、三 A 的 io、ia 元音對比是繼 o：a 元音在一二等對比的語音環境外，另在三等韻中的表現。但三等的 iaN 韻母受到前部的 i 介音影響，容易變爲 ieN 韻母，其中具有前部韻尾-m、-n（包含相對入聲韻）的三等 A 類韻母的演變速度是更快的。

〔註 22〕N 代表鼻韻尾：-m、-n、-ŋ。

　　鼻韻尾前出現的四等韻（添、先、青），與相對的三等 A 類韻母混合的情況，是江西客贛語裡最常見的情況。有時這個情況還包含了由三 B 韻母（ioN）混合進三等 A 類的韻母。

1. 雙唇鼻韻尾前（-m）

　　雙唇鼻韻尾前的 ieN 類韻母，包含了三等 A 類（鹽）、B 類（嚴）韻母以及相對的四等韻（添），他們都有混合成 iem 的音讀表現。下表第二層由雙唇鼻韻尾（-m）變爲舌尖鼻韻尾（-n）的音讀層，以及第三層鼻化元音（ṽ）的音讀層，都是第一層 iem 的後續演變。

	音讀層	鐮	尖	占	撿	欠	嚴	點	念	兼
奉新贛	1. iem	liɛm	tɕiɛm	tɛm	tɕiɛm	tɕʻiɛm	ȵiɛm	tiɛm	ȵiɛm	tɕiɛm
東鄉贛		liɛm	tɕiɛm	tsam	tɕiɛm	tɕʻiɛm	ȵiɛm	tiɛm	—	tɕiɛm
寧都客		liam	tɕiam	tsam	tsam	tɕʻam	nam	tiam	nam	tsam
石城客		liam	tɕiam	tsam	kiam	kʻiam	niam	tiam	niam	kiam
湖口贛	2. ien	dien	tɕien	tʂen	tɕien	dʑien	ȵien	tien	ȵien	tɕien
星子贛		dien	tsien	tʂən	tɕien	dʑien	ȵien	tien	ȵien	tɕien
上高贛		liɛn	tɕien	tɛn	tɕien	ɕien	ȵien	tien	ȵien	tɕien
銅鼓客		liɛn	tsien	tʂen	tɕien	tɕʻien	nien	tien	nien	tɕien
澡溪客		liɛn	tsien	ten	tɕien	tɕʻien	nien	tien	nien	tɕien
井岡山客		lian	tɕian	tsan	kian	kʻian	ŋian	tian	ŋian	kian
萍鄉贛	3. iẽ	liẽ	tsiẽ	tʂẽ	tɕiẽ	tɕʻiẽ	ȵiẽ	tiẽ	ȵiẽ	tɕiẽ
蓮花贛		niẽ	tɕiẽ	tsã	tɕiẽ	tɕʻiẽ	iẽ	tiẽ	niẽ	tɕiẽ
上猶客		tiẽ	tɕiẽ	tsẽ	tɕiẽ	tɕʻiẽ	niẽ	tiẽ	niẽ	tɕiẽ
南康客		tiẽ	tɕiẽ	tsẽ	tɕiẽ	tɕʻiẽ	niẽ	tiẽ	niẽ	tɕiẽ

2. 舌尖鼻韻尾前（-n）

　　舌尖鼻韻尾前的 ieN 類韻母，包含了山攝三四等的先、仙、元韻，江西客贛語裡的先、仙、元韻多處於完全合流的狀態，且音讀表現爲 ien。下表第二層的 ie 韻母，則是第一層的 ien 丟失鼻韻尾的後續演變。

	音讀層	偏	煎	件	言	扁	顛	蓮	千
南昌贛	1. ien	pʻiɛn	tɕien	tɕʻien	ȵien	pien	tien	liɛn	tɕʻien
上高贛		pʻiɛn	tɕien	ɕien	ȵien	pien	tien	liɛn	tɕʻien
定南客		pʻien	tɕien	tɕʻien	nien	pien	tien	lien	tɕʻien
石城客		pʻien	tɕien	kʻien	nien	pien	tien	lien	tɕʻien

萍鄉贛	2. ie	p'iẽ	tsiẽ	tɕ'iẽ	n̠iẽ	piẽ	tiẽ	liẽ	tɕ'iẽ
上猶客		p'iẽ	tɕiẽ	tɕ'iẽ	niẽ	piẽ	tiẽ	liẽ	tɕ'iẽ

3. 舌根鼻韻尾前（-ŋ）

舌根鼻韻尾前的 ie 類韻母，包含了四等的青韻以及三等的清、庚韻，但是讀爲 ieŋ 類韻母的，卻不是江西客贛語的白讀而是文讀，如下表所列。白讀的青、「清庚」韻，在江西客贛語裡，雖然也是合流的狀態，但表現的音讀層卻是 iaŋ，但順著前面雙唇鼻韻尾前（-m）與舌尖鼻韻尾前（-n）的四等韻及相對三等 A 類韻母的表現，我們可以推知白讀的 iaŋ 音讀層是極易向文讀的 ieŋ 靠攏的。

下表文讀的舒聲以及促聲，分別是由 ieŋ 與 iek 演變而成。

江 西 客 贛 語			四等青韻	三 A 清、庚韻
舒聲	白讀	1	iaŋ	
		2	iã	
		3	an	
舒聲	文讀	1	ẽ	
促聲	白讀	1	iak	
		2	iaʔ	
		3	ia	
促聲	文讀	1	iet	
		2	ieʔ	
		3	ie	

當我們剔除掉這些四等的 ieN 類韻母，及由三等 A 類韻母 iaN 韻母變來的 ieN 音讀層，其他讀爲 ie 類的韻母，才是我們本節所要討論的韻母對象。

二、三等 e 類元音韻母出現的環境

就如同我們討論一等 e 類元音出現的語音環境一樣，以下我們分各個不同的語音環境來討論這個 ie 類的韻母出現的情形。以下是一等 e 類元音出現的語音環境：

一等 e 類元音出現的語音環境：

-u
-m
-n
-ŋ
-ø（附論-i）

下面我們也依照一等 e 類元音出現的語音環境來討論，這個在三等語音環境出現的 ie 類韻母。

（一）-u 韻尾前（-u）：尤、幽韻

前文我們在論及-u 韻尾前的三四等對比格局時，曾依高本漢的擬音（李方桂：1980，P8～9），對比出-u 韻尾前的三 A、三 B 與四等架構格局。但實際對照江西客贛語的音讀狀況，我們會發現蕭、宵、尤、幽韻各自體現了「攝」的意義，而無三四等對立的格局存在。

	三 A	三 B	四等
-m	鹽 jäm	嚴 jɐm	添 iem
-n	仙 jän	元 jɐn	先 ien
-u	宵 jäu	尤 jɐ̌u、幽 jiɐ̌u	蕭 ieu

蕭、宵韻，我們認爲在江西客贛語的前一個階段是*iau 韻母，且如同其他鼻韻尾前的三 A、三 B、四等韻的表現，有傾向變爲 ie 類韻母的趨勢，如同下表的第三層語音點（星子贛、永修贛、南昌贛、樂平贛、高安贛、上高贛、萬載贛、新余贛、東鄉贛、臨川贛）。當尤、幽韻高化爲 iu 韻後，蕭、宵韻填補了 ieu 的韻母結構。

就「語音動態的演變過程上」看，-u 韻尾前的三 A、三 B、四等韻，有變爲 ieu 韻母的傾向，這也是蕭、宵韻在江西客贛語第三層語音層的表現。但就「語音系統的架構」以及「攝」的觀點來看，與一等 e 類元音相對的三等韻母應是同攝的尤、幽韻*ieu。

在江西客贛語裡，尤、幽韻還表現讀爲 ieu 韻母的方言點，見於第一層的語音層（湖口贛、黎川贛、龍南客、井岡山客、寧都客、石城客），但江西客贛語的尤、幽韻的演變大趨勢是受高部位[＋高]韻尾 u 影響而高化讀爲 iu 韻母。

-u	流攝三等韻		三 A	四等
方言點	尤（流攝）	幽（流攝）	宵（效攝）	蕭（效攝）
①湖口贛、黎川贛、龍南客、井岡山客、寧都客、石城客	ieu（ieu、iəu）		iau	
②修水贛、奉新贛、南豐贛、宜黃贛、萍鄉贛、蓮花贛、吉安贛、永豐贛、全南客、銅鼓客、澡溪客	iu（iu、iɣ）		iau（iau、iʌu、iao）	

②-①橫峰贛	ɔ、ui	iau
③星子贛、永修贛、南昌贛、樂平贛、高安贛、上高贛、萬載贛、新余贛、東鄉贛、臨川贛	iu	ieu
④泰和贛、上猶客、南康客、安遠客、于都客	iu	ɔi

流攝三等尤、幽韻*ieu 的韻尾爲圓唇的 u 元音，基於同一音節不適宜出現兩個相同音徵的異化（dissimilation）原則，這組韻沒有相對的合口韻。

（二）雙唇鼻韻尾前（-m）：深攝三等字

1. 深攝開口三等舒促不平衡的情形

深攝字在中古韻目上，只有一組開口三等的韻：「侵寢沁緝」。在大部分的江西客贛語裡，這組韻原本讀爲*iem／p，其中舒聲韻母的主要元音 e 多已經弱化成央元音的ə，讀爲 iəm／im，以及 im 之後的音讀形式。既然江西客贛語侵韻的舒聲讀爲 im 或其後的演變形式，那麼我們又是如何知曉江西客贛語侵韻舒聲的原本形式是*iem，而非本來就是 im 呢？

推測的理由在於侵韻的舒促不平行發展。前文討論過，因爲入聲字的塞韻尾相當於-ø（-0，zero）零韻尾，減少了預期同化（regressive assimilation）的變項，所以入聲字在主要元音的保留上較爲多樣。江西客贛語侵韻發展的舒促不平衡給了我們追索*iem／p 原型的線索。在侵韻相對的入聲字裡，還有不少江西客贛方言點的主要元音是讀爲 ie 韻母的，這也是我們假設侵韻三等舒聲起點爲相對的*iem 的原因。

以下是江西客贛語在侵韻三等字上舒、促聲的語音型態。舒聲大致可見五種；促聲爲六種。下表的語音型態並不是相對的，也就是說型態一舒聲所包含的方言點，並不等於型態一的促聲方言點，因爲同一個方言點的舒、促聲往往是不平行發展的，因此下表的舒聲與促聲是分開來分析的。又江西客贛語的知三章組韻字，因大部分經歷過捲舌化及去捲舌化音變，所以在知三章組韻字中多不見 i 介音，主要元音讀爲 e 元音或央元音ə。至於保持讀爲舌面塞擦音 tɕ、tɕ‘的知三章組韻字則保有 i 介音。爲簡化論題，以下只列出保有 i 介音的侵韻開口三等字音讀。

舒　　聲		促　　聲	
原型	*iem	原型	*iep
1	iəm／im	1	ip
2	ẽ（相對的入聲：iɛʔ）	2	iɛʔ
3	in	3	ie
4	iŋ	4	it
5	ĩ	5	iʔ
		6	i

以下分舒、促兩部分說明江西客贛語侵韻字出現的方言點。有些方言點的讀音不只限一種語音型態，下文方言點下加上底線的，代表有重複出現兩種以上的音讀層。

2. 舒　聲

（1）型態一 iəm／im：

型態一的語音層保留著深攝雙唇鼻韻尾-m 的韻尾，主要元音則由 e 弱化成央元音的ə。方言點見於贛語的奉新、東鄉、臨川、南豐、黎川以及客語的寧都、石城。

（2）型態二 ẽ（相對的入聲：iɛʔ）：

型態二的語音點只見於客語的于都，讀為鼻化的 e 元音。至於我們怎麼知道于都這些名為「深開三」的侵韻舒聲字，不是表現為「深開一」的音讀形式*em，而是三等形式的*iem 因介音 i 與元音 e 音值相近的關係，而併作一個 e 呢？經過對照于都的入聲韻的音讀形式 iɛʔ，我們可以確信于都「深開三」的侵韻舒聲字的音讀形式是由介音 i 與主要元音 e 合併為一個 e 韻母，以及雙唇鼻韻尾-m 消失後與前一個元音 e 融合（fusion）為一鼻化元音（ẽ）而成。

（3）型態三 in：

主要元音由 e 弱化成央元音的ə，雙唇鼻韻尾-m 弱化為舌尖鼻韻尾-n，韻母形式可以直接表示為 in。in 的音讀形式見於贛語的吉安、蓮花、湖口、星子、永修、修水、南昌、波陽、樂平、橫峰、高安、奉新、上高、萬載、新余、東鄉、臨川、南豐、宜黃、黎川。客語點見於龍南、全南、定南、銅鼓、澡溪、井岡山。型態三的 in 音讀形式也是江西客贛語裡，深開三舒聲韻最普

遍的音讀形式。

（4）型態四 iŋ：

主要元音由 e 弱化成央元音的ə，雙唇鼻韻尾-m 依照 Matthew Y. Chen 所述的鼻韻尾弱化順序（Matthew Y. Chen：1973），由雙唇鼻韻尾-m 弱化爲舌根鼻韻尾-ŋ；或由型態三最普遍可見的 in 音讀形式，舌尖韻尾-n 因 i 元音高部位的影響，高化變爲舌根的-ŋ 韻尾。型態四的語音層可見於贛語的萍鄉與客語的上猶、南康、安遠。

（5）型態五 ĩ：

型態五的鼻韻尾形式完全消失，而與前面的 i 元音融合（fusion）成一個鼻化元音 ĩ。型態五的語音形式，可以是繼承型態三，或型態四語音形式發展而來。方言點見於客語的永豐、泰和。

3. 促　聲

江西客贛語裡，侵韻開口三等相對的促聲部分，原始的音讀形式爲*iep。現存的六種音讀形式則是*iep 的後續發展。就主要元音保存的狀況來論，型態二與型態三保留 e 類主要元音的狀況比型態一的音讀層好，但型態一保留雙唇塞韻尾-p 的狀況又比型態二、型態三的音讀層好，以下的分類主要以「韻尾的保留形式」爲決定語音分層次第的主要條件；「主要元音的保留」則爲次要條件。

（1）型態一 ip：

主要元音由 e 弱化成央元音的ə，保留雙唇塞韻尾-p，韻母音讀形式可以直接表示爲 ip。方言點見於贛語的泰和、黎川、萍鄉、吉安、奉新、東鄉、臨川、南豐以及客語的寧都、石城。

（2）型態二 iɛʔ：

此層的語音層保留了 iɛ（ie）的韻母形式，雙唇塞韻尾-p 則弱化爲喉塞韻尾-ʔ。型態二的方言點見於贛語的新余。

（3）型態三 ie：

此層的語音層保留了 ie 的韻母形式，雙唇塞韻尾-p 則是完全脫落消失，可見於贛語的蓮花、永豐以及客語的上猶、南康、安遠、于都。

（4）型態四 it：

主要元音由 e 弱化成央元音的ə，雙唇塞韻尾-p 弱化爲舌尖塞韻尾-t，語音

形式可以表示爲 it。方言點見於贛語的修水、南昌、上高、宜黃；客語的定南、銅鼓、澡溪、井岡山。

（5）型態五 iʔ：

此層的主要元音由 e 弱化成央元音的ə，韻尾則由雙唇塞韻尾-p，或舌尖塞韻尾-t，弱化爲喉塞韻尾的-ʔ，語音形式可以表示爲 iʔ。方言點見於贛語的永修、樂平、橫峰以及客語的龍南、全南。

（6）型態六 i：

此層的語音形式見不到任何塞韻尾的形式，入聲韻尾的痕跡已經完全消失。型態六的音讀形式是型態五音讀形式的後續發展。型態六的方言點見於贛語的湖口、星子與波陽。

4. 知三章組入聲韻字的舌尖元音化

江西客贛語深開三入聲韻字裡，部分方言點因塞韻尾完全脫落；或是塞韻尾發音音徵不清楚之故，韻尾表現爲零韻尾（-ø）形式，再加上知三章組聲母的大量捲舌化運動消耗掉了三等的 i 介音，形成部分的知三章組韻字讀爲舌尖元音的情況。

至於舒聲的知三章組韻字未見這個舌尖元音的形式，則是因爲還有鼻韻尾在制約著韻母，主要元音仍多讀爲央元音 ə 的緣故。這個舌尖元音（ɭ）可以是從弱化的央元音ə因爲捲舌聲母的關係進一步舌尖化而來；或是在捲舌化的過程中，因捲舌聲母 tʂ後接的元音音值兼有舌尖元音（ɭ）的發音，直接由捲舌聲母帶出舌尖元音ɭ。至於讀爲舌尖前音聲母的吉安與井岡山（tsɿ），則是由捲舌聲母（tʂɭ）的狀態進一步平舌化而來。下表列出江西客贛語裡知三章組入聲韻字讀爲舌尖元音的方言點，並列出相對的見組字「急」，以茲對照。

		汁章	濕書	十禪	急見
ɭ	湖口贛	tʂɭ	ʂɭ	—	tɕi
	星子贛	tʂɭ	ʂɭ	—	tɕi
	永修贛	tʂɭʔ	ʂɭʔ	ʂɭʔ	tɕiʔ
	萍鄉贛	tʂɭ	ʂɭ	ʂɭ	tɕi
ɿ	吉安贛	tsɿ	sɿ	—	tɕi
	永豐贛	tsɿʔ	sɿʔ	sɿʔ	tɕiʔ
	井岡山客	tsɿt	sɿt	sɿt	kit

5. 深攝合口三等

前文我們曾引張光宇〈論「深攝結構」及相關問題〉（2007）來討論深攝結構裡空缺的開口一等與合口一等。深攝開口一等的音讀形式，江西客贛語在「規定」為「三等」的侵韻莊組字中，還找得到「開口一等」音讀形式的表現，如：餘幹（參 sen³³ 人～，森 sɛn³³，滲 sɛn⁴⁵，澀 sɛt¹˙˙˙⁴）。至於深攝合口一等，經分析後可與中古的「覃」韻相對應。

基於以下三點理由，我們認為江西客贛語裡讀為 om 與 am 的覃韻，其 om 音讀層是由 *uəm（／*um）變來，並與談韻合流的結果。

（1）方言比較：南通方言覃、談韻的分別（直接證據）。

（2）平行的演變：東一韻 uŋ 有變為宕一（／江二）oŋ 的趨勢，顯示一等韻中有 u＞o 的音變現象。

（3）江西客贛語裡覃談兩韻的演變速度不一（間接證據）。

					侵	殷	蒸
開口	三等	jəm	jɛn	jəŋ			
	一等		ən	əŋ	痕	登	
合口	三等		juən	juŋ		文	東
	一等		uən	uŋ		魂	東

在深攝開口一等與合口一等的形式都建立起來以後，深攝合口三等（ *juəm／*juem）的形式也相對可以建立起來。深合三最有名的重建例子是「入、尋、淋」等字。張光宇（2004）舉例北京以及江蘇、山東等地的「入、尋」都可見其合口的讀法；「淋」字合口的讀法則可見於河北、陝西、河南、山東等地。

> 深攝開口三等「入、尋、淋」三字的 *-ium／p 是比《切韻》還早的讀法，後來方言分途發展，有的保守（仍讀 *-ium／p），有的創新（ *-ium／p → -im／p）。《切韻》根據創新一派方言把它們與侵韻其他字合併在一起，保守一派方言依合口三等的途徑繼續發展。《切韻》的開口三等讀法可能是隋唐標準語的方言，後來傳布出去成為文讀。現代方言中，與這個標準語最為一致的是客家話。例如梅縣：入 ȵip꜔、尋 ₌tsʻim、淋 ₌lim。（張光宇：2004，P549～550）

深攝開口三等韻的重建過程中，江西客語如同梅縣客語深開三的表現，找不到合口的痕跡。至於江西贛語的深開三韻字中，則還有少數讀為合口韻的痕

跡。「入」字有合口一讀的形式,在江西贛語裡較為多見;江西贛語萬載的入聲韻字中,則多有保有合口一讀的形式。

	南昌贛	樂平贛	橫峰贛	萬載贛	南豐贛	吉安贛
入	lut	luʔ	luʔ	ɹuʔ	luk	lu

	笠	粒	集	習	汁	濕	入	急	及~格
萬載贛	liuʔ	liuʔ	tɕʻiuʔ	ɕiuʔ	tsɹuʔ	sɹuʔ	ɹuʔ	tɕiuʔ	ɕiuʔ

江西贛語保留深合三一類讀法的韻字,也集中在入聲韻字上,正與前文我們提到入聲韻字較易保留元音種類的說法相呼應。

(三) 舌尖鼻韻尾前 (-n):臻攝三等字

1. 舒聲開口韻

臻攝開口三等韻含有兩個類韻,分別為眞韻與殷韻。但在江西客贛語裡,眞殷兩類韻大體上並沒有語音性質上的差異,少部分殷韻字有獨特的發展,詳見後文。

在此我們先把眞、殷兩韻視作同一韻類處理。眞、殷韻在江西客贛語裡的語音表現也如同前面深攝字的表現,主要元音 e 多弱化成央元音的ə,配合著三等 i 介音與舌尖鼻韻尾-n,江西客贛語的眞、殷韻最常見的語音形式是 iən,省略央元音ə後,又多記為 in。眞、殷韻裡的知三章組字,又因聲母大量捲舌化的緣故,普遍不含 i 介音,主要元音表現為ə或 e。至於部分眞、殷韻未進入捲舌化仍保持舌面音塞擦 tɕ、tɕʻ的知三章組字,則保有三等的 i 介音。下表是江西客贛語眞、殷韻在舒、促韻中的語音型態分別。為簡化論題,以下只列出保有介音 i 的眞、殷韻字。同樣地,舒聲與促聲所代表的方言點並不是相對的。

舒 聲		促 聲	
原型	*ien	原型	*iet
1	in	1	iɛʔ
2	ẽ	2	ɛʔ
3	iŋ	3	ie (iɜ、iɛ)
4	ĩ	4	it
		5	iʔ
		6	i

（1）型態一 in：

主要元音 e 弱化成央元音的ə，韻尾保持舌尖鼻韻尾-n，語音形式可表示為 in，這是江西客贛語大部分眞、殷韻在舒聲字部分的音讀形式，方言點見於江西贛語的湖口、星子、永修、修水、南昌、波陽、樂平、橫峰、高安、奉新、上高、萬載、新余、東鄉、臨川、南豐、宜黃、黎川、吉安，以及客語的龍南、全南、定南、銅鼓、澡溪、井岡山、寧都、石城。

（2）型態二 ẽ（相對的入聲韻為 iɛʔ）：

這層的音讀見於江西客語的于都，i 介音併入前面的 e 元音中，舌尖鼻韻尾-n 脫落而與 e 元音融合成一個鼻化元音（ẽ）。于都眞、殷韻相對的入聲韻（質、迄韻）讀為 iɛʔ。iɛʔ是一個有 i 介音的三等韻形式，使得我們可以確知于都舒聲眞、殷韻的 i 介音是被併入主元音 e 裡的。

（3）型態三 iŋ：

這一層的音讀可見於贛語的萍鄉與客語的上猶、南康與安遠。舌尖鼻韻尾-n 弱化變為舌根鼻韻尾-ŋ，韻母讀為 iŋ。

（4）型態四 ĩ：

鼻韻尾完全脫落與 i 元音融合成一個鼻化的元音，這層可以是型態一（in）或型態三（iŋ）的語音形式後續演化的結果。方言點見於江西贛語的永豐、泰和與蓮花。

2. 促 聲

（1）型態一 iɛʔ：

舌尖塞韻尾-t 弱化為喉塞韻尾-ʔ，但保留三等 ie 類韻母，方言點見於江西贛語的新余。

（2）型態二 ɛʔ：

i 介音併入前面的 e 元音中，舌尖塞韻尾弱化為喉塞韻尾-ʔ，方言點見於江西贛語的永豐。

（3）型態三 ie（iʒ、iɛ）：

塞韻尾完全脫落，但保留三等 ie 類韻母，方言點見於江西贛語的蓮花與客語的上猶、南康、安遠、于都。

（4）型態四 it：

主要元音 e 弱化成央元音的ə，韻尾保持舌尖塞韻尾-t，語音形式表達為 it，

方言點見於江西贛語的修水、南昌、波陽、奉新、上高、東鄉、臨川、南豐、宜黃，以及客語的定南、銅鼓、澡溪、井岡山、寧都、石城。

（5）型態五 iʔ：

型態五承繼型態四（it）的語音層而來，舌尖塞韻尾-t 弱化爲喉塞韻尾-ʔ。方言點見於江西贛語的永修、樂平、橫峰、萬載、黎川，以及江西客語的龍南、全南。

（6）型態六 i：

型態五的喉塞韻尾-ʔ完全脫落，入聲韻尾的痕跡完全消失就是型態六的音讀形式，型態六的方言點見於江西贛語的湖口、星子、萍鄉、吉安與泰和。

3. 入聲韻的元音保留比舒聲韻字好

下表是江西客贛語眞、殷韻保留 e 類元音的方言點。由表我們可以觀察到只有于都在舒促兩部分都保留了 e 類元音，其餘的新余、永豐、蓮花、上猶、南康及安遠，都只有入聲韻字的部分保有 e 類元音的韻母。這些方言點（新余、永豐、蓮花、上猶、南康、安遠）相對的舒聲韻，主要元音都發生由元音 e 弱化爲央元音ə，進一步以介音 i 取代主要元音。舒、促聲的發展不相平行，舒聲韻走得快而入聲韻因缺少預期同化的變項（鼻韻尾）而趨向保守，甚至是同樣擁有 e 元音的客語于都，舒聲韻的 i 介音併入了 e 元音中，就主要元音的角度來論，依舊是舒聲韻字的發展快於相對的入聲韻字。

舒　聲	促　聲	方　言　點
ẽ	ie	于都_客
in	iɛʔ	新余_贛
ĩ	ɛʔ	永豐_贛
ĩ	ie	蓮花_贛
iŋ	ie	上猶_客、南康_客、安遠_客

4. 知三章組入聲韻字的舌尖元音化

既然江西客贛語眞、殷韻主要元音的發展，類似於深攝開口三等韻字，都有由 e 元音變爲 i 元音的高化趨向，那麼在眞、殷韻促聲的知三章組韻字，我們也應可預期見到同於深開三入聲的舌尖元音的音讀形式。不過因爲殷韻字少，又不包含知三章組聲母的韻字，所以我們這裡的觀察重點放在眞韻，但眞韻入聲不含知組聲母字。故以下列出眞韻入聲韻字中，章組韻字讀爲舌尖元音

的音讀與方言點。

	湖口贛	星子贛	永修贛	萍鄉贛	銅鼓客	萬載贛	吉安贛	永豐贛	井岡山客
	ʅ					ɿ			
質	tʂʅ	tʂʅ	tʂʅʔ	tʂʅ	tʂʅt	tsɿʔ	tsɿ	tsɿ	tsɿt
實	—	—	ʂʅʔ	ʂʅ	ʂʅt	sɿʔ	—	sɿʔ	sɿt
失	ʂʅ	ʂʅ	ʂʅʔ	—	ʂʅt	sɿʔ	sɿ	sɿʔ	sɿt

　　章系眞韻字的入聲，因塞韻尾完全脫落（-ø）；或是喉塞韻尾-ʔ發音音徵不清楚之故，發音的時長（duration）短，類似零韻尾的效果，再加上章組的大量的捲舌化運動消耗掉了三等的 i 介音，形成部分的章組韻字讀爲舌尖元音的情況。湖口、星子、永修、萍鄉及銅鼓的章組聲母仍讀爲捲舌聲母 tʂ，而萬載、吉安、永豐與井岡山的章組聲母，則是由捲舌聲母 tʂ平舌化爲舌尖前音 ts。

5. 鼻韻尾脫落──知三章組舒聲韻字的舌尖元音化

　　前文討論深開三知三章組入聲韻字的舌尖元音化時，這個舌尖元音化的情況並不發生在知三章組的舒聲中，因爲舒聲韻裡有鼻韻尾做阻隔，主要元音多讀爲弱化的央元音ə。鼻輔音爲響音（sonorant）的一種，具有可延長的效果，所以當鼻輔音放置在韻尾時，就有阻隔舌尖元音化的效果。若是搭配的鼻韻尾脫落，那麼搭配的知三章組舒聲韻字就可像入聲韻字一樣，有讀爲舌尖元音的可能，如客語井岡山的「陳 tsʻɿ」。

6. 殷韻合口音的反映

　　前文我們在討論到臻攝開口一等的「吞」字時，曾提過在今日的北京話與南方漢語方言中仍完整保留「吞」字合口一等的讀法，如：北京 tʻuən、濟南 tʻuẽ、雙峰 tʻuan（文）、梅縣 tʻun、廈門 tʻun、潮州 tʻun、福州 tʻouŋ（漢語方音字匯：2003）。無獨有偶，同樣在臻攝，中古名爲「開口三等」的殷韻「近」字，在江西客語的全南（tɕʻiun）與井岡山（kʻiun）都有合口韻音讀的反映。就實際的音讀表現來看，全南與井岡山的「近」字可以視作「合口三等」。不只殷韻的「近」字，在江西客語裡可以找到合口的痕跡，殷韻其他的例字在閩語以及梅縣客語裡，也有合口韻的反映。

	斤	筋	近	勤	芹	欣	殷	隱	謹
梅縣	—	—	k'iun⊃ 文 ₔk'iun 白	ₔk'iun	ₔk'iun	ₔhiun	—	⊂iun	⊂kiun
廈門	ₔkun	ₔkun	kun⊃	ₔk'un	ₔk'un	ₔhim	ₔun	⊂un	—
福州	ₔkyŋ	ₔkyŋ	køyŋ⊃	ₔk'yŋ	ₔk'yŋ	ₔxyŋ	ₔyŋ	⊂yŋ	—
建甌	ₔkœyŋ	ₔkyɪŋ	kyɪŋ⊃	—	—	—	—	—	—

（漢語方音字匯：2003）

比較法就是三角測量法（Triangulation），利用姊妹方言去重建母語的方法。兩個方言的關係不外三種：A 變 B、B 變 A、AB 共同來自 X。執行這樣的方法原屬簡單易行。例如「勤」字的韻母，北京—in、廈門—un，衡量語音發展的邏輯，我們可以假設它們來自 X，也就是 * —iun（或—yn）。從 * —iun 到北京—in 丟失圓唇成分，從 * —iun 到廈門—un 丟失展唇成分；反過來說，北京保存展唇，廈門保存圓唇。梅縣的—iun 證實了上述 X 的假設。「欣」字，梅縣 ₔhiun，廈門 ₔhim，假設 *hiun 是出發點，廈門的 ₔhim 即來自條件音變：—m 來自圓唇成分和鼻音成分的結合。《切韻》顯示勤和欣同屬「殷」韻，就《切韻》的韻母重建而言，其結果呼之欲出。下圖以「欣」字為例：

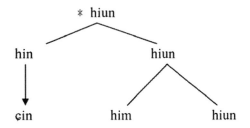

廈門「勤」字念 ₔk'un，「欣」字念 ₔhim。可見同一個韻母在同一個方言也有可能分途發展：—iun → —un，—iun → —im。不過，這種現象無礙於古音重建。

殷韻從方言比較的結果來看，合理的共同出發點是個 * —iun。在上文的推論過程中，我們逕取《切韻》的韻為文獻參考的根據而不管其等第開合。但是《韻鏡》之類的韻圖把「殷」韻列在開口三等，因此高本漢以來，殷韻的寫法就依開口寫作 * —jən。換句話說，重

建的結果是合口三等，文獻所示卻是開口三等。爲了便於比較説明，我們把—jən 簡寫爲—in，概括如下：

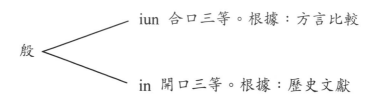

殷　　iun　合口三等。根據：方言比較
　　　in　開口三等。根據：歷史文獻

如何才能化解其中的矛盾呢？從比較法言之，其道理簡明易曉。殷韻在漢語方言發展史上發生了分歧現象，南方讀合口三等，北方讀開口三等。《切韻》所據是北方讀爲開口三等的事實；南方的合口三等讀法沒有得到文獻的紀錄。從歷史文獻言之，南方的合口三等並非無迹可循。南北朝詩人用韻顯示：「欣韻或歸文，或歸眞，大致可以説第一期的欣歸文，第二期以後的欣歸眞。」（王力 1936）〔註23〕文是合口三等，眞是開口三等。這種階段的差異就好像後來南北方言的差異：南方的合口三等代表漢語史的較早階段，北方的開口三等代表漢語史的較晚階段。如果拿較晚的《韻鏡》列在開口三等的事實假設通史皆如此，就不免抹殺殷歸文的事實，也無視南方方言合口三等的事實。

（張光宇：2003，P101～102）

我們依照江西客語的「近」字，以及梅縣客語、閩語的殷韻音讀，我們可以重建殷韻在南方漢語爲「合口三等」的地位。殷韻有合口音讀的表現，對解釋難以分辨的眞、殷韻重韻問題是一個重新解釋的契機。值得注意的是，江西客贛語裡，只有客語還存有殷韻合口三等的殘存痕跡，同樣的情形卻不見於贛語，這也説明了在「殷韻」的音讀取向上，江西贛語是比較偏向「北方」的。

7. 寧都牙喉音聲母的舌尖前化與丟失 i 介音

寧都殷韻（殷韻只有牙喉音）牙喉音聲母下的韻母，缺少象徵三等的 i 介音。對照鄰近方言，推測這是殷韻牙喉音聲母，以舌根音的 k 類聲母爲起點①，

〔註23〕王力，1936〈南北朝詩人用韻考〉，《清華學報》11 卷 3 期。收入《龍蟲並雕齋文集》第一冊（中華書局 1980）。

顎化爲舌面音塞擦 tɕ、tɕʻ聲母後②，又進一步舌尖前化變爲 ts、tsʻ時丟失 i 介音的結果b。因爲 i 介音與舌尖前音 ts 都具有「＋前部」的相同音徵，基於異化原則（dissimilation），舌尖前音的 ts 聲母不易與 i 元音一同出現，所以 i 介音在前化之後功成身退。就音變階段而言，石城的音讀表現可以當作是起點，澡溪則是大部分江西客贛語殷韻見組字的音讀表現，也是第二層舌面顎化音的階段，而寧都在這組韻字上，又走得比其他江西客贛語快，進一步地舌尖前化並丟失 i 介音。

	斤 見	勁 見	勤 群	近 群
石城客①	kin	kin	kʻin	kʻin
澡溪客②	tɕin	tɕin	tɕʻin	tɕʻin
寧都客③	tsən	tsən	tsʻən	tsʻən

8. 合口韻

臻攝合口三等包含諄、文兩個韻，但在江西客贛語裡我們找不到兩者的分別，在此只能把諄、文兩韻當作一類韻去處理。前文我們曾引用過張光宇（2006）〈漢語方言合口介音消失的階段性〉，合口介音是否消失或者消失的次序是依據舌體後部隆起的程度而定，舌體後部越高則越不容易丟失。以下我們依合口介音的消失階段來討論諄、文兩韻的讀音情形。下面的四項分類，我們排除了非系、微母以及日母的韻母。非系、微母的聲母屬於脣音，脣音的開合不定。大體來說，非系（f-）在諄、文兩韻中保留合口介音的少；微母（m-）則較多。日母則有自己的發展，見前文日母字一章。云、以母若是把合口介音 u 脣齒化而變爲元音性的 v 聲母的話，在此我們也算是合口成分的保留。

（1）第一類：精組（ts-）仍保有合口介音

以下我們將用表列的方式，來呈現江西客贛語諄、文兩韻合口成分保留與消失的程度。直行爲中古聲母類別，中古聲母字類別下列出實際的音值；橫行則是江西客贛語的方言點。打勾的符號（ˇ），代表這個方言點在這類中古聲母的某一個音值下的韻母是保有合口成分的；打叉（×）則表示合口成分已經不存在。

精		章			見		云、以	方　言　點
ts-	t-	tʃ-	ts-	t-	tɕ-	k-		
✓			✓		✓		✓	橫峰贛、吉安贛、泰和贛、全南客
✓				✓	✓		✓	新余贛、臨川贛
	✓			✓	✓		✓	永豐贛
	✓			✓	✓	✓	✓	南豐贛
✓	✓				✓		✓	于都客
✓			✓				✓	井岡山客
✓			✓		ts-✗		✗	寧都客
✓			✓		k-✗		✓	石城客

　　這一組的精組聲母大部分讀爲舌尖前音 ts-，其中贛語的南豐、永豐的精組字有由舌尖前音 ts-塞化變爲舌尖音 t-的表現，但仍存有合口介音 u，且舌尖音聲母 t-比舌尖前音聲母更有保存合口介音的能力。精組（ts-）聲母含有合口介音也蘊含著其他的章組、見組，以及云、以組韻母也存有合口介音。此組方言點的特色就是精、章組聲母以及牙喉音的見、云以母，都可以見到合口的痕跡，除南豐、永豐的精組有塞化的音變發生外，章組聲母也有從捲舌聲母 tʂ變爲舌葉音 tʃ，以及塞化爲 t；或是平舌化爲 ts 的表現。至於見組聲母有保留舌根音 k 聲母的；也有顎化爲舌面塞擦音 tɕ的，但都保留著合口介音的成分。南豐的見組聲母則是包含兩種聲母：舌面（tɕ-）與舌根（k-），但都同樣含有合口成分。

　　寧都與石城合口介音成分的保留情況比較特別。寧都見組舒聲部分的聲母是舌尖前音（ts-）且不含合口介音（軍 tsən、裙 ts'ən）的搭配。上文我們提過寧都臻攝開口三等部分的見組字，有由舌面音塞擦音 tɕ、tɕ'舌尖前化變爲 ts、ts' 的現象，且在舌尖前化時會丟失 i 介音。在合口韻的部分，顯示了寧都見組聲母（tɕ-）在聲母「前化」的過程中，把屬於「後部」的合口介音也跟著取消了。寧都見組入聲的部分，有兩個見組字：「橘」（tsət⁶）與「屈」（tɕ'iut⁶）。前一個字如同它舒聲見組的表現，舌尖前化且不含合口成分；後一個字則停留在舌面音聲母（tɕ-）的階段且含有合口介音，後一字的音讀有可能是入聲韻裡較保守的表現，或是外移的音讀現象。

　　另外，寧都精組韻既然還保有合口成分，那麼它的云、以組韻也就應該還

保有合口成分，但語音調查告訴我們不是這樣，如：暈 in¹、運 in⁵。寧都云、以組韻不含合口成分的現象，我們只能當作是外移成分來解釋。

石城的現象也很特殊，石城的見組聲母爲舌根音（k-）且不含合口介音（軍 kin、裙 k'in）。但基於精組舌尖前音存有合口成分的現象，蘊含見組舌根音聲母保有合口成分的系統準則，我們暫把石城見組聲母（k-）不含合口介音的情形，也當作是外來的移入。石城的見組字（k-）在舒聲部分不含合口介音，入聲的部分有兩個見組字，「橘」（kit⁵）與「屈」（k'iuk⁵）。石城「屈」字的讀音，比較有可能是本來石城見組的音讀現象。

（2）第二類：精組不含合口介音，且舌面音聲母搭配合口介音

精	章		見		云、以	方　言　點
ts-	ts-	tɕ-	tɕ-	k-		
×		✓	✓		✓	湖口贛、上猶客、南康客
×		✓	✓	✓	✓	蓮花贛
×	×		✓	✓	✓	黎川贛

第二類的方言點包括江西贛語的湖口、黎川、蓮花以及客語的南康、上猶。這一類方言點的特色在於讀爲舌尖前音（ts-）的精組聲母不含合口介音，而舌面音聲母所搭配的韻母則仍保留合口介音。

黎川章組聲母有由捲舌聲母 tʂ 平舌化爲舌尖前音 ts 的表現，且不含合口介音。相較於上文第一類的章組讀爲平舌聲母 ts，但含有合口介音的情況看來，顯然第一類的章組聲母去捲舌化不久，所以還搭配著合口介音，因爲捲舌聲母舌體後部有隆起現象而易與合口介音搭配。

黎川與蓮花的見組聲母都有顎化爲舌面音聲母 tɕ 的情形，也有保留舌根音聲母（k-）的現象，但都保留合口介音。

上猶的章組舒聲讀爲舌面聲母 tɕ，搭配具合口成分的 y 介音（準 tɕyŋ³、春 tɕ'yŋ¹），但入聲部分的「出 ts'uo⁴」（昌母）字的聲母卻是舌尖前音 ts 並含有合口成分的 u。兩相比較後，上猶「出」字原來也應是舌面聲母 tɕ 搭配 y 介音，但 y 介音的細音成分 i（y＝i＋u）使得舌面聲母 tɕ「前化」變爲舌尖前音聲母 ts，基於「前部」的舌尖前音 ts 與「前部」的 i 介音不相容的異化原則（dissimilation），所以上猶的「出」字只搭配合口介音 u。

（3）第三類：牙喉音聲母下保有合口介音

精		章				見	云、以	方　言　點
ts-	t-	tʂ-	ts-	t-	k-	k-		
×		×				✓	✓	永修贛
×				×		✓	✓	修水贛
×			×			✓	✓	萬載贛
	×			×		✓	✓	宜黃贛
×					×	×	✓	樂平贛
	×			×		×	✓	上高贛

　　第三類的方言點包含了江西贛語的永修、修水、萬載、宜黃、樂平、上高。這類方言點只有牙喉音聲母下的韻字還存有合口的痕跡，至於相對的精組有塞化（t-）現象，相對的章組有塞化（t-）、舌尖前化（ts-）、舌根化（k-），以及保持捲舌音（tʂ-）的音讀情形，但都不存有合口的痕跡。樂平的見組聲母讀爲舌根音（k-）且不含合口介音，如：軍 kən¹、菌 kʻən⁵、橘 kəʔ⁶，但「裙 kʻun²」字卻可見合口成分，應爲外移成分。

（4）第四類：各類聲母底下皆不見保留合口介音

　　第四類的方言點包含了江西贛語的星子、波陽、高安、奉新、東鄉、南昌、萍鄉，以及客語的安遠、龍南、定南、銅鼓、澡溪。其中部分方言點零星字保有合口介音成分：東鄉的「裙 kʻun²」、「橘 kuət⁶」，南昌的「屈 tɕʻiut⁶」。上文第一類的寧都（屈 tɕʻiut⁶）、石城（屈 kʻiuk⁵）的「屈」字讀音都有合口成分的存在。對照南昌的「屈」字讀音，「屈」字含有合口成分的讀音，在江西客贛語裡很可能是個別單字的固守語音現象。第三類樂平的「裙 kʻun²」字也含有合口成分，與東鄉的情況一致。對東鄉與樂平來說，「裙」字的讀音可能是外移，顯示了「裙」字的守舊性。

（四）舌根鼻韻尾前（-ŋ）

1. 曾攝舒聲開口三等字

　　曾開三的蒸韻是與其同攝一等登韻 e 類元音相對等的三等 ie 類韻。曾開三各聲母下的韻字普遍都含有標誌三等地位的 i 介音，但在知章組聲母下卻普遍不含 i 介音的情形，那是因爲江西客贛語的知章組韻字曾有大規模捲舌

化的運動，音讀形式多為捲舌聲母 tʂ、舌葉聲母 tʃ、舌尖前聲母 ts，搭配不含 i 介音的 e、ə 主要元音，至於舌葉 tʃ 與舌尖前 ts 聲母都是知三章組捲舌聲母 tʂ 平舌化中或平舌化後的表現。知三章組聲母也有由捲舌聲母 tʂ 塞化為舌尖聲母 t 的表現，所搭配的主要元音是不含 i 介音的ə、ø 元音。也有些知三章組聲母是停留在舌面音 tɕ 未顎化的階段。這一組的舌面音 tɕ 也有舌尖前化變為舌尖前音 ts，以及塞化為舌尖音 t 的現象，但都接 i 介音，表示這一組的知三章組聲母並未經歷捲舌化的音變過程。

　　江西客贛語曾開三舒、促的語音，分別可分為以下幾種型態的語音層。為簡化論題，下表只列出保存 i 介音的曾攝開口三等字。部分方言點兼有兩種以上的語音型態，在說明語音型態與方言點搭配情況時，我們把這些兼有兩類以上語音型態的方言點下加畫橫線以示標明。

舒　聲		促　聲	
原型	*ieŋ	原型	*iek
1	iŋ	1	ik
2	ẽ、iẽ	2	eʔ、iɛʔ
3	in	3	it
4	ĩ	4	iʔ
		5	ie
		6	i

（1）型態一 iŋ：

　　江西贛語的星子、南豐、黎川、萍鄉以及客語的上猶、南康、安遠為代表點。這一層的主要元音由 e 弱化成央元音的ə，保留舌根鼻韻尾-ŋ，語音形式可以表示為 iŋ（iəŋ）。

（2）型態二 iẽ：

　　這層的方言點見於江西客語的于都。于都曾開三的舌根鼻韻尾-ŋ 丟失融合進前一個元音 e，形成鼻化元音 iẽ。

（3）型態三 in：

　　曾開三 in 韻母的讀法在江西客贛語裡是最普遍的音讀，可見於贛語的湖口、永修、修水、南昌、波陽、樂平、橫峰、高安、奉新、上高、萬載、新余、東鄉、臨川、宜黃、吉安，以及客語的龍南、全南、定南、銅鼓、澡溪、井岡

山、寧都、石城。第三層的曾開三韻母，主要元音由 e 弱化成央元音的ə，舌根鼻韻尾 -ŋ 受到前部 i 介音的影響前化，語音形式可以表示為 in。

（4）型態四 ĩ：

型態四的語音層可以是由型態一的 iŋ，或型態三的 in 發展而來。鼻韻尾丟失後，進一步與前面的 i 元音融合成鼻化元音。方言點可見於贛語的蓮花、永豐、泰和。

2. 促 聲

（1）型態一 ik：

型態一的主要元音由 e 弱化成央元音的ə，保留舌根塞韻尾 -k，語音形式可以表示為 ik。方言點見於贛語的湖口、星子、波陽、萍鄉、吉安、泰和以及客語的上猶、南康。

（2）型態二 eʔ、iɛʔ：

型態二的語音層保留主要元音 e，但舌根塞韻尾-k 弱化為喉塞韻尾-ʔ。此層的方言點見於贛語的永豐、新余以及客語的于都。

（3）型態三 it：

此層的主要元音由 e 弱化成央元音的ə，舌根塞韻尾-k 則受到前面的 i 元音影響前化為舌尖塞韻尾-t。方言點見於贛語的修水、奉新、上高、東鄉、臨川、宜黃，以及客語的定南、銅鼓、澡溪、井岡山、石城。

（4）型態四 iʔ：

此層的語音層可以從型態一（ik）或型態三（it）的語音層發展而來，舌根-k 或舌尖塞韻尾-t 弱化為喉塞韻尾-ʔ。方言點見於贛語的永修、樂平、橫峰、萬載、黎川，以及客語的龍南、全南。

（5）型態五 ie：

此層的入聲韻尾完全丟失，但主要元音仍保持 e，方言點見於贛語的蓮花以及客語的上猶、南康、安遠。

（6）型態六 i：

此層的語音層，可以是從型態一（ik）、型態三（it）或是型態四（iʔ）的語音層完全丟失塞韻尾而來。方言點見於贛語的湖口、星子、波陽、萍鄉、吉安、泰和以及客語的上猶、南康。

3. 舒聲合口韻

臻攝開口三等舒聲韻最普遍見到的語音表達形式是 in，韻母裡的 e 元音弱化成央元音ə而讀爲 in（iən），相對的合口韻即臻合三的語音形式則是 iun。現在我們以同樣的眼光來看曾開三蒸韻以及相對的合口韻。江西客贛語裡蒸韻最常見的音讀形式也是 in，但因爲我們要與臻開三 in 做一個區別，在此先假定與舌尖鼻韻尾臻開三相對的曾開三蒸韻爲 iŋ（型態一），那麼與蒸韻 iŋ 相對等的合口韻的語音形式就應該是 iuŋ。這個 iuŋ 的音讀層若要落實在中古韻母的架構上的話，就是通合三的東、鍾韻。以下分舒、促兩部分說明。

江西客贛語東、鍾韻舒聲部分的合口成分（主要元音）保留程度好，大致可分爲以下五種語音型態。

舒　　聲	原　型 *iuŋ
1	iuŋ、yŋ、uŋ、əŋ
2	iŋ、əŋ
3	ioŋ、oŋ、əŋ
4	ɤŋ、ʮŋ
5	iɯŋ、ɯŋ

4. i 介音有丟失的趨向

東、鍾韻裡有不少字都丟失了原先標誌三等的 i 介音，除了知三章組韻是因爲捲舌消掉 i 介音之外，其他聲母下的韻字不含 i 介音，則是因爲東、鍾韻的主要元音（u）及舌根韻尾-ŋ 都是偏後部的發音，且因主要元音及韻尾保留狀況良好，而與前部發音的 i 介音有所衝突，因而容易抵銷前部發音的 i 介音。

同樣的情況更普遍見於北京話，如通合三的例字，大致有：風、福、鳳、夢、牧、嵩、中、竹、畜、蟲、逐、崇、終、粥、充、叔、弓、熊、育、封、濃、龍、綠、松、俗、觸、春、供、胸、孔、用……等。北京話除了「六」字有介音 i 外，其餘都沒有 i 介音。

（1）型態一 iuŋ、yŋ、uŋ、əŋ：

型態一的音讀層是江西客贛語東、鍾韻演變的起點，也是江西客贛語東、鍾韻音讀分佈最廣的形式。以下各種的音變類型，都是從型態一的 iuŋ 演變而來。型態一的南昌與蓮花，都有把介音 i 與元音 u 結合成 y 元音的表現，而把

東、鍾韻讀爲 yŋ 韻母。至於 uŋ 韻母則是丟失 i 介音的表現，əŋ 韻母則是 u 元音弱化爲央元音的表現。iuŋ、uŋ、əŋ 的音讀形式，可見於贛語的樂平、高安、萬載、新余、東鄉、臨川、南豐、黎川、吉安、永豐，以及客語的井岡山、寧都、石城。yŋ、uŋ、əŋ 的音讀形式可見於贛語的南昌與蓮花。

（2）型態二 iŋ、əŋ：

合口成分消失，韻母只保留標誌三等的 i 元音，韻母讀爲 iŋ。更甚者，主元音也弱化爲央元音ə且不含 i 介音。方言點見於贛語的星子、永修、修水、上高、萍鄉、泰和；客語點爲上猶、南康、安遠、于都、銅鼓、澡溪。其中，泰和（嗅ɕiu²）、上猶（嗅ɕiu²）、南康（嗅ɕiu⁴）、安遠（嗅ɕiu⁴）及于都（嗅ɕiu⁴）都只有一個「嗅」字保留合口成分，不排除是「嗅」字的本身的保守性引起。

（3）型態三 ioŋ、oŋ、əŋ：

合口圓唇的 u 元音低化，變爲同爲合口圓唇的 o 元音，此層的方言點在江西客贛語的分佈較少。由「地理上的分佈」可以推斷是由分佈較廣的型態一 iuŋ 演變而來，而非型態一的音讀形式爲型態三的演變結果。方言點可見於贛語的湖口、橫峰、奉新、宜黃、波陽。

（4）型態四 iɤŋ、ɤŋ：

型態四韻母裡的ɤ元音是從型態三的 o 元音直接去圓唇化而來，方言點可見於客語的龍南、全南。

（5）型態五 iɯŋ、ɯŋ

型態五的韻母的ɯ元音是型態一的 u 元音直接去圓唇化而來，方言點見於客語定南。

5. 促　聲

入聲韻的屋、燭韻在江西客贛語裡找不出分別的痕跡，於是我們將屋、燭韻併做一個韻來討論。屋、燭韻在江西客贛語裡大致可分成以下七種語音型態。

促　聲	原　型 *iuk
1 -k	iuk、yk、uk
2 -k	iɯk、ɯk

3 -ʔ	iuʔ、yʔ、uʔ
4 -ʔ	iɤʔ、ɤʔ
5 -∅	iu、y、u
6 -∅	io、yo、iu、y、u、o、i
7 -∅	iɤ、ɤ

（1）型態一：保留舌根塞韻尾-k（iuk、yk、uk）：

此層的音讀保留舌根塞韻尾-k，韻母除有與屋、燭韻原型＊iuk 相同的 iuk 韻母外，也有把 i 介音與 u 元音結合成 y 元音的 yk 韻母層。韻母音讀表現方面，也有與舒聲韻相同，丟失 i 介音而讀成 uk 韻母的現象。方言點見於贛語的臨川、南豐，以及客語的銅鼓、澡溪、井岡山、寧都、石城。

（2）型態二：保留舌根塞韻尾-k，主要元音去圓唇化（iɯk、ɯk）：

此層的方言點見於江西客語的定南。定南保留舌根塞韻尾-k，主要元音則由 u 元音去圓唇化讀為ɯ。

（3）型態三：舌根塞韻尾弱化為喉塞韻尾-ʔ（iuʔ、yʔ、uʔ）：

型態三的音讀是型態一音讀形式的後續演變，舌根塞韻尾-k 弱化為喉塞韻尾-ʔ。方言點見於贛語的永修、修水、南昌、樂平、高安、奉新、上高、萬載、東鄉、宜黃、黎川、橫峰，以及客語的于都。

（4）型態四：舌根塞韻尾弱化為喉塞韻尾-ʔ，主要元音去圓唇化（iɤʔ、ɤʔ）：

此層的韻尾由舌根塞韻尾-k 弱化為喉塞韻尾-ʔ，主要元音則讀為展唇的ɤ、iɤ元音，推測在變為展唇的ɤ、iɤ元音前，曾有過 o、io 的韻母形式。方言點見於贛語的永豐，以及客語的龍南、全南。

（5）型態五：入聲韻尾完全丟失（iu、y、u）：

型態三的喉塞韻尾-ʔ完全丟失後，就是型態五的音讀形式。方言點見於贛語的湖口、星子、波陽、萍鄉、吉安。

（6）型態六：入聲韻尾完全丟失（io、yo、iu、y、u、o、i）：

型態六的方言點可以見於贛語的蓮花，以及客語的上猶、南康、安遠。蓮花的屋、燭韻母的主要元音為 o 元音（io、yo、o），上猶、南康、安遠則是 u、o 元音互見（io、yo、iu、y、u、o）。江西客語安遠的屋、燭韻丟失合口成分元音的速度則是江西客贛語裡最快的，有不少韻母直接讀為單韻母的 i。

（7）型態七：入聲韻尾完全丟失（iɤ、ɤ）：

型態七方言點見於江西贛語的泰和，是型態四丟失喉塞韻尾-ʔ後的發展結果。

6. 較為特殊的演變

（1）奉新的鼻音尾成音節化

奉新在非、奉母以及溪、群母等擦音聲母下，讀為成音節鼻音 ŋ 的表現。

	風	馮	鳳	封	縫~衣	縫~隙	恐	共~產黨
奉新	hŋ	hŋ	hŋ	hŋ	hŋ	hŋ	hŋ	hŋ

對照奉新明母的「夢 moŋ」，我們可以堆知這些成音節鼻音 ŋ 的前身是 oŋ 韻母。至於擦音 h-聲母，在非、奉母可以是由擦音 f-形成；溪、群母則是由舌面擦音ɕ變成；或是成音節鼻音 ŋ 本身即有產生 h-聲母的能力。

鼻音與高元音的發音徵性是比較相搭配的（[＋鼻音]、[＋高元音]）。鄭曉峰〈漢語方言中的成音節鼻音〉（2001）一文中，對漢語南方方言中的成音節鼻音的地理分布做一個大體的鳥瞰，發現跨方言間都有這樣的相同現象，就是成音節鼻音與高元音的密切關係，以下是鄭曉峰文中所歸納的四個成音節鼻音的音變規律：

（1a）*ŋu＞ŋ

（1b）*mu＞m

（2a）*ŋi＞ŋ～hŋ

（2b）*ni＞n

奉新東、鍾韻的舒聲韻母屬於舒聲型態三的音讀形式（ioŋ、oŋ、əŋ）。其中，不含三等 i 介音的韻母 oŋ，且以擦音（f、ɕ）為聲母的韻字，因為韻母主要元音 o 為高元音的緣故，以致韻母有傾向成音節鼻音化，而讀為 hŋ 韻母趨勢。

（2）新余、安遠入聲部分的知三章組韻字舌尖元音化

江西贛語的新余以及客語的安遠在知三章組韻字的部分，都有舌尖元音化的現象。

	竹	粥	叔	熟	畜~生	燭	觸	贖
安遠客	tsʅ	tsʅ	sʅ	sʅ	tsʻʅ	tsʅ	tsʻʅ	sʅ
新余贛	—	—	sʅʔ	sʅʔ	—	—	—	sʅʔ

安遠與新余的知三章組韻字,都不含三等標誌的 i 介音,表示他們的 i 介音在知三章聲母捲舌化時就已消耗殆盡。今日可見的舌尖前音 ts 聲母,則是捲舌聲母 tṣ進一步平舌化而來。

安遠其他聲母下的韻字,多有讀為單韻母 i 的情形,而知三章組聲母進一步消耗掉 i 元音後,又入聲韻部分的塞韻尾丟失,以致對主要元音沒有牽制作用,韻母進而舌尖元音化。

至於新余,其他未發展為舌尖元音韻母的知三章組韻字讀為 uʔ,前文我們提過,接在捲舌聲母 tṣ之後的舌尖元音,實際音值是展唇的後高母音ɯ,而ɯ、u 相變也只是展、圓的差異而已。我們也可以推知新余這些變為舌尖元音的知三章組字「叔、熟、贖」,雖然有喉塞韻尾-ʔ為牽制,但其喉塞尾的發音特徵一定相當弱,才使「叔、熟、贖」字有舌尖元音化的可能。

至於江西客語于都的部分屋、燭韻字,入聲韻尾有變為鼻韻尾的情形,如:目眠也 məŋ⁵、目～錄 məŋ⁵、肉ȵiəŋ⁵、玉ȵiəŋ⁵,留待韻尾一章再做說明。

(五)-ø(附論-i)

開口韻

1. 一、三等 e 類的韻母同型

前文我們在論述一等 e 類元音時,認為止攝裡少數還讀為 e、ɛ 類元音的字,如:「舐、是」,雖然字數不多,但卻是 e、ɛ 類元音一等韻的最基本的韻基。在三等的部分,我們認為這些前文被當作是一等韻基的止攝少數字,也就是 e 類三等韻母 ie 的形式,因為元音 e 極易進行元音破裂(e>ie、ei)。在此我們認為 e 類元音的一等與三等的基礎形式,都是這些止攝的少數字。三等韻是一等韻的韻基再加上 i 介音形式而成的韻母,所以一等的韻母,實際上是比三等韻更基礎的韻基形式。

這個止攝裡少數還讀為 e、ie 類韻相對的止攝合口韻,在止攝合口的支、脂、微韻下的各聲母都還可以看到 uei、ue 韻母的痕跡。

2. 小　結

基於系統性以及韻基普遍性的概念,前文被我們推斷為韻基的 e 類元音,我們認為應該還會出現在其他的語音環境。在排除掉其他「貌似」e 類元音的三四等韻後,我們找到一系列在三等韻出現的 ie 韻母字。這些三等的 ie 韻字有

三項語音特點是較值得注意的。

（1）舒促兩部分的主元音都有高化為 i 元音趨勢

三個鼻韻尾（-m、-n、-ŋ）前的三等 ie 韻，以及-u 韻尾前的尤、幽韻都有高化為 i 元音的趨勢，在前者還有取代成為主要元音的音讀現象。至於韻基的止攝開口三等字 ie，高化為單元音的 i 韻母，則更是江西客贛語裡，止開三最常見的韻母類型。

（2）ie 韻母的保存往往存於入聲韻中

三等 ie 的韻母類型在各個語音環境中，都有高化為 i 元音的趨勢，在三個鼻韻尾前（-m、-n、-ŋ）最常見的韻母類型都是 iN〔註24〕，而往往幫助我們確認這些鼻韻尾前的 iN 韻母就是 ieN 韻變化而來的關鍵因素，就在於與這些舒聲鼻韻尾相對的入聲韻母形式。在相對入聲韻中，ie 的韻母類型保留的較好。雖然相對的三等 ie 入聲韻（-p、-t、-k）也有高化為 i 元音的音變趨勢，但相較之下，入聲字部分因為短促的塞韻尾，並沒有太大影響前面元音的功能，所以保留 ie 韻母的程度較好，在高化為 i 元音的速度上也較相對的舒聲韻慢。

（3）雙唇鼻韻尾-m 保留合口程度最差，舌尖鼻韻尾-n 次之，舌根鼻韻尾-ŋ
　　最好，又促聲又比舒聲好

就鼻韻尾前的語音環境來比較三等 iueN 韻的合口的保留程度。雙唇鼻韻尾 -m 保留合口程度最差，舌尖鼻韻尾 -n 次之，舌根鼻韻尾 -ŋ 最好。其中，雙唇鼻韻尾 -m 前的侵韻合口三等，在熟知的中古等韻格局上並不存，就是最顯著的例子。江西客贛語裡存在侵韻合口三等的例字，也只在少數的例字與方言點（萬載），且都為入聲字。舌根鼻韻尾 -ŋ 前的合口韻為通合三的東、鍾韻，不論是舒、促聲，其保留合口程度都是三個鼻韻尾中最好的。至於舌尖鼻韻尾-n 保留合口的能力，則介於雙唇鼻韻尾 -m 與舌根鼻韻尾 -ŋ 之間。

〔註24〕N 代表鼻韻尾（-m、-n、-ŋ）。

第肆章　聲調與韻尾

　　第肆章的內容主要是依著聲調部分開展，但江西客贛語裡有不少特殊的聲調表現，如「不連續調型」與「韻攝分調」都與韻尾的表現有密切的關係。韻尾屬於韻母的範圍，本應與第參章的「韻母的演變」一起討論，但江西客贛語的韻尾問題與其聲調的演變有較密切的關係，而與整體的韻母演變關係較遠，所以為了更清楚地檢視江西客贛語的韻尾問題，我們把此章名稱定為「聲調與韻尾」。

　　前兩節討論的問題，包含江西客贛語的聲調與韻尾，後兩節的部分則是江西客贛語的聲調討論。第一節為「江西客贛語的三種特殊韻尾」；第二節為「入聲韻的韻攝分調」；第三節為「送氣分調」；第四節為「全濁上、次濁上歸陰平」。

第一節　江西客贛語的三種特殊韻尾現象

　　江西贛語裡有幾項特殊的音韻現象：1.不連續調型，2.韻尾-p、-t、-n 前新生一個 i 元音以及 3.邊音-l 韻尾的語音現象。其中第一項的語音特色，併見於江西客語與贛語，而這三項語音表現的背後，都有一個共同的語音機制——重音（stress）。

　　在語言學裡，重音（stress）可以用來加強音節裡某些需要強調的字音。我

們總是說重音表現了較強的音強，但重音不只可以用音強這個標準來衡量，衡量的標準不妨可以放寬，例如調域（register）、音長（duration）、調型（contour）都是衡量重音的指標。漢語雖不是典型的重音語言，但重音也在漢語方言裡起了很大的作用。

　　江西贛語有一種說話「拖音」的習慣，正因為末段音段的音長變長了，而音長變長是重音的一種特性，因末段音段變為重音節（heavy syllable），進而衍生出種種與重音相關的語音表現。

一、不連續調型（discontinuous tone）

　　江西贛語裡有一種僅見於其他漢語方言的「不連續調型」現象。舉例來說，江西餘幹入聲尾有-t 尾與-k 尾，在-t 尾與-k 尾之後有一短暫間隔，並增生相同部位的鼻音，如[t－n]、[k－ŋ]，前後兩段都有調值，陰入為低促——半高促，陽入為低促——低促。也就是說，因為江西贛語有一種在字尾有「拖長音」的現象，發生在去聲調時可讓前面的元音加長；發生在入聲調時，除了有聲調拉長的效果之外，還會產生與入聲韻尾相對的鼻音尾。雖然贛語這種不連續調型的現象在漢語方言裡僅見，但究其語音音理的內裡，我們可以發現這是當贛語在「拖長音」時，把拖長音的音節變為重音節，其衍生的相關語音演變則符合重音的語音表現。在下文裡，筆者還列舉了與贛語「不連續調型」相似的語音演變——南部吳語的鼻尾小稱。前者是因為拖長音增加了音長，使得音節具有重音，進而衍生出相對的鼻音尾；而後者則是因語法上的需求加上了鼻音尾，使得鼻尾小稱具有重音性質，進而產生了音長加長，或是使鼻尾前面元音變高、聲調採高調等的相關語音變化。兩者二而一、一而二，都是重音在不同漢語方言的變體表現。

　　下文我們將先列舉與重音相關的討論文章，也將討論重音在吳語、贛語中的相關表現，最末並加以討論為何贛語入聲尾可以演變成相對鼻音尾，到底入聲尾具有何種的發音特性。

（一）江西贛語的不連續調型

　　江西贛語有一種「不連續調型」的特殊現象，陳昌儀（1991）在《贛方言概要》中首揭這樣的語音情況，並認為是漢語方言中僅見的現象。陳昌儀發現江西贛語裡的「不連續調型」大致可見於餘幹的入聲調、吉安縣文陂的去聲調、

餘幹坪上的入聲調這三個地方，簡述如下：

1.「餘幹」入聲調

餘幹入聲尾以中古韻攝爲條件，中古咸深山臻攝今在餘幹收-t 尾，中古宕江曾梗通攝收-k 尾。餘幹所謂的「不連續調型」就是在-t 尾與-k 尾之後有一短暫間隔，產生一種類似「拖音」的感覺，並增生相同部位的鼻音，如[t－n]、[k－ŋ]，前後兩段都有調值，陰入爲低促——半高促，陽入爲低促——低促。

2.「吉安縣文陂」去聲調

吉安縣文陂的不連續調型則表現在去聲調的部分。文陂話去聲的特點是：去聲中間有間隔，短暫的間隔把一個聲調分爲兩段，前段低降帶喉塞尾[ʔ]，後段低升，形成ʔ˩21——˩12 的情形。

3.「餘幹坪上」入聲調

餘幹坪上的入聲也有兩個調類，塞尾有[ʔ][t]兩個，在塞尾之後也有短暫間隔，把入聲音節分成兩段。前段塞尾爲[t]時，後段不連續成分爲[n]；前段的塞尾爲[ʔ]時，後段不連續成分爲喉塞音前的元音，如：惡 ŋoʔ˩oˀ˥。

（二）逆向的語音音變－吳語的鼻尾小稱

吳語主要的分佈地點是江蘇省。在南部的吳語裡，有一個特別發達的語音特徵，那就是吳語裡相當著名的鼻尾小稱。在某些字的後面，吳語加上表示小稱意義的鼻音尾，這個鼻音尾，會使得音節的時長（duration）變長且具有重音節。韻母的主要元音也因此變長或變高元音，而高調與升調則是鼻尾小稱演變中最喜歡選用的聲調。

如果我們說，吳語附加了鼻尾小稱，使得音節變爲重音的音節。重音表現爲較長的音長、較長或較高的元音，或是升調、高調。那麼我們可以發現贛語實際上是走了和吳語相似卻反向的演變道路。因爲字尾的時長增長，使得音節變爲重音節，也因此附加上與塞韻尾相對部位的鼻音尾。

吳語的鼻尾小稱素負盛名，有各種的形式，曹志耘（2001，P43）整理南部吳語的小稱音變演變過程，得出以下的演變圖表。

準小稱儿綴[ȵie／ȵi／ɲi／n／ŋ]

↓

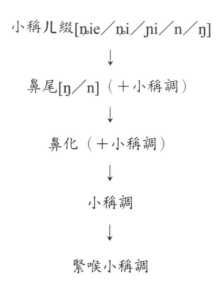

小稱儿綴[n̠ie／n̠i／ɲi／n／ŋ]

↓

鼻尾[ŋ／n]（＋小稱調）

↓

鼻化（＋小稱調）

↓

小稱調

↓

緊喉小稱調

　　曹志耘所稱的準小稱儿綴與小稱儿綴的差別，只在於準小稱儿綴主要功能是「指小」，沒有明顯喜愛、親暱、戲謔等意思，所以上圖南部吳語小稱音變的演變圖表，以音變的角度來審視，就可以發現是一個從加了以鼻音後綴演變成鼻尾、鼻化、小稱調、緊喉小稱調的漸變過程。

　　其中，南部吳語小稱也反映出了鼻尾小稱，容易使鼻尾前面的「元音有拉長的作用」。

> 磐安、義烏、浦江等地方言的鼻尾型小稱，有些小稱韻的元音讀得
> 比較長，實際上是儿綴向鼻尾過渡過程當中的一種現象。例如磐
> 安：詩儿ʃi-iːn⁴⁴⁵｜盤儿bɤ-ɤːn²¹³｜魚儿n̠y-yːn²¹³（曹志耘：2001，
> P39）。

　　曹志耘也指出「南部吳語的小稱調特別是純變調型的小稱調，多數讀為高平調，或者高升調、高降調，可見高調是南部吳語小稱調的主流和發展方向」（2001，P42）。

　　這兩種不同的漢語方言，都有其特殊的語音特色：不連續調型與豐富的小稱形式。看似兩種並無相關的語言，其實兩種特殊語音特色的背後原理是一樣的，都是由於重音在後所造成的。

（三）漢語的重音

1. 輕聲音節的表現

據林燾、王理嘉（1992，P180）描述普通話，發現普通話裡的輕音有時

會讓普通話的聲母濁音化。不送氣清塞音聲母[p][t][k]和不送氣清塞音聲母[tɕ][tʂ][ts]都有這種傾向。例如：

好・吧　[pa → ba·|]　　　　他・的　[tə → də·|]

兩・個　[kə → gə·|]

看・見　[tɕiɛn → dʑiɛɪ·|]　　說・著　[tʂə → dʐə·|]

日・子　[tsʅ → dzʅ·|]

林燾、王理嘉（1992）在書中，並沒有進一步地解釋這些字聲母濁音化的原因。究其音理上的原因，輕聲表示此音段成了弱化的音節，即非重音所在（weak stress），重音因此轉移到前面的聲母，因重音節會選用響度（sonority）較大的音素來表示，故使得前面的聲母清音濁化，變成了響度較大的相對濁輔音。

2. 香港廣州話英語音譯借詞的聲調規律

香港的廣州話有多用英語借詞的特色，以下節選張日昇對主重音、次重音對譯詞的描述：

（甲）單音節借詞

英語詞的重音與廣州話借詞的聲調對應最主要的規律是主重音（primary stress）和次重音〔註1〕（second stress）都變成[˥]55調。舉例如下，例詞後頭先標注英語的讀音，再標注香港廣州話借詞的讀音。

　　　　ball [bɔːl] [pɔ˥] 球　　lift [lift] [lip˥] 電梯

（乙）雙音節借詞

（一）原借詞兩個音節都是主重音，或者一個是主重音，另一個是次重音，在借詞中都讀作[˥]55調。

　　　　car-coat [ˈkɑːˌkout] [kʻa˥kʻuk˥] 短大衣

　　　　dockyard [ˈdɔkˌjɑːd] [tɔk˥ja˥] 船舶修造廠

〔註1〕英語的重音一般分爲兩類：詞重音（word-level stress）與語句重音（phrasal/sentential stress），這裡指的是詞重音。英語一個詞中，至少有一個重音音節。重音也是英語詞句裡的節奏單位。英語的基本節奏單位稱爲音步（metrical foot），音步通常由一個重音音節加上一個非重音的音節所組成，而後者爲非必要條件。

（二）原借詞只有一個音節，而結尾輔音不是 p，t，k，m，n，ŋ，要加附一個元音，使單音節的原借詞變成雙音節的借詞。或者原借詞的第一音節是主重音，第二音節是非重音，這些雙音節借詞都是一律以[˥]55 調出現於第一音節，[˧˥]35 調出現於第二音節。就是說 [˧˥]35 調是用來體現非重音以及在原借詞中根本沒有而只是在借詞中增添的音節，以下是原借詞是雙音節的例子：

Bearing [ˈbɛəriŋ] [pɛ˥ liŋ˧˥] 軸承

Body [ˈbɔdi] [pə˥ ti˧˥] 機身（照相機）

（三）原借詞只有一個音節而元音前有複輔音，所以要在輔音間加插一個元音，使單音節的原借詞變成雙音節借詞。這類借詞的第一音節是[˨]22 調，重音所在的第二音節是[˥]55 調。至於原借詞的第一音節是非重音而第二音節是重音的，變作借詞時，第一音節讀[˧]33 調，第二音節讀[˥]55 調。不過英語雙音節名詞一般是重音在第一音節，因此這類借詞並不常見。

break [breik] [pik˨ lik˥] 制動器

cream [kriːm] [kei˨ lim˥] 奶油

（張日昇：1986，P44～47）

可見得香港廣州話在對譯英語重音詞彙時，喜歡選用的聲調類型為高調。

3. 北京話兩字組正常重音的初步實驗

北京話兩字組正常重音的測試實驗，林茂爛等人（林茂爛，顏景助、孫國華：1984）選取了一百零三個兩字組，且選取的兩字組，限於前後字都不帶對比重音且後字不是輕聲的兩字組。把聽辨試驗和儀器實驗兩個結果聯繫起來看，兩字組就「字音全長」及「帶音段的長度」大部分（69～79%）是後字大於前字，而北京話兩字組正常重音的聲學特性，就音長和強度即能量來說，是那個字音有「較大的長度」，而不是有較大的強度及能量。也就是說，北京話兩字組表現重音的形式多以「音長」來表現，且作者所選用的五種詞彙結構（主謂、動賓、補充、偏正和並列）都呈現了重音以「音長」來表現的情況。

4. 吳語金華方言元音的前化與高化

江敏華在〈由鼻化型和鼻尾型小稱看吳語金華方言韻母層次的歷時演變〉（2006）中，重新整理了曹志耘對金華方言小稱附加詞幹後所引起的韻母變化。

曹志耘〔註2〕：

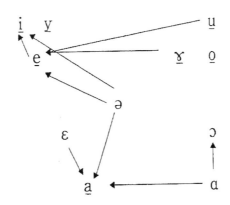

江敏華（2006）以金華方言舒促韻的對比，以及剔除掉外來音韻層次的影響後，重新得出規律性的金華方言小稱附加詞幹後所引起的韻母變化，得出金華方言附加小稱詞尾的規律性變化就是①元音前化與②元音高化。如下圖所示：

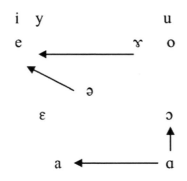

（江敏華：2006：P535）

5. 小稱變調

許慧娟〈再論漢語的聲調與重音〉（2006）提到基於 a、b、c 三個理由，他認為小稱音節帶重音。

a. 時長增加

〔註 2〕此元音演變圖，轉引自江敏華（2006，P527）。

b. 出現在單音詞或多音詞的末了

c. 偏好高調或長調（如信宜、容縣的高升、升調變調）

綜上所述，我們可以整裡漢語重音在聲母、韻母、聲調上的表現。

（四）重音在聲母、韻母、聲調上的表現

1. 聲母——濁化與鼻化

Noam Chomsky 及 Morris Halle 的 SPE（1968）中已有提及重音與[＋鼻音]與[＋響音性]的相關連結，重音所在的音節為加強重音的緣故，響度層級變得較大，使得重音的音段有濁音化與鼻音化的表現出現。前文敘及普通話輕聲的聲母有濁音化的現象（林燾、王理嘉：1992，P180），就是因為輕聲是非重音所在（weak stress），聲調弱化的結果，使得韻首的聲母負擔更重的重音責任，進而濁化成比清聲母響度層級再高的相對濁聲母。

2. 韻母——長元音、高元音、前元音

漢語表現重音的主要形式不是強度較大的音強（intensity），而是時長（duration）較長的音長。重音所在音節的時長（duration）為表現重音拉長，促使韻母元音變為長元音。長元音音節的重量為二莫拉（mora），短元音只有一個莫拉，故長元音更能比短元音表現重音的音節。例如前文敘及的磐安、義烏、浦江，因鼻尾型小稱所導致的長元音的語音現象（曹志耘：2001，P39）。

鼻音（nasal）是響音（sonorant）的一種，當吳語加上鼻尾型小稱時，就是加上了鼻音的徵性。發鼻音時，軟顎會下垂使軟顎與咽喉壁（pharyngeal wall）之間產生了空隙，使得肺部的氣流從鼻腔逸出，就是鼻音。所以鼻音發音時，雖然定義名稱的來由是氣流從鼻腔逸出，但口腔的動作是軟顎下降，也就是口部的空間變狹窄，我們又知道口腔的開口度大小與高低元音成反比，因發鼻音時軟顎必須下降，所以雖然所有的元音都可以增加氣流從鼻腔逸出的徵性，都可以變成此元音相對的鼻化元音，但基於鼻音的發音徵性——口部的軟顎下降。我們可以這麼說，鼻音事實上與高元音的發音徵性是比較密切的（[＋鼻音]、[＋高元音]）。鄭曉峰〈漢語方言中的成音節鼻音〉（2001）一文中，對漢語南方方言中的成音節鼻音的地理分布做一個大體的鳥瞰，發現跨方言間都有這樣的相同現象，就是成音節鼻音與高元音的密切關係，以下是鄭曉峰文中所歸納的四個成音節鼻音的音變規律：

（1a）*ŋu＞ŋ

（1b）*mu＞m

（2a）*ŋi＞ŋ～hŋ

（2b）*ni＞n

雖然前元音的響度層級比同級的後元音來得大，所以前元音相對於同級的後元音更適合表現重音的高響度，但前文所舉吳語金華方言的前元音化，應與吳語鼻尾型小稱的原始形式的聲母爲*n（*ɳ）有關，*n（*ɳ）除了鼻音的徵性外，還具備了[＋前音]的特性。

3. 聲調——高調（high pitch）、升調（upper rigister）、清楚的調型（clear contour）

許慧娟〈再論漢語的聲調與重音〉（2006）一文更以漢語做例子，找出漢語重音在聲調上的表現。文中許慧娟以漢語方言的形容詞三疊、小稱變調、暱稱和命名來證明漢語重音節表現，在聲調上偏好以高調（high pitch），或是簡單升調（upper rigister）或曲拱調（complex tone）（時長較長）來表現。

吳語鼻尾型小稱發展到後來鼻尾消失，純粹以變調來表示小稱時，最喜歡選用的調型就是高平調的 55 調（曹志耘：2001）。這也顯示了鼻尾小稱本來擔負了重音節的作用，鼻尾消失後並不是完全消失，可能以改變前面韻母變爲長元音的方式出現，如前文提及磐安、義烏、浦江，因鼻尾型小稱所導致的長元音的語音現象（曹志耘：2001，P39），或者如南部吳語以聲調變爲高平調（55）的方式表現。（曹志耘：2001）

（五）重音在吳語與贛語裡的表現

綜觀以上重音節在聲母、韻母、聲調等的表現之後，我們發現了吳語因鼻尾小稱所產生的①元音拉長或②變爲高元音的語音演變情形，及鼻尾小稱消失後的③高平變調（55），以及贛語餘幹、餘幹坪上的入聲調因發音音長拉長而④增生與入聲韻相對的鼻輔音韻尾，以及贛語吉安縣文陂的元音重複（①元音拉長），與贛語餘幹、餘幹坪上、吉安縣文陂因拉長音而產生的⑤拖音聲調或是低升的聲調，都是重音在吳贛語裡的表現。我們可以說吳語鼻尾小稱與贛語的不連續調型，都是重音在不同語言裡的不同表現，是重音的兩種不同變體。

1. **吳語加綴的鼻尾詞綴是重音的一種表現**

   因語法上的需求加上鼻音的詞尾（鼻音是響音〔sonorant〕的一種，響音因為具有響度，所以具備重音）

   ↓

   鼻尾（響度大）＋小稱調（吳語小稱調以高調為主，具清晰響亮的聽覺感，鼻尾前的元音產生變長或變高的元音調整）

   ↓

   鼻化＋小稱

   ↓

   小稱調（以高平調 55 為主）

2. **贛語重音表現在不連續調型上**

   贛語在句末或詞末喜歡「拖音」（拉長音長，使其具有重音）

   ↓

   聲調變為低升或拉長的聲調（聲調拉長是重音的一種表現）

   ↙　　↘

   餘幹入聲尾變成相應的陽聲韻尾（鼻輔音響度大，相較於塞輔音韻尾可拉長）　　　吉安縣文陂去聲調的元音拉長（元音變長是重音的表現）

3. **入聲尾發音性質及贛語其他「拖長音」的表現**

   前文提到吳語鼻尾小稱與贛語的不連續調型，都是重音在不同語言裡的不同表現。其中耐人尋味的是，吳語的鼻尾小稱是因為語法的緣故而加上鼻輔音，而鼻輔音又具有重音的性質，而導致後來的高調、長元音、高元音的相關變化，而贛語卻走了與吳語小稱相似卻逆向的路，因為拉長音，使得發音的時長增長，進而增生出相同部位但響度較大，也比塞輔音韻尾較易拉長的相對鼻輔音韻尾，以及低升調或拉長的聲調。

   這是就「重音」的語音特性來分析吳語與贛語，在鼻尾小稱與不連續調型上的不同表現。接下來我們再來看看 1. 為何贛語餘幹入聲尾是增生與入聲相對的鼻音尾。塞輔音結尾的入聲韻尾與鼻輔音結尾的陽聲韻尾，在發音上的音理上，究竟有何差異？以及為何說贛語的人喜歡「拖長音」，除了在餘幹、餘幹坪上以及吉安縣文陂的不連續調型上有所反映之外，2. 贛語是否在別的地方也有

其他「拖長音」的表現？

（1）入聲尾發音的性質

入聲尾與陽聲韻尾發音性質的差異，廣東粵語長短元音 a：ɐ的對比或許可以給我們一些啓示。廣東粵語長短元音 a：ɐ的對比是不限舒聲韻及入聲韻的，爲什麼只有入聲依據元音的長短、聲母清濁，區分上下陰入與陽入；舒聲韻卻只遵守聲母清濁分調的原則？

爲什麼廣東粵語長短元音，只在入聲韻中造成聲調的差異，即便它的入聲調的調值是重見於其它平上去調的。我們先假定一聲韻條件相同，卻只有長短元音對立的兩個入聲字：AB:P 與 ABP。依據我們對入聲韻尾性質的瞭解，它是個一發即逝，只有成阻的輔音韻尾。

> 帶塞音尾的「入聲」，唸起來有短促的感覺。有無短促的塞音尾（-p、
> -t、-k），是韻尾的不同，不是聲調的差別，也就是說只能分「舒
> 促」，無法用聲調分平仄（羅肇錦：1998，P440）。

因此我們把上述兩個字的入聲尾部分暫用 0（zero）代替，於是 AB:P：ABP＝AB:0：AB0＝AB:：AB。自然而然，發音較急較快的短元音 ɐ，當然念得比長元音的 ɐ:來得「促」些，聲調也偏於高調。鼻韻尾與入聲尾的差別，就在於鼻韻尾發音拉長的效果，會使得長短元音的對立不突顯，而入聲尾一發而逝的性質，正符合長短元音可造成聲調分別的規則。廣東粵語雖然只在陰入字上，以長短元音區分調類，但事實上，在陽入字的讀音上，也是稍有發音長短的差別，但因爲其陽入調值（22）太低的原故，所以未在聲調上形成對立。

也就是說，廣東粵語長短元音之所以只能在入聲韻中造成聲調的差異，就在於塞輔音韻尾位於音節最後，且一發而逝的特性，因爲音節末尾的塞輔音沒有再接續一個元音去突顯它的塞輔音性質，使得入聲韻尾的功能很像上文所描述的 0 尾形式。此時我們若要加長韻尾的時長（duration），一發而逝 0尾的入聲韻尾，勢必不能擔當起這個責任。於是，在發音時，我們選擇了可以拉長音長的相對陽聲尾，這也就是造成江西贛語的餘幹與餘幹坪上入聲韻字，產生不連續調型，從塞輔音的入聲尾，轉變成相對的鼻輔音的陽聲韻尾的原因。

（2）贛語其他「拖長音」的表現

宜春片與臨川片的萬載、新餘、臨川、南豐、宜黃、永豐、泰和等地的贛語，以及龍南、全南、定南、銅鼓、澡溪、井岡山、寧都、石城等客語，在韻尾-p、-t、-ʔ、-n發音部位與元音互動影響下，在韻母的結構裏增生一個-i-元音，因而產生韻母複音化的語音情形。江西客贛方言裡，因韻尾而所增生的-i-元音，也可以印證江西贛語在說話習慣上，有拖長音的習慣。這個拖長音的說話習慣，是導致不連續調型與韻尾增生-i-元音的主要因素。

以下我們進一步說明，江西客贛語裡的這個韻尾前新生的 i 元音。

二、韻尾-p、-t、-n 前新生一個 i 元音

江西客、贛語在韻尾-p、-t、-ʔ前，有增生一個新生-i-元音的情形。其產生的原因在於江西客贛語在講話時，有一種「拖音」的習慣，也就是把字音說得長一些。正因為把韻的音長拉長了，使得韻具備「重音」的特性，也因此增生了一個-i-元音。增生的-i-元音除了是重音加重後的表現之外，也關係著其他韻尾、主要元音之間的互動，以下仔細說明增生-i-元音的語音環境。

（一）江西客語

1. 促聲的語音環境

檢視江西客語龍南、全南、定南、銅鼓、澡溪、井岡山、寧都、石城等語音點，發現在這些客語方言點在促聲的-p、-t、-ʔ韻尾前，有增生一個-i-元音的語音現象，其增生的主要理由，導因於-p、-t的前部發音部位，至於-ʔ韻尾前的-i-元音則是在入聲韻尾-p、-t變為-ʔ前就已經產生。入聲尾的短促發音性質，則是有利於這個高元音-i-產生的一種語音條件。所謂入聲尾又可稱為促聲，入聲韻相對於陽聲韻、陰聲韻最大的不同在於其入聲韻尾的發音性質。入聲韻尾-p、-t、-k、-ʔ因為放在音節最末的位置，不同於放在聲母的地位，當 p、t、k 在聲母位置時，有後面的元音與其拼合並突顯其發音，在「成阻、持阻、除阻」的三個過程中，只有成阻的階段，卻沒有「持阻、除阻」的過程，所以有入聲尾的入聲韻相較於舒聲的陽聲韻、陰聲韻來說，有短促的音響感覺，這是由於輔音-p、-t、-k 音值性質及音節結構所造成的。至於-k 尾因為發音部位偏後的關係，雖有促聲短促的音響條件，卻不利於-i-前部元音的產生。

2. 後、低合口介音或元音與前部韻尾的互動

但是在-p、-t 入聲韻尾前，以及由-p、-t 韻尾消失產生的-ʔ韻尾前，並不是每一個韻攝都有增生這個新生的-i-元音，檢視由-p、-t 組成的韻攝，發現在咸開三四等以及山開三四等入聲韻都不見這個新生的-i-元音，其原因在於三四等的韻母因爲已經有了-i-介音，使得整個韻母發音部位已經偏前，不適合再產生這個重複音值的-i-元音。至於同樣含有前部細音-i-質素的合口的山合三四等入聲，因爲有合口-u-偏後的質素，所以舌體在由後部的-u-移動到前部的-p、-t 韻尾時，會產生細音-i-，其他類似因舌體由後往前產生 i 元音的音變現象如：偏後舌根音聲母加前或低元音時產生細音 i，北方漢語方言常見的「見系顎化」即爲一例。

在龍南、全南、定南可以看到這樣的情形。

	雪	說	發	月	決	缺	血	穴
龍南	ɕiuɔiʔ	sɔiʔ	fæʔ	niuɔiʔ	tɕiuɔiʔ	tɕʻiuɔiʔ	ɕiuɔiʔ	ɕiuɔiʔ
全南	ɕiuɔiʔ	sɔiʔ	faiʔ	niuɔiʔ	tɕiuɔiʔ	tɕʻiuɔiʔ	—	ɕiuɔiʔ
定南	ɕiɔit	sɔit	fait	niɔit	tɕiɔit	tɕʻiɔit	—	ɕiɔit

龍南的「發 fæʔ」韻母中的 æ 是 ai 的進一步演變。

3. 寧都的舒促不平衡

前文提到在山開三四等促聲並不見這個新生的-i-元音，但寧都在山開三入聲韻裡，也有這個新生的-i-，且都來自上古的月部，如：折 tsait、舌 sait、設 sait、熱 nait、杰 tsʻait、孽 nait、蘗 nait。這個增生的-i-元音不見於其他有同類新生-i-元音的客語點中，但事實上這些字產生-i-元音的原因，仍不脫低元音與前部位發音的-p、-t 韻尾影響。但更深一層的問題是，這一類入聲字怎麼會與舒聲韻發展不一致，這個問題牽涉到歷史音變、地域層次交疊等的問題，與本文題旨關涉不深，這裡只能略述，我們在閩語中見到這些字低元音的念法。粵語裡，則反映在-k 尾的低調（劉勛寧稱爲乙調：2001）念法，如：隻、尺、石、脊、赤、劇等。行文至此，我們腦海不禁浮現一個問題，是什麼原因讓這些字容易保留低元音，或在聲調上讀爲較低的乙調。舒促不平衡是一個較淺顯的答案，入聲韻在追上文讀層（元音高化）的速度上有較慢的趨勢，因爲入聲尾與陽聲尾消失的速度並不一致。

入聲韻尾前增生-i-的語音條件：

$$V（-p、-t）\quad\rightarrow\quad Vi（-p、-t）\qquad／u、ɔ、a\_\_$$
$$\qquad\qquad\qquad\qquad\qquad\qquad\qquad[後]\quad[低]$$

4. 由-n尾而新生的韻母元音-i-

在江西贛語裡，這個新生的-i-元音也可由-n尾而產生，如龍南、定南的情形。

	穿	旱	短	管	換	完
龍南	tsʻɔin	hɔin	tɔin	kuɔin	hɔin	vɔin
定南	tsʻɔin	hɔin	tɔin	kuɔin	vɔin	—

在陽聲韻尾-n 前新生的-i-元音比起入聲韻來多有限制。舌尖鼻韻尾-n 新生-i-元音所需要的語音條件，元音是「偏後元音」；而入聲韻尾在「低」或「後元音」後也會產生這個新生的-i-元音。陽聲韻尾-n 前產生-i-元音的原因，和前文提及由山合口三四等入聲韻產生-i-的理由相似。都是由一-u-或-ɔ-這偏後的語音質素，因舌體由後部的-u-或-ɔ-移動到前部的-n 韻尾時，-i-元音在所經路徑上，因而順勢產生。以下箭頭表舌體的移動方向：

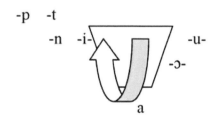

陽聲韻尾前增生-i-的語音條件：

$$V（-n）\quad\rightarrow\quad Vi（-n）\qquad／ɔ\_\_$$
$$\qquad\qquad\qquad\qquad\qquad\qquad\qquad[後]$$

5. 定南、寧都、南康的相似演變及未來觀察重點

前文提及，在定南、龍南的字群裡，有因陽聲韻尾-n 而在韻母裡新生-i-元音的語音變化。事實上，在寧都我們也可以看到這樣的情形，只是在寧都把這新生的 i 元音與前面的主要元音進一步合併成為一個單元音，試比較：

	轉	穿	閂	端	卵	寬	換
定南	tsɔin	tsʻɔin	sɔin	tɔin	lɔin	kʻuɔin	vɔin

| 寧都 | tsœn | ts'œn | sœn | tœn | lœn | k'uœn | vœn |
| 南康 | tsœ̃ | ts'œ̃ | ts'œ̃ | tœ̃ | lœ̃ | k'œ̃ | hœ̃ |

　　寧都的œ韻母由ɔ+i 產生。由一個圓唇元音ɔ，加上偏前、細的介音或元音-i-結合成單元音œ的語音情形，可大量見於廣東粵語，這是一普遍的音變現象。相較於寧都，南康的韻母則是進一步鼻化元音化。其中寧都、南康的情形很值得我們再做後續的觀察，這類字群會不會由元音œ再變回 i+ɔ或ɔ+i，假設眞往此方向演變，那麼在山合一二等韻所新生的-i-元音，便可能會使得一、二等韻也具備了如三、四等相同的細音 i 的質素。

（二）江西贛語

　　江西贛語的情形較爲簡單，只有在入聲韻尾前，才會出現這個新生的-i-元音，與前述江西客語龍南、全南、定南、銅鼓、澡溪、井岡山、寧都、石城等語音點，在促聲的-p、-t、-ʔ韻尾前增生-i-元音的道理相同。我們在萬載、新余、東鄉、臨川、南豐、宜黃、黎川等方言點的低或後元音所組成的入聲韻尾前，可以看到這個增生的-i-元音。

（三）小　結

　　這個由前部韻尾-p、-t、-ʔ、-n 發音部位影響下，在韻母結構裡新生一個-i-元音的情形，在江西客語裡，兼有入聲韻尾與陽聲韻尾。又入聲韻尾在後、低元音前可產生這個新生的-i-元音；陽聲韻尾的出現環境則多受限制，必須在後元音之後與舌尖-n 韻尾前。至於江西贛語則只有在入聲韻尾-p、-t、-ʔ前會看見這個新生的-i-元音。

三、邊音-l韻尾

　　在江西客贛語裡，還有一種特殊的邊音韻尾-l 現象，與上文我們討論的 1. 不連續調型 2. 韻尾-p、-t、-n 前新生一個 i 元音都有密切關係，也就是它們都有一個背後形成的語音機制－重音。細究邊音-l 韻尾產生的原因，其實與不連續調型的語音機制一樣，都是把拖長音的音節變爲重音節，然後把不能延長的塞音尾，轉換成響度較大，且可延長的鼻韻尾或是邊音-l 韻尾。

　　但爲何不連續調型如餘幹是轉換成相對的鼻韻尾，而江西修水、高安的塞韻尾卻是轉變成邊音-l 韻尾，而不是相對的鼻韻尾？其主要的原因，我們認爲

那是由於音核至音尾的響度是減弱的，塞音若擺在音尾，本身音色便不突出，所以沒有轉變成相對的鼻韻尾，而是轉變成也是響音的-l 韻尾。江西贛語的修水、高安可以發現這種新生-l 韻尾的情形。

江西贛語邊音韻尾可以出現在兩類元音之後，一為低、後元音 a、o、u 後；一為高元音 i 與前元音 e（ə）之後。前者與舌體的發音部位有關，後者則與流音[l]的特質相關。流音[l]有一種音感類似高元音的特質，而我們也可在別的語言（Paamese 語）看到類似的語音情況。

	踏	插	葉	法	十	擦	八	歇	鐵	脫	刮	月	血	乞
修水	dal	dzal	iel	fal	səl	dzal	pal	çiel	diel	dol	kual	ŋuel	fiel	dʑil
高安	t'al	ts'al	iɛl	fal	søl	ts'al	pal	çiɛl	t'iɛl	hol	kual	iuol /iɛl	çiuol	çil

	突	物	賊	色	國	陌	笛
修水	dəl	uəl	—	—	—	—	—
高安	t'øl	uøl	ts'ɛl	sɛl	kuɛl	mɛl	t'il

（一）拖音的習慣使得字末重音加強

前文提及江西餘幹入聲韻尾的-t、-k 尾，因為字末的音長拉長，再加上塞音尾-t、-k 尾不適合延長的特性，便將塞音尾-t、-k 轉變為相對且可以拉長，具有重音特質的鼻音韻尾-n、-ŋ。修水、高安的邊音-l 韻尾也是相同的情況。因為字末重音加強，使得塞音尾轉變為可延長，且為響音的邊音-l 韻尾。

（二）音核至音尾的響度是減弱的，使得塞音尾音色不明顯，所以修水、高安不轉變為相對的鼻韻尾

既然修水、高安產生邊音-l 韻尾的原因，也是因為字末音段的音長拉長，那麼為什麼他們不像餘幹的不連續調型一樣，也轉變成相對的鼻韻尾呢？那是因為以漢字的音節結構來說，音核至音尾的響度是減弱的，再加上音尾若是塞韻尾的話，其塞韻尾只有成阻之勢，故塞音尾本身的音色就不明顯了，換句話說，-p、-t、-k 尾的發音響度與發音部位不清晰。因為-p、-t、-k 的模糊性質，既然發音只有成阻而不清楚，口腔又怎麼知道要「準確地」轉換成相對的鼻音尾呢？因此高安的-p、-t 尾並沒有轉變成相對的鼻韻尾，而是轉變成響音的邊音-l 韻尾。

（三）邊音-l韻尾出現的環境

1. 環境一：低、後元音 a、o、u

檢視江西修水、高安出現邊音-l韻尾，大部分的字都出現在古咸、山攝（開合口兼具）與合口的臻攝，也就是收-p、-t 的古入聲字。後文我們會論及，咸攝入聲韻字裡可見的邊音-l韻尾等字，前身並不是-p韻尾，而是-t韻尾，這些-p韻尾先弱化爲-t韻尾，再轉變爲邊音-l韻尾。至於產生這些邊音-l韻尾的字的韻母，因含有低、後元音 a、o、u，故其產生邊音-l韻尾的語音機制，與前文韻尾-p、-t、-n前新生一個 i 元音的語音機制一樣，都是因爲舌尖邊音-l在舌體運動的軌跡上，其運動的過程可以表示如下：

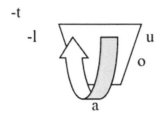

舌尖邊音 l 發音部位偏前，當舌體要從低、後元音，往前移動到前部位發音的-t 塞韻尾時，邊音-l韻尾就在路徑上，又當說出的字具有「拖音」性質時，後部的音段一被延長，就順勢產生了這個發音部位偏前的舌尖邊音-l韻尾。

（1）幾個特殊出現邊音-l韻尾的韻攝

前文我們提到，出現邊音-l韻尾的語音環境，是收前部發音部位的-t 塞韻尾與含有低、後元音 a、o、u 的韻母。其中有幾個出現的邊音韻尾-l 的韻攝，需要另外加以說明。

a. 前部、中、圓唇的ø元音後的邊音韻尾-l

深開三

高安深攝開口三等主元音爲圓唇成分ø元音，深開三入聲部分則有邊音韻尾-l的產生。高安深開三的ø元音，也讓我們不禁聯想是否高安的深開三的圓唇ø元音，與前文我們提到深攝字含有合口成分的「深合一」、「深合三」有所關連？抑或高安表現的就如贛語萬載一樣，是少數贛語裡仍保存深攝合口成分的方言點？

不過複查高安出現ø元音的韻字，就會發現這些ø元音都出現在知三章組聲母之後，而非相同於萬載的合口成分在各個聲母底下都有保存，可以推知

高安這些ø元音的產生有其聲母的條件。知三章組字在江西客贛語曾大規模地捲舌，在高安這些捲舌的知三章組聲母，又進一步塞化爲舌尖 t 聲母。高安這些ø元音實際上來自捲舌聲母 tʂ後所帶出的舌尖元音[ɯ]的變體[u]元音。因爲 t 類聲母具有[＋前部]的發音徵性，也使得韻母從後部的 u 前化爲前部、中、圓唇的ø元音。

b. 臻、曾開三與臻攝合口韻

高安臻攝開口三等與曾攝開口三等也有讀爲ø元音的。這個ø元音也同樣出現在知三章組聲母之後，可以知道原來這個ø元音來自 u 元音，後又經前部的舌尖 t 聲母調節而前化爲ø。至於臻攝合口一三等出現的ø元音，也來自 u 元音的變體。

高安的邊音韻尾-l，就表面的音讀來看，還可以出現在前部、中、圓唇元音ø之後，但實際上高安的ø元音來自 u 元音。

2. 環境二：前元音 e [ə]、高元音 i

修水、高安在咸山攝開口三四等與曾、梗攝入聲字，也有邊音-l 韻尾的產生。邊音韻尾-l 出現在前、高的 e 與 i 元音之後。前文我們多由舌體的移動動程來解釋邊音韻尾-l 的產生，偏重解釋邊音所產生的發音部位。但邊音也是一種流音（liquid），在輔音的響度層級上，是僅次於元音的輔音。這個響度僅次於元音的流音[l]，常有與高元音 i 交替出現的情形，例如以下南、北 Paamese 語的情形。

The south often has /l/ where the north has /i/.〔註3〕

Northern Paamese	Southern Paamese	
Amai	Amal	'reef'
aːi	aːl	'stinging tree'

（Crowley 1997, 245）

〔註3〕 Paamese「帕美斯」語是西南太洋洲萬納度（Republic of Vanuatu）Paama 島上所使用的語言。「Paamese 帕美斯語」一詞的稱呼來自 Terry Crowley 一書的稱呼，當地的人並不稱自己所使用的語言爲帕美斯語。除了 Terry Crowley 特別把 Paama 島上的語言稱爲帕美斯語外，Paama 島上的語言，其他語言學者多稱爲東萬納度語，屬於東南安布里姆語（the Southeast Ambrym）的分支，而東南安布里姆語又隸屬於東馬來—玻里尼西亞語系（南島語系）之下。

　　因此這些曾、梗攝的字不需要在低、後元音後，才能產生邊音-l 韻尾，而在前、高的 e 與 i 元音之後，自然就可以產生這個具流音性質的-l 韻尾。因爲 e 與 i 元音本身即具有「＋高」的語音實質，i 是高元音，而 e 元音則可因元音破裂爲 ie、εi，而有 i 的音質素。

3. 環境三：舌尖韻尾

（1）同爲舌尖部位的轉換

　　進一步檢視江西客贛語，發現大部分江西客贛語曾、梗、山攝字的入聲字，大多都是收舌尖-t 塞韻尾或喉塞音的-ʔ。至於咸攝開口三四等的雙唇入聲-p 尾，也多由雙唇入聲-p 尾轉換成舌尖-t 尾，所以我們可以推測高安、修水產生邊音-l 韻尾的前身也應是舌尖的塞韻尾-t。何況同爲舌尖部位的 t、l 相變，在發音部位的解釋上也較爲合理。

（2）舌尖音爲銳音（acute）本有前、高的性質

　　舌尖塞音 t 屬於銳音（acute），本就有前、高的語音性質，在前面提到的奉新贛語的止攝韻母，就有因爲聲母 t 而產生 i 介音的情形。

（3）上古、中古漢語對譯的例子

　　舌尖邊音-l 對譯成舌尖塞韻尾-t 的例子，在上古音與中古音中，也可見到相似的例子。上古與中古漢語多以收-t 尾的入聲韻尾字來對譯梵音收-l、-r 的字，而巧的是這些上古、中古對譯爲-t 尾的外來詞，在韓國漢字譯音裡都是-l 韻尾。

　　　　在韓國研究中國聲韻的學者注意到把 Pamir（蔥嶺）在上古漢籍譯爲帕密，Mongol 譯爲蒙古或蒙骨，羅馬的皇帝 Caesar（Tsar）常譯爲凱撒，Turk 譯成突厥，再者，在佛經裡許多古代印度人的人名或地名，例如：往五天竺國所載 Bolor，漢籍譯成鉢露羅國，還有 Pundavardhana 譯成奔那伐彈那國，更進者，諸佛徒之名，如 Dharmayasás 譯對達摩耶舍，Gunavarma 爲求那跋摩等等，諸如此類的漢梵譯音例子曾經使筆者產生懷疑。因爲上面幾個入聲韻字的收尾如爲-t，與它們的梵音-l、-r 根本不一致，而更有意思的是：韓國漢字譯音裡上面那幾個入聲韻值竟全是-l 韻尾，恰與梵音吻合（朴萬圭：1999，P291～292）。

　　江西贛語的字尾有「拖音」的習慣，爲表示重音節時長（duration）較長的性質，修水、高安轉變其短促的塞音韻尾爲可延長的響音[l]，但沒有轉變成相對部位的鼻韻尾，除了前文提及的漢語音節的音響特質是從音核至音尾逐漸下降，所以無法轉變成很清楚的哪一個特定部位的鼻韻尾外，這個邊音-l 韻尾擺在漢語音節的末尾還有其「霧邊音」的性質。

（四）-l 韻尾帶有「霧邊音」（dark lateral）的性質

　　雖然前文我們提及這個江西修水、高安的-l 韻尾是一種邊音韻尾，但實際上，[l]所在的位置是元音之前或是之後，有不同的表現。

> [l]在母音之前唸清楚的邊音（clear lateral），唸法是把舌尖抵上齒齦，然後迅速地移下來，使[l]能很清楚地被聽到，如英語的 light[layt]中的[l]，或是國語「來」[lay]中的[l]（ㄌ）。至於母音之後的邊音則稱爲霧邊音（dark lateral），發聲時舌位往後幾乎到達軟顎的部位，因此也稱爲軟顎化邊音（velarized lateral），英語的 school[skul]、stool[stul]、till[tʰɪl]中的[l]都是霧邊音。（鍾榮富：2007）

　　也就是說，當我們想延長字尾的發音時，要把塞韻尾改爲可延長的響音韻尾時，若無法把發音部位發音發清楚，而選擇相對的鼻韻尾的話，則可以選擇具霧邊音或是具流音性質的[l]。

（五）寶應方言的邊音韻尾──由 ieʔ → iəl　yeʔ → yəl 看重音的轉移〔註4〕

　　江淮方言的寶應也有邊音韻尾（王世華：1992），這個邊音-l 韻尾產生的韻母條件，爲古深臻曾梗的入聲字。其中寶應方言有個韻母轉換現象很值得我們注意，邊音-l 韻尾只存在單字音，若把有邊音-l 韻尾單字，放在句中連續念時，則爲收喉塞尾的ʔ韻尾。從前文敘述邊音-l 韻尾產生的音韻條件，我們可以很清楚的知道，這些念邊音-l 韻尾的字原先都是塞音尾，因爲拖長音的說話習慣，便將短促無法延長的塞韻尾轉換成可延長的邊音-l 韻尾。其中

〔註4〕作者在撰寫本節論文時，曾與國立高雄師範大學客家文化研究所的吳中杰教授討論過邊音韻尾的問題，吳教授告訴我在江淮官話的寶應方言也有邊音l韻尾的語音現象，在此表示感謝！

iəl、yəl 兩個韻未處於句末或單念時，而在連續語流中唸出時，則會唸成喉塞韻尾的 ieʔ與 yeʔ。觀看兩組韻母的主要元音我們可以發現，邊音-l 韻尾的韻母因重音後移至韻尾，所以主要元音有弱化現象，選擇的是響度沒有那麼大的央元音ə，而喉塞-ʔ韻尾的韻母，則因字尾音是短促無法延長喉塞音的緣故，重音並未轉移到字尾，所以主要元音則選擇響度較大的前元音 e。

　　贛語的邊音韻尾就表面現象來看，著實特殊，但細究其語音內裡，發現與前文我們討論的不連續調型，與韻尾-p、-t、-n 前新生一個 i 元音的背後語音機制一樣，都是重音影響下的相關語音演變。

　　侗台語的黎語中的佯僙話〔註 5〕也有與江西修水、高安贛語相同的語音情形。對照其他大部分的黎語，我們可以知道佯僙話的邊音-l 韻尾是由舌尖-t 轉變而來，而佯僙話出現邊音韻尾的韻母環境也與江西贛語相似，在前元音 e 以及低 a、後元音 u 之後，會把舌尖-t 轉換成邊音韻尾-l。

　　佯僙話的-p、-k 尾保留，但-t 尾變為-l 尾，這在侗台語中未見過。

　　例如：

	八	七	尾巴	螞蟻
章魯	pet[9]	sət[7]	sət[7]	mət[8]
佯僙	pel[9]	thal[7]	thel[7]	mul[8]

（石林、黃勇：1997，P44）

第二節　入聲韻的韻攝分調

一、江西客贛語入聲韻的韻攝分調

　　據辛世彪（2004）所載，許多漢語方言都有入聲韻的韻攝分調情形，諸如粵語、平話、閩語、客語、贛語、徽語。以下我們把眼光放在江西客贛語上，從分調的韻攝來比較，探討入聲韻韻攝分調的背後語音動機。

　　江西客贛語不少方言點都有入聲韻韻攝分調的情形，劉綸鑫《客贛方言比較研究》（1999）所載的入聲韻韻攝分調的方言點，就有安義、南豐、于都、贛縣韓坊、信豐虎山、南康、大余、贛縣王母渡、安遠、安遠龍布等地。這些江

―――――――――――
〔註 5〕佯僙話位於貴陽南邊的定番縣內。

西客贛語韻攝分調的方言點，有一個大的入聲韻韻攝分調的特色，就是「咸深山臻」一組：「宕江曾梗通」一組。

入聲調的歸併	咸深山臻		宕江曾梗通	
南豐	⑥12		⑦5	
于都	「咸深山臻」的清聲母與部分濁聲母字歸陰去④323	濁聲母字歸陽去⑤42	「宕江曾梗通」與部分「咸深山臻」的濁聲母⑥54	濁聲母字歸陽去⑤42
贛縣韓坊	清聲母⑥3		「咸深山臻」的濁聲母與「宕江曾梗通」⑦5	
信豐虎山	清聲母⑤2		「咸深山臻」的濁聲母與「宕江曾梗通」⑥45	
南康	清聲母字⑤24	濁聲母字歸去聲④53	清聲母字⑥55	濁聲母字歸陰平①44
大余	⑤55			「宕江曾梗通」一部份字歸陰平①33
贛縣王母渡	清聲母字⑥32	濁聲母字歸陰平①44	清聲母字歸⑦45	濁聲母字歸陽去⑤33
安遠	清聲母歸上聲③31	濁聲母歸陰平①35	歸入陽去⑤55	
安遠龍布	⑤32		⑥55	

【說明】：以○圈起來的為原書的分類調類，○旁的數字為該調類的調值。

以上的江西客贛語的入聲韻聲調，摘錄自《客贛方言比較研究》（劉綸鑫：1999）而稍做整理。就上表看來，我們只能得到江西客贛語入聲韻的分調，大致以「咸深山臻」、「宕江曾梗通」為條件而分調，卻無法確切知道其韻攝分調的背後語音動機。在劉綸鑫《客贛方言比較研究》（1999）書中所記載的韻攝分調的方言點很多，但在其書中有記載完整語音紀錄的，只有江西贛語的南豐，與江西客語的南康、安遠、于都等四個方言點。以下的分析，我們將著重討論這四個方言點，以期完整說明入聲韻韻攝分調的背後語音道理。

（一）贛 語

1. 南 豐

南豐入聲韻韻攝分調的情形比較單純，「咸深山臻」入聲韻字仍保留入聲韻尾，主要入聲韻尾是收-p、-t、-l尾的，而收-l邊音韻尾的入聲韻則是由收-t入聲韻尾轉換而來的〔註6〕。這些收-p、-t入聲韻尾的「咸深山臻」入聲韻為第⑥

〔註6〕邊音韻尾的部分，在前一節「邊音韻尾」有詳細的說明。

調，調值爲 24。

「宕江曾梗通」入聲韻字收-k 尾，入聲調爲第⑦調，調值爲 5。

（二）客　語

1. 于　都

檢查于都的入聲韻字後發現，于都「咸深山臻」入聲韻字的調類，可以分爲三種類型：

調 類 與 調 值	入聲韻尾	聲 母 條 件
⑥54	-ʔ	清濁聲母皆有
④（第④調爲陰去）323	-ø	清聲母與次濁聲母
⑤（第⑤調爲陽去）42	-ø	濁聲母

于都「宕江曾梗通」入聲韻的調類主要可以分爲下列兩種，其中收舌根鼻音-ŋ 尾的入聲韻字，是由收-k 的入聲韻尾轉換而來，見本文韻尾一章。

調 類 與 調 值	入聲韻尾	聲 母 條 件
⑥54	-ʔ	不構成分調條件
⑤（第⑤調爲陽去）42	-ø、-ŋ	

2. 南　康

南康的「咸深山臻」入聲韻字的調值總共有兩種類型。

調 類 與 調 值	入聲韻尾	聲 母 條 件
⑤24	-ø	「咸深山臻」清聲母與「宕江曾梗通」
④（第四調爲去聲）53	-ø	濁聲母

南康的「宕江曾梗通」入聲韻字的調類嚴格來說只有一類。南康「宕江曾梗通」入聲韻字一類歸第⑥調 55；一類是歸陰平第①調 44，而這兩種調值的入聲韻尾都是零韻尾-ø。55 與 44 的高調，就實質的聽感來說是很難分別的，作者把「宕江曾梗通」入聲韻字的調類，一個歸爲入聲調⑥55 的高調；一個歸爲陰平的第①調 44，推敲其原因應是前者仍有短促的感覺，而後者在發音上則有舒緩的調值，但我們知道，入聲調值是因入聲韻尾才有其特殊的短促的發音型態，其調值本身大部分並沒有其獨立的地位〔註7〕，其短促的入聲調

〔註 7〕 有些漢語方言還是有獨立的入聲調值，如長沙湘語。

值多有與其舒聲韻調類相近的調值，差別只在於入聲調值發得較促；舒聲調值發得較舒。所以入聲調值特殊是因為以塞音當韻尾，其後並未接能凸顯發音音響的元音，因而入聲韻只有成阻之勢，故這裡的「宕江曾梗通」入聲韻字的調類可以只算做一種。

調 類 與 調 值	入聲韻尾	聲 母 條 件
⑥55	-∅	不構成分調條件

3. 安　遠

安遠的「咸深山臻」入聲韻字的調值總共有兩種類型。

調 類 與 調 值	入聲韻尾	聲 母 條 件
①（第①調為陰平）35	-∅	濁聲母
③（第③調陰上）31	-∅	清聲母

安遠的「宕江曾梗通」入聲韻字的調類只有一種。

調 類 與 調 值	入聲韻尾	聲 母 條 件
⑤（第 5 調為陽去）55	-∅	不構成分調條件

（三）-k 尾的性質

1. 廣東粵語 kw-的啟示

　　舌根後半部隆起並提升到軟顎處，因舌根和軟顎的堅實接觸而使氣流受阻，所產生的音稱為舌根塞音（鍾榮富：2008，P35）。

從這段描述我們可以看到一舌根音，這裡我們暫時用[k]代表，當我們發舌根音[k]時，必須把舌體後部高高隆起並抵觸軟顎。這個舌體後部「高高隆起」的性質，使得舌根音的性質，就有一種類似發高部位元音的特性，這也就是為什麼我們在廣東粵語，總是可以看到舌根音[k]與接近音（approximant）的唇音[w]一起出現（[kʷ]）。接近音的[w]其發音性質就像元音的[u]，而在舌面元音圖上，元音[u]偏高、偏後的發音性質，與同樣偏高、偏後的舌根音[k]最為相近。

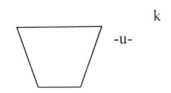

2. -k 的高調性質

從以上四個江西客贛方言點（南豐、于都、南康、安遠）入聲韻韻攝分調的表現，我們可以先歸納出一個共性來，那就是「宕江曾梗通」入聲韻字的調值總是偏向高調，而這應與這些韻攝字的古音來源，都收舌根的-k 尾有密切的關係。

在我們回答為何一個舌體抬高的-k 尾，接在一個字的音節末尾會使得這些韻字產生一個高調的共性之前。我們先來回顧一下，廣東粵語短元音ɐ高調的表現。

3. 廣東粵語短元音ɐ高調的趨向

蟹攝開口三、四等，在廣東粵語的同一個方言點中的語音表現是同型的，而廣東粵語三、四等的原形應是一個*ai，而廣東粵語許多方言點的蟹開三、四等的表現，則是這個原型 ai 的變體及延伸。

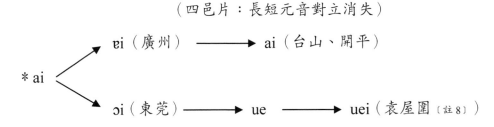

（四邑片：長短元音對立消失）

蟹開三、四等

	東莞	袁屋圍	廣州、順德、中山、斗門、韶關、信宜、雲浮、廉江	台山、開平
齊祭	ɔi	uei	ɐi	ai

造成廣東粵語這個蟹攝開口三、四等 ai 韻母短元音化的原因，與我們接下來要討論的這個舌體後部高高提起的這個塞音韻尾-k 有相當的相似性，因為不管是廣東粵語蟹開三四等或是江西客贛語的這個高起的-k 韻尾，他們都接了一個[＋高]的語音徵性在音節末尾。而這個[＋高]的 i 元音韻尾使得廣東粵語蟹開三、四等的原型韻母 ai，發生一種類似「促化」的作用，因為這個高韻尾-i 的緣故，使得發音人在開始發蟹開三、四等字時，就有了一種預期要將最後舌位調整到最高的態勢，於是這種預期心理所造成的逆向同化，便

〔註 8〕廣東袁屋圍粵語的語音部分，為筆者於碩士論文（彭心怡：2005）撰寫期間所做的語音調查。

促使了短元音ɐ的產生。

4. 短元音ɐ與高調的一致性

我們又知道廣東粵語有所謂的長短元音分調的情況，且這個長短元音在入聲韻的部分會造成聲調上的差異。至於為什麼廣東粵語長短元音，只在入聲韻中造成聲調的差異？我們可以先做這樣的假定，先假設一對聲韻條件相同，卻只有長短元音對立的兩個入聲字：AB:P 與 ABP。依據我們對入聲韻尾性質的瞭解，它是個一發即逝，只有成阻的輔音韻尾，所以我們把上述兩個字的入聲尾部分暫用 0（zero）代替，於是 AB:P：ABP＝AB:0：AB0＝AB：：AB。自然而然，發音較急較快的短元音 B，當然念得比長元音的 B:來得「促」些，聲調也偏於高調。鼻韻尾與入聲尾的差別，就在於鼻韻尾可以把韻尾的音長拉長，因而使得長短元音的對立不突顯，而入聲尾一發而逝的性質，正符合長短元音可造成聲調分別的規則。廣東粵語雖然只在陰入字上，以長短音區分調類，但事實上，在陽入字的讀音上，也是稍有發音長短的差別，但因為其陽入調值（22）太低的緣故，所以未在聲調上形成對立。

5. 高部位[＋高]的語音徵性可以促發高調

從廣東粵語蟹攝三四等ei的念法，以及廣東粵語短元音ɐ在入聲調的取向為高調的表現看來，我們認為一個音節末尾若是接了一個具備[＋高]的語音徵性的音的話，就有可能造成一種促化的作用，甚至造成一種聲調傾向高調的聲調表現。江西客贛語「宕江曾梗通」入聲韻字原本是收-k 尾，這個-k 尾雖然不是高的元音而是一個高的偏後輔音，但在語音的傾向上，也有一種類於前文討論廣東粵語蟹攝三四等「預期同化」的促化效用產生。這個預期作勢要抬高舌體的動作，能使得舌體緊張，進而促發高調的產生。這也是江西客贛語的「宕江曾梗通」入聲韻字，普遍讀為高調的背後語音道理。

（四）-ʔ尾的性質

1. 緊喉作用強的-ʔ也可以促發高調

前文提到這個舌體後部隆起的-k 韻尾，能使得舌體有一種預期抬高、緊張的趨勢，進而能引發高調的產生。上文提到江西客語于都的第⑥調（54 高調）出現的環境有二，一是在「宕江曾梗通」的入聲字（舌根的塞韻尾-k 已弱化成-ʔ）；二是在部分的「咸深山臻」入聲韻字（入聲韻尾同樣是喉塞音的-ʔ）。我

們可以合理的推測：前者在還是收舌根塞韻尾-k時，就已經有高調的產生，而後來的喉塞音-ʔ則是-k尾的後來弱化表現。

　　至於于都部分的「咸深山臻」收喉塞音韻尾-ʔ的入聲字，也有高調的產生，筆者認爲這與喉塞音的「緊喉作用」相關。

> 　　「喉塞音」（glottal stop），一般認爲是在聲門形成閉塞的音，緊閉聲門，把聲門下的氣流閉塞住，從而停止聲帶的顫動，而聲門上面的口腔內則沒形成任何閉塞或阻礙。這種說法，要是單就聲門的狀態說是對的，但並沒有說明喉塞音的全部情況。在喉塞音的發音動作中，我們往往能發現的是聲門上的緊縮運動（supraglottic laryngeal constriction），特別是假聲帶的內轉運動。Fig.1 表示單念蘇州話陰入音節[tiɪʔ²⁵]時的喉頭影像。可以看到，假聲帶在韻母部分逐漸向內轉動，在音節末位幾乎要互爲接觸。Fig.1影像下面的圖表表示兩個假聲帶之間距離以及基頻的變動。值得注意的是，這種假聲帶的運動已在韻母的開頭部分開始；這說明，不僅是韻尾部分而且是整個入聲韻母都發生了「喉化」（glottalized）。（岩田禮：1992，P524）。

　　由此可知，當我們在發喉塞音時，聲門上的肌肉以及假聲帶的部分，會發生一種緊縮的運動。這種緊縮的效力與前文提到，廣東粵語短元音ɐ在入聲韻能形成一種高調的語音道理是一樣的。我們發音時預期在音節末尾要緊縮肌肉，因爲這種預期的心理狀態，促發肌肉的預期緊張，因而促成高調調值的產生。

2. 弱化形式的-ʔ，不具備高調的特性

　　江西于都客語，部分出現在「咸深山臻」收喉塞音-ʔ入聲韻字的第⑥調（54高調），筆者認爲產生的原因是上文所說的喉塞音的「緊喉作用」。但若是這個喉塞尾-ʔ只是由-p、-t尾弱化而來，但在弱化之前，收-p、-t尾的「咸深山臻」入聲韻字已經形成「非高調」的聲調形式，那麼這個喉塞尾-ʔ就不會引發高調的產生。

　　或者我們也可以反過來想，江西于都客語出現高調的「咸深山臻」的入聲韻字，是因爲喉塞韻尾-ʔ的緊縮作用，因而「逆向」地由原來的「非高調」轉變爲「高調」的調值。因此我們可以推論這個喉塞尾-ʔ在語音的型態表現上，至少有兩種形式，一是「緊縮」的-ʔ；一是「弱化」的-ʔ。也就是說，並不是

每個收喉塞韻尾-ʔ的入聲韻字，都可以很明顯地表現其「緊縮」的作用，有些只是單純的「弱化」入聲韻尾的表現。

3. 「咸深山臻」入聲韻字具備非高調的性質

觀察這四個江西客贛語的韻攝分調，我們只能歸納出「宕江曾梗通」因為-k 韻尾的關係，形成一種高調的趨勢，但收-p、-t 韻尾的「咸深山臻」入聲韻字則沒有特殊的調型或調值表現，只有一種趨向可以歸納出來，就是他們比較不傾向高調的表現。收唇音的-p 韻尾部位太偏前，對調值的影響不顯著。

至於收-t 的入聲韻尾字，雖然-t 也有偏高的特徵，但因為在入聲韻尾高調的表現上，收-k 的入聲韻尾，其舌體抬升的是高調的首選，收-t 的入聲韻尾字，從現有的資料看來，看不出來對聲調調值有影響。

第三節　送氣分調

江西贛語的聲調有個特殊的表現，那就是「送氣分調」。在正式進入江西贛語送氣分調的討論前，我們會先介紹吳語吳江七鎮送氣分調的情況，以及石鋒（1992）在吳江黎里的聲學實驗，藉以先對「送氣分調」的語音性質有所掌握。在江西贛語裡有「送氣分調」的方言點，部分也兼有「次清化濁」的語音現象，所以本節後文的部分，我們將重點放在江西贛語裡兼含「送氣分調」與「次清化濁」的方言點，討論究竟「送氣分調」與「次清化濁」何者音變為先，何者為後。

一、江西贛語的送氣分調

江西贛語裡有個特殊的現象，那就是「送氣分調」，主要發生在江西贛語南昌片的方言點中。

南昌片贛語	平　聲				上聲	去　聲			入　聲			總數
	陰平		陽平			陰去		陽去	陰入		陽入	
	不送氣	送氣	不送氣	送氣		不送氣	送氣		不送氣	送氣		
南昌	44		35	24	213	11			4		1	7
新建	42		55	24	213	33		11	5		2	8
安義	11		31		213	55		24	5	53	2	8
湖口	55		11		24	35	213	13				6
星子	33		24		31	55	214	11	35			7

都昌	33		334	214	342		325		11	5	2	3	1	10
修水	34	23	13		21		55	45	22	42		32		9
德安	44	33	42		354		35	24	12	5	45	232		10
永修	35	24	33		21		55	445	212	5	45	3		10
武寧	24		211		42		45		22	54				6
田義	11		53		33		24		42	5				6

（劉綸鑫：1999，P22）

　　以上江西贛語送氣分調的情形集中在陰平、陽平、陰去、陰入、陽入等聲調。其中，除南昌、新建、安義之外，其他的方言點都有「次清化濁」的情形。前文我們已經討論過江西贛語「次清化濁」的語音情況，這個「次清化濁」是一種後起的語音規律，是發生在全濁聲母清化，各調類已經分出陰陽兩種調值以後的演變。

　　在我們開始討論江西贛語送氣分調的情形之前，讓我們先看看吳語裡吳江方言的各種送氣分調情況。

二、吳語吳江方言的送氣分調

吳江七鎮本調表

古調	古聲母	例　字	今調類	松陵	同里	平望	黎里	蘆墟	盛澤	震澤
平	全清	剛知丁邊三安	全陰平	55	55	55	55	55	55	55
	次清	開超初粗天偏	次陰平	33	33	33		33		33
	濁	陳窮唐寒人云	陽平	13	13	24	24	13	24	13
上	全清	古走短比死好	全陰上	51	51	51	51	51	51	51
	次清	口醜楚草體普	次陰上	42	42	34	34	=次陰去	34	
	濁	近是淡厚老染	陽上	31	31	23	21	=陽去	23	31
去	全清	蓋醉對愛漢送	全陰去	412	412	513	412	412	513	412
	次清	寇臭茅怕退氣	次陰去	312	312	313	313	312	313	312
	濁	共大備樹飯帽	陽去	212	212	213	213	212	212	212
入	全清	各竹百說發削	全陰入	55	55	55	55	55	55	55
	次清	匹尺切鐵拍曲	次陰入	33	33	33	33	33	55	33
	濁	局讀白服岳六	陽入	22	22	22	22	22	22	22

（丁邦新：1998，P268）〔註9〕

〔註 9〕吳江七鎮的調值表是丁邦新轉引自葉祥苓 1958《吳江方言的聲調》，《方言與普通

　　吳江七鎮雖然也有送氣分調的情形，但與南昌片贛語稍有不同的是，吳江七鎮送氣分調的情形，只有集中在次清聲母的類別上，而未如南昌片贛語的送氣分調還可以見於原屬於濁聲母的調類上（陽平、陽入）。

（一）松陵、同里、平望是吳江方言送氣分調的典型

　　從吳江七鎮的聲調表裡，我們可以看到松陵、同里、平望是「送氣分調」這個規律表現最為典型的吳江方言點。松陵、同里、平望這三個吳江方言點，原本的聲調類型是吳語裡面常見的八調類，也就是陰平、陽平、陰上、陽上、陰去、陽去、陰入、陽入各一。在這個八聲調的基礎上，陰調類再依送氣的特質，再分出次陰平、次陰上、次陰去、次陰入等四個調類。至於其他吳江的方言點究竟是否曾經也是十二個調類而進一步的合併？抑或是他們的平上入調，皆有還處於未分化的階段？這個問題，也是丁邦新（丁邦新：1998）在列舉吳江七鎮方言聲調時，所提出的問題。

　　七個小方言分化的步調並不一致，黎里、盛澤陰平調並無全次之別，震澤陰上、盛澤陰入也沒有全次之別。這裡的問題是究竟它們還沒有分化呢？還是已經合流了？正好黎里、盛澤兩處都是趙元任先生（1928）﹝註10﹞調查過的方言點，可以拿來作一個比較：

黎里	陰平	陽平	陰上	陽上	全陰去	次陰去
	44	232	41	24	513	213
	陽去	全陰入	次陰入	陽入		
	113	<u>55</u>	<u>34</u>	<u>23</u>		
盛澤	陰平	陽平	全陰上	次陰上	陽上	全陰去
	42	231	51	12	212	412
	次陰去	陽去	陰入	陽入		
	213	113	<u>44</u>	<u>23</u>		

　　兩處都只有十個調，但黎里陰平陰上不分全次，盛澤陰平陰入不分全次，跟葉文的紀錄比對之後，發現陰平仍然未分，盛澤的陽入亦未分，而黎里的陰上現在已分為兩種，可見這種分化極可能是這五

話集刊》5:8-11。

﹝註10﹞ 丁邦新引自：趙元任（Chao Yuen Ren）1928 《現代吳語的研究》，清華學校研究院叢書之四，北京。

十多年中的演變。當然前後兩次記音並不是以同一個人爲發音人，但黎里畢竟只是一個小鎮，到一九八一年才有六千多人，前後承接的關係是相當清楚的。從盛澤的情形來說，自然更無問題。（丁邦新：1998，P269）

（二）黎里的陰平調爲進一步合併的結果？

丁邦新藉由趙元任與葉祥苓前後對黎里、盛澤的個別記錄比對後，確定黎里的全陰上與次陰上的分別是近五十年所新增的，但對黎里的陰平與盛澤的陰平、陰入到底是未分化，抑或是合併的結果卻沒有明確的答案。

（三）入聲調的性質

我們知道入聲的調值沒有獨立的地位，入聲調值之所以總是被標舉出來，則是因爲入聲調值的短促音感。但我們在討論入聲韻時，則須要把調值與入聲韻尾分開討論。宗福邦更進一步地闡明：「入聲是個『促聲』，似乎是音長這個因素使之與平聲、上聲、去聲相對立。其實這是『舒』與『促』的對立。這種對立不是別的，正是陰聲韻、陽聲韻跟入聲韻對立的反映，因爲這種對立是由於韻尾性質不同而引起的，與聲調問題無關。王力先生說過：『嚴格地說，促是音質的問題，不是音高的問題，不應該認爲是聲調的一種。』這是非常中肯的」（宗福邦：1984）。

至於入聲韻會造成是另一種獨立聲調的錯誤感覺，就在於其收−p，−t，−k的韻尾，因爲輔音−p、−t、−k放在音節的最末位置，不像放在聲母時的地位，有後面的元音去拼合並凸顯其發音，在「成阻、持阻、除阻」的三個過程中，只有成阻的階段，卻沒有「持阻、除阻」的過程，所以入聲尾有短促的聲音感覺，這是由於輔音−p、−t、−k 音值性質及音節結構所造成的。在許多漢語方言裡，許多入聲調的調值，都同於該方言的舒聲韻調值，只是發得較爲短促，故其大部分的漢語方言的入聲調值並沒有其獨立的地位。但也有些漢語方言其入聲調值進一步演變，而有其獨立入聲調值的產生，諸如湖南長沙方言。

（四）廣東粵語的例子

舉例來說，廣東粵語其上陰入、下陰入、陽入的 55┐、33┤、22┘調值，都與陰平、陰去、陽去相同，只是念的短促些，所以有人記音爲 55┐、33┤、22┘，

或者是 5˥、3˧、2˩。事實上，就音高這個角度而言，廣東話入聲的調值都可以分別併入陰平、陰去、陽去的調值中。入聲之所以總是被標舉出來，導因於其塞音所構成的輔音韻尾，短促的調值只是其附加成分，一旦入聲韻尾消失，其「促調」的成分也隨之消散。

　　基於①入聲調值的不獨立性質，②黎里在入聲調的部分，清入聲仍有全陰入 55、次陰入 33 的分別，再加上③對比其他吳江方言，普遍皆有全陰平調值對應全陰入調值；次陰平調值對應次清入調值。也就是說，黎里有全陰入 55、次陰入 33 的分別就隱含著其舒聲韻的聲調裡有 55、33 的分別，這個 55、33 調在吳江方言裡，又常對應為舒聲調的全陰平與次陰平。④石鋒（1992）所記錄的黎里聲調調值是區分全陰平、次陰平的紀錄（見下文）等四個理由，可以認定這裡丁邦新所引用的黎里的陰平調 55 是原來的全陰平 55 與次陰平 33 進一步合併的結果。

　　至於盛澤的陰平、陰入調以及震澤的陰上調，則一時難以說明是還沒有分化出來？還是進一步合併的結果。但基於大部分吳江方言都區分全陰平、次陰平以及與全陰平、次陰平調值相對的全陰入、次陰入，還有全陰上、次陰上等調值的情況看來，我們傾向贊成盛澤的陰平、陰入調，以及震澤的陰上調是全陰平、次陰平，全陰入、次陰入以及全陰上、次陰上進一步合併的結果。

（五）聲調的超音段（suprasegmental）性質與送氣分調的聲學實驗

漢語的聲調在音節的劃分上，屬於超音段的部分。

> 漢語聲調的聲學實驗表明，發音時聲帶的鬆緊變化，貫穿於整個音節的所有濁音音素。如果音節是個單元音，聲帶的變化就體現在這個元音上。如果音節的聲母是個濁輔音，尾音是個鼻音，比如音節「ruǎn」，上聲調的聲帶變化就從聲母「r」開始，到尾音「n」結束，貫穿了整個音節。（侍建國：1997，P107）

　　由於聲調的起點是濁音的聲母或主要元音，所以吳江方言的送氣分調影響的原因在於音節開頭的聲母性質，清聲母普遍有使後接元音基頻升高的效果；而濁聲母則有使其後接元音基頻降低的效力，以下我們先看石鋒（1992）用聲學機器錄製黎里聲調調值的分析結果。

　　石鋒運用以下公式來計算各個調值之間的差異，並把基頻轉化成五度值的

參考標度。

$$T = \frac{\lg x - \lg b}{\lg a - \lg b} \times 5$$

a　爲調域上限頻率

b　爲調域下限頻率

x　爲測量點頻率

T 值爲 X 點的五度值參考標度〔註11〕

以下的表則爲黎里在聲學儀器上所測到的五度值調值的平均值，分爲起、中、終三個時長階段，起爲一開始所測到的調值，中則爲中間階段的音高表現，終則是最後終點的音高高度。

	起	中	終
全陰平	2.8	3.0	2.45
次陰平	2.6	2.8	1.9
陽　平	0.6	1.4	1.8
全陰上	4.7	3.1	0.75
次陰上	1.3	0.9	0.7
陽　上	0.8	0.7	0.7
全陰去	3.8	1.2	1.25
次陰去	1.1	0.3	0.75
陽　去	0.6	0.1	1.1
全陰入	4.8	4.15	3.7
次陰入	1.3	1.5	1.1
陽　入	0.9	0.9	0.9

（石鋒：1992，P191）

從聲學儀器的記錄分析上，石鋒提出了幾點觀察報告：首先是調值的起點部分，各調值的全陰類的調值固然是最高，但次清聲母的調值起點都高於相對陽聲調的起點。就聲調結尾而言，次清聲母的調值又往往與相對陽聲調的終點重合。而在吳江方言聲調的調型穩定性上，則以全陰調調型最爲穩定，次陰調、陽調的調型則往往處於變動中。由記錄可以看出次陰調與陽調的合併往往在調

〔註11〕石鋒所應用來計算調值的數學公式，其中的 lg 就是統計學上常用的 log 對數，將運算的 log 簡寫後的結果。

域的下半部進行，也就是說送氣聲母的次陰聲調是從全陰調分化出來的，在結尾時又向陽調靠攏（石鋒：1992）。

黎里的陽調調型所搭配的聲母是濁聲母，全清、次清調型所搭配的聲母則為清聲母。一般而言，區分清濁聲母的標準在於「顫動聲帶與否」的標準上。濁聲母顫動聲帶的原理在於聲帶上的大氣壓力高於聲帶下的大氣壓力，於是氣流衝破聲帶時導致了聲帶的顫動。「送氣聲母」近於「濁聲母」的原理就在於「送氣」的特性上，雖然清聲母沒有使聲帶顫動的特性，但「送氣」的徵性使得送氣清音在通過聲帶時有「類似顫動」聲帶的作用，以致於送氣聲母聲調的基頻偏低，但仍略高於濁聲母的陽調。

三、南昌片贛語送氣分調的分組討論

黎里的清聲母依送氣分調的詳細聲調記錄，是幫助我們更加看清楚送氣分調本質的好教材。前文提到南昌片贛語除南昌、新建、安義之外，其他的方言點都有「次清化濁」的情形，因此以下我們分南昌、新建、安義一組；湖口、星子、都昌、修水、德安、永修等有次清化濁的方言點為一組，來討論南昌片送氣分調的情形。

（一）組別一：南昌、新建、安義

陽調（清聲母）的調值並不過低，所以有送氣分調的可能

本組的聲母因不涉及濁聲母，所以這一組的送氣分調情形較為單純。這一組的送氣分調見於「陽平」、「陰入」兩組調類上。但前一組的「陽平」雖標誌著「陽」，但這個名稱是溯源於中古全濁聲母清化後的襲用稱呼，實際是這裡的「陽平」調所搭配聲母是清聲母而非濁聲母。且我們可以觀察到，南昌、新建全陽平（全清聲母）的調值都不是很低的調值（35、55），清聲母再依送氣的區別特徵分出一個較低的次陽平（送氣清聲母）調值，也符合前文送氣分調的原理。

這裡可能會引起疑問的是：為何南昌、新建的「陽平」調值並不低，甚至新建的陽平調值 55 還高於陰平調的 42？這與我們前文曾提過清聲母有使後接元音基頻升高的效果；而濁聲母則有使其後接元音基頻降低的效力相悖，但這項清濁聲母影響基頻的原理，在濁聲母還存在的吳語裡是普遍可行的，但南昌片贛語的陰調、陽調的分界，已經遠離中古全濁聲母還存在的時代很久了，所

謂「陰平」、「陽平」的限制早就脫離清、濁聲母的限制，並可能進行了一定的合併與分化，所以會出現現存的「陽平」調還比「陰平」調值還高的情形，如新建。

（二）組別二：湖口、星子、都昌、修水、德安、永修

1. 次清化濁與送氣分調孰先孰後？

這幾個方言點的送氣分調情形主要發生在「陰平」、「陽平」、「陰去」、「陰入」、「陽入」等調類上。其中較沒有問題的是都昌的「陽平」、「陽入」的送氣分調的部分，因為這裡雖然調類標誌著「陽」，實際上搭配的聲母是清聲母，所以都昌的「陽平」、「陽入」的送氣分調，也是清聲母依送氣特徵再做分調的結果。

組別二的南昌片贛語有「次清化濁」的語音表現，所以「次清」類的聲母實際搭配的聲母為濁聲母，於是問題來了，究竟這些標誌為「次清」調（濁聲母）調值分化出來的原因是因為「送氣」的特質，抑或是「濁音聲母」？換個問法，我們要問在南昌片贛語組別二的這些方言點裡，次清化濁的音變與送氣分調的音變孰先孰後？

為了方便討論起見，我們把前文一開始徵引南昌片贛語送氣分調的表再列一次，並把與此節無關的「組別一」方言點從表格中去掉，並將討論重心的「次陰」調（濁聲母）加上陰影以方便觀看。

南昌片贛語	平聲				上聲	去聲			入聲				總數
	陰平		陽平			陰去		陽去	陰入		陽入		
	不送氣	送氣	不送氣	送氣		不送氣	送氣		不送氣	送氣			
湖口	55		11		24	35	213	13					6
星子	33		24		31	55	214	11		35			7
都昌	33		334	214	342	325		11	5	2	3	1	10
修水	34	23	13		21	55	45	22	42		32		9
德安	44	33	42		354	35	24	12	5	45	232		10
永修	35	24	33		21	55	445	212	5	45	3		10
武寧	24		211		42	45		22	54				6
田義	11		53		33	24		42	5				6

（劉綸鑫：1999，P22）

2. 次清分調先於次清化濁

我們可以觀察到這些方言點的「次陰」調（濁聲母）總共有十一組，分別為湖口、星子、修水、德安、永修的次陰去；修水、德安、永修的次陰平以及都昌、德安、永修的次陰入。

這十一組的「次陰」調（濁聲母）中有八組的「次陰」調的「起始點」是低於相對的全陰調，且高於相對的「陽調」（清聲母），分別為修水的次陰平與湖口、星子、修水、德安、永修的次陰去以及德安、永修的次陰入。就南昌片次清化濁方言點的「次陰」調（濁聲母）調值普遍高於相對的「陽調」（清聲母）這一點來論，我們可以合理的認為南昌片的送氣分調實際上是先於次清化濁的。

如果上述這些調類是先發生次清化濁，再依濁聲母能使其後接元音基頻降低的原理而分出新的聲調，那麼這個新分出的聲調，基於濁聲母的特性，調值應該要低於相對的「陽調」（清聲母）才是，但組別二大部分（十一分之八）的這些「次陰」調（濁聲母）的調值還是高於相對的「陽調」（清聲母）調值。所以我們推測這些組別二方言點的「次陰」調的新分出，實際上還是遵循了「送氣分調」的規則，而非「濁音分調」的規則，也就是說在這些南昌片贛語組別二的方言點裡是先發生「送氣分調」，然後再發生「次清化濁」的。

第四節　全濁上、次濁上歸陰平

江西客語與贛語都有「全濁上聲歸陰平」與「次濁上聲歸陰平」的聲調變化，但江西客語兩項音變都充分地具備；而江西贛語則是前項音變普遍可見，而後項音變卻偏少。本節我們將採用王福堂（1999）的說法，以為「各地方言的全濁上字都參與了歸入陰平的音變，而次濁上字是否參與音變則取決於有沒有其他聲調演變規律的影響。因此，濁上歸陰平這一音變的核心成分應該是全濁上字，而不是次濁上字」（王福堂：1999，P61）。因此我們並不把江西贛語「次濁上聲歸陰平」字例偏少的現象，認為是區分江西客語與贛語的截然分界標準。

至於江西贛語「次濁上聲歸陰平」字例偏少的原因，在於江西贛語的次濁上聲字被北方官話的次濁上聲字的演變規則所大量席捲，也就是江西贛語的次

濁上聲字大量偏向文讀聲調層而變爲陰上，只有少數字還保留與客語一樣的陰平調。本節最末的部分，我們將會列出江西贛語與客語「全濁上聲歸陰平」與「次濁上聲歸陰平」的所有例字。

一、濁上聲的歸陰平是客語的重要音韻特點

黃雪貞「古上聲的次濁聲母及全濁聲母字，有一部份今讀陰平，這是客家話區別於其他方言的重要特點」（1988，P241）。橋本萬太郎則指出「次濁上歸陰平」爲客語的區別特點。

> What we found common to all the known varieties of Hakka but to no other known dialects or dialect groups is the merger of the tźǔ-cho shang-shêng with the yin-ṕing. Thus throughout the Hakka dialects the words for 'house', 'buy', etc. share the same tone with the words for 'song', 'chicken', etc.；but the words for 'rice', 'old',etc. do not,……
>
> （Hashimoto：1973，P440）

二、贛語「次濁上歸陰平」表現不明顯

項夢冰、曹暉（2005）用計量的方式，爲贛語濁上歸陰平的方言點做分類。

> 贛語濁上歸陰平有三種類型：（1）波陽、東至型。這種類型的特點是古全濁上和古濁去今歸陰平，但次濁上不歸陰平或少歸陰平。湖北的陽新城關也屬於這種類型。（2）南豐型。這種類型的特點是古全濁上和古次濁上歸陰平，但古濁去今不歸陰平或少歸陰平。（3）黎川型。這種類型的特點是古全濁上今歸陰平，但古次濁上和古濁去今不歸陰平或少歸陰平。臨川、吉水、宜黃、弋陽、橫峰、永新大體可以歸入這種類型。

	古全濁上歸陰平	古濁去歸陰平	古次濁上歸陰平
波陽	88%	90%	2%
東至	41%	23%	0%
南豐	32%	1%	34%
黎川	36%	1%	0%

（項夢冰、曹暉：2005，P130）

從上表，我們發現贛語在「全濁上歸陰平」這項語音特點上表現較為一致，至於「次濁上歸陰平」除南豐外，其餘的贛語點都只有極少數的比例含有此項特點。

> 如果以 6%（含 6%）為標準，客家話普遍具有古全濁上字今讀陰平的現象。客家話全濁上歸陰平在 6%以上的方言，94 個點中有 88 個，佔 94%。而贛語則既有古全濁上字今讀陰平明顯的方言，也有古全濁上字今讀陰平不明顯的方言，大體以後者為主。贛語全濁上歸陰平的字音數在 6%以上的方言，在 44 個點中有 11 個，約佔 25%。贛語全濁上歸陰平明顯的方言主要集中在東部和南部的邊緣地帶（項夢冰、曹暉：2005，P129）。

三、濁上歸陰平的核心成分在全濁上字

王福堂在討論客贛語的全濁上、次濁上歸陰平此項音韻特點時，說道：「各地方言的全濁上字都參與了歸入陰平的音變，而次濁上字是否參與音變則取決於有沒有其他聲調演變規律的影響。因此，濁上歸陰平這一音變的核心成分應該是全濁上字，而不是次濁上字」（王福堂：1999，P61）。

我們贊成王福堂所說的，因為當全濁字還沒有清化時，無論是全濁聲母、次濁聲母、清聲母的上聲字都是上聲調，這一點也可以從中古韻書把全濁上、次濁上、清上的字都歸為「上聲」來證明。我們沒有證據說上聲調裡的全濁、次濁以及清聲母是否有調值上的差異，因為他們彼此的主要差異來自於「聲母的清濁」，而非調值。不過基於實驗語音學的結果，濁聲母有使其後接元音基頻降低能力；清聲母則否的論點，我們還是認為在同為「上聲」調裡的全濁、次濁、清聲母類的字有些微的調值差異，但因為調型相似，還能歸在同一調裡，其餘的平、去聲也是如此。徐通鏘舉自己家鄉附近的北鄉方言為例，說明不同的調值卻可歸在同一調類裡的情形是可能的。

> 由於清濁與聲調高低的內在聯繫，一個聲調內部含有兩個調值，這是完全有可能的。筆者（徐通鏘）家住浙江寧海北鄉的一個小山村，那裡的聲調狀況可以為此提供一個現實的根據：

陰平	陽平	陰上	陽上	陰去	陽去	陰入	陽入
通	同	統	動	痛	洞	督	毒
55	22	53	31	35	13	5	24

如不計入聲，平、上、去三個聲調雖然各分陰陽，調值不同高低有別，但調形相同，其高低的差異由聲母的清濁決定，是有條件的，因而從音位的區別功能來看，這裡只有四個調類，每個調類因聲母的清濁而各有兩個變體。我們的祖先只立四個調類，沒有據聲母的清濁而分出八個調，說明當時已有音位學的觀點，只重聲調的區別作用，而不計因清濁而造成的高低差異（徐通鏘：1999，P257）。

中古全濁聲母清化後，全濁上、次濁上、清上的分別就不能以聲母來論斷，就必須以調值來做分別。全濁聲母因為原來是顫動聲帶較為強烈的輔音，能使得後接的元音基頻降到比較低；清聲母則有升高後接元音基頻的能力；至於次濁聲母的能力則介於全濁聲母與清聲母之間，若是聲帶顫動的強烈，則有傾向全濁聲母演變的可能；反之則沒有使得後接元音基頻降低的能力。

因此我們認為濁上的音變現象，最重要的部分在於全濁字有歸陰平的趨勢，至於次濁字因為聲母本身的清、濁徵性不明顯，是否會跟著全濁字一起演變而歸為陰平則不是這麼重要。

客語全濁上歸陰平與次濁上歸陰平的例子都較多，也較無爭議。贛語全濁上歸陰平的例子也較多，但次濁上歸陰平的例子卻偏少，其中次濁上歸陰平例字較多的南豐，也被項夢冰、曹暉（2005）認為是客贛混合語。我們認為客贛語都揭示了他們擁有全濁上歸陰平的音變現象，至於他們在次濁上的歸類差異，我們不當作是分判客贛語界線的截然區別特徵。

前文我們曾引何大安對中古次濁上聲的說法，漢語方言可因次濁上聲今所歸屬的聲調究竟是陰上還是隨著全濁上歸為陽去，可以分為官話型與吳語型。

官話型的濁上和吳語型的濁上歸去可以看作「濁上歸去」的兩種極端的類型。前者不包括次濁上聲字，次濁上聲字歸陰上；後者則包括次濁上聲字，次濁上聲字隨陽上同入陽去。另一些次濁上聲字兼入陰上、陽上（陽去）的方言，則介於兩者之間，表現出過渡的色彩。我認為，這種類型上的不同，其實便是南北方言結構差異的反

映（何大安：1994，P282）。

江西贛語的次濁上聲大部分歸至陰上，這是偏向北方官話型的表現；少部分與客語相同歸為陰平，則是江西贛語表現與客語曾經同源的證據，僅管這項語音證據已經給官話型的「次濁上歸陰上」沖刷的徒留殘跡、難以辨認。

以下列出本論文主要使用的三十五個客、贛方言點（劉綸鑫：1999）在「全濁上歸陰平」與「次濁上歸陰平」的例字。這三十五個客贛方言點，就「全濁上歸陰平」的特點來說，贛語與客語都普遍可見；「次濁上歸陰平」的特點則多見於客語，少見於贛語。

四、「全濁上歸陰平」與「次濁上歸陰平」在江西客贛語裡的字例

（一）全濁上歸陰平

江西客贛語裡全濁上歸陰平的方言點與字例，下表從修水到泰和為贛語點；上猶至石城為客語點。

方言點	字 例
修水	舐
波陽	舵、惰、坐、下底～、下～來、下～面、簿、部、戶、緒、苧、柱、待、在、弟、倍、罪、匯、被～子、被～追、是、自～私、自～家、道、造、浩、紹、厚、后、婦、受、舅、淡、旱、善、件、辮、伴、斷、盡、腎、笨、菌菇、蕩、象、像、丈、動、靜、上～下、上～面
橫峰	肚腹、苧、柱、在、弟、被～子、是、厚、淡、菌菇、動
萬載	辮
新余	自～家、辮
東鄉	坐、辮、笨
臨川	坐、下～來、簿、苧、在、弟、被～子、是、厚、淡、辮、伴、斷、動、上～下、上～山
南豐	舵、坐、下底～、下～來、下～面、肚腹、肚魚～、苧、柱、在、弟、被～子、舐、是、厚、伴、斷、動、上～下、上～山
宜黃	坐、下底～、下～來、下～面、肚腹、肚魚～、苧、在、弟、被～子、舐、是、厚、辮、伴、斷、上～山
黎川	坐、下底～、下～來、下～面、簿、肚腹、苧、柱、弟、被～子、舐、是、厚、淡、辮、伴、斷、菌菇、動、上～下
萍鄉	辮
蓮花	舵、是

吉安	辮
永豐	簿、弟、辮
泰和	下底~、簿、弟、
上猶	舵、惰、坐、下底~、簿、肚腹、苧、在、弟、被~子、浩、厚、淡、旱、辮、斷、菌菇、蕩、動、上~下
南康	舵、坐、下底~、下~來、社、肚腹、苧、柱、在、弟、被~子、厚、淡、旱、斷、菌菇、蕩、動、上~下、上~山
安遠	社、苧、被~子、浩
于都	舵、惰、坐、簿、肚腹、苧、柱、弟、被~子、被~追、舐、是、厚、婦、舅、旱、斷、蕩
龍南	下~面、社、簿、緒、苧、柱、在、弟、被~子、舐、浩、厚、舅、淡、旱、斷、菌菇、動
全南	坐、下底~、下~面、社、緒、苧、柱、在、弟、被~子、舐、厚、舅、淡、旱、斷、上~下
定南	坐、下底~、下~面、社、苧、柱、在、弟、被~子、被~追、舐、厚、舅、淡、旱、斷、動、上~下、上~山
銅鼓	坐、下底~、下~來、下~面、苧、柱、在、蟹、弟、被~子、舐、自~家、舅、淡、斷、菌菇、動、上~下、上~山
澡溪	坐、下底~、下~來、下~面、簿、苧、柱、在、蟹、弟、被~子、厚、舅、淡、斷、動、上~下、上~山
井岡山	坐、下底~、下~來、下~面、社、簿、苧、柱、弟、被~子、舐、自~家、厚、舅、淡、辮、斷、菌菇、動、上~下、上~山
寧都	坐、下底~、下~來、下~面、肚腹、苧、柱、在、弟、被~子、厚、淡、辮、伴、斷、動、上~山
石城	舵、坐、下底~、下~來、社、簿、肚腹、苧、柱、在、弟、被~子、厚、舅、淡、旱、辮、伴、斷、動、上~下、上~山

（二）次濁上歸陰平

　　江西客贛語裡次濁上歸陰平的方言點與字例，下表從湖口到泰和為贛語點；上猶至石城為客語點。

方言點	字　　　　　例
湖口	奶祖母
南昌	蟻
波陽	賣
高安	哪
新余	尾

臨川	尾
南豐	野、雨、李、里~程、裡~面、鯉、耳、尾、腦、老、咬、懶、眼、滿、暖、軟、忍、兩~個、兩斤~、癢、領、嶺
宜黃	尾
萍鄉	哪、女、奶牛~
泰和	鯉、尾、嶺
上猶	奶祖母、里~程、鯉、尾、懶、暖、軟、兩斤~、癢、嶺
南康	馬、野、買、奶祖母、每、蟻、里~程、鯉、尾、咬、廟、某、有、染、懶、暖、軟、忍、兩斤~、癢、嶺、陸
安遠	奶祖母、蟻、里~程、尾、暖、卵、兩斤~
于都	馬、鹵、櫓、買、蟻、美、里~程、鯉、尾、染、懶、暖、軟、兩斤~、養、癢、往、領、嶺
龍南	呂、鯉、尾、懶、暖、軟、兩斤~、養、癢、嶺
全南	呂、裡~面、鯉、尾、有、懶、暖、軟、忍、兩斤~、養、癢、嶺
定南	呂、買、鯉、尾、有、染、懶、暖、軟、忍、兩斤~、養、癢、領、嶺
銅鼓	馬、惹、呂、買、每、蟻、里~程、裡~面、鯉、理、尾、卵、廟、有、友、懶、暖、軟、忍、兩斤~、養、癢、領、嶺
澡溪	馬、惹、櫓、呂、語、買、奶祖母、每、蟻、美、里~程、裡~面、鯉、尾、惱、卵、廟、柳、有、友、染、懶、滿、暖、軟、敏、忍、兩斤~、養、癢、領、嶺
井岡山	馬、惹、野、呂、買、奶祖母、每、蟻、美、里~程、裡~面、鯉、理、尾、咬、廟、某、有、友、懶、滿、暖、軟、忍、兩斤~、養、癢、領、嶺
寧都	馬、惹、鹵、櫓、語、蟻、美、裡~面、鯉、耳、尾、咬、有、友、染、懶、滿、暖、軟、兩斤~、養、癢、領、嶺
石城	馬、野、買、每、蟻、里~程、裡~面、鯉、尾、咬、有、懶、暖、軟、兩斤~、養、癢、領、嶺

第伍章　結　論

一、研究成果

（一）聲母一

1. 江西贛語南昌片今讀的全濁聲母為後起濁化的結果

江西贛語南昌片古全濁聲母類的字今讀為濁音的，因為聲調表現為陽調，一時難以證明為後起變化，即經歷過中古全濁聲母清化後，又隨著贛語「次清化濁」的規律一起再變濁音；抑或是一直保留全濁聲母的格局？

文中我們引用的何大安（1994）的說法，因為贛語大部分的次濁上聲字歸入陰上，所以贛語的聲母是官話型的演變，而不是吳語型的演變規則。也就是說，江西贛語與官話型一樣，都是先經歷「全濁聲母清化」，然後再發生「全濁上聲歸去聲」。所以今日在江西湖口、星子等地的贛語所見的古全濁聲母與古次清聲母讀為濁音的讀法，前者為陽調類；後者為陰調類，都是先經歷過中古「全濁聲母清化」為送氣清塞音、塞擦音後，再發生「次清化濁」的「規律逆轉」（何大安：1988）後的讀音。

2. 聲母的拉鍊式音變

我們綜合了南方漢語方言（粵、閩、平話、客、贛語），為南方漢語常見的 ts$^{(h)}$、t$^{(h)}$、h 聲母的拉鍊式音變分出三種型態。型態一：幫、端濁化，型態二：

兩套平行演變的拉鍊音變，型態三：只有送氣音音類進行拉鍊式音變。江西客贛語聲母的拉鍊式音變屬於型態三。

3. 影、疑、云以母的 ŋ-聲母

由江西贛語、官話、湘語的影、疑母聲韻母的搭配情形，我們可以看到鼻音 ŋ-聲母的搭配原則：ŋ-聲母與非高的 a、o、e 元音搭配良好，而與高的 i、u、y 元音搭配關係差。至於閩語的 ŋ-聲母與高、非高元音都搭配得很好，這是因為閩語疑母的 ŋ-聲母，還沒有站在啟動「丟失」的起跑線上。

4. 日母字的音讀

江西客贛語日母字音讀的討論，我們先摒除複雜的止開三日母字，發現江西客贛語的日母字有讀為零聲母ø-的大趨勢，其他的日母字大多是在細音前讀為舌尖 n-聲母；而在洪音前少部分保持舌尖 n-聲母，大部分讀為舌尖邊音 l-聲母。

洪音前讀為邊音 l-的日母字是由捲舌聲母演化而來，且是鄰近強勢方言吳語移植過來的產物。至於在洪音前由舌尖 n-聲母變為邊音 l-的泥母字，則容易與洪音前讀為邊音 l-的日母字混淆，但前者變為邊音 l-的環境是本屬洪音；而後者則經歷過捲舌化的過程，所以兩者有本質上的不同。江西客贛語除止開三的日母字外，其他日母字還有大量讀為零聲母ø-的表現，這則是官話層的侵入。

至於止開三日母字在江西客贛語，約有十類的音讀形式，第一類到第七類的音讀是捲舌元音 ɚ 的不同變體，其餘的三類則是原來日母鼻音聲母的保留。

（二）韻母－

從前文對江西客贛語韻母的描述裡，我們發現江西客贛語的元音結構有一個前化、高化的推鍊（push chain）規律，而這項元音前化、高化的推鍊規律也常見於其他的漢語方言。我們推測為推鍊的理由在於支思韻是晚到《中原音韻》時才獨立出來的，很顯然下圖左側的演變是較晚的，往前高化、前化的動力來自系統內部的壓力，為一推鍊式的力量。

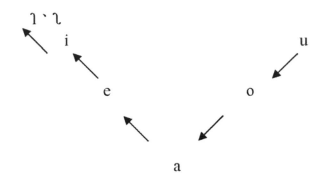

1. u＞o

　　這項 u＞o 的音變現象見於一等韻中。一等雙唇鼻韻尾-m 之前是＊um 覃韻變入＊om 談韻；一等舌尖鼻韻尾-n 之前是＊un 桓韻變入＊on 寒韻；舌根鼻韻尾 -ŋ 之前是部分的東一韻由＊uŋ 變為＊oŋ。至於與這些主元音為 u 相對的三等韻雖沒有 u＞o 的音變現象，但依據韻尾的前後程度，可以觀察到這些韻的合口現象已經有丟失現象，韻尾越偏前，合口音成分越不易保存。因此，雙唇鼻韻尾 -m 因部位最偏前，所以最不易保存合口，舌根鼻韻尾 -ŋ 保存合口程度最好，舌尖鼻韻尾 -n 次之。＊ium 深攝合口三等，只有在贛語萬載，還有比較多字例保存合口成分；＊iun 表現為諄、文韻，而殷韻在江西客語也有殘存的合口一讀，而＊iuŋ 東、鍾韻的合口成分保存最好。

2. o＞a

　　江西客贛語的 o：a 元音對比，在一、二等韻中保留較好，但 o 元音傾向前化變為 a 元音，而三等韻裡的 io＞ia 的音變速度則快於一、二等韻。原因就在於三等韻比一二等韻多了一個 i 介音的變項，促使整個 o＞a 的音變作用更快，所以三等的介音 i 是促使 o＞a 的前化音變還快於一二等韻 o＞a 音變的主因。

$$\boxed{\text{io＞ia （前化作用）}} \quad 快於 \quad \boxed{\text{o＞a （前化作用）}}$$
主因：i 介音具有[＋前部]特徵

　　三等韻的 io＞ia 的音變速度，也依據韻尾的前後程度有不等的演變速度，韻尾越偏前，io＞ia 的速度就愈快。雙唇鼻韻尾-m 前，在江西客贛語裡只有南昌贛語嚴韻的「嚴」字保留三 B 的 o 元音，舌尖鼻韻尾-n 前保留 o 元音韻母較好的方言點只見於贛語的弋陽。部位最偏後的舌根鼻韻尾-ŋ 前的 o 元音韻母，

在江西客贛語裡則保留良好，陽韻仍讀為 ioN〔註1〕。北京話宕攝三等的 ioN＞iaN 的音變現象，則預示著江西客贛語陽韻的下一步走向。

3. a＞e

（1）鼻韻尾前：(i) a（包含從三 B 變來的 ioN 韻）＞(i) e

部分三等韻有由 iaN（三 A）變為 ieN（三 A、四等混合）的傾向，且依據韻尾的前後程度有不等的演變速度，韻尾越偏前，(i) a ＞ (i) e 的速度就愈快。

因此，雙唇鼻韻尾-m 前的添、鹽、嚴韻有混合成 ieN 類的韻母型態。舌尖鼻韻尾 -n 前的先、仙、元韻也有大量混合成 ieN 類的韻母表現，而部位最偏後的舌根鼻韻尾 -ŋ 前的青、清、庚韻在江西客贛語的白讀，則仍有維持 iaN 的韻母型態，但文讀的 ieN 韻母音讀則是青、清庚韻下一步的演變方向。

（2）陰聲韻——蟹攝

四等韻的齊韻字原型為ˈai，韻母中的 a 元音有傾向高化變為 e 元音的表現。

蟹　　攝	三　　等	四　　等
③合流北方文讀層	i	
②合流第二層	e〔註2〕	
①四等獨有層，原型ˈai		ɔi、oi、ai

4. e＞i

（1）鼻韻尾前

雙唇鼻韻尾 -m 前的添、鹽、嚴韻；舌尖鼻韻尾-n 前的先、仙、元韻；以及舌根鼻韻尾 -ŋ 前的青、清庚韻，都有由 ieN 類的韻母繼續高化，變為高元音 i 韻母的表現。

（2）陰聲韻

由上圖，我們可以看到蟹開三四等字，由 e 類韻母變為 i 元音的傾向。

我們認為江西客贛語止攝開口三等字單元音的 e 類韻母是 e 系列韻母的基底形式，而今日江西客贛語止攝開口字除了精、莊、知、章類聲母的韻字外，都有普遍讀為高化 i 韻母的表現，即意味著這些除去精、莊、知、章類聲母的

〔註 1〕N 表示鼻音類韻尾。

〔註 2〕iɛ 的音讀，我們認為是e（ɛ）元音發生了元音破裂（ɛ＞iɛ）的語音現象。

止攝韻母字，有經過 e ＞i 的音變過程。

5. i＞ ɿ、ʅ

止攝開口三等的殘存 e 韻母，我們認爲是江西客贛語 e 類韻母的基底韻母形式，但除去這些少數的 e 類字，江西客贛語其他的「止攝」字的起點是 i 韻母，而止攝開口三等的精、莊、章、知組聲母下的韻字，都有繼續高化變爲舌尖元音 ɿ、ʅ 的音變現象。

精	莊	章、知	其 他 聲 母
i ①		i ①	i ①
ʅ（u、ə）②		ʅ ②	
		ʅ ③	

第一層的 i 元音，也是「止攝」的意涵所在。他們都共同站在愛歐塔化的起點。精莊聲母所接的韻母，在表中看出只經歷了兩個階段，從第一層的 i 元音高化，變爲第二層的舌尖元音 ʅ（u、ə）。第二層的知三章聲母則由止攝的 i 元音作爲觸發捲舌化的媒介，在聲母部分進行了捲舌化，而在韻母部分則變成了舌尖元音，又爲搭配捲舌聲母，此時的韻母爲捲舌的舌尖元音 ʅ。第三層的知三章組，其韻母爲不捲舌的舌尖元音 ɿ，所搭配的聲母爲平舌的 ts、tsʻ，這則是去捲舌化音變發生後的音讀形式。至於其他聲母的韻母型態，則停留在「止攝」意義的 i 元音起點上。

（三）韻尾與聲調－

江西客贛語裡的三個特殊現象：（1）不連續調型（2）韻尾-p、-t、-n 前新生一個 i 元音以及（3）邊音 -l 韻尾，都是重音在江西客贛語裡的不同表現。

1. 不連續調型

吳語的鼻尾小稱與贛語的不連續調型，有著相似卻又逆反的音變過程。

（1）吳　語

因語法上的需求加上鼻音的詞尾（鼻音是響音〔sonorant〕的一種，響音因爲具有響度，所以具備重音）

↓

鼻尾（響度大）＋小稱調（吳語小稱調以高調爲主，具清晰響

亮的聽覺感，鼻尾前的元音產生變長或變高的元音調整）

↓

鼻化＋小稱

↓

小稱調（以高平調 55 為主）

（2）贛語

贛語重音表現在不連續調型上

↓

贛語在句末或詞末喜歡「拖音」（拉長音長，使其具有重音）

↓

聲調變為低升或拉長的聲調（聲調拉長是重音的一種表現）

↙　↘

餘幹入聲尾變成相應的陽聲　　吉安縣文陂去聲調的元音拉長

韻尾（鼻輔音響度大，相較　　（元音變長是重音的表現）

於塞輔音韻尾可拉長）

2. 韻尾前新生的 i 元音

韻尾前新生的 i 元音出現的語音環境有二：

（1）入聲韻尾前增生-i-的語音條件：

$$V（-p、-t）\quad\rightarrow\quad Vi（-p、-t）\quad／\quad u、ɔ、a\_\_$$
$$[後]\quad[低]$$

（2）陽聲韻尾前增生-i-的語音條件：

$$V（-n）\quad\rightarrow\quad Vi（-n）\quad／\quad ɔ\_\_$$
$$[後]$$

3. 邊音-l 韻尾

（1）環境一：低、後元音 a、o、u

邊音-l 韻尾產生的語音環境有二，一個為低、後元音 a、o、u 之後，而這項語音環境與韻尾前新生的 i 元音的語音環境是一樣的，都是由於舌體要從低、後元音部位往前移動時產生。

（2）環境二：前元音 e [ə]、高元音 i 之後

邊音-l 韻尾產生的第二個語音環境則是前元音 e[ə]、高元音 i 之後，這是由於這個-l 韻尾也是一種流音（liquid），在輔音的響度層級上，是僅次於元音的輔音，而這個響度僅次於元音的流音[l]，常有與高元音 i 交替出現的情形。

（3）環境三：舌尖韻尾

高安、修水產生邊音-l 韻尾的前身應是舌尖的塞韻尾-t。因為同為舌尖部位的 t、l 相變，在發音部位的解釋上較為合理。

（4）環境四：舌尖音為銳音（acute）本有前、高的性質

4. 韻攝分調

韻攝分調的背後語音道理是韻尾部位的高低。「宕江曾梗通」入聲韻字的調值總是偏向高調，與這些韻攝字的韻尾，原為收高部位的舌根-k 有相當密切的關係。收-p、-t 韻尾的「咸深山臻」入聲韻字，則沒有特殊的調型或調值表現，並不偏向高調。

江西客語于都的第⑥調（54 高調）出現的環境有二：一是在「宕江曾梗通」的收入聲字（舌根的塞韻尾-k 已弱化成-ʔ）；二是在部分的「咸深山臻」入聲韻字（入聲韻尾同樣是喉塞音的-ʔ）。我們可以合理的推測：前者在還是收舌根塞韻尾-k 時，就已經有高調的產生，而後來的喉塞音-ʔ則是-k 尾的後來弱化表現。至於出現在「咸深山臻」的第⑥調（54 高調）使得我們為喉塞韻尾-ʔ分為兩種：一種是緊喉作用強的-ʔ；一種為弱化形式的-ʔ。前者可以引發高調，而後者則否。

二、不足處與未來的開展

本論文的研究內容在江西客語與贛語的音韻系統，而未涉及詞彙與句法部分。漢語方言的研究應該是音韻、詞彙、句法並重，才能對該方言有較全面的瞭解。音韻、詞彙、句法的研究，應以音韻為中心，再擴散到詞彙、句法。未來江西客語、贛語的詞彙、句法研究是筆者可以再繼續努力的地方，以期能更深入瞭解江西的客語、贛語。尤其江西贛語的詞彙有更多傾向北方文讀的表現，與客語的分界又是如何？都是未來值得再探討之處。

客語分佈區域廣闊，可見於廣東、台灣、江西、福建、湖南等地，本文選擇江西客語為研究對象，是為了能有與贛語有地理比較上的基礎，但其他區域

的客語表現又是如何？是不是也帶有其他地方的區域性音韻色彩？都是未來我們可以再補強的部分。

　　贛語以江西爲中心，而湖南、福建、安徽等地的贛語，都是由江西贛語遷徙過去的。要瞭解贛語，起點應從江西贛語開始，但遷至別處的贛語是否又有其他的音變行爲？則是未來我們可以再繼續深究的部分。

參考書目

一、專書

1. 丁邦新，1998《丁邦新語言學論文集》，商務印書館。

2. 中國社會科學院語言研究所編輯，1981《方言調查字表》，北京，商務印書館。

3. 王力，1980《漢語史稿》北京，中華書局。

4. 王力，1985《漢語語音史》北京，中國社會科學院出版社。

5. 王福堂，1999《漢語方言語音的演變和層次》，語文出版社，北京。

6. 冉啓斌，2008《輔音現象與輔音特性——基於普通話的漢語阻塞輔音實驗研究》，天津，南開大學出版社。

7. 包智明、侍建國、許德寶，1997《生成音系學理論及其應用》北京，中國社會科學院出版社。

8. 北京大學中國語言文學系語言學教研室編，2003《漢語方音字匯》（第二版重排本），語文出版社，北京。

9. 史存直，1997《漢語音韻學論文集》，華東師範大學出版社。

10. 朱曉農，2006《音韻研究》，商務印書館。

11. 何大安，1988《規律與方向：變遷中的音韻結構》，中央研究院歷史語言研究所專刊之九十，中央研究院歷史語言研究所。

12. 李方桂，1999 初版，2001 第四刷《上古音研究》，商務印書館，北京。

13. 李如龍、張雙慶主編，1992《客贛方言調查報告》廈門大學。

14. 李連進，2000《平話音韻研究》，廣西人民出版社，廣西。

15. 李新魁，1991《廣東的方言》，廣東人民出版社。

16. 李新魁，1993《李新魁自選集》，大象出版社。

17. 李新魁，1997《李新魁音韻學論集》汕頭大學出版社。

18. 李新魁、黃家教、施其生、麥耘、陳定方，1992《廣州方言研究》，廣東人民出版社。

19. 李榮，1956《切韻音系》，科學出版社。

20. 汪壽明，2003《中國歷代音韻學文選》，華東師範大學出版社。

21. 辛世彪，2004《東南方言聲調比較研究》，上海教育出版社。

22. 林燾、王理嘉，1992《語音學教程》，北京大學出版社。

23. 侯精一主編，2002《現代漢語方言概論》，上海教育出版社。

24. 侯精一，1999《現代晉語的研究》商務印書館。

25. 徐通鏘，1993《徐通鏘自選集》大象出版社。

26. 徐通鏘，2001《歷史語言學》，商務印書館，北京。

27. 徐通鏘，2004《漢語研究方法論初探》商務印書館。

28. 袁家驊等，2001《漢語方言概要》（第二版），語文出版社，北京。

29. 張光宇，1990《切韻與方言》，商務印書館，台北。

30. 張光宇，1996《閩客方言史稿》，國立編譯館，台北。

31. 張均如編著，1980《水語簡志》，民族出版社。

32. 張琨，1987《漢語音韻史論文集》，聯經出版社。

33. 張維佳，2005《演化與競爭：關中方言音韻結構的變遷》，陝西人民出版社。

34. 張雙慶主編，2004《連州土話研究》，廈門大學。

35. 梁敏編著，1980《毛難語簡志》，民族出版社。

36. 陳昌儀，1991《贛方言概要》，江蘇教育出版社。

37. 陳保亞，1999《20世紀中國語言學方法論》，山東教育出版社。

38. 陳章太、李如龍，1991《閩語研究》，語文出版社。

39. 陳曉錦，1991《東莞方言說略》，廣東人民出版社。

40. 陳曉錦、陳滔，2005《廣西北海市粵方言調查研究》，中國社會科學出版社。

41. 項夢冰、曹暉，2005《漢語方言地理學》，中國文史出版社。

42. 黃典誠，2003《黃典誠語言學論文集》，廈門大學。

43. 溫昌衍，2006《客家方言》，華南理工大學出版社。

44. 溫寶瑩，2008《漢語普通話的元音習得》，南開大學出版社。

45. 董同龢，1967《上古音韻表稿》中央研究院歷史語言研究。

46. 董同龢，1998《漢語音韻學》文史哲出版社。

47. 詹伯慧主編，1991《漢語方言及方言調查》，湖北教育出版社。

48. 詹伯慧主編，2002《廣東粵方言概要》，暨南大學出版社。

49. 詹伯慧、張日昇等主編，1988《珠江三角洲方言詞匯對照》，新世紀出版社。

50. 詹伯慧、張日昇等主編，1994《粵北十縣市粵方言調查報告》，暨南大學出版社。

51. 詹伯慧、張日昇等主編，1994《粵西十縣市粵方言調查報告》，暨南大學出版社。

52. 劉勛寧，2001《現代漢語研究》，北京語言文化大學出版社。

53. 劉綸鑫，1999《客贛方言比較研究》，中國社會科學出版社。

54. 鄭錦全、鍾榮富譯，1994《國語的共時音系》（A synchronic phonology mandarin

Chinese），台北文鶴出版社。

55. 魯國堯，2003《魯國堯語言學論文集》，江蘇教育出版社。

56. 錢乃榮，1992《當代吳語研究》，上海教育出版社。

57. 謝國平，1985《語言學概論》，三民書局。

58. 鍾榮富，2006《當代語言學概論》，五南圖書出版股份有限公司。

59. 藍小玲，1999《閩西客家方言》，廈門大學出版社。

60. 羅美珍、鄭曉華，1995《客家方言》，福建教育出版社。

61. 羅常培，1933《唐五代西北方音》，中央研究院歷史語言研究所專刊之 12，上海，商務印書館。

62. 羅常培，1958《臨川音系》，科學出版社。

63. 羅肇錦，2000《台灣客家族群史語言篇》，台灣省文獻委員會。

二、翻譯書籍

1. 高本漢〔瑞典〕（Karlgren, Bernhard）1915～1926《中國音韻學研究》（Etudes sur la Phonologie Chinoise），趙元任、羅常培李方桂 譯，1940 年初版，1982 年台灣商務印書館。

2. 費爾迪南‧德‧索緒爾〔瑞士〕（Ferdinand de Saussure）1985 《普通語言學教程》（Course in General Linguistics）台北，弘文館出版社。

3. 橋本萬太郎，余志鴻譯，1985《語言地理類型學》，北京大學出版社。

三、期刊論文

1. 王世華，1992 寶應方言的邊音韻尾，《方言》4:272～274。

2. 王吉堯、石定果，1986 漢語中古音系與日語吳音漢音音系對照，《音韻學研究》第二輯，187～219 頁。

3. 王福堂，2006 壯侗語吸氣音聲母 ʔb、ʔd 對漢語方言的影響，《語言學論叢》第三十三輯，119～123 頁。

4. 石林、黃勇，1997 論漢藏語系語言塞音韻尾的發展演變，《民族語文》41～51 頁。

5. 石鋒，1992 吳江方言聲調格局的分析，《方言》第三期，189～194 頁。

6. 伍巍，1999 廣州話溪母字讀音研究，《語文研究》第 4 期（總第 73 期），45～53 頁。

7. 江敏華，2006 由鼻化型和鼻尾型小稱看吳語金華方言韻母層次的歷時演變，《清華學報》新第 36 卷第 2 期，523～541 頁。

8. 何大安，1994「濁上歸去」與現代方言，《聲韻論叢》第二輯，267～292 頁。

9. 李榮，1996 我國東南各省方言梗攝字的元音，《方言》第 1 期，1～11 頁。

10. 邢凱，1999 侗台語族帶前置喉塞音的聲母，《民族語文》第 1 期，11～20 頁。

11. 宗福邦，1984 論入聲的性質，《音韻學研究》第一輯，454～470 頁。

12. 岩田禮，1992 漢語方言入聲音節的生理特徵——兼論入聲韻尾的歷時變化——，《中國境內語言暨語言學》1:523～537 頁。

13. 林茂燗、顏景助、孫國華，1984 北京話兩字組正常重音的初步實驗，《方言》第

1 期，57～73 頁。

14. 竺家寧，1991 近代音史上的舌尖韻母，《聲韻論叢》第三輯，頁 205～223。

15. 竺家寧 a，1994 宋代入聲的喉塞音韻尾，《近代音論集》，頁 197～222。

16. 竺家寧 b，1994 近代漢語零聲母的形成，《近代音論集》，頁 125～139。

17. 金有景，1964 義烏話裡咸山兩攝三四等字的分別，《中國語文》第 1 期，61 頁。

18. 金有景，1980 義烏話裡咸山兩攝三四等字的分別一文的補正，《中國語文》第 5 期，352 頁。

19. 唐虞，1931「兒」[ə]音的演變，《中央研究院歷史語言所研究所集刊》第二本第四分。

20. 孫宜志、陳昌儀、徐陽春，2001 江西境內贛方言區述評及再分區，《南昌大學學報》（人社版）第 32 卷第 2 期，110～117 頁。

21. 容慧華，2009 荷塘話與四邑話的比較研究，《現代語文》（語言研究版）第 11 期，103～105 頁。

22. 張日昇，1986 香港廣州話英語音譯借詞的聲調規律，《中國語文》第 1 期，42～50 頁。

23. 張光宇，1991 漢語方言發展的不平衡性，《中國語文》第 6 期（總第 225 期），431～438 頁。

24. 張光宇，2003 比較法在中國，《語言研究》第 23 卷第 4 期（總第 53 期），95～103 頁。

25. 張光宇，2004 漢語語音史中的雙線發展，《中國語文》第 6 期（總第 303 期），545～557 頁。

26. 張光宇，2006 漢語方言合口介音消失的階段性，《中國語文》第 4 期（總第 313 期），346～358。

27. 張光宇，2007 論「深攝結構」及相關問題，《語言研究》27 卷第一期，武漢，1～11 頁。

28. 張光宇，2008 梅縣音系的性質，《語言學論叢》第三十七輯，70～86 頁。

29. 張光宇，2009 古宕開三的發展：縱的語橫的比較，課堂講義。

30. 張琨，1985 切韻的前 *a 和後 *ɑ 在現代方言中的演變，《中央研究院歷史語言所研究所集刊》第五十六本第一分，43～99 頁。

31. 曹志耘，2001 南部吳語的小稱，《語言研究》3:33～44 頁。

32. 梁振仕，1984 桂南粵語說略，《中國語文》第 3 期，179～185 頁。

33. 梅祖麟，2001 現代吳語和「支脂魚虞」，共為不韻，《中國語文》280:3～15 頁。

34. 許慧娟，2006 再論漢語的聲調與重音，《LANGUAGE AND LINGUISTICS》7.1:109～137。

35. 陳保亞，1990 論禪船崇母的分化規律—兼說「有音變條件」和「音變規律」，《王力先生紀念論文集》，商務印書館，1～12 頁。

36. 陳曉錦，1999 廣西容縣客家方言島調查記，《方言》第 3 期，205～214 頁。

37. 黃雪貞，1988 客家方言聲調的特點，《方言》第 4 期，241～246 頁。

38. 楊秀芳，1989 論漢語方言中全濁聲母的清化，《漢學研究》第七卷 2 期，41～73 頁。

39. 楊煥典、梁振仕、李譜英、劉村漢，1985 廣西的漢語方言，《方言》第 3 期，181〜190 頁。

40. 萬波，2007 粵方言聲母系統中送氣清塞音的[h]化現象，收錄於張洪年等所編《第十屆國際粵方言研討會論文集》，北京，中國社會科學出版社，17〜25 頁。

41. 葉祥苓，1988 蘇州方言中的文白異讀，《吳語論叢》，18〜26 頁。

42. 熊燕，2003 客、贛方言蟹攝開口四等字今韻母的層次，《語言學論叢》第二十七輯，79〜98 頁。

43. 劉江濤，2011 濁音起始時間研究述評，《海外英語》第 10 期，335〜336 頁。

44. 鄭曉峰，2001 漢語方言中的成音節鼻音，《清華學報》新第三十一卷第一二期合刊，135〜159 頁。

45. 鄭鮮日、李英浩，2007 英語、漢語塞音濁音起始時間（VOT）對比以及漢族學生習得英語塞音研究，《長春師範學院學報》（人文社會科學版）第一期，92〜95 頁。

46. 鮑懷翹，2004 普通話語音生理和聲學分析簡介（續 1），《聽力學及言語疾病雜誌》第 12 卷第 4 期，285〜286 頁。

47. 薛鳳生，1980 論「支思」韻的形成與演進，《書目季刊》53〜75 頁。

48. 謝留文，2006 贛語的分區（稿），《方言》第 3 期，264〜271 頁。

49. 謝留文、黃雪貞，2007 客家方言的分區（稿），《方言》第 3 期，238〜249 頁。

50. 羅常培，1993 切韻閉口九韻之古讀及其演變，《蔡元培先生六十五歲慶祝論文集》，469〜523 頁。

51. 羅肇錦，1998 現代漢語平仄應用的極限——論詩歌教學的一個誤解《聲韻論叢》第 7 輯，437〜458 頁。

四、西　文

（專書）

1. Anthony Fox, 1995 Linguistic reconstruction, Oxford University Press.

2. Fang Kaei Li（李方桂）, 1977 A Handbook of Comparative Tai, The Oniversity Press of Hawaii.

3. Hashimoto, Mantaro. J. （橋本萬太郎）, 1973 The Hakka Dialect: A Linguistic Study of Its Phonology, Syntax and Lexicon, Cambridge University Press.

4. Laver, John, 1994 Principles of phonetics, Cambridge University Press.

5. Maddieson, Ian, 1984 Patterns of Sounds, Cambridge University Press.

6. Noam Chomsky & Morris Halle, 1968 The sound pattern of English, Cambridge University Press.

7. Norman Jerry, 1988 Chinese, Cambridge University Press.

8. R. L. Trask, 2000 Historical Linguistics, Edward Arnold Ltd.

9. Terry Crowley, 1992 An introduction to historical linguistics, Oxford University Press.

（期刊）

1. Klatt, D. H., 1975 Journal of Speech, Language, and Hearing Research: Voice Onset Time, Frication, and Aspiration in Word-Initial Consonant Clusters. 18.4（12），

P686~706.

2. Lisker, L & Abramson, A. S., 1964 Word: A Cross-Language Study of Voicing in Initial Stops: Acoustical Measurements. 20.3（12）, P384~422.

3. Matthew Chen, 1973 Cross-dialectal comparison: A case study and some theoretical consideration, Journal of Chinese Linguistics. 1:1, P38~63.

4. Nathan, G. S., 1987 Journal of Phonetics: On Second-Language Acquisition of Voiced Stops. 15, P313~322.

5. Zlatin, M. A., 1974 Journal of the Acoustical Society of America: Voicing Contrast: Perceptual and Productive Voice Onset Time Characteristics of Adults. 56.3（9）, P981~987.

五、博、碩士論文

博士論文－

1. 江敏華，2003，客贛方言關係研究，國立台灣大學中國文學研究所博士論文。

碩士論文－

2. 彭心怡，2005，廣東袁屋圍粵語調查研究，國立中興大學中國文學研究所碩士論文。